[清]蒲松齡 著
張友鶴 輯校

聊齋誌異

會校會注會評本

卷七

羅祖

羅祖，即墨人也。少貧。［校］青本下有喜豪縱三字。總［校］青本無總字。族中應出一丁戍北邊，即以羅往。羅居邊數年，生一子。駐防守備雅厚遇之。會守備遷陝西參將，欲攜與俱去。羅乃託妻子於其友李某者，遂西。自此三年不得反。［馮評］三年中多少事在內。適參將欲致書北塞，羅乃自陳，請以便道省妻子。參將從之。羅至家，妻子無恙，良慰。然牀下有男子遺舄，心疑之。既而詣［校］此據青本，抄本作至。李申謝。李致酒殷勤；妻又道李恩義，羅感激不勝。明日，謂妻曰：「我往致主命，暮不能歸，勿伺也。」出門跨馬去。匿身近處，更定卻歸。聞妻與李卧語，大怒，破扉。二人懼，膝行乞死。羅抽刃出，已復韜之［何註］韜之，韜謂藏於鞘中也。曰：「我始以汝爲人也，［何評］頓語。今如［校］青本作若。此，殺之污吾刀耳！與汝約：［何評］多此一折。妻子而受之，籍名亦而充之，馬匹器械具在。我逝矣。」［馮評］抽刀是壯士，放刀成佛祖，菩薩開口笑，壯士色如土。寄語床笫人，恩義漫輕許。遂去。鄉人共聞於官。官笞李，李以實告。而事無驗見，莫可質憑，遠近搜羅，則絶匿名蹟。官疑其因奸致殺，益械李及妻；逾年，並桎梏以死。乃驛送其子歸即墨。後石匣營有樵人［校］青本無人字。入山，見一道人［校］青本作士。坐洞中，未嘗求食。衆以爲異，齎糧供之。或有識者，蓋即羅也。饋遺滿洞，羅終不食，意似厭囂，以故來者漸寡。積數年，洞外蓬蒿成林。或潛窺之，則坐處不曾少移。又久之，見其出遊山上，就之已杳；往瞰［何註］瞰，窺視也。洞中，則衣上塵蒙如故。益奇之。更數日而往，則玉柱下垂，［吕註］江淹賦：掩金觴而誰御，横玉柱而霑軾。注：玉柱，涅也。［何註］道書：仙人將尸解，則鼻間玉柱下垂。坐化已久。土人爲之建廟；每三月間，香楮相屬於道。其子往，人皆呼以小羅祖，香税悉歸之；今其後人，猶歲一往，收税金焉。沂水劉宗玉［馮評］宗玉名琮。向予言之［校］青本無之字。甚詳。予笑曰：「今世諸檀越，不求爲聖賢，但望成佛祖。請遍告之：若要立地成佛，須放下刀子去。」［吕註］山堂肆考：廣頟屠兒在涅槃會上，放下屠刀，立便成佛。○［何評］亦戲亦幻。

劉姓

邑劉姓，虎而冠者也。［呂註］史記，齊悼惠王世家：太尉勃等盡誅諸呂，大臣議欲立齊王。瑯琊王及大臣曰：齊王母家駟鈞，惡戾，虎而冠者也。○［馮評］漢書句法。後去淄居沂，習氣不除，［呂註］華嚴經：除一切煩惱習氣。○法苑珠林：舍利佛從佛經行。有鷂逐鴿，鴿飛來佛旁住，佛影覆鴿，鴿身安穩，怖畏即除，不復作聲。後舍利佛影覆鴿，鴿復作聲，戰怖如初。佛謂舍利佛：汝身三毒習氣未盡，以是故恐怖不除。鄉人咸畏惡之。有田數畝，與苗某連壠。苗勤，田畔多種桃。桃初實，子往攀摘；劉怒驅之，指爲己有。子啼而告諸父。父方駭怪，劉已詬罵在門，且言將訟。苗笑慰之。［馮評］里豪如劉，幾出情理之外，如苗某，天下無不可了之事，可敬可法。怒不解，忿而去。［馮評］氣是無名火，急須加忍耐，逞忿在一時，小事翻成大。時有同邑李翠石作典商於沂，劉持狀入城，適與之遇。以同鄉故相熟，問：「作何幹？」劉以告。李笑曰：「子聲望衆所共知；我素識苗，［校］青本下有某字。甚平善，何敢占騙。將毋反言之也？」［校］青本一作耶。乃［校］青本無乃字。碎其詞［校］青本作辭。紙，曳入肆，將與調停。劉恨恨不已，竊肆中筆，復造狀，藏懷中，期以必告。未幾，苗至，細陳所以，因［校］青本無因字。哀李爲之解免。言：

「我農人，半世不見官長。但得罷訟，數株桃，何敢執爲己有。」李呼劉出，告以退讓之意。劉又〔校〕青本作猶。指天畫地，叱罵不休；苗惟和色卑詞，〔校〕青本作辭。無敢少辨。〔但評〕橫占人物，據爲己有，當時得意，後日鐺鼎中儘勾受用也。既罷，踰四五日，見其村中人，傳劉已死，李爲驚歎。異〔校〕青本作翼。日他適，見杖而來者，儼然劉也。〔馮評〕聊齋總不用順敘平敘。比至，殷殷問訊，且請顧臨。〔校〕青本作臨顧。李逡巡問曰：「日前忽聞凶訃，一何妄也？」劉不答，但挽入村，至其家，羅漿酒焉。乃言：「前日之傳非妄也。〔馮評〕即其人口中自敘，何等擺脱。陰律足以補陽官之所不及。宋潛溪所謂陰翼王度者歟？否則世界昏黑矣。囊出門，見二人來，捉見官府。問何事，但言不知。自思出入衙門數十年，非怯見官長者，亦不爲〔校〕青本作畏。怖。從去，至公廨，見南面者有怒容，曰：『汝即〔校〕青本下有劉字。某耶？罪惡貫盈，不自悛〔何註〕悛音詮，改也。悔；又以他人之物，占爲己有。此等橫暴，合置鐺鼎！』一人稽簿曰：『此人有一善，合不死。』南面者閱簿，其〔校〕青本無其字。色稍霽。便云：『暫送他去。』數十人齊聲呵逐。余曰：『因何事勾我來？又因何事遣我去？還祈明示。』吏持簿下，指一條示之。上記：崇禎十三年，用錢三百，救一人夫婦〔校〕青本作妻。完聚。〔馮評〕三百，小錢也；完人夫婦，大善也。苟具慈心，小錢足以行大善，凡百君子，敬而聽之。吏曰：『非此，則今日命當絶，宜墮畜生道。』駭極，乃從二人出。二人索賄。怒告曰：『不知劉善，纔是真善。又能力改前過。虎而冠者，破無明錢，立證菩提。劉述此事，李大加奬歎。劉自此前行頓改，今七旬猶健。去年，李詣周村，遇劉與人争，衆圍勸不能解。李笑呼曰：「汝又欲訟桃樹耶？」劉芒［何註］芒，罷倦貌。忿争之容改而爲退讓之容，故以罷倦狀。然改容，吶吶斂手而退。［馮評］争桃之案，順找一筆，然已在改行二字中。

異史氏曰：「李翠石兄弟，皆稱素封。然翠石又［校］青本作素。醇謹，喜爲善，未嘗以富自豪，抑然誠篤君子也。觀其解紛勸善，其生平可知矣。［馮評］李傳中旁抽出一人作贊，亦史法也。古云：『爲富不仁。』吾不知翠石先仁而後富者耶？抑先富而後仁者耶？」［馮評］既稱爲誠篤君子，無問先富後富，無有不仁。貧者亦可行仁，若待富而後行仁，將有既富而必不肯行仁者矣，陽虎是也。

［附淄川志義厚傳一則］李永康，字翠石。生有至性，急患難，樂施予。淄城西南三十里龍泉溝，有孔道，居人將爲橋，以便往來。橋横跨兩崖，計費千金。康破産以助，乃得訖工。又捐貲修橋於焦村，未成而殁。弟永譽［附註］字雲石，任湖廣衡州府桂陽州同知，有賢能，致仕，舉鄉飲大賓。竭力助成之，從兄志也。鄉有豪惡某姓者，與苗姓相連。苗種桃數株。苗子飼桃；某怒，以爲攘己物也，將訟諸官。康見之，碎其詞，力爲排解，某猶怒不已；會以陰譴悔悟，乃德康焉。唐太史龍泉橋記、蒲明經聊齋志異，可按也。邑侯張公嵋書「名高月旦」四字，以表其門，邑人榮之。

［馮評］先哲云：見人不是處，只消一箇容字；處己難過處，只消一箇忍字。關尹子曰：困天下之智，不在智而在愚；窮天下之辯，不在辯而在訥；服天下之勇，不在勇而在怯。世人笑他莫用，不知正是他的大妙用處。若苗某可師也。

［何評］罪惡不悛，合置鼎鐺，可懼也。一事之善，可贖貫盈，可勉也。

邵女

[校]此據青本，抄本題作邵九娘，但文内無九娘字樣。

柴廷賓，太平人。妻金氏，不育，又[校]青本作有。奇妒。[但評]不育則不應妒，乃惟不育者偏妒。愈妒則愈不育，愈不育愈不肯自信爲不育、自安於不育。生妒心、增妒才，生之增之不已，則愈出愈奇矣。妒之害已不可勝言，況於奇乎！柴百金買妾，金暴遇之，經歲而死。柴忿出，獨宿數月，不踐閨闥。一日，柴初度，金卑詞[校]青本作辭。莊禮，爲丈夫壽。柴不忍拒，始通言笑。金設筵内寢，招柴。柴辭以醉。金華妝[但評]妒者無不華妝。自詣柴所，曰：「妾竭誠終日，君即醉，請一戔而別。」柴乃入，酌酒話言。妻從容曰：「前日誤殺婢子，今甚悔之。[但評]妒者無不甘辭，妒者無不口悔。何便仇忌，遂無結髮情耶？後請納金釵十二，[呂註]談苑：白居易贈牛僧孺詩：鐘乳三千兩，金釵十二行。注：十二行，謂六鬟齊眉比立，爲釵十二。妾不汝瑕疵[呂註]左傳，僖七年：予取予求，不汝疵瑕也。也。」[但評]妒者無不口許。柴益喜，燭盡見跋，[呂註]禮，曲禮：燭不見跋。注：跋，本也。謂把處也。[何註]燭跋，燭本可把握處。見跋不易，是逐客也。禮，曲禮：燭不見跋。遂止宿焉。[但評]妒者只求如此。由此敬愛如初。[但評]金不惟有奇妒心，且有奇妒才。家有此等胭脂虎，即有萬斛明珠，慎勿置小星以飽其腹也。金使呼媒媪來，囑爲物色佳媵；而陰使遷延勿報，已則故督促之。如是年餘。柴不能待，偏囑戚好爲之購致，得林氏之養女。金一見，喜形於色，[何評]假也。飲食共之，脂澤花釧，任其所取。[但評]臙脂虎爲笑面虎，妒婦津成普渡津，此之謂奇。然林固[校]青本作故。燕産，不習女紅，繡履之外，須人而成。金曰：「我家素勤儉，非似王侯家，買作畫圖看者。」於是授美錦，使學製，[呂註]左傳，襄三十一年：子有美錦，不使人學製焉。若嚴師誨弟子。初猶呵駡，繼而[校]青本作以。鞭楚。柴痛切於心，不能爲地。而金之憐愛林，尤倍於昔，[何評]假也。[但評]此爲更奇。往往自爲妝束，匀鉛黄焉。但履跟稍有摺痕，則以鐵杖擊雙彎；髮少亂，則批兩頰；林不堪其虐，自經死。[馮評]似周顗母李絡秀。[但評]貌爲親愛，而即以其所親愛者致之死，而人不知。不特妻妾之間有之也，人臣擅權固寵，嫉賢忌能，其主英明，未有不用此術者。柴悲慘心目，頗致怨懟。妻怒曰：「我代汝教娘子，有何罪過？」[但評]凡有機心者，終不能忍，偏要自家説出。柴始悟其奸，因復反目，[呂註]易，小畜：夫妻反目，不能正室也。永絶琴瑟之好。[但評]柴何見事之晚也？然當其時誠未易悟其奸矣。蓋陽惡易防，陰惡難防也。陰於别業修房闥，思購麗人而别居之。荏苒半載，未得其人。偶會友人[校]青本無人字。之葬，見二八女郎，光豔溢目，停睇神馳。女怪其狂顧，秋波斜轉之。[但評]此時已用冰鑑書。詢諸人，知爲邵氏。邵貧士，止此女，少聰慧，教之讀，過目能了。尤喜讀内經［吕註］帝王世紀：黄帝命雷公、岐伯論經脈傍通，問難八十一爲難經，教制九針，著内外術經十八卷。及冰鑑書。父愛溺之，有議婚者，輒令自擇，而貧富皆少所可，故十七歲猶未字也。柴得其端末，知不可圖，然心低徊之。又冀其家貧，或可利動。謀之數媪，無敢媒者，遂亦灰心，無所復望。忽有賈媪者，以貨珠過柴。柴告所願，賂以重金，曰：「止求一通誠意，其成與否，所勿責也。萬一可圖，千金不惜。」媪利其有，諾之。登門，故與邵妻絮語。［但評］故閒話，妙。睹女，驚贊［但評］如不知有女者，妙。曰：「好個美姑姑！假到昭陽院，［吕註］飛燕外傳：飛燕特幸後宫，居昭陽院，又進女弟合德。帝大悦，謂爲温柔鄉。趙家姊妹［何註］趙家姊妹，飛燕、合德也。何足數得！」［馮評］此一段詞令之妙，彷彿國策。［但評］極力一揚，妙。又問：「壻家阿誰？」［但評］故問壻家，妙。邵妻答：「尚未。」媪言：「若個娘子，何愁無王侯作貴客［吕註］楊訓詩：開筵引貴客。謂壻也。也！」［但評］偏説王侯作壻，更匪夷所思。邵妻歎曰：「王侯家所不敢望；只要個讀書種子，便是佳耳。［但評］要逼出此句來。我家小孽冤，翻復遴選，［何註］遴選，遴音鄰，謹選也。十無一當，不解是何意向。」媪曰：「夫人勿須煩怨。恁個麗人，不知前身修何福澤，才能消受得！昨一大笑事：柴家郎君云：於某家塋邊，望見顔色，願以千金爲聘。［但評］再一揚，然後以大笑事跌入，即對付讀書種子句，順便説出千金以熏之。此非餓鴟作天鵝想耶？［何註］天鵝，雁也。諺云：餓鴟想食天鵝肉。○［但評］偏一抑，匪夷所思。早被老身訶斥去矣！」［馮評］看他於開不得口處開口笑之，駁斥之，無意中以千金動之，末仍以不了語探之，極語言之妙。邵妻微笑不［校］青本作哂未。答。媪曰：「便是秀才家，難與較計；若在別個，失尺而得丈，宜若可爲矣。」［馮評］一縱一擒，一挑一剔。邵妻復笑不言。媪撫掌［吕註］蘇軾詩：有知當解笑，撫掌冠纓絶。曰：「果爾，則爲老身計亦左矣。［校］青本作也。○［何評］舌端可畏。日蒙夫人愛，登堂便促膝賜漿酒；若得千金，出車馬，入樓閣，老身再到門，則閽者呵叱及之矣。」［馮評］真是口底生蓮，末仍重言千金以欣動之，卻無一字呆板，真會説女蘇、張也。都從上貧士二字伏根。［但評］因其末答，而即代白其意中難説之言，復以別人動之，已迎刃而解矣。復笑不言，意已動矣，又以自家從對面再形容襯托，直熏動到十分。並不爲彼打算一句，已是打算到萬分有益無損處。舌底生蓮，辭令最妙品。○此一段文字，得力全在故與邵妻絮語一句。蓋使入門而告以本意，則千金爲聘之言如何出口？失尺得丈之言又如何出口？須看其死中求活，只故作閑談：先從高一層説起，使之自口道出；又復借爲笑談，若有意若無意，銜口而出，即便颺開，然後揣其微哂之意，順手代説出作難本心；至見其復笑不言，乃極力熏動，卻從自家身上對面烘襯而出。抑揚頓挫，不即不離，使人入其彀中而不覺。此等筆墨，乃濫觴於戰國策者。邵妻沉吟良久，［馮評］説入邵母心裏去，靈心妙舌。起而去，與夫語；移時，喚其女；又移時，三人並出。邵妻笑曰：「婢子奇特，多少良匹悉不就，聞爲賤媵則就之。但恐爲儒林笑也！」媪曰：「倘入門，得一小哥子，大夫人便如何耶！」言已，告以別居之謀。邵益喜，喚女曰：「試同賈媪言之。此汝自主張，勿後悔，致懟父母。」女靦然曰：「父母安享厚奉，則養女有濟矣。［馮評］仁孝之言，聞之悽動。然亦可見千金之來，仁人孝子亦重賴之矣。爲之三嘆。況自顧命薄，若得嘉耦，必減壽數，少受折磨，未必非福。［但評］自知薄命，乃能安命；自知薄福，乃能造福：古來享福皆自折磨來。前見柴郎亦福相，子孫必有興者。」媪大喜，奔告。柴喜出非望，即置千金，備輿馬，娶女於別業，家人無敢言者。女謂柴曰：「君之計，所謂燕巢於幕，〔吕註〕左傳，襄二十九年：夫子之在此也，猶燕之巢於幕上。吴季札謂孫文子語。不謀朝夕者也。〔何評〕卓識。塞口防舌，以冀不漏，何可得乎？請不如早歸，猶速發而禍小。」〔馮評〕大識解。老主意，近乎聖人之道，尤服其堅定。〔但評〕絶大識議，皆自書中得來。○不爲嘉耦之妃，而爲怨耦之仇，藉折磨以求福壽。薄命人能安命即是造命。柴慮摧殘。女曰：「天下無不可化之人。〔馮評〕無不可化之人，大非易事，唯聖者能之。然主意既定，盡其在我，能化不能化，聽之而已。我苟無過，怒何由〔校〕青本作由何。起？」〔但評〕理固如此，亦視化之者何如耳。柴曰：「不然。此非常之悍，不可情理動者。」女曰：「身爲賤婢，摧折亦自分耳。〔校〕上四字，青本作其分。不然，買日爲活，何可長也？」柴以爲是，終躊〔校〕此據青本，抄本作籌。躕而不敢決。一日，柴他往。女青衣而出，命蒼頭控老牝馬，一嫗攜襆從之，竟詣嫡所，伏地而〔校〕青本作自。陳。〔但評〕伏臘脂虎第一要著。○女之議論，非目極羣書者不能。女之行爲，非胸包全史者亦不能。妻始而怒；既念其自首可原，又見容飾兼〔校〕青本作謙。卑，氣亦稍平。乃命婢子出錦衣衣之。曰：「彼〔校〕青本作被。薄倖人播惡於衆，使我横被口語。〔吕註〕前漢書，楊惲傳：遭遇變故，横被口語。其實皆男子不義，諸婢無行，有以激之。汝試〔校〕青本無試字。念背妻而立家室，此豈復是人矣？」女曰：「細察渠似〔校〕青本作亦。稍悔之，〔但評〕柔。但不肯下氣耳。諺云：『大者不伏小。』〔校〕青本作下。○〔但評〕剛。○大者不伏下數語，至理名言。惟能以身先之，所以侃侃而談，毫無忌諱。以禮論：妻之於夫，猶子之於父，庶之於嫡也。[但評] 此是伏臙脂虎奇兵。 夫人若肯假以詞[校] 青本作辭。色，則積怨可以盡捐。」[馮評] 不觸不背，出言輕妙得體如此，真有德之言也。前媒媪之言，此邵女之言，言各有當。媒媪之言近策士，邵女之言近聖賢，各極其妙。 妻云：「彼自不來，我何與焉？」即命婢媪爲之除舍。心雖不樂，亦暫安之。柴聞女歸，驚惕[校] 青本作怛。不已，竊意羊入虎羣，[校] 青本作穴。 狼藉已不堪矣。疾奔而至，見家中寂然，心始穩貼。女迎門而勸，令詣嫡所。柴有難色。女泣下，柴意少納。女往見妻曰：「郎適歸，自慚無以見夫人，乞夫人往一姍笑之也。」[但評] 柔。 妻不肯行。女曰：「妾已言：[校] 青本下有之字。 夫之於妻，猶嫡之於庶。孟光舉案，[呂註] 後漢書，梁鴻傳：梁鴻字伯鸞。家貧而尚節介。勢家慕其高節，多欲女之，鴻並絕不娶。同縣孟氏有女，狀肥醜而黑，力能舉石臼。擇對不嫁。父母問其故，女曰：欲得賢如梁伯鸞者。鴻聞而聘之。字之曰德耀，名孟光。適吳，依大家皋伯通，居廡下，爲人賃舂。每歸，妻爲具食，舉案齊眉。伯通察而異之曰：彼傭能使其妻敬之如此，非凡人也。○王鳳洲云：案，俗直爲几案耳。呂少衛語林少穎：案乃古盌字，故舉與齊眉。 而人不以爲諂，[但評] 剛。 何哉？分在則然耳。」[但評] 能安分者，能以分責人。○分在則然四字，是中庸之要道。知此，則隨身所處，無往不宜：可以貧，可以富，可以賤，可以貴，可以常，可以變；泰然自得，怨尤俱泯。天地之道，性命之功，倫常之理，不外乎是，況乃夫婦？ 妻乃從之。見柴曰：「汝狡兔三窟，[呂註] 戰國策，齊策：狡兔有三窟，僅得免於死耳。馮煖謂孟嘗君語。 何歸爲？」柴俛不對。女肘之，柴始强顏[校] 青本下有爲字。笑。妻色稍霽，將返。女推柴從之，又囑庖人備酌。自是夫妻復和。女早起青衣往朝；盥已，授帨，執婢禮甚恭。[馮評] 真是左右做人難。 柴入其室，苦辭之，十餘夕始肯一納。妻亦心賢之；[但評]伏臙脂虎第二法。然自愧弗如，積慚成忌。[馮評]積慚成忌，語透極。[但評]此一轉是謂奇妒。○自愧弗如者，本體之明，天良之發見也。積慚成忌者，牿亡之深，習染之難返也。惟知其賢而自愧，所以終久能自感悟；惟積慚而又成忌，益以見終能感之悟之者之良不易易也。但女奉侍謹，無可蹈瑕；[何註]無可蹈瑕，言無瑕疵之可乘也。或薄施訶譴，女惟順受。一夜，夫婦少[校]青本作妻小。有反唇，[呂註]漢書，賈誼傳：婦姑不相悅，則反唇而相稽。注：相與計校也。曉妝猶含盛怒。女捧鏡，鏡墮，破之。妻益恚，握髮裂眥。女懼，長跪[校]青本作跽。哀免。[馮評]誰則能之。怒不解，鞭之至數十。柴不能忍，盛氣奔入，曳女出。妻呶呶逐擊之。柴怒，[校]青本無怒字。奪鞭反扑，面膚綻裂，始退。由此夫妻若仇。柴禁女無[校]青本作勿。往。女弗聽，早起，膝行伺幕外。妻搥牀怒罵，叱去不聽前。日夜切齒，將伺柴出而後洩憤於女。柴知之，謝絶人事，杜門不通弔慶。妻無如何，惟日撻婢媪[校]青本無媪字。以寄其恨，下人皆不可堪。自夫妻絶好，女亦莫敢當夕，[但評]伏臙脂虎第三法。[馮評]或曰：同敍妬婦，與楊萬石、江城二篇何以不同？曰：楊萬石篇專寫懦夫，江城篇專寫悍婦，此篇專寫邵女之賢，命意先不同也。柴於是孤眠。妻聞之，意亦稍安。有大婢素狡黠，偶與柴語，妻疑其私，暴之尤苦。婢輒於無人處，疾首怨罵。一夕，輪婢直宿，[呂註]史記，項羽本紀：直夜潰圍。注：直，讀值，當也。女囑柴，禁無[校]青本作勿。往，曰：「婢面有殺機，叵測也。」[馮評]讀冰鑑書。柴如其言，招之來，詐問：「何作？」

〔校〕青本下有奸字。婢驚懼無所措詞。〔校〕青本作辭。柴益疑，檢其衣，得利刃焉。婢無言，惟伏地乞死。柴欲撻之。女止之曰：「恐夫人所〔校〕青本作聽。聞，此婢必無生理。彼罪固不赦，然不如鬻之，既全其生，我亦得直焉。」〔馮評〕仁哉女也。〔但評〕其罪有由，且未成謀，固宜開其生路。柴然之。會有買妾者，急貨之。妻以其不謀故，罪柴，益遷怒女，詬罵益毒。柴忿顧女曰：「皆汝自取。前此殺卻，烏有今日。」言已而走。妻怪其言，徧詰左右，並無知者；問女，女亦不言。心益悶怒，捉裾浪罵。柴乃返，以實告。妻大驚，向女温語；而心轉恨其言之不早。〔但評〕此一轉奇而又奇。柴以爲嫌郤盡釋，不復作防。適遠出，妻乃召女而數之曰：「殺主者罪不赦，汝縱之何心？」〔何評〕惡極。〔但評〕聞言大驚之後，即多疑多慮之人，亦必以爲嫌郤盡釋矣。恨其言之不早，而以私縱逆奴罪之，偏能强辭奪理，真所謂非常之悍，不可以情理動者。女造次不能以詞〔校〕青本作辭。自達。妻燒赤鐵烙〔何註〕烙音洛，燒灼也。史記，殷本紀：紂有炮烙之法。女面，欲毀其容。婢媪皆爲之不平。每號痛一聲，則家人皆〔校〕青本作盡。哭，願代受死。妻乃不烙，以針刺脇二十餘下，始揮之去。〔馮評〕物極必反。寫到此妬婦之惡已極，邵女之賢盡見，下文便好轉關。柴歸，見面創，大怒，欲往尋之。女捉襟曰：「妾明知火坑〔校〕青本作盆。而故蹈之。當嫁君時，豈以君家爲天堂耶？亦自顧薄命，〔校〕青本作命薄。聊以洩造化之怒耳。安心忍受，尚有滿時；若再觸焉，是坎已填而復掘之也。」〔馮評〕禍福循環之理，言之確鑿，能如此，則天下無不可處之事，無不可化之人，洩造化之怒一語，理尤精。〔但評〕薄命是干造化之怒，安命是洩造化之怒，不忍是觸造化之怒。○知火益而故蹈之，以洩造物之怒，固是見得到處；然使不能安心忍受，則火愈撥而愈熾，不且終身蹈之乎？忍待填滿，毋復再掘，盡其在我，成敗利鈍，皆非所逆覩也。士君子處不得意時，當自顧命薄，奉此言爲韋佩。遂以藥糝患處，數日尋愈。忽攬鏡〔校〕青本下有若字。喜曰：「君今日宜爲妾賀，彼烙斷我晦紋矣！」〔但評〕自青衣詣嫡時，早爲卿賀矣。朝夕事嫡，一如往日。〔但評〕到底不懈，功行將滿矣。金前見衆哭，自知身同獨夫，略有愧悔之萌，時時呼女共事，詞〔校〕青本作辭。色平善。月餘，忽病逆，〔何註〕逆，嘔逆也。害飲食。〔馮評〕中插一筆。柴恨其不死，略不顧問。數日，腹脹如鼓，日夜寖困。女侍伺不遑眠食，〔馮評〕如此奉事，禽獸都可化，況人乎？金益德之。〔但評〕此爲山掘井九仞時也，更爲喫奇。女以醫理自陳；金自覺疇昔過慘，疑其怨報，故謝之。金爲人持家嚴整，婢僕悉就約束；自病後，皆散誕無操作者。柴躬自紀理，劬勞甚苦，而家中米鹽，〔校〕青本作鹽米。不食自盡。由是慨然興中饋之思，聘醫藥之。〔馮評〕漸漸彌補救轉過來，下文方有步驟。文字緩急，都有妙理。金對人輒自言爲「氣蠱」，以故醫脈之，無不指爲氣鬱者。凡易數醫，卒罔效，亦瀕危矣。又將烹藥。女進曰：「此等藥，百裹無益，祇增劇耳。」〔但評〕此更出至誠，直感人心脾矣。金不信。女暗撮別劑易之。藥下，食頃三遺，病若失。遂益笑女言妄，呻而呼之曰：「女華陀，〔呂註〕後漢書：華陀字元化，著青囊經。今如何〔校〕青本作何如。也！」女及羣婢皆笑。金問故，始實告之。泣曰：「妾日受子之覆載〔但評〕此二字，感之者不自知，受之者亦不知，唯悔而泣者知之。而不知也！今而後，請惟〔校〕青本作雖。家政，聽子而行。」〔馮評〕以下方大轉過來。無何，病痊，柴整設爲賀。女捧壺侍側；金自起奪壺，曳與連臂，〔校〕青本作肩。愛異常情。〔馮評〕以上雷公電母，以下甘雨和風，另一世界。更闌，女託故離席；金遣二婢曳還之，强與連榻。自此，事必商，食必偕，姊妹無其和也。〔但評〕洗心革面，前後兩人。天下無不可化之人，至此益信。無何，女産一男。産後多病，金親調視，若奉老〔校〕青本作其。母。〔但評〕日受其覆載而不知，豈惟身同獨夫，抑且行如蛇虺，乃至今而亦有感泣時耶？曳以連肩，留以連榻，事必商，食必偕，愛固異，和亦異也。至調視而若奉其母，非浹肌淪髓，鏤肺銘心，而能若是乎？天下無不可化之人，必賢如邵女而後可爲此言也。書曰：至誠感神，矧茲有苗。易曰：信及豚魚。觀於邵女益信。後金患心痗，〔何註〕痗音昧。謝惠連詩：積憤成疢痗。痛起，則面目皆青，但欲覓死。女急市銀針數枚，——比至，則氣息瀕盡——按穴刺之，畫然痛止。〔馮評〕不寫至此，無以見其悔之至。十餘日復發，復刺；過六七日又發。雖應手奏效，不至大苦，然心常惴惴，恐其復萌。夜夢至一處，似廟宇，殿中鬼神皆動。〔馮評〕悔後又寫此一段果報，文情飽滿圓足，否則頭大尾小，通體不稱。神問：「汝金氏耶？汝罪過多端，壽數合盡；念汝改悔，故僅降災，以示微譴。〔但評〕鬼神原望人改過自新。前殺兩姬，此其宿報。至邵氏何罪而慘毒如〔校〕青本作至。此？鞭打〔校〕青本作撻。之刑，已有柴生代報，可以相準；所欠一烙二十三針，今三次，止償零數，

[但評] 一毫不錯，一絲不差，一點不讓。○一烙二十三針，一絲不饒。鑒乎此，則當事饒人，臨時縮手，亦是自身上討便宜處。便望病根除[校] 青本作除根。耶？明日又當作矣！」[馮評] 八兩半斤，絲毫不爽。施報之理如秤上秤來，可懼也。醒而大懼，猶冀爲妖夢之誣。食後果病，其痛倍切。女至，刺之，隨手而瘥。疑曰：「技止此矣，病本何以不拔？請再灼之。此非爛燒不可，但恐夫人不能忍受。」[馮評] 此非爛燒不可，邵女語也，省一曰字，古史往往有之。金憶夢中語，以故無難色。然呻吟忍受之際，默思欠此十九針，不知作何變症，不如一朝受盡，庶免後苦。炷盡，求女再針。女笑曰：「針豈可以汎[校] 青本作泛，通汎。常施用[校] 青本無用字。耶？」金曰：「不必論穴，但煩十九刺。」女[校] 青本下有大字。笑不可。金請益堅，起跪榻上。女終不忍。實以夢告。[但評] 求針必其自言，令人痛快。然非實能醒悟，必不肯以實告，亦無從得夢以告也。女乃約略經絡，刺之如數。自此平復，果不復病。彌自懺悔，臨下亦無戾色。子名曰俊，秀惠絕倫。女每曰：「此子翰苑相也。」八歲有神童之目；十五歲，以進士授翰林。[馮評] 暗應前柴郎福相子孫必有興者二句。是時柴夫婦年四十，如夫人三十有二三耳。輿馬歸寧，鄉里榮之。邵翁自鬻女後，家暴富，而士林羞與爲伍；至是，始有通往來者。[馮評] 如此掉收，有致，且完密。

異史氏曰：「女子狡妒，其[校] 青本無其字。天性然也。而爲妾媵者，又復炫美弄機，以增其怒。嗚呼！禍所由來矣。［馮評］小星之詩可誦。若以命自安，以分自守，百折而不移其志，此豈梃刃所能加乎？乃至於再拯其死，而始有悔悟之萌。嗚呼！豈人也哉！如數以償，而不增之息，亦造物之恕矣。顧以仁術作惡報，不亦傎乎！［吕註］穀梁傳，僖二十八年：以爲晉文公之行事爲已傎矣。○集韻：傎音顛，倒也。［何註］傎同顛。每見愚夫婦抱疴終日，即招無知之巫，任其刺肌灼膚而不敢呻，心嘗怪之，至此始悟。」［馮評］曲曲折折，議論圓通，筆鋒鋭入，最有味。

閩人有納妾者，夕入妻房，不敢便去，僞解屨作登榻狀。妻曰：「去休！勿作態！」夫尚徘徊，［但評］一意欲去，而不敢便去；一不欲去，而不能不叫去。情態逼真。妻正色曰：「我非似他家妒忌者，何必爾爾。」夫乃去。妻獨卧，輾轉不得寐，遂起，往伏門外潛聽之。但聞妾聲隱約，不甚了了，惟「郎罷」［吕註］青箱雜記：閩人呼子曰囝，呼父曰郎罷。顧況詩：囝别郎罷，心摧血下。又：兒餒嗔郎罷。正韻牋：禡韻，罷注：郎罷，言郎罷而始爲父也。二字，略可辨識。郎罷，閩人呼父也。妻聽踰刻，痰厥而踣，首觸扉作聲。夫驚起，啓户，尸倒入。呼妾火之，則其妻也。急扶灌之。目略開，即呻曰：「誰家郎罷被汝呼！」［但評］此心至死不變，故口略開即呻吟而出。妒情可哂。

［何評］邵女屈身爲妾，與絡綉同而立志自别。

鞏仙

鞏道人，無名字，亦不知何里人。嘗求見魯王，閽人不爲通。有中貴人出，揖求之。中貴見其鄙陋，逐去之；已而復來。中貴怒，且逐且扑。至無人處，道人笑出黄金二［校］青本無二字。百兩，煩逐者覆中貴：「爲言我亦不要見王；但聞後苑花木樓臺，極人間佳勝，［校］青本作景。若能導我一游，生平足矣。」又以白金賂逐者。其人喜，反命。中貴亦喜，［馮評］見銀不喜者幾人？遠村曰：我則然矣，非不喜也，不知所以可喜也。引道人自後宰門入，［但評］侯門似海，欲見無由。難之者必曰：除非是神仙來。乃仙亦須門包而後得入，斯無可奈何矣。諸景俱歷。又從登樓上。中貴方凭窗，道人一推，但覺身墮樓外，有細葛綳［何註］綳同繃，束也。腰，懸於空際；下視，則高深暈目，葛隱隱作斷聲。懼極，大號。無何，數監至，駭極。見其去地絶遠，登樓共視，則葛［校］青本無葛字。端繫欞［校］青本作樓。上；欲解援之，則葛細不堪用力。偏索道人已杳矣。束手無計，奏之［校］青本作知。魯王。

王詣視，［校］青本無覗字。大奇之。命樓下藉茅鋪絮，將因而斷之。甫畢，葛崩然［校］上二字，青本作綳。自絶，去地乃不咫耳。相與失笑。王命訪道士所在。聞館於尚秀才家，［校］青本無家字。往問之，則出游未復。既，遇於途，遂引見王。王賜宴坐，便請作劇。道士曰：「臣草野之夫，無他庸能。既承優寵，敢獻女樂爲大王壽。」［但評］以戲劇爲進身之階，至獻女樂以至欲死而死皆戲耳，只有袖生一事是真，在達者亦祇作一戲觀。遂探袖中出美人，置地上，向王稽拜［校］青本作首。已。道士命扮「瑤池宴」本，祝王萬年。女子弔［何註］弔，都歷切，至也。言至場才數語也。場數語。道士又出一人，自白「王母」。［呂註］杜光庭仙傳拾遺：木公亦云東王父。亦云東王公，蓋青陽之元氣。西王母亦云金母，亦云九靈太妙。先以東華至真之氣化生木公，又以西華至妙之氣化生金母。男子得道者名隸木公，女子得道者名隸金母。漢時有小兒歌曰：揖金母，拜木公。王母所居崑崙之圃，閬風之苑，有城千里，玉樓十二，左帶瑤池，右環翠水。○穆天子傳：周穆王好神仙，觴西王母於瑤池之上。少間，董雙成、許飛瓊……一切仙姬，次第俱出。末有織女來謁，獻天衣一襲，金彩絢爛，光映一室。王意其僞，索觀之。道士急言：「不可！」王不聽，卒觀之，果無縫之衣，［呂註］靈怪録：郭翰暑月卧庭中，仰視空中，見有人冉冉而下，曰：吾織女也。徐視其衣，並無縫。翰問之，謂曰：天衣本非針線爲也。［何註］天衣，天上之衣，如法苑珠林：叨利天衣重六銖，炎摩天衣重三銖，皆無縫。非人工所能製也。道士不樂曰：「臣竭誠以奉大王，暫而假諸天孫，［呂註］史記，天官書：織女者，天女孫也。今爲濁氣所染，何以還故主乎？」王又意歌者必［校］青本下有皆字。仙姬，思欲留其一二；細視之，則皆宫中樂妓耳。轉疑此曲，非所夙諳，問之，果茫然不自知。道士以衣置火燒之，然後納諸袖中，再搜之，則已無矣。王於是深重道士，留居府內。道士曰：「野人之性，視宮殿如籓籠，〔何註〕籓籠音樊櫳，籓，竹器；籠，籠物之籠也。莊子：以天下爲籓籠，則雀無所逃。不如秀才家得自由也。」〔但評〕天空地闊，獨往獨來，宮殿籓籠，那堪拘束。每至中夜，〔校〕青本作夜中。必還其所；時而堅留，亦遂宿止。〔校〕青本作止宿。輒於筵間顛倒四時花木爲戲。王問曰：「聞仙人亦不能忘情，果否？」對曰：「或仙人然耳；〔但評〕仙人固非無情，亦非不能忘情；惟能忘情，所以能爲不能忘情之事。故對俗人言，止曰，或仙人然耳。如果不能忘情而亦仙，則何處非仙？臣非仙人，故心如枯木矣。」〔馮評〕語妙。一夜，宿府中，王遣少妓往試〔校〕青本作視。之。入其室，數呼不應；燭之，則瞑坐榻上。摇之，目〔校〕青本作眸。一閃即復合；再摇之，齁聲作矣。推之，則遂〔校〕青本作應。手而倒，酣卧如雷；彈其額，逆〔校〕逆，青本作硬迕。○〔何註〕硬迕，指堅硬挺指也。指作鐵釜聲。〔但評〕作心如枯木句註解，又是證據。返以白王。王使刺以針，針弗入。推之，重不可摇；加十餘人舉擲牀下，若千斤石墮地者。旦而窺之，仍眠地上。醒而笑曰：「一場惡睡，墮〔校〕青本作墜。牀下〔校〕青本無下字。不覺耶！」後女子輩每於其〔校〕青本無其字。坐卧時，按之〔校〕青本下有以字。爲戲：初按猶軟，再按則鐵石矣。道士舍〔校〕青本下有尚字。秀才家，恒中〔校〕青本作終。夜不歸。尚鎖其户，及旦啓扉，道士已卧室中。初，尚與曲妓惠哥善，矢志嫁娶。惠雅善歌，絃索傾一時。魯王聞其名，召入供奉，遂絶情好。每繫念之，苦無由通。一夕，問道士：「見惠哥否？」答言：「諸姬皆見，但不知其惠哥爲誰。」〔校〕上四字，青本作誰何。尚述其貌，道其年，道士乃憶之。尚求轉寄一語。道士笑曰：「我世外人，不能爲君塞鴻。」尚哀之不已。道士展其袖曰：〔馮評〕乾坤一袖中。「必欲一見，請入此。」尚窺之，中大如屋。伏身入，則光明洞徹，寬若〔校〕青本作如。廳堂，几案牀榻，無物不有。居其内，殊無悶苦。道士入府，與王對弈。望惠哥至，陽以袍袖拂塵，惠哥已納袖中，而他人不之睹也。尚方獨坐凝想時，〔校〕青本無時字。忽有美人自簷間墮，視之，惠哥也。兩相驚喜，綢繆臻至。〔但評〕偏是天下極難之事，必世外人成全之，故謂仙人能忘情，而無無情之事。尚曰：「今日奇緣，不可不誌。請與卿聯之。」書壁上曰：「侯門似海久無蹤。」惠續云：「誰識蕭郎今又逢。」〔呂註〕全唐詩話：崔郊有婢甚端麗，善音律。既貧，鬻於連帥于頔家。郊思慕不已。婢因寒食來崔家，值郊立柳陰馬上，連泣。崔贈詩曰：公子王孫逐後塵，緑珠垂淚濕羅巾；侯門一入深如海，從此蕭郎是路人。公覩詩，令召崔生，命婢同歸。尚曰：「袖裏乾坤〔呂註〕見西遊記。真箇大。」惠曰：「離人思婦盡包容。」書甫畢，忽有五人入，八〔校〕青本無八字。角冠，淡紅衣，認之，都與無素。默然不言，捉惠哥去。尚驚駭，不知所由。道士既歸，呼之出，問其情事，隱諱不以盡言。道士微笑，解衣反袂示之。尚審視，隱隱有字蹟，細裁如蟣，蓋即所題句也。後十數日，又求一入。前後凡三入。惠哥謂尚曰：「腹中震動，妾甚憂之，常以緊帛束腰際。府中耳目較多，倘一朝臨蓐，何處可容兒啼？煩與犂仙謀，見妾三叉腰時，便一拯救。」尚諾之。歸見道士，伏地不起。道士曳之曰：「所言，予已了了。但請勿憂。君宗祧賴此一綫，何敢不竭綿薄。［但評］袖裏乾坤，任其往復自由，幾疑世外人專爲離人思婦作合耳。三索得男，宗祧一綫，前此所以賄中貴而求見王者，不可謂非此故也。攜得公子至矣，所藏舊衲留矣，此時而欲死，斯其所以仙也歟？但自此不必復入。我所以報君者，原不在情私也。」後數月，道士自外入，笑曰：「攜得公子至矣。可速把襁褓來！」尚妻最賢，年近三十，數胎而存一子；適生女，盈月而殤。［何註］殤音商，未成人喪也。禮，喪服，傳：年十六至十九爲長殤；十二至十五中殤；八歲至十一歲之下爲無服之殤；生未三月不爲殤。聞尚言，驚喜自出。道士探袖出嬰兒，酣然若寐，臍梗［何註］臍梗，江蘇人謂臍帶也。猶［校］青本作尚。未斷也。尚妻接抱，始呱呱而泣。道士解衣曰：「產血濺衣，道家［校］青本作門。最忌，今爲君故，二十年故物，一旦棄之。」尚爲易衣。道士囑曰：「舊物勿棄卻，燒錢許，可療難產，墮死胎。」尚從其言。居之又久，忽告尚曰：「所藏舊衲，當留少許自用，我死後亦勿忘也。」尚謂其言不祥。道士不言而去。入見王曰：「臣欲死！」［但評］欲死二字奇絕。惟仙不死，惟仙能死，惟仙可死，惟仙欲死。其言曰：此有定數，亦復何言。若爲其真當死而言者，其實未始非真語也。爲秀才延宗祧，至此功成身去，非數而何？王驚問之。曰：「此有定數，亦復何言。」王不信，强留之。手談一局，急起；王又止之。請就外舍，從之。道士趨臥，視之已死。王具棺木以〔校〕青本無以字。禮葬之。尚臨哭盡哀，始悟曩言蓋〔校〕青本無蓋字。先告之也。遺衲用催生，〔校〕青本作産。應如響，求者踵接於門。始猶以污袖與之；既而翦領衿，罔不效。及聞所囑，疑妻必有産厄，斷血布如掌，珍藏之。會魯王有愛妃，臨盆三日不下，醫窮於術。或有以尚生〔校〕青本無生字。告者，立召入，一劑而産。王大喜，贈白金、綵緞良厚，尚悉辭不受。王問所欲。曰：「臣不敢言。」再請之，〔校〕青本無之字。頓首曰：「如推天惠，但賜舊妓惠哥足矣。」王召之來，問其年，曰：「妾十八入府，今十四年矣。」王以其齒加長，命徧呼羣妓，任尚自擇；尚一無所好。王笑曰：「癡哉書生！十年前訂婚嫁耶？」尚以實對。乃盛備輿馬，仍以所辭綵緞，爲惠哥作妝，送之出。惠所生子，名之秀生，——秀者袖也，——〔但評〕袖裏乾坤，從袖中黄金百兩來，以此命名，不忘其本。是時年十一矣。日念仙人之恩，清明則上其墓。有久客川中者，逢道人於途，出書一卷曰：「此府中物，來時倉猝，未暇璧返，〔吕註〕左傳，僖二十三年：乃饋盤飧，置璧焉。公子受飧，返璧。○朱竹垞云：今世所稱返璧，蓋左傳所謂受飧而返璧也。若以周敬王事擬之則佳，以秦始皇事擬之則不雅。子朝與敬王戰，投璧於河。後二日，津人得之於岸，將賣之，石也。已，敬王事定，獻之，復爲玉。秦使者夜過華陰平舒道，有人持璧遮使者曰：爲我遺鎬池君。因言曰：今年祖龍死。使者奉璧以聞。使御府視，乃二十八年渡江所沉璧也。煩寄去。」客歸，聞道人已死，不敢達王；尚代奏之。王展視，果道士所借。疑之，發其冢，空棺耳。後尚子少殤，賴秀生承繼，益服蛩之先知云。

異史氏曰：「袖裏乾坤，古人之寓言耳，豈真有之耶？抑何其奇也！中有天地、有日月，可以娶妻生子，而又無催科之苦，人事之煩，則袖［校］青本作衲。中蟣蝨，何殊桃源雞犬哉！設容人常住，老於是鄉可耳。」

［何評］道士之袖，可謂一芥納須彌矣。「袖裏乾坤大」，信然。

二　商

莒人商姓者，兄富而弟貧，[但評] 止此五字，咎有所歸矣。 鄰垣而居。康熙間，歲大凶，弟朝夕不自給。[但評] 生逢盛代，孤負聖諭教孝弟以重人倫一條。 一日，日向午，尚未舉火，枵腹蹀踱，[何註] 蹀踱，蹀音牒。列子：宋康王蹀足疾言。踱音鐸。猶踶踱，乍前乍卻也。 無以爲計。妻令往告兄。商曰：「無益。脱兄憐我貧也，當早有以處此矣。」[但評] 誅心之論。 妻固强之，商便[校] 青本無便字。 使其子往。少頃，空手而返。商曰：「何如哉！」妻詳問阿伯云何。子曰：「伯躊躇目視伯母；[馮評] 畫出懦夫。[何評] 活現。[但評] 醜態如繪，該目視候意指。 伯母[校] 此據青本，抄本無上二字。 告我曰：『兄弟析居，有飯各食，誰復能相顧也。』」[何評] 如見。 夫妻無言，暫以殘盎敗榻，少易糠粃而生。里中三四惡少，窺大商饒足，夜踰垣入。夫妻驚寤，鳴盥器[何註] 盥器，洗盆也。 而號。鄰人共嫉之，無援者。不得已，疾呼二商。商聞嫂鳴，欲趨救。妻止之，大聲對嫂曰：「兄弟析居，有禍各受，誰復能相顧也！」［但評］反脣相稽，妙於語言。俄，盜破扉，執大商及婦，炮烙之，呼聲綦慘。二商曰：「彼固無情，焉有坐視兄死而不救者！」［但評］天理人倫。率子越垣，［校］青本作牆。大聲疾呼。二商父子故武勇，人所畏懼，又恐驚致他援，盜乃去。視兄嫂，兩股焦灼。扶榻上，招集婢僕，乃歸。大商雖被創，而金帛無所亡失。謂妻曰：「今所遺留，悉出弟賜，宜分給之。」［但評］該請命而行。妻曰：「汝有好兄弟，不受此苦矣！」［何評］如見。商乃不言。［但評］已奉駁斥，何敢言？二商家絕食，謂兄必有以報；久之，寂不聞。婦不能待，使子捉囊往從貸，得［校］青本無得字。斗粟而返。［馮評］只緣花底鶯聲巧，致使天邊雁影飛。每讀之淚下。婦怒其少，欲反之；二商止之。踰兩月，貧餒愈不可支。二商曰：「今無術可以謀生，不如鬻宅於兄。兄恐我他去，或不受券而恤焉，未可知；縱或不然，得十［校］青本無十字。餘金，亦可存活。」妻以爲然，遣子操券詣大商。大商告之婦，［馮評］縱不能化，獨不能斷，我自行之，何必謀諸婦也。人爲大商原，我爲大商恨矣。［但評］不敢不告。且曰：「弟即不仁，我手足也。彼去則我孤［校］青本作獨。立，不如反其券而周之。」［但評］專以利害言，已無人心，然尚見得到。妻曰：「不然。彼言去，挾我也；［但評］此之謂賊智。果爾，則適墮其謀。［何評］如見。世間無兄弟者，便都死卻耶！［但評］稍有人心者聞此言定當傷心。我高葺牆垣，亦足自固。不如受其券，從所適，亦可以廣吾宅。」計定，［但評］真得計。令二商押署券尾，付直而去。二商於是徙居鄰村。［馮評］徙居鄰村句，令人泣下。彼大商者何足道哉！鄉中不逞之徒，聞二商去，又攻之。復執大商，搒楚並兼，梏毒慘至，所有金貲，悉以贖命。盜臨去，開廩呼村中貧者，恣所取，頃刻都盡。次日，二商始聞，及奔視，則兄已昏憒不能語；［但評］即能語，亦說不出矣。開目見弟，但以手抓床［校］青本無床字。席而已。［馮評］寄語世間好兄弟，贖命金錢要幾多！少頃遂死。二商忿訴邑宰。盜首逃竄，莫可緝獲。盜粟者百［校］此據青本，抄本作十。餘人，皆里中貧民，州守亦莫如何。大商遺幼子，纔五歲，家既貧，往往自投叔所，數日不歸；送之歸，則啼［校］青本作涕。不止。二商婦頗不加青眼。［但評］觀二商婦之所言所行，二商亦可危矣。二商誠難得哉！二商曰：「渠父［校］青本下有母字。不義，其子何罪？」因市蒸餅數枚，自送之。過數日，又避妻子，陰負斗粟於［校］青本作與。嫂，［但評］是亦有不得不避者。使養兒。如此以爲常。又數年，大商賣其田［校］青本作舊。宅，母［校］青本作嫂。得直，足自給，二商乃不復至。後歲大饑，道殣相望，［呂註］左傳，昭三年：道殣相望。注：餓死爲殣。二商食指益繁，［校］此據青本，抄本作煩。不能他顧。姪年十五，荏弱不能操業，使攜籃從兄貨胡餅。［呂註］劉熙釋名：胡餅，言以胡麻著之也。○［馮評］友愛家風，瑣事中露出。一夜，夢兄至，顏色慘戚曰：

「余惑於婦言，遂失手足之義。〔但評〕聽婦言，未有不乖骨肉者。○死後乃有是語，死後無拘束故也。然則惜其不早死乎？特恐其婦與同死，猶不敢爲是言也。弟不念前嫌，增我汗羞。所賣故宅，今尚空閒，宜僦居之。屋後蓬顆下，藏有窖金，發之，可以小阜。〔何註〕阜音近否，盛也，多也。劉邵趙都賦：羣后紛其既醉，遠人仡以宴喜；悦皇風之爲奕，羡我邦之殷阜。使醜兒相從；長舌婦〔呂註〕詩，大雅：婦有長舌。〔何註〕詩，大雅：婦有長舌，爲厲之階。余甚恨〔校〕青本作憾。之，勿顧也。」既醒，異之。以重直啗第主，始得就，果發得五百金。從此棄賤業，使兄弟設肆廛間。姪頗慧，記算無訛；又誠慤，〔何註〕誠慤，慤，謹也。凡出入，一錙銖必告。二商益愛之。一日，泣爲〔校〕青本作謂。母請粟。商妻欲勿與；二商念其孝，按月廩給之。〔馮評〕二商婦與大商婦相去幾何，處處帶寫一句，所以表二商也。數年家益富。大商婦病死，二商亦老，乃析姪，家貲割半與之。

異史氏曰：「聞大商一介不輕取與，亦狷潔自好者也。然婦言是聽，〔呂註〕書，泰誓。憒憒不置一辭，恝情骨肉，卒以吝死。嗚呼！亦何怪哉！二商以貧始，以素封終。爲人何所長？但不甚遵閫教耳。〔校〕青本無耳字。嗚呼！一行不同，而人品遂異。」〔馮評〕聊齋敍孝弟事皆令人心動。

〔何評〕讀讚，知閫教之不可遵也如是。

［但評］婦有長舌，爲厲之階，古今所同慨歎也。女子純陰，其性疑。習慣自然，終身莫解。賢媛懿德，固史不絶書；而彼婦之見，翻覆雲雨，顛倒是非，狃以爲常，牢不可破，雖未必盡然，而亦恒有之。所不同者，閫教之有遵有不遵耳。彼大商者，獨非人心哉？閫令既行，積威者漸，至於舉家以聽，不敢與聞。縱有時一隙微明，亦安能如之何哉？二商婦非呐呐然不能言者，而二商之赴其難，撫其孤，養嫂以終，割資而與，遂乃富而且壽，燕翼詒謀；以視牝雞司晨，自殘手足，卒之厚擁金資，未能贖命，没時徒爲抓席，死後猶增汗羞，孰重孰輕，孰得孰失，可不憬然悟哉！詩有之曰：「兄弟鬩於牆，外禦其侮。」易家人之初九爻曰：「閑有家，悔亡。」二商有焉。

沂水秀才

沂水某秀才，課業山中。夜有二美人入，含笑不言，［校］青本作語。各以長袖拂榻，相將坐，衣耎無聲。少間，一美人起，以白綾巾展几上，上有草書三四行，亦未嘗［校］青本無嘗字。審其何詞。［校］青本作辭。一美人置白金一［校］青本無一字。鋌，可三四兩許；秀才掇內袖中。美人取巾，握手笑出，曰：「俗不可耐！」秀才捫金，則烏有矣。［但評］以此試秀才，其術最善。特恐更有俗者，並金巾而內之，奈何？麗人在坐，投以芳澤，置不顧，而金是取，是乞兒相［呂註］摭言：薛逢晚年嘗乘羸馬赴朝，值新進士綴行而出。團所輩見逢行李蕭然，前曰：迴避新郎君。逢遣一介曰：報道莫乞兒相，阿婆三五少年時，也曾東塗西抹來。也，尚可耐哉！狐子可兒，雅態可想。

友人言此，並思不可耐事，附志之：對酸俗客。市井人作文語。富貴態狀。秀才裝名士。旁觀諂態。信口謊言不倦。揖坐苦讓上下。歪詩文强人觀聽。財奴哭窮。醉人歪纏。作滿洲調。體氣若逼人語。市井惡謔。任憨兒登筵抓肴果。假人餘威裝模樣。歪科甲談詩文。語次頻稱貴戚。［校］青本無此段。

［何評］鈍秀才。

梅女

封雲亭，太行人。偶至郡，晝卧寓屋。〔校〕青本作室。時年少喪偶，岑寂之下，頗有所思。凝視間，見牆上有女子影，依稀如畫。念必意想所致。〔但評〕雖是因緣湊合，實亦意想所致。故曰：心不可妄動。而久之不動，亦不滅，異之。起視轉真；再近之，儼然少女，容蹙舌伸，索環秀領。驚顧未已，冉冉欲下。知爲縊鬼，然以白晝壯膽，不大畏怯。語曰：「娘子如有奇寃，小生可以極力。」影居然下，曰：「萍水之人，何敢遽以重務浼君子。但泉下槁骸，舌不得縮，索不得除，求斷屋梁而焚之，恩同山岳矣。」〔馮評〕一句簡敘，他人必用數語。諾之，遂滅。呼主人來，〔校〕青本作前。問所見。〔校〕上二字，青本作狀。主人言：〔馮評〕先敘明從旁人説出，又一法。「此十年前梅氏故宅，夜有小偷入室，爲梅所執，送詣典史。典史受盜錢三百，〔何評〕何苦。誣其女與通，〔但評〕三百錢庇盜誣姦，一縱一枉，迴非尋常。故以錢買官者，必不可使受事，以其先損子而必計其母也。至計子母以爲官，行同市儈，心如寇盜，其事尚可問耶！○以所執盜而誣姦，敗壞國法，滅絶天理。三百盜錢，買卻女命，賣卻汝一家矣。將拘審驗。女聞自經。後梅夫妻相繼卒，宅歸於余。客往往見怪異，而無術可以靖[何註]靖音穽，安也。詩，周頌：日靖四方。之。」封以鬼言告主人。[馮評]簡筆。計毀舍易楹，費不貲，[何註]貲，財也。不貲，言費財之多，不勝紀也。故難之；封乃協力助作。[馮評]二句又抵數句。既就而復居之。梅女夜至，展謝已，喜氣[校]青本作色。充溢，姿態嫣然。封愛悦之，欲與爲[校]青本無爲字。懽。瞞然而慚曰：「陰慘之氣，非但不爲君利；若此之爲，則生前之垢，西江不可[校]青本無可字。濯矣。[但評]重在後一層。○每見爲束躬自愛，可信無疵，而恥獨爲小人者，未免憎茲多口，識者方共寃之。乃以一事不謹，萬善俱隳，身敗名裂，爲天下笑。前此之垢，三江不濯矣。曾子曰三省身，其勵士也，曰死而後已，其以此夫！會合有時，今日尚未。」問：「何時？」但笑不言。封問：「飲乎？」答曰：[校]青本作言。「不飲。」封曰：「對[校]青本對上有坐字。佳人，閟眼相看，亦復何味？」女曰：「妾生平戲技，惟諳[何註]諳音庵，曉也。打馬。[呂註]宋李清照打馬賦：打馬爰興，摴蒱遂廢。實小道之上流，乃深閨之雅戲。○按：清照撰打馬賦一卷，用二十馬以上，今世打馬與摴蒱相類。[何註]李易安序：采選、打馬，爲閨房之戲。采選亦局戲名。但兩人寥落，夜深又苦無局。今長夜莫遣，聊與君爲交綫[何註]交綫，江左俗謂改股。之戲。」封從之。促膝戟指，翻變良久，封迷亂不知所從；女輒口道而頤指之，愈出愈幻，不窮於術。[馮評]敍瑣事只數語便明醒之甚，他人不能也。封笑曰：「此閨房之絕技也。」女曰：「此妾自悟，但有雙綫，即可成文，人自不之察耳。」更闌頗怠，强使就寢，曰：「我陰人不寐，請［校］青本下有君字。自休。妾少［校］青本無少字。解按摩之術，願盡技能，以侑清夢。」封從其請。女疊掌爲之輕按，自頂及踵皆徧；手所經，骨若醉。既而握指細擂，如以團絮相觸狀，體暢舒不可言：擂至腰，口目皆慵；［何註］慵，懶也，口目懶開也。至股，則沉沉睡去矣。［馮評］世之薙工頗善此技，寫狀極肖，真能以筆代口。及醒，日已向午，覺骨節輕和，殊於往日。心益愛慕，遶屋而呼之，並無響應。日夕，女始至。封曰：「卿居何所，使我呼欲徧？」曰：「鬼無常［校］此據青本，抄本無常字。所，要在地下。」問：「地下有隙，可容身乎？」曰：「鬼不見地，猶魚不見水也。」［馮評］魚不見水，龍不見石，見博物志。［但評］比喻奇而有理。封握腕曰：「使卿而活，當破産購致之。」女笑曰：［校］青本作云。「無須破産。」戲至半夜，封苦逼之。女曰：「君勿纏我。有浙娼愛卿者，新寓北鄰，頗極風致。明夕，招與俱來，聊以自代，若何？」封允之。次夕，果［校］青本無果字。與一少婦同至，年近三十已來，眉目流轉，隱含蕩意。三人狎坐，打馬爲戲。局終，女起曰：「嘉會方殷，我且去。」封欲挽之，飄然已逝。兩人登榻，于飛甚樂。詰其家世，則含糊不以盡道。［但評］鬼娼雖蕩，而不肯盡道其家世，可知其入青樓，亦有不得已者。但曰：「郎如愛妾，當以指彈北壁，微呼曰：『壺盧子』，即至。三呼不應，可知不暇，勿更招也。」天曉，入北壁隙中而去。次日，女來。封問愛卿。女曰：[校]青本作云。「被高公子招去侑酒，以故不得來。」因而翦燭共話。[校]青本作語。女每欲有所言，吻已啓而輒止；固詰之，[校]青本無之字。終不肯言，欷歔而已。[馮評]留住下文，换筆好。[但評]先伏一筆，文氣如藕斷絲連。封强與作[校]青本作爲。戲，四漏始去。

自此二女頻來，笑聲常[校]此據青本，抄本無常字。徹宵旦，因而城社悉聞。[馮評]如此接入，筆墨之痕俱化，看下文乃知其妙。典史某，亦浙之世族，嫡室以私僕被黜。[何注]黜，擯斥也，音怵。○[何評]現報。[但評]已出一醜，尚不知改。繼娶顧氏，深相愛好；期月殀殂，心甚悼之。聞封有靈鬼，欲以問冥世之緣，遂跨馬造封。封初不肯承，某力求不已。封設筵與坐，諾爲招鬼妓。日及[校]青本作既。曛，叩壁而呼，三聲未已，愛卿即入。[校]青本作驟至。舉頭見客，色變欲走。封以身横阻之。某審視，大怒，投以巨椀，溘[何注]溘音榼，奄忽也。江淹恨賦：朝露溘至。然而滅。[馮評]看者亦不解其故。[但評]嫡室私僕，使之當面出醜也。至殀殂者亦變爲錢樹子，典史烏角帶添兩次緑頭巾矣。然被黜者已矣，愛好而甚悼慟者，猶未之見也。借靈鬼而使之自求，使之自覩。典史大怒，投以巨椀；讀者大快，浮以大白。封大驚，不解其故，方將致詰。俄暗室中一老嫗出，大罵曰：「貪鄙賊！壞我家錢樹子！三十貫索要償也！」[馮評]又奇。以杖擊某，中顱。某抱首而哀曰：「此顧氏，我妻也。少年而殞，方切哀痛；不圖爲鬼不貞。」[但評]爲鬼不貞，以哀痛之情言之，實堪髮指。豈知其爲父母代哀冥司而然乎？於姥乎何與？」嫗怒曰：「汝本浙江[校]青本作江浙。一無賴賊，買得條烏角帶，[呂註]典史帶用烏角。鼻骨倒豎矣，[馮評]老典即老龜也。[但評]爲官不廉，其妻必不貞。乃不貞者在鬼，而不廉者且居然以一官肆其貪鄙。可哀也哉！汝居官有何黑白？袖有三百錢，便而翁也！[馮評]三百錢便污人名節，安有貞婦？[但評]有三百錢便而翁，則人盡翁也。○駡盡天下貪鄙賊。有三百錢便而翁；且有不必三百而亦翁者。即以愛媳入青樓，又惡足償彼貪債哉。神怒人怨，死期已迫，汝父母代哀冥司，願以愛媳入青樓，代汝償貪債，不知[校]青本下有也字。○[但評]償貪債者，必入青樓，且爲愛媳，且爲父母之所代哀，言之者無罪，聞之者足以戒。耶？」言已又撃。某宛轉哀鳴。[馮評]或謂聊齋駡人太傷雅道，駡教官爲餓鬼，駡典史爲龜頭。予曰：非也，有可駡則駡之。以三百錢便污人名節，此豈尚得謂之官乎？天下如此官豈少乎？人各捫心自問，無怪人駡也。否則鄒忠介，石城吏目也；王陽明，龍場驛丞也；楊椒山，狄道典史也。掀天揭地，典史中豈無名人哉？至駡教官爲餓鬼，以教官中原不少餓鬼，駡之宜。方驚詫無從救解，旋見梅女自房中出，張目吐舌，顏色變異，近以長簪刺其耳。封驚極，以身障客。女憤不已。封勸曰：「某即有罪，倘死於寓所，則咎在小生。請少存投鼠之忌。」[呂註]漢書，賈誼傳：里諺曰：欲投鼠而忌器。此善喻也。鼠近於器，尚憚不投，況於貴臣之近主乎？[何註]投鼠忌器出賈疏，言任意投鼠，則器爲所傷矣。女乃曳嫗曰：「暫假餘息，爲我顧封郎也。」某張皇鼠竄而去。至署，患腦[校]青本作頭。痛，中夜遂斃。[馮評]崇禎十七年五十四相，後世不知名。洪武間，龍陽典史青文勝捐軀以救民困，名垂青史，廟祀不絶。宰相若彼，典史若此，官豈以大小論哉！次夜，女出笑曰：「痛快！惡氣出矣！」[但評]文亦痛快之至。問：「何仇怨？」女曰：「曩已言之：受賄誣奸，啣恨已久。每欲浼君，一爲昭雪，自愧無纖毫之德，故將言而輒止。適聞紛拏，竊以[校]青本作一。伺聽，不意其仇人也。」封訝曰：「此即誣卿者耶？」曰：「彼典史於此，十有八年；[但評]十八年有多少阿翁。妾寃殁十六寒暑矣。」[但評]歷十六寒暑，固留之以待寃報；然不知又添多少阿翁矣。問：「嫗爲誰？」曰：「老娼也。」又問愛卿，曰：「臥病耳。」因靦然曰：「妾昔謂會合有期，今真不遠矣。君嘗願破家相贖，猶記否？」封曰：「今日猶此心也。」女曰：「實告君：妾殁日，已投生延安展孝廉家。徒以大怨未伸，故遷延於是。請以新帛作鬼囊，俾妾得附君以往，[但評]大怨已伸，惡氣已出，妾今乃得請處囊中矣。就展氏求婚，計必允諧。」封慮勢分懸殊，恐將不遂。女曰：「但去無[校]青本作勿。憂。」封從其言。女囑曰：「途中慎勿相喚；待合巹之夕，以囊挂新人首，急呼曰：『勿忘勿忘！』」封諾之。纔啓囊，女跳身已入。攜至延安，訪之，[但評]攜鬼囊求婚，直是探囊取物。果有展孝廉，生一女，貌極端好；但病癡，又常以舌出脣外，類犬喘日。年十六歲，無問名[呂註]禮，昏義：是以昏禮納采問名。注：納雁以爲采擇之禮也。問名，女生之母名氏也。者。父母憂念成痗。封到門投刺，具通族閥。既退，託媒。[校]上二字，青本作倩媒致辭。展喜，贅封於家。女癡絶，不知爲禮，使兩婢扶曳歸室。羣婢既去，女解衿露乳，對封憨笑。封覆囊[校]青本下有而字。呼之。

女停眸審顧，似有疑思。封笑曰：「卿不識小生耶？」舉之囊而示之。［但評］舉之囊而示之，卿固毛遂，自當脱穎而出矣。女乃悟，急掩衿，喜共燕笑。詰旦，封入謁岳。展慰之曰：「癡女無知，既承青眷，君倘有意，家中慧婢不乏，僕不靳相贈。」封力辨其不癡。展疑之。無何，女至，舉止皆佳，因大驚異。女但掩口［校］青本作嫣然。微笑。展細詰之，女進退而慚於言；封爲略述梗概。［呂註］東京記：其梗概有如此。注：梗概，粗言也。〇［但評］雖是含寃遷延，而所以遇封之故，實有慚於言者。使非倩人自代，不惟生前之垢，西江難濯；而瘖後之羞，亦北堂難見矣。展大喜，愛悦逾於平時。使子大成與壻同學，供給豐備。年餘，大成漸厭薄之，因而郎舅不相能；［呂註］左傳，襄二十一年：范鞅故與欒盈爲公族大夫，而不相能。［何註］不相能，不相容隱也。廝僕亦刻疵其短。展惑於浸潤，禮稍懈。女覺之，謂封曰：「岳家不可久居；凡久居者，盡闒茸也。及今未大決裂，［呂註］戰國策：范睢曰：穰侯使者操王之重，決裂諸侯。又史記，范睢蔡澤列傳：商君決裂阡陌，以静生民之業，而一其俗。宜速歸。」［馮評］語確。封然之，告展。展欲留女，女不可。［但評］知其不可與處，及其未決裂也而去之。見幾而作，不俟終日，闒茸者惡足以語此。父兄盡怒，不給輿馬。女自出妝［校］青本作奩。貲貰馬［校］青本下有焉字。歸。後展招令歸寧，女固辭不往。後封舉孝廉，始通慶好。

異史氏曰：「官卑者［校］青本無者字。愈貪，其常情然乎？三百誣姦，夜氣之牿亡盡矣。奪嘉耦，入青樓，卒用暴死。吁！可畏哉！」

康熙甲子，貝丘〔呂註〕濟南志：唐曰臨濟，古營丘地，有臨淄縣，乃劉宋貝丘。典史最貪詐，民咸怨之。忽其妻被狡者誘與偕亡。或代懸招狀云：「某官因自己不慎，走失夫人一名。身無餘物，止有紅綾七尺，包裹元寶一枚，翹邊細紋，並無闕壞。」亦風流之小報也。

〔何評〕青蚨三百，所獲幾何？至妻入青樓，猶不能代償貪債，孰謂冥可欺乎哉！

〔但評〕烏角帶實費資本得來，焉得不貪？但未見有如三百誣姦，毫無天良之至於此者。嘉耦入青樓，卒用暴死，當頭棒喝，挽回得多少貞婦，成全了多少善終。

郭秀才

東粵士人郭某，暮自友人歸，入山迷路，竄榛莽中。更［校］青本更上有約字。許，聞山頭笑語，急趨之。見十餘人，藉地飲。望見郭，鬨然曰：「坐中正欠一客，大佳，大佳！」郭既坐，見諸客半儒巾，［但評］大道若大路然，固當儒巾。便請指迷。一人笑曰：「君真酸腐！舍此明月不賞，何求道路？」［但評］眼前是道。即飛一觥來。［但評］此觥當名行尊。郭飲之，芳香射鼻，一引遂盡。又一人持壺傾注。郭故善飲，又復奔馳吻燥，一舉十［校］青本作一。觴。衆人［校］青本無人字。大贊曰：「豪哉！真吾友也！」郭放達喜謔，能學禽語，［校］青本作言。無不酷肖。［馮評］小要，意亦佳。離坐起溲，竊作燕子鳴。衆疑曰：「半夜［校］青本作夜半。何得此［校］青本下有也字。耶？」又效杜鵑，［吕註］本草：杜鵑出蜀中，狀如雀鷂。色慘黑，口赤，有小冠。春暮則鳴，鳴必北向。衆益疑。郭坐，但笑不言。方紛議間，郭回首爲鸚鵡鳴曰：「郭秀才醉矣，送他歸也！」衆驚聽，寂不復聞。少頃，又作之。既而悟其爲郭，始大笑。

皆撮口從學，無一能者。一人曰：「可惜青娘子未至。」又一人曰：「中秋還集於此，郭先生不可不來。」［馮評］閃一筆，拖一筆，眩惑人，聊齋往往如此。郭敬諾。一人起曰：「客有絶技，我等亦獻踏肩之戲，若何？」於是譁然並起。前一人挺身矗［何註］矗音珽，長直貌。阿房宮賦：蜂房水渦矗，不知其幾千萬落。立；即有一人飛登肩上，亦矗立；累至四人，高不可登；繼至者，攀肩踏臂，如緣梯狀：十餘人，頃刻都盡，望之可接霄漢。方驚顧間，挺然倒地，化爲修道一綫。［但評］迷路問路，而適爲路所迷；勾留之間，驀然驚醒，大道即在眼前耳。修身處世，皆當作如是觀。郭駭立良久，遵道得歸。翼日，腹大痛；溺緑色，似銅青，［呂註］本草：生熟銅皆有青，即是銅之精華。大者即空緑，以次空青。着物能染，亦無溺氣，三日乃已。往驗故處，則肴骨狼籍，四圍叢莽，並無道路。至中秋，郭欲赴約，朋友諫止之。［但評］才得出路，又欲再入迷途耶？不有良朋，我知其爲黄鶴矣。設斗膽再往一會青娘子，必更有異。惜乎其見之摇也！［校］青本無設斗膽以下句。

［何評］郭秀才學諸禽言，放誕可想。

死僧

某道士，雲游日暮，投止野寺。見僧房扃閉，遂藉蒲團，趺坐廊下。夜既静，聞啓闔聲。旋見一僧來，渾身血污，目中若不見道士，道士亦若不見之。僧直入殿，登佛座，抱佛頭而笑，久之乃去。及明，視室，門扃如故。怪之，入村道所見。衆如寺，發扃驗之，則僧殺死在地，室中席篋掀騰，知爲盜劫。疑鬼笑有因；共驗佛首，見腦後有微痕，刓之，内藏三十餘金。遂用以葬之。

異史氏曰：「諺有之：『財連於命。』不虛哉！夫人儉嗇封殖，以予所不知誰何之人，〔何評〕太過。亦已癡矣；况僧並不知誰何之人而無之哉！生不肯享，死猶顧而笑之，財奴之可歎如此。佛云：『一文將不去，惟有業〔校〕此據青本，抄本作孽。隨身。』其僧之謂夫！」

阿英

甘玉，字璧人，廬陵人。父母早喪。遺弟珏，字雙璧。〔馮評〕提筆。始五歲，從兄鞠養；玉性友愛，撫弟如子。後珏漸長，丰姿秀出，又惠能文。玉益愛之。每曰：「吾弟表表，〔吕註〕韓愈祭柳子厚文：子之自著，表表愈偉。又舒芬與林泗州書：林見素、王陽明，皆一代之表表者。不可以無良匹。」然簡拔過刻，姻卒不就。適讀書匡山僧寺，夜初就枕，聞窗外有女子聲。窺之，見三四女郎席地坐，數婢陳肴〔校〕此據青本，抄本作設，疑有漏字。酒，皆殊色也。一女曰：「秦娘子，〔校〕青本下多秦娘子三字。阿英何不來？」〔馮評〕露一字。〔但評〕此處卻說阿英不來，方有中間兩次在途問答言，此文字挪展法也。下座者曰：「昨自函谷來，被惡人傷〔校〕青本下有其字。右臂，不能同游，方用恨恨。」一女曰：「前宵一夢大惡，今猶汗悸。」下座者摇手曰：「莫道莫道！今宵〔校〕青本作夕。姊妹懽會，言之嚇人不快。」女笑曰：「婢子何〔校〕青本無何字。膽怯爾爾！便有虎狼啣去耶？若要勿言，須歌一曲，爲娘行侑酒。」女低吟曰：「閒階桃花取次開，昨日踏青小約未應乖。付囑[校]青本作囑付。東鄰女伴少待莫相催，着得鳳頭鞋子即當來。」吟罷，一座無不歎賞。談笑間，忽一偉丈夫岸然自外入，鶻睛[何註]鶻睛，言若鷹目之突出也。熒熒，其貌獰醜。衆啼曰：「妖至矣！」倉卒鬨然，殆如鳥散。[何註]鳥散，如鳥獸驚散也。○[但評]鳥散二字，是暗點法。惟歌者婀娜[何註]婀音阿上聲，弱貌。娜，那上聲，美貌，柔而長也。娜讀平聲處另一解。不前，被執哀啼，强與支撑。丈夫吼怒，齕手斷指，就便嚼食。女郎[校]青本作即。踣地若死。玉憐惻[校]青本無惻字。不可復忍，乃急袖[校]青本作抽。劍拔關出，揮之，中股；股落，負痛逃去。扶女入室，面如塵土，血淋衿袖；驗其手，[校]青本作指。則右拇斷矣。裂帛代裹之。女始呻曰：「拯命之德，將何以報？」玉自初窺時，心[校]青本無心字。已隱爲弟謀，[馮評]帶。因告以意。女曰：「狼疾[何註]狼疾，本孟子。之人，不能操箕帚矣。當別爲賢仲圖之。」[但評]妾非毛遂，乃曹丘生。詰其姓氏，答言：「秦氏。」玉乃展衾，俾暫休養；自乃襆被他所。曉而視之，則牀[校]青本下有上字。已空；意其自歸。而訪察近村，殊少此姓；廣託戚朋，並無確耗。歸與弟言，悔恨若失。[馮評]另提。珏一日偶游塗野，遇一二八女郎，姿致娟娟，顧之微笑，似將有言。因以秋波四顧而後問曰：「君甘家二郎否？」〔校〕青本作耶。○〔馮評〕又突下語。曰：「然。」曰：「君家尊曾與妾有婚姻之約，何今日欲背前盟，另訂秦家？」珏云：〔校〕青本作曰。「小生幼孤，夙好都不曾聞，請言族閥，〔何註〕族閥，宗族門第也。歸當問兄。」女曰：「無須細道，但得一言，妾當自至。」珏以未稟兄命爲辭。女笑曰：「騃〔何註〕騃，五駭切，癡也。郎君！遂如此怕哥子耶？〔校〕青本下有既如此三字。妾陸氏，居東山望村。三日內，當候玉音。」乃別而去。珏歸，述諸兄嫂。〔馮評〕以下嫂字着眼。兄曰：「此大謬語！父殁時，我二十餘歲，倘有是說，那得不聞？」又以其獨行曠野，遂與男兒交語，愈益鄙之。因問其貌。珏紅徹面頸，不出一言。嫂笑曰：「想是佳人。」玉曰：「童子何辨妍媸？縱美，必不及秦；待秦氏不諧，圖之未晚。」珏默而退。〔馮評〕又一曲。踰數日，玉在途，見一女子，零涕前行。垂鞭按轡而微睨之，人世殆無其匹。使僕詰焉。答曰：「我舊許甘家二郎；因家貧遠徙，遂絶耗問。近方歸，復聞郎家二三其德，〔何註〕二三其德句，衛風氓之詩也。其詩曰：女子不爽，士貳其行，士也罔極，二三其德。背棄〔校〕青本作其。前盟。往問伯伯甘璧人，焉置妾也？」〔但評〕面珏而陳，使其歸述，體之變而得其道者；此而不諧，不得已，而自向璧人言之，責以背盟，問其所處，又禮之變而得其權者。能言而以禮自處，今人之有禽心者，殊羞此鸚鵡。玉驚喜曰：「甘璧人，即我是也。先人曩約，實所不知。去家不遠，請即歸謀。」乃下騎授轡，步御以歸。女自言：「小字阿英。家無昆季，惟外姊秦氏同居。」〔馮評〕又帶。始悟麗者即其人也。玉欲告諸其家，女固止之。竊喜弟得佳婦，然恐其佻達招議。〔馮評〕不敘成婚，此是藏筆，觀者自知。久之，女殊矜莊，又嬌婉善言。〔但評〕矜莊又嬌婉善言，亦是暗映法。母事嫂，嫂亦雅愛慕之。值中秋，夫妻方狎宴，嫂〔校〕青本下有苦字。招之。珏意悵惘。女遣招者先行，約以繼至；而端坐笑言，良久殊無去志。〔校〕青本作意。珏恐嫂待久，〔校〕青本無久字。故連〔校〕青本無連字。促之。女但笑，卒不復去。質旦，晨妝甫〔校〕抄本作甫妝。竟，嫂自來撫問：「夜來相對，何爾怏怏？」女微哂之。珏覺有異，質對參差。嫂大駭：「苟非妖物，何得有分身術？」玉亦懼，隔簾而告之曰：「家世積德，曾無怨讎。如其妖也，請速行，幸勿殺吾弟！」〔馮評〕友愛。女靦〔校〕青本作覥。然曰：「妾本非人，祇以阿翁夙盟，故秦家姊以此勸駕。〔呂註〕漢高祖求賢詔：其有意稱明德者，必身勸爲之駕。注：勸其應詔，使之速行也。自分不能育男女，嘗欲辭去，所以戀戀者，〔校〕青本無者字。爲兄嫂待我不薄耳。今既見疑，請從此訣。」〔但評〕見疑而請訣，本非人而實非非人，是爲非人非非人。轉眼化爲鸚鵡，翩然逝矣。〔馮評〕此篇鸚鵡與秦吉了同傳。初，甘翁在時，蓄一鸚鵡甚慧，嘗自投餌。時珏〔校〕青本作珏時。四五歲，問：「飼鳥何爲？」父戲曰：「將以爲汝婦。」間〔校〕青本下有慮字。鸚鵡乏食，則呼珏云：「不將餌去，餓煞〔校〕青本作死。媳婦矣！」家人亦皆以此爲〔校〕青本作相。

戲。後斷鎖亡去。始悟舊約云［校］青本無云字。即此也。然珏明知非人，而思之不置；嫂懸情尤切，旦夕啜泣。玉悔之而無如何。後二年，爲弟聘姜氏女，意終不自得。有表兄爲粵司李，玉往省之，久不歸。適土寇爲亂，［馮評］生波。近村里落，半爲丘墟。珏大懼，率家人［校］上三字，青本作挈家。避［校］青本下有難字。山谷。山［校］青本無山字。上男女頗雜，都不知其誰何。忽聞女子小語，絶類英。嫂促珏近驗之，果英。珏喜極，捉臂不釋。女乃謂同行者曰：「姊且去，我望嫂嫂來。」既至，嫂望見悲哽。女慰勸再三。又謂：「此非樂土。」因勸令歸。衆懼寇至，女固言：「不妨。」乃相將俱歸。女撮土攔户，囑安居勿出，坐數語，反身欲去。嫂急握其腕，又令兩婢捉左右足，女不得已，止焉。然不甚歸私室；珏訂之三四，始爲之一往。嫂每謂新婦不能當叔意。女遂早起爲姜理妝，梳竟，細勻鉛黄，［何註］鉛黄，皆白面飾。孔氏雜説：周宣帝禁天下施粉黛，自此宫人皆黄眉墨妝。周静帝又令宫人黄眉墨妝。盧照鄰詩：鴉黄粉白車中出。又黄山谷荼蘼詩：漢宫嬌額半塗黄。人視之，豔增數倍；如此三日，居然麗人。嫂奇之。因言：「我又無子。欲購一妾，姑未遑暇。不知婢輩可塗澤否？」女曰：「無人不可轉移，但質美者易爲力耳。」［何評］理學語。［但評］天下不可轉移之人，必其爲非人之人，而質美易爲力之人，又已爲人中之人。釋其回，增其美，詩書禮樂，浹髓淪肌，至生色根心，粹面盎背，可以爲人中之完人，可以爲人中之賢人，可以爲人中之聖人。遂徧相諸婢，惟一黑醜者，有宜男［呂註］風土記：宜男，草也，妊婦佩之必生男。相。乃喚與洗濯，已而以濃粉雜藥末塗之。如是三日，面赤［校］青本作色。漸黃；四七日，［校］青本作後。脂澤沁入肌理，居然可觀。［馮評］又帶。［但評］撮土禦寇，已分亂離之憂；且於兵燹中勻鉛黃，塗脂澤，丹成換骨，花種宜男。妖乎仙乎？目之以神，抑何神乎？日惟閉門作笑，並不計及兵火。一夜，噪聲四起，［馮評］敘土寇用斷續之筆。舉家不知所謀。俄聞［校］青本無聞字。門外人馬鳴動，紛紛俱去。既明，始知村中焚掠殆盡；盜縱羣隊窮搜，凡伏匿巖穴者，悉被殺擄。遂益德女，目之以神。女忽謂嫂曰：「妾此來，徒以嫂義難忘，聊分離亂之憂。阿伯行至，妾在此，如諺所云，非李非桃，［校］青本作柰。○［但評］真嬌婉善言。可笑人也。我姑去，當乘間一相望耳。」嫂問：「行人無恙乎？」曰：「近［校］青本作途。中有大難。此無與他人事，秦家姊受恩奢，［馮評］又隨手帶敘。意必報之，固當無妨。」嫂挽之過宿，未明已去。玉自東粵歸，聞亂，兼程進。途遇寇，主僕棄馬，各以金束腰間，潛身叢棘中。一秦吉了［呂註］爾雅翼：秦中有吉了鳥，毛羽黑，有兩耳，如人耳而紅。○桂海虞衡志：秦吉了如鸜鵒，紺黑色，丹咮黃距，目下連，頂有深黃文，頂毛有縫，如人分髮。能人言，比鸜鵒尤慧。鸜鵒如兒女，吉了聲則如丈夫。出邕州溪洞中。唐書：林邑出結遼鳥。林邑，今占城，去邕欽州，但隔交趾，疑即吉了也。飛集棘上，［馮評］謝氏詩源云：昔有女子與人情密，凡書札皆憑秦吉了往來。一日，鳥語婦曰：情急了。因名情急了，或曰秦吉了，出秦中，能言。○聞見録：長寧軍有鳥名秦吉了，能人言。一日，有夷人將錢五千鬻之。曰：我漢禽也，不願入蠻地，遂投水而死。今不復產。展翼覆之。視其足，缺一指，心異之。俄而羣盜四合，繞莽殆徧，似尋之。［校］青本作繞莽尋之殆徧。二人氣不敢息。盜既散，鳥始翔去。既歸，各道所見，始知秦吉了即所救麗者也。後值玉他出不歸，英必暮至；計玉將歸而蚤出。［校］青本作則蚤去。珏或會於嫂所，間邀之，則諾而不赴。一夕，玉他往，珏意英必至，潛伏候之。未幾，英果來，暴起，要遮而歸於室。女曰：「妾與君情緣已盡，强合之，恐爲造物所忌。少留有餘，時作一面之會，如何？」［校］青本作何如。○［但評］此見道語，較之白衣娘尤高一等。○天下事之强成者，必爲造物所忌。其大者，功名富貴；其小者，一衣一食，一飲一啄，取予之間，皆有定分。少留有餘，則地步寬展矣。快一時之私，便已老到盡頭路去。珏不聽，卒與狎。天明，詣嫂。嫂怪之。女笑云：「中途爲强寇所劫，［但評］隨口語便成讖。勞嫂懸望矣。」數語趨出。居無何，有巨狸［校］青本作貓。啣鸜鵒經寢門過。嫂駭絶，固疑是英。時方沐，輟洗急號，羣起譟擊，［何註］譟，羣呼也。穀梁傳，定十年：齊人鼓譟而起。始得之。左翼沾血，奄存餘息。抱置膝頭，撫摩良久，始漸醒。自以喙理其翼。少選，飛繞室中，呼曰：「嫂嫂，别矣！吾怨珏也。」振翼遂去，不復來。

［何評］守義報德，禽鳥亦猶人。獨易醜爲美一節，萬無可解耳。

橘樹

陝西劉公，爲興化令。有道士來獻盆樹；視之，則小橘細裁如指，擯弗受。劉有幼女，時六七歲，適值初度。道士云：「此不足供大人清玩，聊祝女公子福壽耳。」乃受之。女一見，不勝愛悅，寘諸閨闥，朝夕護之唯恐傷。劉任滿，橘盈把矣。是年初結實。簡裝將行，以橘重贅，謀棄之。〔校〕青本作去。女抱樹嬌啼。家人紿之曰：「暫去，且將復來。」〔校〕此據青本，抄本無暫去二字，且將復來，作幾日而不復來，似有訛字。女信之，涕始止。又恐爲大力者負之而去，〔何註〕有大力者負之而趨，借用莊子藏舟於壑語也。立視家人，移栽墀下，乃行。女歸，受莊氏聘。莊丙戌登進士，釋褐〔呂註〕揚雄解嘲：或釋褐而傳。○宋選舉志：每春季，太學辟雍生悉公試，混取總五百七十四人；以四十七人爲上等，即日賜釋褐。○宋朝會典：興國二年，始賜呂蒙正等釋褐。狀元皆謝恩日賜；祥符中，始及第日賜之。○按：釋褐，謂釋布褐藍衣。〔何註〕褐，賤者之服，釋之則爲官也。齊高帝視少府虞玩之屐斷處以芒接，問：何年著此？曰：釋褐時。爲興化令。夫人大喜。竊意十餘年橘不復存，及至，則橘〔校〕青本作樹。已十圍，實纍纍〔何註〕纍纍，猶堆積也。以千計。問之故役，皆云：「劉公去後，橘甚茂而不實，此其初結也。」更奇之。莊任三年，繁實不懈；[校]青本作改。第四年，憔悴無少華。夫人曰：「君任此不久矣。」至秋，果解任。

異史氏曰：「橘其有夙緣於女與？何遇之巧也！其實也似感恩，其不華也似傷離。物猶如此，[何註]世說：桓温見兒時種柳已十圍，嘆曰：物猶如此，人何以堪！而況於人乎？」

[何評]獻橘表異，道士遊戲三昧耳。乃橘初實而劉女始去，橘再實而劉女復來，豈真爲女公子作祥瑞耶？何緣之巧也？

赤字

順治乙未冬夜，天上赤字如火。其文云：「白苕代靖否復議朝治馳。」［校］青本無此篇。

牛成章

牛成章，江西之布商也。娶鄭氏，生子女各一。牛三十三歲病死。子名忠，時方十二；女八九歲而已。母不能貞，貨產入囊，改醮而去。遺兩孤，難以存濟。［但評］如此不貞之婦，改醮之罪小，貨產棄孤之罪大。摘耳齕項，故鬼別有神奇。有牛從嫂，年已六衰，［呂註］白居易詩：已開第六衰，飽食仍安眠。注：十年爲一衰。按：亦作秩。貧寡無歸，送［校］青本作遂。與居處。數年，嫗死，家益替。而忠漸長，思繼父業而苦無貲。妹適毛姓，毛富賈也。女哀壻假數十金付兄。兄從人適金陵，途中遇寇，資斧盡喪，飄蕩不能歸。偶趨典肆，見主肆者絕類其父；出而潛察之，姓字皆符。駭異不諭其故。惟日流連其傍，以窺意旨，而其人亦略不顧問。如此三日，覘其言笑舉止，真父無訛。即又不敢拜識；乃自陳於羣小，求以同鄉之故，進身爲傭。立券已，主人視其里居、姓氏，［校］青本作名。似有所動，問所從來。忠泣訴父名。主人悵然若失。久之，問：「而母無恙乎？」

忠又不敢謂父死，婉應曰：「我父六年前，經商不返，母醮而去。幸有伯母撫育，不然，葬溝瀆久矣。」主人慘然曰：「我即是汝父也。」於是握手悲哀。又導入參其後母。後母姬，年三十餘，無出，得忠喜，設宴寢門。牛終欷歔不樂，即欲一歸故里。妻慮肆中乏人，故止之。牛乃率子紀〔校〕青本作經。理肆務；居之三月，乃以諸籍委子，取〔校〕青本作趨。裝西歸。既別，忠實以父死告母。姬乃大驚，言：「彼負販於此，曩所與交好者，留作當商；娶我已六年矣。何言死耶？」忠又細述之。相與疑念，不喻其由。踰一晝夜，而牛已返。攜一婦人，〔校〕青本作入。頭如蓬葆。〔呂註〕前漢書，燕刺王旦傳：頭如蓬葆。注：蓬，亂也。葆，草叢生之貌。〔何註〕蓬，草名；葆，草盛貌。漢書，燕刺王旦傳：頭如蓬葆，勤苦至矣。忠視之，則其所生母也。牛摘耳頓罵：「何棄吾兒！」婦懾伏不敢少動。牛以口齕其項。〔馮評〕天下若多此靈鬼，再醮婦能無寒心？婦呼忠曰：「兒救吾！兒救吾！」忠大不忍，橫身蔽鬲其間。牛猶忿怒，婦已不見。衆大驚，相譁以鬼。旋視牛，顏色慘變，委衣於地，化爲黑氣，亦尋滅矣。母子駭歎，舉衣冠而瘞之。忠席父業，富有萬金。後歸家問之，則嫁母於是日死，一家皆見牛成章云。

〔何評〕足以警負心再醮者。

［但評］子已十二，又有産可以撫之，乃不貞他適；又復貨産入囊，棄兩孤於膜外，其死宜矣。獨怪牛已病殂，何又負販金陵而再成家室，六七年間，終恝然置家不問也？待子言而後知，豈主典肆者果非鬼乎？藉曰非也，又何以一晝夜而往還千里，攜婦而入，摘耳齕項，婦鬼滅而牛亦委衣爲黑氣也？然以千里之遥，數年之久，卒能正其棄兒之罪，轉恨天下之鬼不如牛！

青娥

霍桓，字匡九，晉人也。父官縣尉，早卒。遺生最幼，聰惠絶人。十一歲，以神童入泮。［馮評］另提。而母過於愛惜，禁不令出庭户，年十三，［校］青本下有歲字。尚不能辨叔伯［校］青本作伯叔。甥舅焉。同里有武評事［吕註］唐書，百官志：大理寺有評事八人，掌出使推按。者，好道，入山不返。有女青娥，年十四，美異常倫。幼時竊讀父書，慕何仙姑［吕註］續仙傳：何仙姑，零陵市人女也。純陽以一桃與之，僅食其半，自是不飢。頗能談休咎。老而尸解。○按：趙道一仙鑑録云：純陽所度者乃趙姑名何者也。有仙姑姓何者，開元中羽化去，合在純陽前。之爲人。［馮評］何仙姑，何仙姑，人人説你有丈夫。答之曰：豈不聞是非終日有，不聽自然無。見粲花齋五種。父既隱，立志不嫁。［但評］女慕道士，立志不嫁，遂引出道士來。母無奈之。一日，生於門外瞥見之。童子雖無知，祇覺愛之極，而不能言；［但評］有鰥者自撫幼子，以老僕司閽，司炊，禁子不令出户庭，目未經睹婦女也。一日，攜遊里巷，睹豔麗者，以問父，詭語之曰：鬼也。及歸，問：兒今日之見何好？對曰：只鬼好。所謂飲食男女，人之大欲存焉，與童子無知二語暗合。直告母，使委禽焉。母知其不可，故難之。生鬱鬱不自得。母恐拂兒意，遂託往來者致意武，果不諧。生行思坐籌，無以爲計。會有一道士在門，手握小鑱，長裁尺許。［馮評］即以此作朱繩、紅葉觀可也。道士評事友耶？否則何爲好事？［但評］道士何來？其月老耶？其洞仙耶？乃授之鑱而致之穴牆耶？非此不能得女，非此不能愈母病，非此不能致長生。此天之所以報純孝，不可以常格律也。生借閱一過，問：「將何用？」答云：「此［校］青本無此字。劚、［何註］劚，洙玉切。爾雅注：鋤屬，剜藥器也。蘗之具；物雖微，堅石可入。」生未深信。道士即以斫牆上石，應手落如腐。生大異之，把玩不釋於手。道士笑曰：「公子愛之，即以奉贈。」生大喜，酬之以錢，不受而去。持歸，歷試磚石，略無隔閡。頓念穴牆則美人可見，而［校］青本下有並字。不知其非法也。更定，踰垣而出，［校］青本作去。直至武第；凡穴兩重垣，始達中庭。見小廂中，尚有燈火，伏窺之，則青娥卸晚妝矣。少頃，燭滅，寂無聲。穿墉［校］青本作牖。入，女已熟眠。輕解雙履，悄然登榻；又恐女郎驚覺，必遭訶逐，遂潛伏繡褶［校］青本作衾。之側，略聞香息，心願竊慰。［馮評］十一歲孩子惜玉憐香如此，成人後定能向綺羅叢中做工夫者。而半夜經營，疲殆頗甚，少一合眸，不覺睡去。女醒，聞鼻氣休休；開目，見穴隙亮入。大駭，急起，暗中［校］中，青本作搖婢醒。拔關輕出，敲窗喚家人婦，共爇火操杖以往。見一總角書生，酣眠繡榻；［馮評］光景真好看。細審，識［校］青本作視。爲霍生。推之始覺，遽起，目灼灼如流星，似亦不大畏懼，但靦然不作一語。衆指爲賊，恐呵之。始出涕曰：「我非賊，實以愛娘子故，願以［校］青本作一。近芳澤耳。」

［但評］既近美人，則心志已遂，不知非法，何畏懼之有？惟靦然不作一語，乃童子羞惡之本真耳。○穴牆穿牖而不知非法，不知畏懼，至以賊呵之，乃始出涕而道實情。目以騃兒可也，目以神童亦可也。衆又疑穴數重垣，非童子所能者。生出鑱以言其異。共試之，駭絕，訝爲神授。將共告諸夫人。女俛首沉思，意似不以爲可。［馮評］雖真仙至此，情亦爲之動矣。或曰：仙人絕情緣。予謂釋迦、老子、呂祖、丘祖，皆天上之多情人也。巨奸大惡乃天下之無情人。［但評］已中道士刼制之計。○女固立志不嫁者也，俛首沉思，意似不可二句，藏多少議論，多少權衡。文有手寫本位而四面俱到者，此段寫生耶，寫女耶？即若小意念乖絕一語，而贊之於女不言亦不怒之後，此等靈妙處，吾急欲索解人。衆窺知女意，因曰：「此子聲名門第，［校］青本作地。殊不辱玷。不如縱之使去，俾復求媒焉。［但評］衆人計議已在道士意中。詰旦，假盜以告夫人，如何也？」女不答。衆乃促生行。生索鑱。共笑曰：「騃兒童！猶不忘凶器耶？」生覷枕邊，有鳳釵一股，陰納袖中。已爲婢子所窺，急白之。女不言亦不怒。一媼拍頸曰：「莫道他騃若，［校］青本下有小字。意念乖絕也！」［但評］文筆玲瓏，巧不可言。乃曳之，仍自竇中出。［馮評］可愛煞。既歸，不敢實告母，但囑母復媒致之。母不忍顯拒，惟偏託媒氏，急爲別覓良姻。青娥知之，中情皇急，陰使腹心者［校］青本無者字。風示媼。［但評］道士刼制法，其妙如此。媼悅，託媒往。會小婢漏泄前事，武夫人辱之，不勝恚憤。媒至，益觸其怒，以杖畫地，罵生並及其母。［但評］斥媒一節，事出意外，文亦頓挫生姿。媒懼竄歸，具述其狀。生母亦怒曰：「不肖兒所爲，我都夢夢。［校］青本作懜懜。○［呂註］詩，小雅：視天夢夢。［何註］夢音蒙，不明也。何遂以無禮相加！當交股時，何不將蕩兒淫

女[校]青本作婦。一併殺卻？」[但評]又用返逼法，俱在道士計中。由是見其親屬，輒便披訴。女聞，愧欲死。武夫人大悔，而不能禁之使勿言也。女陰使人婉致生母，且矢之以不他，[但評]道士劫制法，其妙如此。其詞[校]青本作辭。悲切。母感之，乃不復言；而論親之謀，亦遂輟矣。[馮評]頓住。會秦中歐公宰是邑，見生文，深器之，時召入內署，極意優寵。一日，問生：「婚乎？」答言：「未。」細詰之，對曰：「夙與故武評事女小[校]青本作小女。有盟約；後以微嫌，遂致中寢。」問：「猶願之否？」生靦然不言。公笑曰：「我當爲子成之。」即委縣尉、教諭，納幣於武。夫人喜，婚乃定。踰歲，娶[校]青本下有女字。歸。[馮評]文章要省即加倍省，要增即加倍增。不寫，則許多只須一句，要寫，則一事必須數番。娶女歸三字，省法，人知者是收上，不知即以爲下段用處。女[校]青本無女字。入門，乃以鑱擲地曰：「此寇盜物，可將去！」[但評]訝爲神授而留之，且任易釵以去，知緣之有定，而即以此爲媒妁也。使人風示，矢志不他，亦即勿忘媒妁之意也。年來佩之不去身，亦可知矣。入門擲地，其辭若有憾焉，其實乃深喜之。女曰，此寇盜物，生曰，勿忘媒妁，道士曰，匪寇昏媾。生笑曰：「勿忘媒妁。」珍佩之恒不去身。[但評]一鑱也，女視之如寇盜，生視之如媒妁，道士視之，則先寇盜，後媒妁，既媒妁，又寇盜。以寇盜爲媒妁，以媒妁爲寇盜，鑱也，寇盜也，媒妁也，一而二，二而一者也。女爲人溫良寡默，一日三朝其母；餘惟閉門寂坐，不甚留心家務。母或以弔慶他往，則事事經紀，罔不井井。年[校]青本年上有二字。餘，生[校]青本生上有女字。一子孟仙。一切委之乳保，似亦不甚顧惜。又四五年，忽謂生曰：「懽愛之緣，於茲八載。今離長會短，可將奈何！」生驚問之，即已默默，盛妝拜母，返身入室。追而詰之，則仰眠榻上而氣絶矣。母子痛悼，購良[校]青本無良字。材而葬之。母已衰邁，每每抱子思母，如摧肺肝，由是遘病，[校]青本作疾。○[何註]遘疾，遘音姤，遇也。書，洛誥：無有遘自疾。遂憊不起。逆害飲食，但思魚羹，[馮評]生下。○補得完密。而近地則無，[校]上二字，青本作無魚。百里外始可購致。時廝騎皆被差遣；生性純孝，急不可待，懷貲獨往，晝夜無停趾。返至山中，日已沉冥，兩足跛踦，步不能咫。後一叟至，[馮評]前一道士此一叟，仙人耶？何强與人家兒女子事？[但評]叟即道士也，知母得病之由，導之使再用其鑱耳。問曰：「足得毋泡乎？」生唯唯。叟便曳坐路隅，[但評]叟又來多事，殆亦不忘凶器矣。敲石取火，以紙裹藥末，熏生兩足訖。試使行，不惟痛止，兼益矯健。感極申謝。叟問：「何事汲汲？」答以母病，因歷道所由。叟問：「何不另娶？」答云：「未得佳者。」叟遥指山村曰：「此處有一佳人，倘能從我去，僕當爲君作伐。」[但評]此佳人承君作伐久矣。生辭以母病待魚，姑不遑暇。[但評]示以佳人，辭以母病。生時時有母在心，道士亦時時有生在心矣。青娥行蹤雖詭，其焉能逃？叟乃拱手，約以異日入村，但問老王，[馮評]老王二字後又不見下落，故作此滉漾之筆。乃別而去。生歸，烹魚獻母。母[校]青本無母字。略進，數日尋瘳。乃命僕馬往尋叟。至舊處，迷村所在。周章[呂註]楚辭：龍駕兮帝服，聊翺遊兮周章。踰時，夕暾[何註]暾音燉，日始出貌。此謂日之將落，如初出時之高下也。漸墜；山谷甚雜，又不可以極望。乃與僕分上山頭，以瞻里落；而山徑[校]青本作路。崎嶇，[何註]崎嶇，山險不平也。苦[校]青本無苦字。不可復騎，跋履而上，昧色籠煙矣。蹀躞四望，更無村落。方將下山，而歸路[校]青本作途。已迷。心中燥火如燒。荒竄問，冥墮絶壁。幸數尺下有一綫荒臺，墜臥其上，[但評]此中有老王在。闊僅容身，下視黑不見底。懼極不敢少動。又幸崖邊皆生小樹，約體如欄。移[校]青本移上有定字。時，見足傍有小洞口；[馮評]此處尚不用鑱。心竊喜，以背着石，螬[何註]螬，蠐螬也。本草：大如足大指，以背滾行。行而入。意稍穩，冀天明可以呼救。少頃，深處有光如星點。漸近之，約三四[校]青本作二三。里許，忽睹廊舍，並無釭[何註]釭音江，鐙之受膏油者。燭，而光明若晝。一麗人自房中出，視之，則[校]青本無則字。青娥也。見生，驚曰：「郎何能來？」[但評]老王指引來。○尋叟迷村，冥墮絶壁，處處驚心駭汗，卻步步有老王在前指引；不然，荒臺一線，何以小樹如欄？而足傍洞口何來？深處點光何來？廊舍何來？麗人何來？宜青娥見之而驚曰：郎何能來也。生不暇陳，[但評]生不暇陳一句，固是相見時真情景，然亦是彌縫之筆。何也？女問生何能來，生不能説我自能來，又不能説老王引我來也。一筆撇開，極爲巧便。抱袪[校]青本作把手。嗚惻。女勸止之。問母及兒，生悉述苦況，女亦慘然。生曰：「卿死年餘，此得無冥間耶？」女曰：「非也，此乃仙府。曩時[校]青本作實。非死，所瘞，一竹杖耳。郎今來，仙緣有分也。」因導令朝父，則一修髯丈夫，坐堂上；生趨拜。女白：「霍郎來。」翁驚起，握手略道平素。曰：「壻來大好，分當留此。」生辭以母望，不能久留。[但評]女曰：郎來仙緣有分。翁曰：壻來分當留此。生辭以母望，不肯久留。可知不能爲孝子仁人，如何成仙作佛？翁曰：「我亦知之。但遲三數日，即亦何傷。」乃餌以肴酒，即令婢設榻於西堂，施錦裀〔何註〕錦裀，裀音因。晉書，劉寔傳：嘗詣石崇家如廁，見有絳紋帳，裀褥甚麗。焉。生既退，約女同榻〔校〕上四字，青本作曳女同。寢。女卻之曰：「此何處，可容狎褻？」生捉臂不捨。窗外婢子笑聲嗤然，女益慚。方爭拒間，翁入，叱曰：「俗骨污吾洞府！宜即去！」生素負氣，愧不能〔校〕青本作可。忍，作色曰：「兒女之情，人所不免，長者何當伺〔校〕青本伺上有窺字。我？無難即去，〔但評〕對翁語雖然負氣，卻是堂堂之鼓，正正之旗。但令女須便將隨。」翁無辭，招女隨之，啓後户送之；賺生離門，父子闔扉去。回首〔校〕首，青本作頭則。峭壁巉巖，無少隙縫，隻影煢煢，罔所歸適。視天上斜月高揭，星斗已稀。悵悵良久，悲已而恨，面壁叫號，迄無應者。憤極，腰中出鑱，〔馮評〕又有用他處。〇觀者要記得珍佩不去身一句，此文家暗中針線，知前此伏筆之妙。鑿石攻進，且攻且罵。〔但評〕此鑱前是强劫，今是歪纏。〇出恒佩之鑱，鑿開峭壁，媒妁之功，比前次愈奇愈大。瞬息洞入三四尺許。隱隱聞人語曰：「孽障哉！」生奮力鑿益急。忽洞底豁開二扉，推娥出曰：「可去，可去！」壁即復合。女怨曰：「既愛我爲婦，豈有待丈人如此者？〔但評〕不如此待丈人，又焉能得卿爲婦？是何處老道士，授汝凶器，將人纏混欲死！」〔但評〕祇知道士授凶器，卻不道是何處老王作汝鄉導，將人纏混欲死。生得女，意願已慰，不復置辨；但憂路險難歸。女折兩枝，各跨其一，即化爲馬，行且駛，〔何註〕駛音史，馬行疾也。俄頃至家。時失生已七日矣。初，生之與僕相失也，覓之不得，歸而告母。母遣人窮搜山谷，並無蹤緒。正憂惶［校］青本下有無字。所，聞子自［校］青本無自字。歸，懽喜承迎。舉首見婦，幾駭絕。生略述之，母益忻慰。女以形蹟詭異，慮駭物聽，求即［校］青本作母。播［何註］播，波去聲。書，大誥：厥子乃弗肯播。注：搖動也，逭也，遷也。遷。母從之。異郡有別業，刻期徙往，人莫之知。偕居十八年，生一女，適同邑李氏。後母壽終。女謂生曰：「吾家茅田中，有雉抱八卵，其地可葬。汝父子扶櫬歸窆。兒已成立，宜即留守廬墓，無庸復來。」生從其言，葬後自返。月餘，孟仙往省之，而父母俱杳。問之老奴，則云：「赴葬未還。」心知其異，浩歎而已。孟仙文名甚譟，［何註］名甚譟，譟，羣呼也。言若羣聲大呼而聲聞于遠也。而困於場屋，四旬不售。後以拔貢入北闈，遇同號生，年可十七八，神采俊逸，愛之。視其卷，註順天廩生霍仲仙。瞪目大駭，因自道姓名。仲仙亦異之，便問鄉貫，［呂註］唐書，選舉志：自今一委有司以鄉貫三代名諱送中書門下。按：貫，鄉籍也。孟悉告之。仲仙喜曰：「弟赴都時，父囑文場中如逢山右霍姓者，吾族也，宜與款接，今果然矣。顧何以名字相同如此？」孟仙因詰高、曾，並嚴、慈姓諱，已而驚曰：「是我父母也！」仲仙疑年齒之不類。孟仙曰：「我父母皆仙人，何可以貌信其年歲乎？」因述往蹟，仲仙始信。［馮評］予少讀此，即議此段文有漏筆，謂仲仙從何處生出？前父母俱杳，赴葬未還，又未伏一筆，豈匡九與青娥忽又同到順天，夫婦生子命名仲仙耶？前處未伏，此處便爲蛇足，添設無情致矣。文有藏筆，此非其例，即云事本非真，亦須捏合有理。場後不暇休息，命駕同歸。才到門，家人迎告，是夜失太翁及夫人所在。兩人大驚。仲仙入而詢諸婦。婦言：「昨夕尚共杯酒，〔校〕青本作酌。母謂：『汝夫婦少不更事。明日大哥來，吾無慮矣。』早旦入室，則闃無人矣。」兄弟聞之，頓足悲哀。仲仙猶欲追覓；孟仙以爲無益，乃止。是科仲領鄉薦。以晉中祖墓所在，從兄而歸。猶冀父母尚在〔校〕青本作居。人間，隨在探訪，而終無蹤蹟矣。

異史氏曰：「鑽穴眠榻，其意則癡；鑿壁罵翁，其行則狂；仙人之撮合之者，惟欲以長生報其孝耳。然既混迹人間，狎生子女，則居而終焉，亦何不可？乃三十年而屢棄其子，抑獨何哉？異已！」

〔何評〕人貴有仙骨，尤貴有仙緣；前之道士，後之老叟，皆是物也。青娥曰：「郎今來，仙緣有分也。」仙乎仙乎！曷不令我聞此言乎？

〔但評〕此篇寫孝子之報，由良緣而得仙緣，分外出奇生色。

鏡聽

益都鄭氏兄弟，皆文學士。大鄭早知名，父母嘗過愛之，又因子並及其婦；二鄭落拓，不甚爲父母所懽，遂惡次婦，至不齒禮：冷暖相形，頗存芥蒂。〔呂註〕蒂與蔕同。前漢書，賈誼傳：細故芥蔕，何足以疑。注：芥蔕，小鯁也。○按：芥蔕之蔕，師古音蠆；唐韻諸書，皆丑邁切。古人必有所據，未可非也。○〔何評〕人情大都如是。次婦每謂二鄭：「等男子耳，何遂不能爲妻子爭氣？」遂擯弗與同宿。於是二鄭感憤，勤心銳思，亦遂知名。〔馮評〕床頭之力，效倍父師。父母稍稍優顧之，然終殺於兄。次婦望夫綦切，是歲大比，竊於除夜以鏡聽〔呂註〕瑯嬛記：鏡聽咒曰：並光類儷，終逢協吉。先覓一古鏡，錦囊盛之，獨向竈神，勿令人見。雙手捧鏡，誦咒七遍，出聽人言，以定吉凶。又閉目信足步七步，開眼照鏡，隨其所照，以合人言，無不驗也。〔何註〕曲洧舊聞：王建集有鏡聽詞，謂懷鏡於通衢聽往來之言，以卜休咎。卜。有二人初起，相推爲戲，云：「汝也涼涼去！」婦歸，凶吉〔校〕青本作吉凶。不可解，亦置之。闈後，兄弟皆歸。時暑氣猶盛，兩婦在廚下炊飯餉耕，其熱正苦。忽有報騎登門，報大鄭捷。母入廚喚大婦曰：「大男中式矣！汝可涼涼去。」次婦忿惻，泣且炊。俄又有報二鄭捷者。次婦力擲餅杖而起，曰：「儂也涼涼去！」〔但評〕快心語，聞之可療鬱悶症。此時中情所激，不覺出之於口；既而思之，始知鏡聽之驗也。

異史氏曰：「貧窮則父母不子，〔呂註〕戰國策：蘇秦曰：貧窮則父母不子，富貴則親戚畏懼。有以也〔校〕青本無也字。哉！庭幃之中，固非憤激之地；然二鄭婦激發男兒，亦與怨望無賴者殊不同科。投杖而起，真千古之快事也！」

〔梓園評〕貧窮則父母不子，固矣。今有人下一轉語曰：「富貴則父母不子。」噫！人之得有其子亦難矣。

〔何評〕閨情如見。

牛瘟

陳華封，蒙山人。以盛暑煩熱，枕籍野樹下。忽一人奔波而來，首着圍領，疾趨樹陰，掬石而坐，［校］青本作據石爲座。揮扇不停，汗下如流瀋。陳起座，笑曰：「若除圍領，不扇可涼。」客曰：「脱之易，再着難也。」就與傾談，頗極蘊藉。既而曰：「此時無他想，但得冰浸良醖，一道冷芳，度下十二重樓，［呂註］元奥集：何謂十二重樓？曰：人之喉嚨管有十二節是也。又自咽喉至心膈爲十二重樓，見醫書。［何註］重樓，道家言喉間有十二重樓，即喉管節也。暑氣可消一半。」陳笑曰：［校］青本作云。「此願易遂，僕當爲君償之。」因握手曰：「寒舍伊邇，請即迂步。」客笑而從之。至家，出藏酒於石洞，其涼震齒。客大悦，一舉十觥。日已就暮，天忽雨；於是張燈於室，客乃解除領巾，相與磅礴。［呂註］莊子，田子方：宋元君將畫，衆史皆至。一史後至，儃儃然不趨，受揖不立，因之舍。使人視之，則解衣槃礴贏。君曰：是真能畫者也。注：槃礴，箕踞也，贏與裸同。［何註］磅礴，莊子：磅礴萬物。註：充塞也。喻縱談之意。語次，見客腦後，時漏燈光，疑之。無何，客酩酊，［呂註］説文：酩酊，醉也。晉書，山簡傳：襄陽童兒歌曰：日夕倒載歸，酩酊無所知。眠榻上。陳移燈竊窺之，見耳後有巨穴，戔大；數道厚膜，間鬲如櫺；櫺外耎革垂蔽，中似空空。駭極，潛抽髻簪，撥膜覘之，有一物，狀類小牛，隨手飛出，破窗而去。益駭，不敢復撥。方欲轉步，而客已醒。驚曰：「子窺見吾隱矣！放牛瘟出，將爲[校]青本作復。奈何？」陳拜詰其故。客曰：「今已若此，尚復何諱。實相告：我六畜瘟神耳。適所縱者牛瘟，恐百里內牛無種矣。」陳故以養牛爲業，聞之大恐，拜求術解。客曰：「余且不免於罪，其何術之能解？惟苦參散最效，其廣傳此方，勿存私念可也。」言已，謝別出門。又掬土堆壁龕[何註]龕，小室也。王安石詩：妙齡終日對書龕。黃庭堅詩：白衣大士結珠龕。中，曰：「每用一合亦效。」拱[校]青本下有手即二字。不復見。居無何，牛果病，瘟疫大作。陳欲專利，祕其方，不肯傳；惟傳其弟。弟試之神驗。而陳自剉啖牛，殊罔所[校]上二字，青本作無。效，有牛兩[校]青本作二。百蹄躈[何註]二百蹄躈，四十匹也。倒斃殆盡；[但評]一有私心，不第藥無靈，而且二百蹄躈，倒斃殆盡。然則世之有奇方而不肯輕洩於人者，謹防神罰。遺老牝牛四五頭，亦逡巡就死。中心懊惱，無所用力。忽憶龕中掬土，念未必效，姑妄投之。經夜，牛乃盡起。始悟藥之不靈，乃神罰其私也。後數年，牝牛繁育，漸復其故。

[何評]一懷私意，則方遂不效，人之不可自私也如此。

金姑夫

會稽有梅姑祠。神故馬姓，族居東莞，［呂註］沂水古名東莞。未嫁而夫早死，遂矢志不醮，三旬而卒。族人祠之，謂之梅姑。丙申，上虞金生，赴試經此，入廟徘徊，頗涉冥想。至夜，夢青衣來，傳梅姑命招之。從去。入祠，梅姑立候簷下，笑曰：「蒙君寵顧，實切依戀。不嫌陋拙，願以身爲姬侍。」金唯唯。梅姑送之曰：「君且去。設座成，當相迓耳。」醒而惡之。是夜，居人夢梅姑曰：「上虞金生，今爲吾壻，宜塑其像。」詰旦，村人語夢悉同。族長恐玷其貞，以故不從。未幾，一家俱病。大懼，爲肖像於左。既成，金生告妻子曰：「梅姑迎我矣。」衣冠而死。妻痛恨，詣祠指女像穢罵；又升座批頰數四，乃去。［何評］無如之何。今馬氏呼爲金姑夫。

異史氏曰：「不嫁而守，不可謂不貞矣。爲鬼數百年，而始易其操，抑何其無恥也？大抵貞魂烈魄，未必即依於土偶；其廟貌有靈，驚世而駭俗者，皆鬼狐憑之耳。」

［馮評］宋之王朴、范質，元之趙孟頫，明之危素，明季之錢謙益，皆梅姑類也。○又崇禎末有大臣某，賊勸降不從；後以愛子召之，遂降賊。比類而觀，今古何所不有。

［何評］族長之見甚是，惜守之不堅。讚得之。

［但評］定是邪鬼所憑；貞魂受玷，而馬氏乃姑夫之，殊覺無恥。

梓潼令

常進士大忠，太原人。候選在都。前一夜，夢文昌投刺。拔籤，得梓潼令，奇之。後丁艱歸，服闋候補，又夢如前。默思豈復任梓潼乎？已而果然。

［何評］文昌投刺，其令必賢，已可想見常公爲人。

鬼津

李某晝卧，見一婦人自牆中出，蓬首如筐，髮垂蔽面；至牀前，始以手自分，露面出，肥黑絶醜。某大懼，欲奔。婦猝然登牀，力抱其首，便與接脣，以舌度津，冷如冰塊，浸浸入喉。欲不嚥而氣不得息，嚥之稠黏塞喉。才一呼吸，而口中又滿，氣急復嚥之。如此良久，氣閉不可復忍。聞門外有人行聲，婦始釋手去。由此腹脹喘滿，數十日不食。或教以參蘆湯探吐之，吐出物如卵清，病乃瘥。［校］青本無此篇。

仙人島

王勉，字黽齋，靈山人。有才思，屢冠文場，[但評]不過如此，何得驕人。心氣頗高，善誚罵，多所凌[校]青本作陵。折。[但評]口孽不少。偶遇一道士，視之曰：「子相極貴，然被『輕薄孽』折除幾盡矣。[馮評]輕薄子記之。[何評]凜然可畏。[但評]人何樂而爲輕薄。以子智慧，若反身修道，尚可登仙籍。」[馮評]伏下。王嗤曰：「福澤誠不可知，然世上豈有仙人！」[呂註]虞翻語，見三國志吴志。[何註]世上豈有神仙，漢武語。道士曰：「子何見之卑？無他求，即我便是仙耳。」王乃[校]青本無乃字。益笑其誣。道士曰：「我何足異。能從我去，真仙數十，可立見之。」問：「在何處？」曰：「咫尺耳。」遂以杖夾股間，即以一頭授生，令如己狀。囑合眼，呵曰：「起！」覺杖粗如[校]青本作於。五斗囊，凌空翕飛，[何註]翕飛，翕，動也，起也。潛捫之，鱗甲齒齒[何註]齒齒，一有次第也。焉。駭懼，不敢復動。移時，又呵曰：「止！」即抽杖去，落巨宅中，重樓延閣，類帝王居。有臺高丈餘，臺上殿十一楹，弘麗無比。

道士曳客上，即命童子設筵招賓。殿上列數十筵，鋪張炫目。道士易盛服以伺。少頃，諸客自空中來，所騎，或龍，或虎，或鸞鳳，不一〔校〕青本下有其字。類。〔馮評〕如讀回道人羣仙高會賦。又各攜樂器。有女子，有丈夫，有〔校〕青本作皆。赤其兩足。中獨一麗者，跨彩鳳；宮樣妝束；有侍兒代抱樂具，長五尺以來，非琴非瑟，不知其〔校〕青本作何。名。酒既行，珍肴雜錯，入口甘芳，並異常饈。〔何註〕饈同羞，珍饈也。王默然寂坐，惟目注麗者，然〔校〕青本無然字。心愛其人，而又欲聞其樂，竊恐其終不一彈。〔校〕青本下有也字。酒闌，一叟倡言曰：「蒙崔真人〔馮評〕崔真人見列仙傳。雅召，今日可云盛會，自宜盡懽。請以器之同者，共隊爲曲。」於是各合配旅。絲竹之聲，響徹雲漢。獨有跨鳳者，樂伎無偶。羣聲既歇，侍兒始啓繡囊，橫陳几上。女乃舒玉腕，如搊箏〔何註〕搊箏，搊，楚鳩切。五指摳擥也。唐書，禮志：舊以木撥，樂工裴神符初以手彈，後人有搊箏之名。摳擥音彄藍。摳，挑撥也。擥，引取之也。狀，其亮數倍於琴，烈足開胸，柔可蕩魄。彈半炊許，合殿寂然，無有欬者。既闋，鏗爾一聲，如擊清磬。共贊曰：「雲和夫人〔呂註〕未詳。〇周禮，大司樂：雲和之琴瑟。注：雲和，山名，産良材中琴瑟。絕技〔校〕青本作調。哉！」大衆皆起告別，鶴唳龍吟，〔呂註〕通禮義纂：蚩尤帥魍魎與黃帝戰於涿鹿，帝命吹角爲龍吟以御之。一時並散。道士設寶榻錦衾，備王寢處。王初睹麗人，心情已動；聞樂之後，涉想尤勞。念己才調，自合芥拾青紫，富貴後何求弗得。[馮評]好貨！頃刻百緒，亂如蓬麻。道士似已知之，謂曰：「子前身與我同學，後緣意念不堅，遂墜[校]青本作墮。塵網。僕不自他於君，實欲拔出惡濁；不料迷晦已深，夢夢不可提悟。今當送君行。未必無復見之期，然作天仙[呂註]天隱子：在人曰人仙，在天曰天仙，在地曰地仙，在水曰水仙，能通變化曰神仙。須再劫矣。」[馮評]天仙落到地仙，作兩節敍，文境不平。○天仙地仙，吾不知何取斯人。遂指階下長石，令閉目坐，堅囑無視。已，乃以鞭驅石。石飛起，風聲灌耳，不知所行幾許。忽念下方景界，未審何似；隱將兩眸微開一綫，則見大海茫茫，渾無邊際。大懼，即復合，而身已隨石俱墮，砰然[何註]砰然，砰，披耕切，音怦，石聲。一聲，汩没若鷗。幸夙近海，略諳泅浮。[呂註]列子：有濱河而居者，習於水，勇於泅。注：泅，浮行水上也。○史記：吳兒善泅。[何註]泅音囚。聞人鼓掌曰：「美哉跌乎！」[馮評]開口便謔。危殆方急，一女子援登舟上，且曰：「吉利，吉利，秀才『中溼』矣！」[但評]秀才一生止此中式。視之，年可十六七，[校]青本作七八。顏色豔麗。[馮評]又一世界。王出水寒慄，求火燎之。[校]青本作衣。女子言：「從我至[校]青本作之。家，當爲處置。苟適意，勿相忘。」[馮評]起下。王曰：「是何言哉！我中原才子，[但評]竟以中原才子爲履歷，聞之令人欲嘔。偶遭狼狽，過此圖以身報，何但不忘！」女子以棹催艇，[何註]艇音挺，受二百斛。古詩：艇子打兩槳，催送莫愁來。疾如風雨，俄已近岸。於艙中攜所采蓮花一握，導與俱去。半里許[校]青本無許字。入村，見朱户南開，進歷數重門，女子先馳入。少間，一丈夫出，是四十許人，揖王升階，命侍者取冠袍襪履，爲王更衣。[校]青本作易。既，詢邦族。王曰：「某非相欺，才名略可聽聞。[但評]處處謬妄，貽笑大方。○狂妄之言，如初脱口。崔真人切切眷戀，[校]青本作愛。招昇天闕。自分功名反掌，以故不願棲隱。」[馮評]妄男子，滿口胡柴，驕態可哂。丈夫起敬[但評]對妄人只合如此。曰：「此名仙人島，遠絶人世。文若，姓桓。世居幽僻，何幸得近[校]青本作覲。名流。」因而慇懃置酒。又從容而言曰：「僕有二女，長者芳雲，年十六矣，祗今未遭良匹。欲以奉侍高人，如何？」王意必采蓮人，[但評]所見亦小。離席稱謝。桓命於鄰[校]青本作鄉。黨中，招二三齒德來。[但評]此中無俗客，聞多素心人。○齒德二字，爲輕薄子作陪客。顧左右，立喚女郎。無何，異香濃射，美姝十餘輩，擁芳雲出，光豔明媚，若芙蕖之映朝日。[吕註]李白詩：碧荷生幽泉，朝日豔且鮮。[何註]詩品：康樂詩如芙蕖之映朝日。拜已，即坐。羣姝列侍，則采蓮人亦在焉。[馮評]帶。酒數行，一垂髫女自内出，僅十餘齡，而姿態秀曼，笑依芳雲肘下，秋波流動。桓曰：「女子不在閨中，出作何務？」乃顧客曰：「此緑雲，即僕幼女。頗惠，能記典、墳[吕註]左傳，昭十二年：是能讀三墳，五典，八索，九丘。[何註]五典，五帝書。三墳，伏羲、神農、黄帝之書。矣。」因令對客吟詩。[馮評]帶起下文。遂誦竹枝詞三章，嬌婉可聽。[但評]非是賣弄，欲使之聞之耳。使令傍姊隅坐。桓因謂：「王郎天才，宿構[吕註]南史，范雲傳：雲性機警，有識。且善屬文，下筆輒成，時人每疑其宿構。必富，可使鄙人得聞教乎？」［校］青本作否。○［馮評］撩撥他來作笑。王即［校］青本無即字。慨然誦近體一作，顧盼自雄。中二句云：「一身剩有鬚眉在，小飲能令塊磊消。」［呂註］世説：王大曰：阮籍胸中壘塊，故須以酒澆之。○按：塊磊似宜作壘塊。鄰叟再三誦之。［但評］叟蘊藉之極。○再三誦之，不置一詞，鄰叟自是妙人，即所謂齒德也。芳雲低告曰：「上句是孫行者離火雲洞，下句是猪八戒過子母河［呂註］見西遊記。也。」［馮評］確評。［但評］絶妙品評。一座撫掌。［校］青本作一座鼓掌大笑。桓請其他。王述水鳥詩云：「瀦［何註］瀦音豬，水所停也。頭鳴格磔，……」忽忘下句。甫一沉吟，芳雲向妹咕咕耳語，遂掩口而笑。緑雲告父曰：「渠爲姊夫續下句矣。云：『狗腚［何註］腚字無考。北省俗語有謂臀爲腚者，但用定字已可，何必加肉旁？響弸巴。』」［何註］弸字音崩。弸巴，殆肖放屁聲也。○［馮評］沙汀行郭索，雲木叫鉤輈，此故倣梅宛陵雙聲疊韻句法，以博一笑。［但評］詼諧絶妙。○詼諧語，巧而捷，虐而文。合席粲然。王有慙色。桓顧芳雲，怒之以目。王色稍定，桓復請其文藝。王意世外人必不知八股［呂註］思綺堂文集，注：明制經書文取士，自開講後，率以對偶爲股，時號八股。業，［但評］秀才眼小如豆。乃炫其冠軍之作，［但評］以帖括欺人，是秀才長技。題爲孝哉閔子騫二句，破云：「聖人贊大賢之孝……」［但評］冠軍之作，原來如此。緑雲顧父曰：「聖人無字門人者，『孝哉……』一句，即是人言。」［但評］題解不清，何處論文？欲解之，適以嘲之耳。語特渾淪入妙。王聞之，意興索然。桓笑曰：「童子何知！不在此，只論文耳。」［但評］先生休矣，何以文爲？王乃復誦。

每數句，姊妹必相耳語，似是〔校〕青本作有。月旦之詞，但嚅囁不可辨。〔但評〕吞吐抑揚，敘事妙品。王誦至佳處，兼述文宗評語，有云：「字字痛切。」綠雲告父曰：「姊云：『宜删「切」字。』」衆都不解。桓恐其語嫚，不敢研詰。王誦畢，又述總評，有云：「羯鼓一撾，則萬花齊落。」〔吕註〕南卓羯鼓録：羯鼓出外夷，蒙以羖羯之皮，故曰羯鼓。其聲促急，破空透遠，明皇極愛之。芳雲又掩口語妹，兩人皆笑不可仰。綠雲又告曰：「姊云：『羯鼓當是四撾。』」〔但評〕以四撾爲總評，乃真是字字痛切。衆又不解。綠雲啓口欲言，芳雲忍笑訶之曰：「婢子敢言，打煞矣！」〔但評〕吞吐極佳，頓挫入妙。衆大疑，互有猜論。綠雲不能忍，乃曰：「去『切』字，言『痛』則『不通』。〔吕註〕按：言人身有痛處，則血脈不流通也。見士材三書。鼓四撾，其聲〔校〕青本無聲字。云『不通又不通』也。」〔馮評〕一吹一彈，一敲一擊，如説平話者中間一游詞。〔但評〕嘲笑虐極矣。衆大笑。桓怒訶之。因而自起泛卮，謝過〔校〕青本無過字。不遑。王初以才名自詡，目中實無千古；至此，神氣沮喪，〔但評〕神氣沮喪，徒有汗淫，是才子受用；屢被誚辱，頸縮如龜，是才子身分；望洋堪羞，藏拙絶筆，是才子下落。徒有汗淫。〔何註〕淫，多也。桓諛而慰之曰：「適有一言，請席中屬對焉：『王子身邊，無有一點不似玉。』」衆未措想，〔校〕青本作對。綠雲應聲曰：「黽翁頭上，再着半夕即成龜。」〔但評〕本欲諛而慰之，乃適以成龜二字，緊接上徒有汗淫，妙不可言。芳雲失笑，呵手扭脇肉數四。綠雲解脱而走，回顧曰：「何預汝事！汝罵之頻頻，不以爲非；寧他人一句，便不許耶？」〔馮評〕收場，否則罵到何時了。〔但評〕若有知，若無知，若有意，若無意，喁喁小語，口吻絶妙。○確是小女子語，若有知，若無知，何預汝事句，令人絶倒。桓咄之，始笑而去。鄰叟辭别。諸婢導夫妻入内寢，燈燭屏榻，陳設精備。又視洞房中，牙籤〔何註〕韓愈詩：鄴侯家多書，插架三萬軸。一一懸牙籤，新若手未觸。滿架，靡書不有。略致問難，響應〔校〕青本作答。無窮。王至此，始覺望洋堪羞。〔但評〕井底蛙至此乃見天日。不徒語言爲虐，狂妄人不得不羞。○女唤「明璫」，則采蓮者趨應，由是始識其名。屢受誚辱，自恐不見重於閨闥；〔校〕青本作門。幸芳雲語言雖虐，而房幃之内，猶相愛好。王安居無事，輒復〔校〕青本無復字。吟哦。女曰：「妾有良言，不知肯嘉納否？」問：「何言？」曰：「從此不作詩，亦藏拙〔吕註〕劉餗傳記：徐陵聘齊，魏收録其文遺陵，令傳之江左。陵過江，沉之，曰：吾爲魏公藏拙。之一道也。」〔馮評〕奉勸世人，孽勿自作。〔但評〕千古良言，願自負爲才子者，同俯伏皈依。○真是良言，願普天下才子，俯首受教。王大慚，遂絶筆。久之，與明璫漸狎。告芳雲曰：「明璫與小生有拯命之德，願少假以辭色。」芳雲乃即〔校〕青本無上二字。許之。每作房中之戲，招與共事，兩情益篤，時色授而手語之。〔何註〕手語，以手作勢示意也。○〔但評〕閒而詠，淡而旨。○色授手語，此中無妙不包，無微不到。芳雲微覺，責詞重疊；〔校〕青本作疊加。王惟喋喋，强自解免。一夕，對酌，王以爲寂，勸招明璫。芳雲不許。王曰：「卿無書不讀，何不記『獨樂樂』數語？」芳雲曰：「我言君不通，今益驗矣。句讀〔吕註〕馬融長笛賦：聆曲引者，觀法於節奏，察度於句投。李善注：説文曰：逗，止也。投與逗古字通，音豆，投句之所止也。按，增韻：凡經書成文語絶處謂之句；語未絶而點分之，以便諷詠，謂之讀。今祕省校書式，凡句絶則點於字之旁，讀分則微點於字之中間。又王仁裕開天遺事載：太白有天才，每與人談論，皆成句讀。句讀之讀，古今韻會作大透切，然則句讀即句投也。法華經又作句逗，是讀與投通，投又與逗通矣。尚不知耶？『獨要，乃樂於人要；問樂，孰要乎？曰：不。』」〔但評〕斷句成文，錦心繡口。〔馮評〕要添字換字讀。一笑而罷。適芳雲姊妹赴鄰女之約，王得間，急引明璫，綢繆備至。當晚，覺小腹微痛；痛已，而前陰盡腫。〔校〕青本作縮。〇〔但評〕前日汗淫縮頸，此則淫汗縮陰。大懼，以告芳雲。雲笑曰：「必明璫之恩報矣！」王不敢隱，實供之。芳雲曰：「自作之殃，實無可以方略，既非痛癢，聽之可矣。」〔校〕青本作也。數日不瘳，憂悶寡歡。芳雲知其意，亦不問訊，但凝視之，秋水盈盈，朗若曙星。王曰：「卿所謂『胸中正，則眸子瞭焉』。」芳雲笑曰：「卿所謂『胸中不正，則瞭子眸焉』。」〔馮評〕真是以文爲戲，口孽哉！聊齋惡息，當以爲戒。〔但評〕語亦巧合，特嫌其侮。蓋「没有」之「没」，俗讀似「眸」，故以此戲之也。王失笑，哀求方劑。曰：「君不聽良言，前此未必不疑妾爲妒意。〔校〕青本無意字。不知此婢原不可近。曩實相愛，而君若東風之吹馬耳，〔吕註〕李白詩：世人聞此皆掉頭，有如東風吹馬耳。故唾棄不相憐。無已，爲若治之。然醫師必審患處。」乃探衣而咒曰：「『黄鳥黄鳥，無止于楚！』」〔馮評〕東坡戲佛印曰：詩人往往以鳥對僧，如鳥宿池邊樹，僧敲月下門，不一而足。印笑曰：所以老僧今日得對學士。〔但評〕絶妙醫手，絶妙靈咒。王不覺大笑，笑已而瘳。踰數月，王以親老子幼，每切懷憶。〔校〕青本作思。以意告女。女曰：「歸即不難，但會合無日耳。」王涕下交頤，哀與同歸。女籌思再三，始許之。桓翁張筵祖餞。緑雲提籃入，〔何評〕狡獪。曰：「姊姊遠別，莫可持贈。恐至海南，無以爲家，夙夜代營宫室，勿嫌草創。」芳雲拜而受之。近而審諦，〔校〕青本作諦視。則用細草製爲樓閣，大如橼，〔何註〕橼，俗名香橼，實橙也。小如橘，約二十餘座，每座梁棟榱題，歷歷可數；其中供帳牀榻，類麻粒焉。〔馮評〕文人之筆，要大便盈天際地，要小便芥子須眉，無在不可以用我。〔但評〕憑空結構，在若有若無之間，便畢生受用不盡。王兒戲視之，〔但評〕一生兒戲視人，受害不淺。而心竊歎其工。芳雲曰：「實與君言：我等皆是地仙。〔何評〕勝天仙遠矣。因有夙〔校〕青本作宿。分，遂得陪從。本不欲踐紅塵，徒以君有老父，故不忍違。待父天年，須復還也。」王敬諾。桓乃〔校〕青本無乃字。問：「陸耶？舟耶？」王以風濤險，願陸。出則車馬已候於門。謝別而〔校〕青本作言。邁，〔何註〕言邁，邁，往也。行蹤騖駛。〔何註〕騖駛音務史，馬行疾也。俄至海岸，王心慮其無途。芳雲出素練一疋，望南拋去，化爲長堤，其闊盈〔校〕青本作數。丈。瞬息馳過，堤亦漸收。至一處，潮水所經，四望遼邈。〔何註〕遼邈，遼遠也。邈，小也。芳雲止勿行，下車取籃中草具，偕明璫數輩，布置如法，轉眼化爲巨第。並入解裝，則與〔校〕青本無與字。島中居無稍〔校〕青本作少。差殊，洞房内几榻宛然。時已昏暮，因止宿焉。早旦，命王迎養。王命騎趨詣故里，至則居宅已屬他姓。

問之里人，始知母及妻皆已物故，惟老父尚存。子善博，田産並盡，祖孫莫可棲止，暫僦居於西村。王初歸時，尚有功名之念，不恝於懷；及聞此況，沉痛大悲，自念富貴縱可攜取，與空花［呂註］釋典：幻夢空花，徒勞把捉。何異。［但評］何況空花亦未必得。〇半世夢中，此時方醒。驅馬至西村，見父衣服滓敝，［何註］滓敝，滓音第，泥滓也。敝，壞。衰老堪憐。相見，各哭［校］青本作哭各。失聲。問不肖子，則出［校］青本無出字。賭未歸。王乃載父而還。芳雲朝拜已畢，［校］青本無畢字。燂湯請浴，進以錦裳，寢以香舍。又遥致故老與［校］青本下有之字。談讌，享奉過於世家。子一日尋至其處，王絶之，不聽入，但予以廿金，使人傳語曰：「可持此買婦，以圖生業。再來，則鞭打［校］青本作撻。立斃矣！」子泣而去。王自歸，不甚與人通禮；然故人偶至，必延接盤桓，［何註］盤桓，與磐桓同。易，屯：磐桓，利居貞。又歸去來辭：撫孤松而盤桓。撝抑［何註］撝抑，撝同麾，謂指撝皆謙抑也。過於平日。［但評］千磨百折，乃有此撝抑二字。獨有黄子介，［馮評］文字有結尾渲染法，如黄子介，前並未伏，至此横出，恐未枯寂，故隨手謅出，添扮脚色，圖熱鬧耳，與起手有才名屢冠場屋等句亦比照有情。夙與同門學，亦名士之坎坷［何註］坎坷音欿可，行不利也。者，王留之甚久，時與祕［校］青本作密。語，［但評］其語不問可知。〇撝抑之後，而與名士多時密語，才子況味已備嘗之，不能不現身説法也。賂遺甚厚。居三四年，王翁卒，王萬錢卜兆，營葬盡禮。時子已娶婦，婦束男子嚴，子賭亦少間矣；是日臨喪，始得拜識姑嫜。芳雲一見，許其能家，賜三百金爲田産之費。翼日，黄及子同

〔校〕青本無司字。往省視，則舍宇全渺，不知所在。

異史氏曰：「佳麗所在，人且於地獄中求之，況享受〔校〕青本作壽。無窮乎？地仙許攜姝麗，〔何註〕姝麗，美麗也。恐帝闕下虛無人矣。輕薄減其禄籍，理固宜然，豈仙人遂不之忌哉？彼婦之口，抑何其虐也！」

〔何評〕以輕薄折其禄籍，然尚許爲仙，豈所謂慧業文人，當生天上者耶？彼鈍根人，應無從措喙耳。

〔但評〕孔子曰：「如有周公之才之美，使驕且吝，其餘不足觀也矣。」美才如周公，驕吝且不可，況其未必果有乎？夫「滿招損，謙受益」，書之言也。「謙尊而光，卑不可踰」，易之言也。「抑抑威儀，温温恭人」，詩之言也。「君子不欲多上人，盈而蕩，天之道，舉趾高，心不固」，傳之言也。「敖不可長，志不可滿，退讓以明」，禮記之言也。學者所讀何書？不此之求，而徒沾沾焉以雕蟲小技，得意自鳴，嗚呼！其亦弗思而已矣！輕薄子好陵折人，往往爲人陵折；所謂自侮而人侮之也。報施之道，不惟不爽，或且過當；至當場出醜，鼓掌雷同，愧汗津津，望洋興歎，平日之自稱才子者，今則羞縮成龜矣；况禄籍之減，早干天怒哉！安得淵博便利佳人，爲之内助，使彼夢夢者拔惡濁，提迷晦，深納良言，早知藏拙，化盛氣而撝抑，寓精明於渾厚，即終其身不富貴，而塵網已脱，又何殊乎地仙哉！

閻羅薨

巡撫某公父，先爲南服總督，殂謝已久。公一夜夢父來，顏色慘慄，告曰：「我生平無多孽愆，祇有鎮師一旅，不應調而悞調之，途逢海寇，全軍盡覆；今訟於閻君，刑獄酷毒，實可畏凜。閻羅非他，明日有經歷解糧至，魏姓者是也。當代哀之，勿忘！」醒而異之，意未深信。既寐，又夢父〔校〕青本無父字。讓之曰：「父罹厄難，尚弗鏤心，猶妖夢置之耶？」公大異之。明日，留心審閱，果有魏經歷，轉運初至，即刻傳入，使兩人捺坐，〔何註〕捺坐，按之使坐也。而後起拜，如朝參禮。拜已，長跽漣洏〔呂註〕王粲詩：涕流漣洏。〔何註〕漣洏音連而。泣涕貌。而告以故。魏不〔校〕不，青本作初不肯。自任，公伏地不起。魏乃云：「然，其有之。但陰曹之法，非若陽世懵懵，〔校〕青本作夢夢。可以上下其手，〔呂註〕左傳，襄二十六年：穿封戌囚皇頡，公子圍與之爭之，正於伯州犁。伯州犁曰：請問於囚。乃立囚。上其手，曰：夫子爲王子圍，寡君之貴介弟也。下其手，曰：此子爲穿封戌，方城外之縣尹也。誰獲子？囚曰：頡遇王子弱焉。即恐不能爲力。」公哀之益切。魏不得已，諾之。公又求其速理。魏籌迴[校]青本作思。慮無靜所。公請爲糞除賓廨，許之。公乃起。又求一往窺聽，魏不可。强之再四，囑曰：「去即勿聲。且冥刑雖慘，與世不同，暫置[校]青本作寘。若死，其實非死。如有所見，無庸駭怪。」至夜，潛伏廨側，見階下囚人，斷頭折臂者，紛雜無數。墀中置火鐺油鑊，數人熾薪其下。俄見魏冠帶出，升座，氣象威猛，迴與曩殊。羣鬼一時都伏，齊鳴冤苦。魏曰：「汝等命戕[何註]戕音牆，殘殺也。於寇，冤自有主，何得妄告[校]青本作扳。官長？」衆鬼譁言曰：「例不應調，乃被妄檄[呂註]前漢書，申屠嘉傳：爲檄召通。注：檄，木書也，長二尺。[何註]檄音薂，長檄，印封長牒也。今謂之札。前來，遂遭凶害，誰貽之冤？」[但評]命戕於寇，罪歸妄檄之人，是萬無可逃者。以此推之，爲大吏者一言一令，萬民之死生係焉，可畏也哉！魏又曲爲解脱，衆鬼嘷冤，其聲詾[何註]詾，衆語也，訟也。晉書，劉毅傳：天下詾詾。動。魏乃唤鬼役：「可將某官赴油鼎，略入一煠，[何註]煠音葉，瀹也。於理亦當。」察其意，似欲借此以洩衆忿。[校]青本下有言一出三字。即有牛首阿旁，[呂註]牛首阿旁，惡鬼名。◯通鑑輯覽：唐咸通十二年夏四月，路巖罷。巖與韋保衡素相表裏，勢傾天下。時目其黨爲牛首阿旁，言如鬼陰惡可畏也。執公父至，即以利叉刺入油鼎。公見之，中心慘怛，痛不可忍，不覺失聲一號，庭[校]青本庭上有而字。中寂然，萬形俱滅矣。[校]青本無矣字。公歎咤而歸。及明，視魏，則[校]青本無則字。已死於廨中。松江張禹定言之。以非佳名，故諱其人。

〔馮評〕宋王韶有意功名，開邊展土，取熙河一路，殺戮過多，累功陞至安撫使。一日，到甘露寺，遇高士刁景純，問以王法殺人可有罪否？刁曰：「莫問有罪無罪，只要你打得過心下去。」韶曰：「打得過去。」刁曰：「打得過去，何以又來問我？」王默然。後病，開眼即見無數没頭鬼索命，不久死。

〔何評〕父子位至督撫，可謂貴顯極矣。父又無他罪愆，衹以誤調鎮師，遂不免陰罰，爲人上者，不可不慎。不知此折臂斷頭諸侯，合是命該如此否？更煩閻羅老子一細查之。

顛道人

顛道人，〔校〕青本作士。不知姓名，寓蒙山寺。歌哭不常，人莫之測，或見其煮石爲飯者。會重陽，有邑貴載酒登臨，輿蓋而往，〔但評〕載酒登臨，極雅之事，輿蓋而往，俗不可耐矣。玩弄之而不知返，宜其倒置於朽株内也。宴畢過寺，甫及門，則道士赤足着破衲，自張黄蓋，作警蹕〔呂註〕古今注：警蹕所以戒行徒，周禮蹕而不警，秦制出警入蹕。謂出軍者皆警戒，入國者皆蹕止也。至漢朝梁孝王，出稱警，入言蹕，降天子一等焉。一曰：蹕，路也，謂行者皆警於塗路。聲而出，意近玩弄。邑貴乃〔校〕青本無乃字。慚怒，揮僕輩逐罵之。道人笑而卻走。逐急棄蓋；共毀裂之，片片化爲鷹隼，四散羣飛。衆始駭，蓋柄轉成巨蟒，赤鱗耀目。衆譁欲奔。有同遊者止之曰：「此不過翳眼之幻術耳，烏能噬人！」遂操刃〔校〕青本作刀。直前。蟒張吻怒逆，吞客嚥之。衆〔校〕青本下有益字。駭，擁貴人急奔，息於三里之外。使數人逡巡往探，漸入寺，則人蟒俱無。方將返報，聞老槐内喘急如驢，駭甚。初不敢前；潛蹤移近之，見樹朽中空，有竅如盤。試一攀窺，則鬬蟒者倒植其中，而孔大僅容兩手，無術可以出之。急以刀劈樹，比樹開而人已死。踰時少蘇，舁歸。道士不知所之矣。

異史氏曰：「張蓋游山，厭氣浹於骨髓。仙人遊戲三昧，［呂註］金剛經：道云真一，儒云致一，釋云三昧。注：一即有二，遂至於三，言三即昧在其中。○按佛法有遊戲三昧，又有三昧神通禪。一何可笑！予鄉殷生文屏，畢司農［呂註］名自嚴，字景曾，號白陽，淄川人。萬曆戊子舉人，壬辰進士。官户部尚書，晉階光禄大夫，致仕卒，賜祭葬。之妹夫也，爲人玩世不恭。章丘有周生者，以寒賤起家，出必駕肩而行。亦與司農有瓜葛之舊。值太夫人壽，殷料其必來，先候於道，［何評］何與公事。着猪皮靴，公服持手本。俟周輿至，鞠躬道左，唱曰：『淄川生員，接章丘生員！』周慚，下輿，略致數語而别。少間，同聚於司農之堂，［校］青本作家。冠裳滿座，視其服色，無不竊笑；殷傲睨自若。既而筵終出門，各命輿馬。殷亦大聲呼：『殷老爺獨龍車何在？』［馮評］獨龍車自足千古。有二健僕，横扁杖於前，騰身跨之。致聲拜謝，飛馳而去。殷［校］青本下有生字。亦仙人之亞也。」［馮評］南史：王儉當國，蕭琛年少，未爲所識。一日，着虎皮韡，策桃枝杖，直造儉，與語大悦，辟琛爲主簿。殷生繼起者歟？［但評］偏是寒賤起家者，多妄自尊大，殆恐人輕之也，不知適以此致人之侮。皮靴公服，道左唱名，形容真令人絶倒；獨龍車騰身馳去，何異神仙！

［何評］須識殷生與道士不同處。

胡四娘

程孝思，劍南人。〔馮評〕此篇寫炎涼世態，淺薄人情，寫到十分，令人涕笑不得。少惠能文。父母俱早喪，家赤貧，無衣食業，求傭爲胡銀臺司筆札。胡公試使文，大悅之，曰：「此不長貧，可妻也。」〔何評、但評〕老眼無花。銀臺有三子四女，皆褓中論親於大家；止有少女四娘，孽出，〔何註〕孽出，庶出也。母早亡，笄年未字，遂贅程。或非笑之，以爲惛髦〔何註〕惛髦，惛音昏，心不明也。耄，八十、九十之稱。之亂命，而公弗之顧也。除館館生，供備豐隆。羣公子鄙不與同食，僕婢咸揶揄焉。生默默不較短長，〔校〕青本作長短。研讀甚苦。衆從旁厭譏之，程讀弗輟；羣又以鳴鉦鍠聒〔何註〕鳴鉦鍠聒，鉦音征，鐃屬，又曰石鼓也。鍠音黃，鐘鼓聲，謂鉦鍠之鳴聒耳也。其側，程攜卷去，讀於閨中。初，〔馮評〕追敘。四娘之未字也，有神巫知人貴賤，徧觀之，都無諛詞；惟四娘至，乃曰：「此真貴人也！」及贅程，諸姊妹皆呼之「貴人」以嘲笑之；

［何評］俗情可嗤。［但評］其實本該自此時呼起。而四娘端重寡言，若罔聞之。［校］青本作知。○［何評］貴人。漸至婢媼，亦率相呼。四娘有婢名桂兒，意頗不平，大言曰：「何知吾家郎君，便不作貴官耶？」［何評］婢子可人。二姊聞而嗤之曰：「程郎如作貴官，當抉我眸子去！」桂兒怒而言曰：「到爾時，恐不捨得眸子也！」二姊［校］青本下有有字。婢春香曰：「二娘食言，我以兩睛代之。」［何評］如見。桂兒益恚，擊掌爲誓曰：「管教兩丁盲也！」二姊忿其語侵，立批之。桂兒號譁。夫人聞知，即亦無所可否，但微哂焉。［何評］如見。桂兒譟訴四娘；四娘方績，不怒亦不言，績自若。［馮評］此等氣度，鬚眉難之。［但評］不怒不言，大度包荒，貴人器重，如是如是。○不怒不言不慚怍，此豈癡人所能者？惟真不癡，乃鄰於癡；惟真是癡，乃笑其癡也。會公初度，諸壻皆至，壽儀充庭。大婦嘲四娘曰：「汝家祝儀何物？」二婦曰：「兩肩荷一口！」四娘坦然，殊無慙怍。［何註］慙同慚。怍音昨，亦慚也。人見其事事類癡，愈益狎之。獨有公愛妾李氏，三姊所自出也，恒禮重四娘，往往相顧恤。［馮評］俗情眼淺，都成雷同世界，識英雄於未遇，古固有其人，何李夫人亦能爾爾。每謂三娘曰：「四娘內慧外樸，聰明渾而不露，［但評］就李夫人口中評騭，即以收束上文。諸婢子皆在其包羅中而不自知。［但評］內慧外樸，聰明渾而不露，一部廿四史中，賢士大夫德厚福全，古今共仰；反是而以精明得禍者，亦指不勝屈矣。不意閨中婦女，乃能如是包羅人。況程郎晝夜攻苦，夫豈久爲人下者？汝勿效尤，［呂註］左傳，莊二十年：王子頹享五大夫，樂及徧舞。鄭伯聞之，見虢叔曰：今王子頹歌舞不倦，樂禍也。又，莊二十一年：鄭伯享王於闕西辟，樂備。原伯曰：鄭伯效尤。宜善之，他日好相見也。」［何評］胡公有此愛

妾，勝於諸人多矣。故三娘每歸寧，輒加意相懽。是年，程以公力得入邑庠。明年，學使科試士，而公適薨，程縗哀如子，未得與試。既離苫塊，［呂註］禮，間傳：居倚廬，寢苫枕塊。四娘贈以金，使趨入「遺才」籍。囑曰：「曩久居，所不被呵逐者，徒以有老父在；今萬分不可矣！倘能吐氣，庶回時尚有家耳。」臨別，李氏、［校］青本下有及字。三娘賂遺［何註］賂遺，賂音路，以財干人也。優厚。程入闈，砥志研思，［何註］砥音紙，磨石也，細於礪。研音妍，窮究也。以求必售。無何，放榜，竟被黜。［馮評］波折不平。［但評］被黜一節，小作頓挫，此文勢之必然者，上下關鍵，全在此處。願乖氣結，難於旋里，幸囊資小泰，攜卷［校］青本作囊。入都。時妻黨多任京秩，恐見誚訕，［何註］誚訕，譏誚謗訕也。乃易舊名，詭託［何註］詭託，詭音垝，不以實告人也。穀梁，文六年：詭辭而出。詭下從㔾。里居，求潛身於大人之門。東海李蘭臺［呂註］杜佑通典：御史大夫所居之署謂之蘭臺，後漢以來亦謂之蘭臺寺。見而器之，收諸幕中，［馮評］陡入雲霄，始知曲筆之妙。資以膏火，爲之納貢，使應順天舉；連戰皆捷，［何註］捷音倢，剋勝也，又報勝也。詩，小雅：一月三捷。授庶吉士。自乃實言其故。李公假千金，先使紀綱赴劍南，爲之治第。時胡大郎以父亡空匱，貨其沃墅，［何註］墅，署上聲，田廬也。因購焉。既成，然［校］青本無然字。後貸［校］青本作遺。輿馬往迎四娘。先是，程擢第後，有郵報名，舉宅皆惡聞之；又審其名字不符，叱去之。適三郎完婚，戚眷登堂爲餞，［但評］戚眷如是。姊妹諸姑咸在，［但評］姊妹如是。獨四娘不見招於兄嫂。［但評］兄弟如是。忽一人馳入，呈程寄四娘函信；兄弟發視，相顧失色。[但評]兄弟又如是。筵中諸眷客始[校]青本無始字。請見四娘。[但評]戚眷又如是。姊妹惴惴，[但評]姊妹又如是。惟恐四娘啣恨不至。[但評]恐其不至。無何，翩然竟來。[馮評]如讀史記蘇季子還鄉一段文字，然尚未如此描畫盡致。申賀者，捉坐者，寒暄者，[但評]乃竟翩然來，該申賀，該捉坐，該寒暄。喧雜滿屋。耳有聽，聽四娘；[但評]該如此聽。目有視，視四娘；[但評]該如此視。口有道，道四娘也：[何評]酷肖。[但評]該如此道。而四娘凝重如故。[馮評]陶詩云：連林人不覺，獨樹衆乃奇。可爲浩歎。[何評]貴人。[但評]一人如故，衆人出醜。衆見其靡所短長，稍就安帖，[但評]頓住。於是爭把琖酌四娘。方宴笑間，門外啼號甚急。[但評]來得突兀。羣致怪問。俄見春香奔入，面血沾染。共詰之，哭不能[校]青本無能字。對。[但評]自有不堪對人言者，必要我言，我爲汝哭矣。二娘訶之，始泣曰：「桂兒逼索眼睛，非解脱，幾抉去矣！」[馮評]笑天下如春香雙睛者不少，不勝其抉矣。二娘大慚，汗粉交下。[但評]比哭泣染血還苦。○翻手爲雲，覆手爲雨，炎涼醜態，極力推出。在他人竭盡心力，只説得一邊，必至顧此失彼；即兩邊並寫，亦難免糾纏拉雜。看其輕描淡寫，急絃促響，數語中如珠盤錯落，如飛瀑激揚，又鞺鞳噌吰，大聲發於水上，如聞無射之音，此爲何等筆力！四娘漠然，[但評]漠然二字，對上不怒亦不言。○四娘凝重如故，前此不怒不言不慚怍，人所難能；此時不喜不言不矜張，尤人所不能者。春香泣訴，彼睹抉眸子者已無地自容，漠然處之，視唾罵更甚矣。合座寂無一語，各[校]青本作客。始告別。四娘盛妝，獨拜李夫人及三姊，出門登車而去。衆始知買墅者即程也。四娘初至墅，什物多闕。夫人及諸郎各以婢僕器具相贈遺，四娘一無所受；唯李夫人贈一婢，受之。居無何，程假〔校〕青本無假字。歸展墓，〔何註〕展墓，展，省視也。車馬扈從如雲。詣岳家，禮公柩，次參李夫人。〔但評〕詣岳家只此二事。諸郎衣冠既竟，已升輿矣。〔但評〕一齊掃興。胡公殁，羣公子日競貲財，柩〔校〕此據青本，抄本柩下有之字。弗顧。數年，靈寢漏敗，漸將以華屋作山丘〔吕註〕曹植詩：生存華屋處，零落歸山丘。矣。程睹之悲，竟不謀於諸郎，〔但評〕豚犬何足與謀。刻期營葬，事事盡禮。殯日，冠蓋相屬，里中咸嘉歎焉。〔但評〕報知己自應如是，諸郎豚犬耳，惡足謀！程十餘年歷秩清顯，凡遇鄉黨厄急，罔不極力。二郎適以人命被逮，直指巡方者，爲程同譜，風規甚烈。大郎浼婦翁王觀察函致之，殊無裁答，益懼。欲往求妹，而自覺無顔，乃持李夫人手書往。至都，不敢遽進，覘程入朝，而後詣之。冀四娘念手足之義，而忘睚眦之嫌。閽人既通，即有舊媪出，導入廳事，具酒饌，亦頗草草。食畢，四娘出，顔〔校〕青本下有色字。温霽，問：「大哥人事大忙，萬里何暇枉顧？」大郎五體投地，泣述所來。四娘扶而笑曰：「大哥好男子，〔何評〕怒駡。此何大事，直復爾爾？妹子一女流，幾曾見嗚嗚向人？」〔馮評〕以四娘氣度，乃作此賣弄，以非此不稱前度。〔但評〕真説得嘴硬。大郎乃出李夫人書。四娘曰：「諸兄家娘子，都是天人，各求父兄，即可了矣，〔校〕青本作即亦可了。何至奔波到此？」大郎無詞，但顧〔校〕青本作固。哀之。四娘作色曰：「我以爲跋涉來省妹子，乃以大訟〔校〕青本下有來字。求貴人耶！」〔馮評〕貴人字至此又見，妙甚。〔但評〕貴人二字從自己口中說出，更妙。○對無情人說鄙薄話，說揶揄話，說嘲笑話，說忿恚話，只是對癡人說癡話，皆一一對付上文；更以貴人二字，隨口抉出，更出力說一求字，快人快語，快文快筆。拂袖逕入。大郎慚憤而出。歸家詳述，大小無〔校〕青本作罔。不詬詈；李夫人亦謂其忍。逾數日，二郎釋放寧家，衆大喜，方笑四娘之徒取怨謗也。〔但評〕徒取怨謗，此事乃真類癡。俄而〔校〕青本作白。四娘遣价候李夫人。喚入，僕陳金幣，言：「夫人爲二舅事，遣發甚急，未遑字覆。聊寄微儀，以代函信。」衆始知二郎之歸，乃程力也。後三娘家漸貧，程施報逾於常格。又以李夫人無子，迎養若母焉。〔馮評〕周到。

〔梓園評〕是書誌異也。若四娘之事，舉世皆然，何足異乎？豈聊齋執筆時，世風猶稍厚歟？

〔何評〕世俗悠悠，固不足道。使非胡、李二公獨具隻眼，幾令英雄埋没死矣。卒之刻自振奮，致身青雲，並令室人吐氣，可不謂豪傑之士哉！彼俗眼無瞳，如二姊者，正未堪多抉耳。

〔但評〕寫銀臺之卓識，寫孝思之力學，寫四娘之端默，中間雜以旁人之非笑，諸子之鄙薄，僕婢之揶揄，神巫之風鑑，婢媪之嘲呼，桂兒之忿恚，紛紜雜遝，聒耳亂心；而若網在綱，如衣挈領，如陣步燕，然首尾相應，以敍筆爲提筆，以閒筆爲伏筆。人第賞其後半之工，殊不知其得力全在此等處。

僧術

黄生，故家子。才情頗贍，［何註］贍，富足也。夙志高騫。［何註］騫當作鶱，高舉也。村外蘭若，有居僧某，素與分深。既而僧雲遊，去十餘年復歸。見黄，歎曰：「謂君騰達已［校］青本無已字。久，今尚白紵耶？想福命固薄耳。請爲君賄冥中主者。能置［何註］置，辦也。十千否？」［但評］賄冥中求脱白紵，千古奇談。第不識主之者何以少此十千錢，而爲此賤直以售也。答言：「不能。」僧曰：「請勉辦其半，餘當代假之。三日爲約。」黄諾之，竭力典質如數。三日，僧果以五千來付黄。黄家舊有汲水［校］青本無水字。井，深［校］青本深上有水字。不竭，云通河海。僧命束置井邊，戒曰：「約我到寺，即推墮井［校］青本作水。中。候半炊時，有一錢泛起，當拜之。」乃去。黄不解何術，轉念效否未定，而十千可惜。乃匿其九，而以一千投之。少間，巨泡突起，鏗然而破，即有一錢浮出，大如車輪。黄大駭。［校］青本作驚。既拜，又取四千投焉。落下，擊觸有聲，爲大錢所隔，不得沉。

日暮，僧至，譙讓之曰：「胡不盡投？」黃云：「已盡投矣。」僧曰：「冥中使者止將一千去，何乃［校］青本作以。妄言？」黃實告之。僧歎曰：「鄙吝者必非大器。［但評］此言可卜終身，百無一失。○鄙吝者原非大器；然古之不鄙吝而致科甲者，亦未必果是大器。此子之命合以明經［呂註］後漢書，鄭衆傳：以明經拜給事中。新唐書，選舉志：其科之目，有秀才，有明經，有俊士，有進士，有明法，有明字，有明筭，有道舉，有童子。終；不然，甲科［校］青本作科甲。立致矣。」黃大悔，求再禳之。僧固辭而去。黃視井中錢猶浮，以綆［何註］綆音梗，索也。釣上，大錢乃沉。是歲，黃以副榜准貢，卒如僧言。

異史氏曰：「豈冥中亦開捐納之科耶？十千而得一第，直亦廉矣。然一千准貢，猶昂貴耳。明經不第，何值一錢！」

［何評］鄙吝者必非大器，是矣。然科甲者究不能無鄙吝，此又何說？

禄數

某顯者多爲不道；夫人每以果報勸諫之，殊不聽信。適有方士，能知人禄數，詣之。方士熟視曰：「君再食米二十石、麵四十石，天禄乃終。」歸語夫人。計一人終年僅食麵二石，尚有二十餘年天禄，豈不善所能絶耶？横如故。逾年，忽病「除中」，

〔吕註〕按：即消渴疾也。

〔何註〕除中，消證也。

食甚多而旋飢，一晝夜十餘餐。未及周歲，死矣。〔但評〕禄數固有一定，然以多爲不道，不信果報之顯者，而使終其天禄以死，未免便宜。

〔何評〕或問：饑而不食，不知能饑死否？曰：彼固不能不食，所以謂之數耳。

柳生

周生，順天宦裔［何註］宦裔，宦，仕宦也。裔音曳，末也。故地曰四裔，人曰後裔。史記，五帝本紀：乃流四凶族，遷於四裔。書，微子之命：德垂後裔。也。與柳生善。柳得異人之［校］青本無之字。傳，精袁許［校］青本作相人。之術。嘗謂周曰：「子功名無分；萬鍾之貲，尚可以人謀。然尊閫薄相，恐不能佐君成業。」未幾，婦果亡。家室蕭條，不可聊賴。因詣柳，將以卜姻。入客舍，坐良久，柳歸內不出。呼之再三，始［校］此據青本，抄本下有方字。出，曰：「我日爲君物色佳偶，今始得之。適在內作小術，求月老繫赤繩耳。」［馮評］精相術耳，卻又另有異術，乃能分月下老人之權。［但評］作用甚奇。如果有術可求，則月老赤繩可以繫，可以解，何能作准？周喜問之。答曰：「甫有一人攜囊出，遇之否？」曰：「遇之。襤褸若丐。」曰：「此君岳翁，宜敬禮之。」周曰：「緣相交好，遂謀隱密，何相戲之甚也！僕即式微，猶是世裔，何至下昏於市儈？」［呂註］正韻：儈音膾，會合市人者。亦作會。見史記貨殖列傳節駔會注。柳曰：「不然。犂牛尚有子，何害？」［但評］以理言。周問：「曾見其女耶？」答［校］青本無答字。

曰：「未也。我素與無舊，姓名亦問訊知之。」周笑曰：「尚未知犂牛，何知其子？」柳曰：「我以數信之。其人兇而賤，然當生厚福之女。[馮評] 兇而賤，斷不能有亢宗之子，乃能生厚福之女，何也？[但評] 前言理，此言數；數精而理可詮，理得而數益神。但强合之必有大厄，容復禳之。」周既歸，未肯以其言爲信，諸方覓之，迄無一成。一日，柳生[校] 青本無生字。忽至，曰：「有一客，我已代折簡矣。」[何評] 突如其來。問：「爲誰？」曰：「且勿[校] 青本作但無。問，宜速作黍。」周不喻其故，如命治具。俄客至，蓋傅姓營卒也。心内不合，陽浮道與之；而柳生承應甚恭。少間，酒肴既陳，雜[校] 青本雜上有以字。惡草具進。柳起告客：「公子嚮慕已久，每託某代訪，曩夕[校] 青本作昔。始得晤。又聞不日遠征，立刻相邀，可謂倉卒主人矣。」[呂註] 西京記：曹元禮善算術，謂陳廣漢設食甚薄。陳曰：有倉卒客，無倉卒主人。元禮以筯算曰：俎上蒸豚，廚中荔枝，何不設？廣漢大驚。飲間，傅憂馬病，不可騎。柳亦俛首爲之籌思。既而客去，柳讓周曰：「千金不能買此友，何乃[校] 青本作以。視之漠漠？」[何註] 漠漠，猶泛泛也。借馬騎歸，因假周命，登門持贈傅。[但評] 相人之術，至知其女，奇矣。乃强合之而復禳之；禳之而出於作黍迎賓，假命贈馬，則尤奇中之奇者。以此推之，可知禱禳更無他術，只是盡人事。周既知，稍稍不快，已無如何。過歲，將如江西，投臬司幕。詣柳問卜。柳言：「大吉！」周笑曰：「我意無他，但薄有所獵，[何註] 有所獵，獵，取也。當購佳婦，幾幸前言之不驗也，能否？」[但評] 文章之妙，全在此等處得力，最宜玩之。柳云：

［校］青本作曰。「並如君願。」［但評］中間反面點逗，遂令通體骨節靈通。及至江西，值大寇叛亂，三年不得歸。後稍平，選日遵路，中途爲土寇所掠，同難七八人，［校］此據青本，抄本作同難人七八位。皆劫其金貲，釋令去；惟周被擄至巢。盜首詰其家世，因曰：「我有息女，欲奉箕帚，當即無［校］青本作勿。辭。」周不答。盜怒，立命梟斬。周懼，思不如暫從其請，因從容而棄之。遂告曰：「小生所以踟躕者，以文弱不能從戎，恐益爲丈人累耳。如使夫婦得相將俱去，恩莫厚焉。」盜曰：「我方憂女子累人，此何不可從也。」［但評］强婚雖自犂牛，狥情端由月老。引入內，妝女出見，年可十八九，蓋天人也。當夕合巹，深過所望。細審姓氏，乃知其父，即當年荷囊人也。因述柳言，爲之感歎。過三四日，將送之行，忽大軍掩至，全家皆就執縛。［馮評］上已許携女去矣，却不順敘去，突起大波，生下錦簇花團之文出來。有將官三員監視，已將婦翁斬訖，尋次及周。周自分已無生理。一員審視曰：「此非周某耶？」蓋傳卒已以軍功授副將軍矣。謂僚曰：「此吾鄉世家名士，安得爲賊。」解其縛，問所從來。周詭曰：「適從江臯娶婦而歸，不意途陷盜窟。幸蒙拯［何註］拯音近整，手援也。救，德戴二天！但室人離散，求借洪威，更賜瓦全。」［何註］瓦全，言時當瓦解，求借洪威，俾全鴛瓦也。魏文帝夢殿上雙瓦，化爲鴛鴦。傳命列諸俘，令其自認，得之。餉以酒食，助以資斧，曰：「曩受解驂

之惠，〔吕註〕禮，檀弓：孔子之衛，遇舊館人之喪，入而哭之，哀。出，使子貢脱驂而賻之。旦夕不忘。但搶攘間不遑修禮，請以馬二匹、〔校〕此據青本，抄本作十馬匹。金五十兩，助君北旋。」又遣二騎持信矢〔何註〕信矢，令箭也。護送之。途中，女告周曰：「癡父不聽忠告，母氏死之。知有今日久矣；〔但評〕有賢母必有賢女。所以偷生旦暮者，以少時曾爲相者所許，〔但評〕即前此物色佳耦人也。冀他日能收親骨耳。某所窖藏巨金，可以發贖父骨；餘者攜歸，尚足謀生産。」〔校〕青本無産字。○〔馮評〕文有順手牽羊之法，節節相去，一線穿成，省卻多少氣力。囑騎者候於路，兩人至舊處，廬舍已燼，於灰火中，取佩刀掘尺許，果得金；盡裝入橐，乃返。以百金賂騎者，使瘞翁尸；又引拜母冢，始行。至直隸界，厚賜騎者而去。周久不歸，家人謂其已死，恣意侵冒，粟帛器具，蕩無存者。〔校〕青本作所存。及聞主人歸，大懼，鬨然盡逃；〔馮評〕隨手掃去。祇有一嫗，一婢，一老奴在焉。周以出死得生，不復追問。及訪柳，則不知所適矣。女持家逾於男子，擇醇篤者授以貲本，而均其息。每諸商會計於簷下，女垂簾聽之；盤中誤下一珠，輒指其訛。內外無敢欺。數年，夥商盈百，家數十巨萬矣。乃遣人移親骨，厚葬之。

異史氏曰：「月老可以賄囑，無怪媒妁之同於牙儈矣。〔吕註〕輟耕録：今人謂駔儈者爲牙郎，本謂之互郎，主互易市物者也。

唐人書互作牙，互與牙相似，故訛耳。［何註］牙儈，劉道原云：市中牙稱互郎，主互市，謂之交互市事也。唐人互爲牙，舊唐書史思明傳稱與禄山同爲互市郎。儈，會合市人也。乃盜也有是女耶？培塿無松栢，［吕註］世説：王丞相初在江左，欲結援吴人，請婚陸太尉。對曰：培塿無松栢，薰蕕不同器，玩雖不才，義不爲亂倫之始。按：培塿，小阜也。松栢，大木也。本左傳，襄二十四年子太叔語。培塿作部婁。［何註］培，薄口切，音瓿。塿音簍。此鄙人之［校］青本無之字。論耳。婦人女子猶失之，況以相天下士哉！」

［何評］不求月老繫此婦，無從得巨金；繫此婦不令交傳，又不能脱於厄。展轉相引，要知柳生苦心。

寃獄

朱生，陽穀人。少年佻達，[何註]佻達，輕薄也。喜詼謔。[何註]詼謔，前漢書敘傳：東方瞻辭，詼諧倡優。晉書，顧愷之傳：愷之好諧謔，人多愛狎之。因喪偶，往求媒媪。遇其鄰人之妻，睨之美。戲謂媪曰：「適睹尊鄰，雅少[校]上二字，青本作風雅妙。麗，若爲[校]青本無爲字。我求凰，渠可也。」[但評]一語取禍。媪亦戲曰：「請殺其男子，我爲若[校]青本作君。圖之。」[但評]此何事而顧可作一時之謔？朱笑曰：「諾。」[馮評]一言殺身，喜諧者戒諸。更月餘，鄰人出討[校]青本作責。負，被殺於野。[何評]恰可。邑令拘鄰保，血膚取實，究無端緒；惟媒媪述相謔之詞，[校]青本作辭。○[馮評]戲語出媒媪，獨無罪乎？以此疑朱。捕至，百口不承。令又疑鄰婦與私，搒掠之，五毒[呂註]後漢書，隗囂傳：王莽妄族衆庶，行炮烙之刑，除順時之法，灌以醇醯，裂以五毒。注：莽以董忠反，收忠宗族，以醇醯、毒藥、白刃、叢棘并一坎而薶之。○又，明史：五毒者，全刑也：曰械，曰鐐，曰棍，曰拶，曰夾棍。參[校]青本作慘。至。婦不能堪，誣伏。又訊朱。朱曰：「細嫩不任苦刑，所言皆妄。既是[校]青本作使。寃死，而又加以不節之名，縱鬼神無知，予心何忍乎？［但評］此言此心，可對天地，質鬼神，能感動周將軍以此。我實供之可矣：欲殺夫而娶其婦，皆我之爲，婦實不知之［校］青本作之知。也。」［馮評］數語爽直可愛。○落落丈夫氣。問：「何憑？」答言：「血衣可證。」及使人搜諸其家，竟不可得。又掠之，死而復蘇者再。朱乃云：「此母不忍出證據死我耳，待自取之。」因押歸告母曰：「予我衣，死也；即不予，［校］青本作與。亦死也：均之死，故遲也不如其速也。」［馮評］句法。［但評］至無可如何之日，欲訴無由，求死不得，回思佻達詼謔時，惟恐稍留餘地，未能盡情，火燒心坎，悔難噬臍，徒貽高堂之憂，且致一臠之割。稍有人心者，其鑑于兹。母泣，入室移時，取衣出，付之。令審其迹確，擬斬。再駁再審，無異詞。經年餘，決有日矣。令方慮囚，［呂註］唐書，百官志：大理寺掌折獄詳刑，凡繫囚五日一慮。○按：慮音録。［何註］漢書録囚，今云慮囚，慮本訓謀思，有詳審之意。忽一人直上公堂，努［校］青本作怒。目視令而大罵曰：「如此憒憒，何足臨民！」［但評］即以兇犯之口罵之，奇極快極。隸役數十輩，將共執之。其人振臂一揮，頹然並仆。令懼，欲逃。其人大言曰：「我關帝前周將軍［呂註］彭宗古關帝外編：周倉，平陸人，有勇力，板肋虬髯，儀容甚偉。初爲黄巾張寶將，自恨事非其主。遇帝於卧牛山，翻然曰：匹夫失所依，今遇將軍，如撥雲霧而覩青天，願步隨，雖萬里不辭也。遂從帝於獨行之際。當龐德乘小船欲還仁營，倉深知水性，驅大船而來，撞翻小船，跳入水中，生擒德上。其驍勇如此。後呂蒙寇麥城，死之。明神宗封武烈侯。也！［但評］非將軍不能爲此痛快事。昏官若動，即便誅卻！」［馮評］靈異極矣，爽快何如。周將軍既爲昏官理案，又爲昏官獲凶，省他許多氣力，宜祀之，特恐將軍無許多氣力。［但評］惜不誅卻。令戰懼悚聽。其人曰：「殺人者乃宫標也，於朱某何與？」言已，倒地，氣若絶。少頃而醒，面無人色。及問其人，則宫標也。搒之，盡服其罪。蓋宮素不逞，知其討負〔校〕上三字據青本，抄本作某賈。而歸，意腰橐必富，及殺之，竟無所得。聞朱誣服，竊自幸。是日身入公門，殊不自知。令問朱血衣所自來，朱亦不知之。〔校〕青本作之知。喚其母鞫之，則割臂所染；驗其左臂，刀痕猶未平也。令亦愕然。後以此被參揭免官，罰贖羈留而死。年餘，鄰母欲嫁其婦；婦感朱義，遂嫁之。〔何評〕可以不必。

異史氏曰：「訟獄乃居官之首務，培陰騭，滅天理，皆在於此，不可不慎也。〔馮評〕三木之下，何求不得，作令者能無悚然！〔但評〕嘗與寅好言：盛明之世，教養之法，浹洽於民。親民之官，所得與民興利剔弊者，訟獄其首務也。異史氏培陰騭、滅天理二言，最足發人深省。陰騭之培，非必不刑一人之爲培；當其罪而不妄刑之爲培。天理之滅，非必肆貪枉法之爲滅；蔽於人而不能察亦爲滅。所言切中時弊，字字金石，願賢有司三復此言。躁急污暴，固乖天和；淹滯因循，亦傷民命。一人興訟，則數農違〔校〕青本作失。時；一案既成，則十家蕩産：豈故之細哉！余嘗謂爲官者，不濫受詞訟，即是盛德。且非重大之情，不必羈候；若無疑難之事，何用徘徊？即或鄰里愚民，山村豪氣，偶因鵝鴨之爭，〔呂註〕杜甫詩：不教鵝鴨惱比鄰。〔何註〕鵝鴨之爭，言細事也。桓玄兒時與諸兄弟養鬥鵝，每不如，於是悉殺兄弟鵝。致起雀角〔校〕青本作鼠。之忿，〔呂註〕詩，召南。此不過借官宰之一言，以爲平〔校〕青本作憑。定而已，無用全人，祇須兩造，笞杖立加，葛藤悉斷。〔呂註〕趙元詩：新開一徑通蘭若，斬盡清涼舊葛藤。所謂神明之宰非耶？〔馮評〕宰百里者宜書座右。每見今之聽訟者矣：一票既出，若故〔校〕青本作或。忘之。攝牒者入手未盈，不令消見官之票；承刑者潤筆〔呂註〕隋書，鄭譯傳：上令内史李德林立作詔書，高熲戲謂譯曰：筆乾。譯答曰：出爲方岳，杖策言歸；不得一錢，何以潤筆？不飽，不肯懸聽審之牌。矇〔校〕青本作朦。蔽因循，動經歲月，不及登長吏之庭，而皮骨已將〔校〕青本無將字。盡矣！而儼然而民上也者，偃息〔何註〕偃息，偃卧休息也。詩，小雅：或息偃在牀。在牀，漠若無事。寧知水火獄中，有無數寃魂，伸頸延息，以望拔救耶！〔馮評〕此書所以歷久不廢者，以間存此等議論撑持於中故也。然在奸民之凶頑，固無足惜；而在良民之株累，亦復何堪？況且無辜之干連，往往奸民少而良民多；而良民之受害，且更倍於奸民。何以故？奸民難虐，而良民易欺也。皂隸之所毆罵，胥徒之所需索，皆相良者而施之暴。自〔校〕青本作身。入公門，如蹈〔校〕青本作陷。湯火。早結一日之案，則早安一日之生，有何大事，而顧奄奄堂上若死人，似恐谿壑〔呂註〕國語，晉語：叔魚生，其母視之，曰：是虎目而豕喙，鳶肩而牛腹，谿壑可盈，是不可厭也；必以賄死。之不遽飽，而故假之以歲時也者！雖非酷暴，而其實厥罪維均矣。嘗見一詞之中，其急要不可少者，不過三數人；其餘皆無辜之赤子，妄被羅織〔何註〕羅織，捏造其事以入人罪也。周興、來俊臣所爲羅織經。者也。或平昔以睚眦開嫌，或當前以懷璧〔呂註〕左傳，桓十年：初，虞叔有玉，虞公求旃，弗獻。既而悔之，曰：周諺有之：匹夫無罪，懷璧其罪。吾焉用此，其以賈害也。致罪，故興訟者以其全力謀正案，而以其餘毒復小仇。〔馮評〕層層説透，如照水犀。帶一名於紙尾，遂成附骨之疽；受萬罪於公門，竟屬切膚〔呂註〕易，剥：剥牀以膚，切近災也。之痛。〔馮評〕堂上一點珠，便是萬家佛。

人跪亦跪，狀若烏[校]青本作烏。集；人出亦出，還同猱繫。而究之官問不及，吏詰不至，其實一無所用，祇足以破産傾家，飽蠹役之貪囊，鬻子典妻，洩小人之私憤而已。深願爲官者，每投到時，略一審詰：當逐逐之，不當逐芟之。[何註]芟音衫。大鐮，所以芟草者。不過一濡毫、一動腕之間耳，便保全多少身家，培養多少元氣。[馮評]法堂暮鼓，官吏晨鐘。從政者曾不一念及於[校]青本無於字。此，又何必桁楊[呂註]莊子，在宥：桁楊者，相摧也。刑戮者，相望也。注：木在足曰械，大械曰桁。○廣韻：白楊，刀也。[何註]桁楊，械也。桁，何庚切。所以械頭及脛者。莊子：桁楊接摺。黄庭堅詩：桁楊卧訟庭。刀鋸能殺人哉！」

[何評]一言之戲，幾至殺身，可爲不謹言之戒。婦後歸朱，似亦可以不必矣。讚戒聽訟淹遲株累，可作座右銘。

[但評]逞一時之戲談，罹殺身之慘禍，佻達詼謔，其害可勝言哉！獨怪儼然爲民父母者，借彼謔辭，定斯疑獄，予以極刑之慘，加以不節之名。絶少端倪，憑何判斷？至殺夫圖娶，生雖自供；而兇具既須追求，傷痕尤當比對。縱謂血衣可證，亦既搜諸其家而不可得矣，何以押之歸告其母，母泣入室，且至移時，而乃取衣出付乎？即不暇究其衣之藏於何所，而是否死者之衣，並殺之而藏其衣者何故，死者之屍又復有血衣者何故，是亦不可

以思乎？又況事隔多日，血痕之新舊，一望可知；乃憒憒登堂，罔窺疑竇，誣人大辟，轉瞬臨刑。藉非聖帝明臧，周將軍擒來正犯，則戲言者死，殺人者生，李代桃僵，焉用此爲民父母者哉！然而宰固可誅，生亦自取。彼佻達喜詼諧者，即願受搒掠、甘誣伏，奈何以一刀之割，孝敬高堂也！

鬼令

教諭展先生，洒脱有名士風。然酒狂，不持儀節。每醉歸，輒馳馬殿階。［何評］不可不可。［但評］殿階馳馬，酒徒耳，妄人耳，名教中罪人耳，惡得爲名士？階上多古栢。一日，縱馬入，觸樹頭裂，自言：「子路怒我無禮，擊腦破矣！」中夜遂卒。邑中某乙者，負販其鄉，夜宿古刹。更静人稀，忽見四五人攜酒入飲，展亦在焉。酒數行，或以字爲令曰：「田字不透風，十字在當中；十字推上去，古字贏一鍾。」一人曰：「回字不透風，口字在當中；口字推上去，吕字贏一鍾。」一人曰：「囹字不透風，令字在當中；令字推上去，含字贏一鍾。」又一人曰：「困字不透風，木字在當中；木字推上去，杏字贏一鍾。」末至展，凝思不得。衆笑曰：「既不能令，須當受命。」飛一觥來。展云：「我得之矣：曰字不透風，一字在當中；……」衆又笑曰：「推作何物？」展吸盡曰：「一字推上去，一口一大鍾！」

相與大笑，未幾出門去。某不知扆死，竊疑其罷官歸也。及歸問之，則扆死已久，始悟所遇者鬼耳。

［何評］妙令。

甄后

洛城劉仲〔校〕青本作中。堪，少鈍而淫於典籍，恒杜門攻苦，不與世通。一日，方讀，忽聞異香滿室；少間，珮聲甚繁。驚顧之，有美人入，簪珥光采；從者皆宮妝。劉驚伏地下。美人扶之曰：「子何前倨而後恭也？」〔何註〕戰國策：蘇秦謂嫂曰：何前倨而後恭也？○〔馮評〕語突。劉益惶恐曰：「何處天仙，未曾拜識。前此幾時有侮？」美人笑曰：「相別幾何，遂爾懵懵！危坐磨磚〔呂註〕典略：劉楨字公幹，寧陽人。秉性辯捷，所問應聲而答。建安十六年，世子爲五官中郎，妙選文學，使楨隨事。太子酒酣坐歡，乃使夫人甄氏出拜。坐上客多伏，而楨獨平視。他日公聞，乃收楨，減死，輸作部使磨石。武帝至尚方觀作者，見楨危坐正色磨石。問曰：石何如？楨因得喻己自理，跪而對曰：石出荊山懸崖之嶺，外有五色之章，內含卞氏之珍，磨之不加瑩，雕之不增文，稟氣堅貞，受之自然；顧其理枉屈，紆繞而不得伸。武帝顧左右大笑，即日赦之。○按：磨石，此作磨磚，未詳。者，非子〔校〕青本下有也字。耶？」〔馮評〕曹操命甄后出見諸文士，劉楨平視之，操怒，罰作匠作監，楨爲磨磚，意態自若，操釋之。〔但評〕指點典雅。乃展錦薦，設瑤漿，捉〔校〕青本作促。坐對飲，與論古今〔校〕上二字，青本作今之。事，博洽非常。劉茫茫不知所對。美人曰：「我止〔校〕青本作只。赴瑤池一回宴耳；子歷幾生，聰明頓盡矣！」遂命侍者以湯沃水晶膏進之。劉受飲訖，忽覺心神澄[校]青本作發。徹。既而矄黑，[校]青本作暮。從者盡去，息燭解襦，曲盡歡好。未曙，諸姬已復集。美人起，妝容如故，鬢髮修整，不再理也。劉依依苦詰姓字。答曰：「告郎[校]青本作即。不妨，恐益君疑耳。妾，甄氏；[何註]甄氏，魏文帝后也。公幹，劉楨字。文帝命甄后出拜，諸臣皆伏，而楨獨平視。因此下獄，故曰癡情。君，公幹後身。當日以妾故罹罪，心實不忍，今日之會，亦聊以報情癡[校]青本作癡情。也。」[但評]此以賈罪，即報於幾生後，亦復何益，況僅一會乎。問：「魏文安在？」曰：「丕，不過賊父之庸子耳。[但評]一語定評，千古鐵案。〇此怒罵阿瞞，并其賊子，亦已刻矣。危坐磨磚，歷幾生而復翻案，彼賊父庸子，亦將奈之何哉！陳思時一見，感甄賦不虛作矣。老嫗郵致尺一書，送來佳婦，既是來從銅雀，即應戒守分香；乃名曰司香，即以阿瞞所分之香，偷分於人，犬當怒齕斷幅時，應責之曰所作何事。妾偶從遊嬉富貴者[校]青本作富貴者遊戲。數載，過即不復置念。[校]青本作不置念慮。〇[但評]不貞本色全露。彼囊以阿瞞[呂註]魚豢魏略：太祖小字阿瞞。[何註]瞞，滿平聲。故，久滯幽冥，今未聞知。反是陳思[呂註]曹植字子建，封東阿王，遷封陳王，卒謚曰思。爲帝典籍，時一見之。」[馮評]長樂老輩歷仕五季，亦從富貴者遊耳，虧他開口。[何評]傷理背道。[但評]見時當作何言？旋見龍輿止於庭中，乃以玉脂[校]青本作指。合贈劉，作別登車，雲推[校]青本下有霧覆二字。而去。

劉自是文思大進。然追念美人，凝思[校]青本作想。若癡，歷數月，漸近羸殆。母不知其故，憂之。家一老嫗，忽謂劉曰：「郎君意頗有所思否？」[馮評]又怪。劉以言隱中情，告之。

［校］上八字，青本作劉以其言徵中，不能隱，應曰唯唯。嫗曰：［校］青本作言。「郎試［校］青本無試字。作尺一書，我能郵致之。」［但評］此嫗與老瞞父子當有深仇。劉驚喜曰：「子有異術，向日昧於物色。果能之，不敢忘也。」乃［交］青本無乃字。折柬爲函，付嫗便去。半夜而返曰：「幸不悮事。初至［校］至，青本作登其。門，門者以我爲妖，欲加縛縶。［校］青本作縶繫。我遂［校］青本無遂字。出郎君書，乃［校］青本乃上有彼字。將去。少頃喚入，夫人亦欷歔，自言不能復會。［但評］癡情已報，緣止此矣。便欲裁答。我言：『郎君羸憊，非一字所能瘳。』［校］青本下有也字。夫人沉思久，［校］青本作少沉思。乃釋筆云：『煩先報劉郎：當即送一佳婦去。』瀕［校］青本作臨。行，又囑：『適所言，乃百年［校］青本下有之字。計；但無泄，便可永久矣。』」［校］青本作但無妄傳，便能永久。劉喜伺之。明日，果一［校］青本作有。老姥率［校］青本下有一字。女郎，詣母所，容色絕世。［馮評］簡筆。自言：「陳氏；女其所出，名司香，［但評］命名可想。願求作婦。」［何評］容易。母愛之；議聘，更不索貲，坐待成禮而去。惟劉心知其異。陰問女：「係夫人何人？」答云：「妾銅雀故妓［呂註］三國志，魏志：魏武遺令曰：以吾妾與伎人，皆著銅雀臺上。施六尺牀繐帷，月朝十五日，輒使向帳作伎。［何註］銅雀，臺名，魏武置宮人於其上。也。」［馮評］老瞞有知，含憤疑塚。劉［校］青本下有其字。疑爲鬼。女曰：「非也。妾與夫人，俱隸仙籍，［但評］仙籍便不清白。偶以罪過謫［校］青本下有墮字。人間。夫人已復

舊位；妾謫限未滿，夫人請之天曹，暫使給役，去留皆在夫人，故得長[校]青本作常。侍牀簀[何註]簀音責，牀棧也。禮，檀弓：華而睆，大夫之簀。耳。」一日，有瞽媼牽黄犬丐食其家，拍板俚歌。女出窺，立未定，犬斷索咋[何註]咋音窄，嚙也。女。[馮評]老瞞癡甚。女駭走，羅衿[校]青本下有已字。斷。劉急以杖擊犬。[校]青本作劉以杖逐擊之。犬猶怒，齕斷幅，頃刻碎[校]青本下有嚼字。如麻。[但評]即作犬猶有餘威，蓋癡情所結，歷劫難化耳。○一世之雄，而今尚在。瞽媼捉領毛，縛以[校]青本作之。去。劉入視女，驚顏未定。曰：「卿仙人，何乃畏犬？」女[校]青本無女字。曰：「君自不知：犬乃老瞞所化，蓋怒妾不守分香[校]青本下有之字。戒也。」[馮評]符后安在？一妓尚不忘，變犬不足蔽厥辜，徒議其癡，愚淺哉！[但評]老瞞出醜。○想到分香賣履時，自然恨入骨髓。劉欲買犬杖斃。女不可，曰：[校]上十字，青本作劉聞之，欲買而杖斃之，女曰不可。「上帝所罰，何得擅誅？」居二年，見者皆驚其豔，而審所從來，殊[校]青本下有涉字。恍惚，於是共疑爲妖。母詰劉，劉亦微道其異。母大懼，戒使絶之。劉不聽。母陰覓術士來，作法於庭。方規地爲壇，女慘然曰：「本期白首；今老母見疑，分[校]青本分上有自字。義絶矣。要我去，亦復非[校]青本作匪。難，但恐非[校]上三字，青本作而豈。禁咒所能遣耳！」[校]青本作耶。○[但評]老瞞且無可奈何，術士又焉能爲力。乃束薪爇火，抛[校]青本下有置字。階下。瞬息煙蔽房屋，對面相失。有聲震[校]青本下有擊字。如雷。

既而煙滅，見術士七竅流血死矣。〔校〕青本作而死。○〔何評〕□術可畏。入室，女〔校〕青本女上有則字。已渺。呼嫗問之，嫗亦不知所去。〔校〕去，青本作之矣。劉始告母：「嫗蓋狐也。」

異史氏曰：「始於袁，終於曹，〔呂註〕魚豢魏略：建安中，袁紹爲中子熙娶甄會女。紹死，熙出在幽州，甄留侍姑。及鄴城破，五官將從而入紹舍，見甄怖以首伏姑膝上。五官將謂紹妻袁夫人，扶甄令舉首，見其色非凡，稱歎之。太祖聞其意，遂爲迎娶。〔何註〕甄氏初爲袁紹兒婦，操破紹，即爲操子丕所得。而後注意於公幹，仙人不應若是。然平心而論：奸瞞之篡子，何必有貞婦哉？犬睹故妓，應大悟分香賣履之癡，固猶然妒之耶？嗚呼！奸雄不暇自哀，而後人哀之已！」

〔何評〕前身劉公幹，似從太平廣記脱胎。

宦娘

温如春，秦之世家也。少癖嗜琴，[馮評]一篇線索。雖逆旅未嘗暫舍。客晉，經由古寺，繫馬門外，暫[校]青本暫上有將字。憩止。入則有布衲道人，趺坐廊間，笻杖[何註]笻杖，笻音蛩，竹杖也。倚壁，花布囊琴。温觸所好，因問：「亦善此也？」[校]青本作耶。○[馮評]語輕薄。道人云：「顧不能工，願就善者學之耳。」[馮評]大方語有鋒芒。○凡人初交，出語不可脱大，謙退俱占便宜，否則受侮不少，我輩慎之。遂脱囊授温，視[校]青本視上有温字。之，紋理佳妙，略一勾撥，[吕註]琴譜：中指入絃曰勾，出絃曰剔，食中二指輕撫雙絃而入得一聲曰撥，食指出絃曰挑。清越異常。喜爲撫一短曲。道人微笑，似未許可。温乃竭盡所長。道人哂曰：「亦佳，亦佳！[但評]亦佳亦佳，自是孺子可教。不足爲道人也師，自足爲道人也弟。既爲道人也弟，則亦足爲女鬼也師矣。但未足爲貧道師也。」温以其言夸，轉請之。道人接置膝上，裁撥動，覺和風自來；又頃之，百鳥羣集，庭樹爲滿。温驚極，拜請受業。道人三復之。温側耳傾心，稍稍會其節奏。道人試使彈，點正疎節，曰：「此塵間已無對矣。」温由是精心刻畫，遂稱絶技。後歸程，[校]青本作秦。離家數十里，日已暮，暴雨莫可投止。路傍有小村，趨之。不遑審擇，見一門，匆匆遽入。登其堂，闃[校]青本下有若字。無人。俄一女郎出，年十七八，貌類神仙。[馮評]隨伏一句。舉首見客，驚而走入。温時未耦，繫情殊深。俄一老嫗出問客。温道姓名，兼求寄宿。嫗言：「宿當不妨，但少牀榻；不嫌屈體，便[校]青本無便字。可藉藁。」少旋，[校]青本作選。以燭來，展草鋪地，意良殷。問其姓氏，答云：「趙姓。」又問：「女郎何人？」曰：「此宦娘，老身之猶子也。」温曰：「不揣寒陋，欲求援繫，[呂註]國語，晉語：董叔娶於范氏，曰：將以求援繫也。他日，董祁愬於士鞅曰：不吾敬也。士鞅執而縛於庭之槐。羊舌肸過之，曰：子盍爲我請乎？肸曰：求援既援矣，求繫既繫矣；欲而得之，又何請焉？如何？」[但評]欲求姻好，乃得蹇修。嫗顰蹙曰：「此即不敢應命。」温詰其故，但云難言，[馮評]不説明，文家縮筆也。悵然遂罷。嫗既去，温視藉草腐溼，不堪卧處，因危坐鼓琴，以消永夜。雨既歇，冒雨遂歸。邑有林下部郎葛公，喜文士。温偶詣之，受命彈琴。[馮評]無意中點此一筆，通篇以琴作草蛇灰線之法。[但評]琴似温家玉鏡臺，而又有蹇修助之。簾内隱約有眷客窺聽，忽風動簾開，見一及笄人，麗絶一世。蓋公有一[校]青本無一字。女，小字良工，善詞賦，有豔名。溫心動，歸與母言，媒通之，[馮評]一拍。而葛以温勢式微，不許。然女自聞琴以〔校〕青本無以字。後，心竊傾慕，每冀再聆雅奏；〔但評〕如此乃見蹇修之力。而温以姻事不諧，志乖意沮，〔校〕青本作阻。絶迹於葛氏之門矣。〔馮評〕率性一筆畫斷，兵法所謂置之死地而後生也，兵法即文法也。一日，女於園中，拾得舊箋一折，〔馮評〕又突起。上書惜餘春詞云：「因恨成癡，轉思作想，日日爲情顛倒。海棠帶醉，楊柳傷春，同是一般懷抱。甚得新愁舊愁，剗〔何註〕剗音劃，削平也。盡還生，便如青草。自別離，只在奈何天裏，度將昏曉。今日箇蹙損春山，望穿秋水，〔何註〕春山秋水，葛洪西京雜記：卓文君姣好，眉如遠山，目如秋水。道棄已拚棄了！芳衾妒夢，玉漏驚魂，要睡何能睡好？漫説長宵似年；儂視一年，比更猶少：過三更已是三年，更有何人不老！」〔但評〕如抽繭，如剥蕉，曲折纏綿，如泣如訴。○惜餘春詞委婉纏綿，迴環往復，一字一轉，一字一波。想奈何天裏，顛倒情懷，青草如愁，良宵似歲。海棠楊柳，與儂共訴相思；秋水春山，到此空勞盼望。至於魂驚玉漏，夢妒芳衾，人老三更，春歸四月，前本因恨而成癡，今則因癡而益恨矣。愁腸雜遝，憑誰辨新與舊哉？宦娘雖假此以作蹇修，而飲恨重泉，傷心薄命，借題目以攄懷抱，情見乎辭矣。女吟咏數四，心悦〔校〕青本無悦字。好之。懷歸，出錦箋，莊書一通，〔吕註〕按：書首尾全曰通。後漢書，崔寔傳：論當世便事數十條，仲長統曰：凡爲人主，宜寫一通，置之坐側。〔何註〕一通，按：通，總也，凡得其數之全者爲通，如書一通、鼓三通皆是。置案間；踰時索之不可得，竊意爲風飄去。〔但評〕錦箋已化爲御溝紅葉矣。適葛經閨門過，拾之；謂良工作，惡其詞蕩，火之而未忍言，欲急醮之。〔馮評〕如此串合，鬼斧神工，波瀾曲折。○又一逼。臨邑劉方伯之公子，適來問名，心善之，而猶欲一睹其人。〔馮評〕慕其勢利耳。公子盛服而至，儀容秀美。葛大悦，款延優渥。既而告别，坐下遺女舄一鉤。心頓惡其儇薄，〔但評〕宛哉公子。因呼媒而告以故。公子亟辨其誣；葛弗聽，卒絶之。〔馮評〕忽放忽收，忽開忽合，文筆變幻，令人莫可端倪。先是，葛有緑菊種，吝不傳，良工以植閨中。温庭菊忽有一二株化爲緑，同人聞之，輒造廬觀賞；温亦寶之。凌晨趨視，於畦畔得箋寫惜餘春詞，反覆披讀，不知其所自至。〔馮評〕暗中串插，作合之妙如此，作者胸中有鬼神。以「春」爲己名，益惑之，即案頭細加丹黄，〔吕註〕新唐書，陸龜蒙傳：得書，熟誦乃録，讐比勤勤，丹黄不去手，所藏雖少，其精皆可傳。○陸龜蒙幽居賦序：且用丹黄稗説，貽於好事。〔何註〕丹黄，所以點乙詩文者。又註：丹黄猶鉛黄，謂批評處也，歐陽修進唐書表：久披緗帙，粗定鉛黄。評語褻嫚。適葛聞温菊變緑，訝之，躬詣其齋，見詞便取展讀。温以其評褻，奪而挼莎之。〔但評〕偏偏鬬筍。葛僅讀〔校〕青本作睹。一兩句，蓋即閨門所拾者也。〔馮評〕又妙。大疑，並緑菊之種，亦猜〔校〕青本下有爲字。良工所贈。歸告夫人，使逼詰良工。良工涕欲死；而事無驗見，莫有〔校〕青本作可。取實。〔馮評〕寸步不踰香閨，何由暗通款曲，而不能不疑者，事太涉真也。夫人恐其迹益彰，計不如以女歸温。葛然之，遥致温。温喜極。是日招客爲緑菊之宴，焚香彈琴，良夜方罷。既歸寢，齋童聞琴自作聲，初以爲僚僕〔何註〕僚僕，相伴爲僕者，猶僚壻、僚友之意。又註：因同官爲僚，故同主、同執、同舅者有僚僕、僚友、僚壻之稱。之戲也；既知其非人，始白温。〔馮評〕又如此串醒，妙不可言。温自詣之，果不妄。其聲梗澀，似將效己而未能者。爇火暴入，杳無所見。温攜琴去，則終夜寂然。因意爲狐，固知其願拜門牆也者，遂每夕爲奏一曲，而設絃任操〔吕註〕劉向别録：君子因雅琴以致思，其道閉塞悲愁，而作者名其曲曰操，言遇災害不失其操也。○按：操，七到切。若〔校〕青本下有爲字。師，夜夜潛伏聽之。至六七夜，居然成曲，雅足聽聞。温既親迎，〔馮評〕温既來迎，只用一句簡筆。各述曩詞，始知締好之由，而終不知所由來。良工聞琴鳴之異，往聽之，〔校〕青本作焉。曰：「此非狐也，調悽楚，有鬼聲。」〔馮評〕知音。温未深信。良工因言其家有古鏡，可鑑魑魅。〔何註〕魑魅音摛媚，左傳，文十八年：投諸四裔，以禦魑魅。注：山林異氣所生，爲人害者。翊〔何註〕翊與翌同，明日也。日，遣人取至，伺琴聲既作，握鏡遽入；火之，果有女子在，〔馮評〕點醒妙甚。倉皇室隅，莫能復隱。細審之，趙氏之宦娘也。大駭，窮詰之。泫然曰：「代作蹇修，不爲無德，何相逼之甚也？」温請去鏡，約勿避；諾之。乃囊鏡。女遥坐曰：「妾太守之女，死百年矣。少喜琴箏；〔馮評〕帶一箏字，又添出後一段文字。箏已頗能諳之，獨此技未有〔校〕此據青本，抄本作能。嫡傳，重泉猶以爲憾。惠顧時，得聆雅奏，傾心向往；又恨以異物不能奉裳衣，〔校〕青本作衣裳。陰爲君腼合佳偶，以報眷顧之情，劉公子之女舄，惜餘春之俚詞，皆妾爲之也。〔馮評〕點醒註明。酬師者不可謂不勞矣。」夫妻咸拜謝之。宦娘曰：「君之業，妾思過半矣；但未盡其神理。請爲妾再鼓之。」温如其請，又曲陳其法。

宦娘大悦曰：「妾已盡得之矣！」乃起辭欲去。良工故善箏，聞其所長，願一［校］抄本作以。披聆。［馮評］前伏一字，此便順筆拖出。宦娘不辭，其調其譜，並非塵世所能。良工擊節，轉請受業。［但評］分源合派，又結一香火緣。鬼受業於人，人又受業於鬼，一琴一箏，各得其傳。借逕獨新，寫來真是好看。女命筆爲繪譜十八章，又起告別。夫妻挽之良苦。宦娘悽然曰：「君琴瑟之好，自相知音；薄命人烏有此福。如有緣，再世可相聚耳。」［但評］映帶有情，顧盼生姿。因以一卷授温曰：「此妾小像。如不忘媒妁，當懸之卧室，快意時，焚香一炷，對鼓一曲，則兒身受之矣。」［馮評］情絲一縷，裊裊不絕，末一段尤妙甚。［但評］以琴起，以琴結，脈絡貫通，始終一線。出門遂沒。［馮評］結得縹緲不盡，曲終人不見，江上數峯青。○串插離合，極見工妙，一部絕妙傳奇。

［何評］宦娘愛慕琴音，終不及亂，誠能以貞自守者。良工能辨鬼聲，而得聆雅奏，雖欲不傾慕得乎？

［但評］讀此篇，鮮不謂良工之歸於温，宦娘之力也。顧温之感宦娘也以琴，而温之琴所以能感宦娘者，實得之布衲道人；則謂道人爲琴師也可，謂道人爲月老也亦可。夫温之受業於布衲，已是塵間無對矣，初未聞其有所酬也。乃永夜之消，何與人事？即欲求援繫，亦已聞言而悵然。一曲自彈，豈得謂「鳳求凰」哉？無端而調寄餘春，拾得舊箋之

句；花分緑菊，偷來繡閣之香：種種猜疑，班班顛倒。調他人之琴瑟，代薄命之裳衣。雖則設絃操縵，自命爲師；倘非借鑑照形，焉知是鬼？拜門牆者不可謂不誠，酬師恩者不可謂不勞矣。非道人之力，而誰之力哉？君固曲陳其法，妾亦盡得其傳。高山流水，知音只在黄泉；逸響新聲，絶調復傳塵世。以受業之高弟，轉爲傳鉢之名師，繪以小像，供以瓣香，可以攄銘心之感，可以結再世之緣矣。豈第一彈再鼓，借酬蹇修而已哉！

阿繡

海州劉子固，十五歲時，至蓋省其舅。見雜貨肆中一女子，姣麗［何註］姣麗，姣音狡，美也。無雙，心愛好之。潛至其肆，託言買扇。女子便呼［校］青本下有其字。父。父出，劉意沮，故折閱［呂註］荀子，修身：良賈不爲折閱不市。注：折閱，謂損所閱賣之物價也。之而退。遥睹［校］青本作覷。其父他往，又詣［校］青本作趨。之。女將覓父。劉止之曰：「無須，但言其價，我不靳直耳。」女如言，故［校］此據青本，抄本作固。昂之。劉不忍争，脱貫徑［校］此據青本，抄本作貫竟。去。明日復往，又如之。行數武，女追呼曰：「返來！［馮評］鈎魂攝魄去，小子奈何！適僞言耳，價奢［何註］價奢，價昂也。過當。」因以半價返之。［但評］劉固情癡，女亦慧種。半價之返，其在赤土相戲後乎？舌舐紙包，若有意，若無意。半月劉歸之後，與將歸廣寧之先，及已歸廣寧之日，其情懷悵望，亦可想而知矣。劉益感其誠，蹈隙［何註］蹈隙，猶值隙也。輒往，由是日熟。女問：「郎居［校］青本作君。何所？」以實對。轉詰之，自言：「姚氏。」臨行，所市物，女以紙代裹完好，已而以舌舐黏之。劉懷歸不敢復動，恐亂其舌痕也。[校]青本無也字。積半月，爲僕所窺，陰與舅力要之歸。意惓惓[何註]惓音券，悶也。不自得。以所市香帕脂粉等類，密置一篋，無人時，輒闔户自撿一過，觸類凝思。[馮評]迷花少年，往往如此，西廂鶯鶯後數曲亦是如此。次年，復至蓋，裝[校]青本裝上有囊字。甫解，即趨女所；至則肆宇闔[校]此據青本，抄本作閤，下同。焉，失望而返。猶意偶出未返，蚤又詣之，闔如故。[校]青本作猶意暫出未復，蚤起又赴之，扃如故。問諸鄰，[校]青本下有居字。始知姚原廣寧人，以貿易[何註]貿易，貿音茂，買也。詩，衛風：抱布貿絲。無重息，故暫歸去；又不審何時可[校]青本下有以字。復來。神志乖喪。居數日，怏怏而歸。母爲議婚，屢梗之，母怪且怒。[校]青本作爲之卜婚，屢梗母議，母怪怒之。僕私以曩事[校]青本作情。告母，母益防閑之，[但評]按住。蓋之途由是[校]青本下有遂字。絶。[馮評]曲筆。劉忽忽遂減眠食。[校]青本作劉忽忽不樂，減食廢學。母憂思無計，念不如從其志。於是刻日辦裝，使如蓋，轉寄語舅，媒合之。[馮評]一拍。舅即[校]青本無即字。承命詣姚。踰時而返，謂劉曰：「事不諧矣！阿繡已字廣寧人。」劉低頭喪氣，[校]青本作志。心灰絶望。[校]青本作望絶。〇[馮評]又極力作開筆。既歸，捧篋啜泣，而徘徊顧[校]青本作癡。念，冀天下有似之者。[但評]文生情，情生文，令人目炫神迷，恍惚不可爲象。適媒來，豔稱復州黄氏女。劉恐不確，命駕至復。入西門，見北向一家，兩扉半開，内一女郎，怪似阿繡；再屬目之，且行且盼而入，真是無訛。劉大動，[校]青本下有疑字。因僦其東鄰居，[校]青本作因僦居東鄰。細詰知[校]知，青本作其家。爲李氏。反復凝[校]青本作疑。念：天下寧有如此相似[校]上四字，青本作此酷肖。者耶？居[校]青本下有之字。數日，莫可夤緣，惟日眈眈伺候[校]青本下有於字。其門，以冀女或[校]青本作郎。復出。一日，日方西，[校]青本作夕。女果出。忽見劉，即返身走，[校]走，青本作掩扉。以手指其後；又復掌及額，乃入。劉喜極，但不能解。凝思[校]青本作想。移時，信步詣舍後，[馮評]藏一句。見荒園寥廓，[何註]寥廓，廓音鞹，空也，大也。西有短垣，略可及肩。豁然[何註]豁然，豁，疏通也，開也。漢書，高祖紀：意豁如也。頓[何註]頓，忽也。悟，遂蹲伏露草中。久之，有人自牆上露其首，小語曰：「來乎？」[馮評]幻筆不測。劉諾而起。細視，真阿繡也。[但評]本非阿繡，偏說是真阿繡。因大恫，[校]青本作因而大慟。涕墮如綆。女隔堵探身，以巾拭其淚，深慰之。[校]上三字，青本作所以慰藉之良殷。劉曰：「百計不遂，自謂今生已矣，何期[校]青本作意。復有今夕？顧卿何以[校]青本無以字。至此？」女曰：「李氏，妾表叔也。」劉請踰垣。女曰：「君先歸，遣從人他宿，妾當自至。」劉如言，[校]言，青本作其教。坐伺之。[馮評]藏筆。少間，女悄然入，妝飾不甚炫麗，袍袴猶昔。劉挽坐，備道艱苦。因問：「卿[校]青本卿上有聞字。已字，何未醮也？」[馮評]藏筆。女曰：「言妾受聘者妄也。

家君以道里賒遠，不願附公子婚，此或託舅氏詭詞，[校]青本作不願附公子爲婚姻，此或舅氏託言。以絶君望耳。」[馮評]處處用藏筆，暗伏一斷阿繡。既就枕席，宛轉萬態，[校]青本無上四字。款接之歡，不可言喻。四更遽起，過牆而去。劉自是不復措意黄氏矣。旅居忘返，經月不歸。[校]青本作劉自是如復之初念悉忘，而旅居半月，絶不言歸。一夜，僕起飼馬，見室中燈[校]青本下有燭字。猶明；窺之，見[校]青本見上有望字。阿繡，大駭。顧[校]青本無顧字。不敢言[校]青本作詰。主人，[校]青本無人字。旦起，[校]青本無起字。訪市肆，始返而詰劉曰：「夜與還往[校]青本作往還。者，何人也？」劉初諱之。僕曰：「此第岑寂，鬼狐之藪，[何註]鬼狐之藪，藪音叟，大澤也。人言淵藪，猶草木之聚于藪，魚鼈之聚于淵也。公子[校]青本下有亦字。宜自愛。彼姚家女郎，何爲而至[校]青本下有於字。此？」[馮評]語極醒豁。劉始覥然曰：「西鄰是[校]青本無是字。其表叔，有何疑沮？」僕言：「我已訪之[校]青本下有最字。審：東鄰止一孤嫗，西家一子尚幼，别無密戚。所遇當是鬼魅；不然，焉有數年之衣，尚未易者？且其面色過白，兩頰少瘦，笑處無微渦，不如阿繡美。」[馮評]僕好眼力。[但評]辨入毫芒，不以皮相。劉反覆[校]青本下有回字。思，乃大懼曰：「然且[校]青本作且爲。奈何？」僕謀伺[校]青本作俟。其來，操兵入共[校]青本無共字。擊之。至暮，女至，謂劉曰：「知君見疑，然妾亦無他，不過了[校]青本下有此字。夙分耳。」言未已，僕排闥[校]青本下有驟字。入。女呵之[校]青本無之字。曰：「可棄兵！速具酒來，當與若主別。」[馮評]大方。僕便自投，[校]青本作可棄而兵，速具酒與主人言別。僕自投其刃。若或奪焉。劉益恐，强設酒饌。女談笑如常，舉手向[校]上三字，青本作謂。劉曰：「悉君心事，方將[校]青本作且。圖效綿薄，何竟[校]青本作勢。伏戎？妾雖非阿繡，頗自謂不亞，[校]青本下有之字。君視之猶昔[校]青本無昔字。否耶？」[但評]此語非怪人，乃自怪也。劉毛髮[校]青本作身毛。俱豎，噤不語。[校]青本作默不得語。女聽漏三下，[校]青本作催。把琖一呷，[何註]一呷，呷音押，吸而飲曰呷。起立[校]青本無立字。曰：「我且去，待花燭後，再與新婦[校]上二字，青本作君家美人。較優劣也。」[馮評]周密，筆亦簡淨。轉身遂杳。劉信狐言，逕如蓋。[馮評]明了，絶不多說。怨舅之誑己也，不[校]青本不上有亦字。舍其[校]青本其上有於字。家；寓近姚氏，託媒自通，啗以重賂。姚妻乃[校]青本無乃字。言：「小郎爲覓壻[校]青本下有於字。廣寧，若翁以是故去，就否未[校]未，青本作良不。可知。須旋日，[校]青本作須彼旋時。方可[校]青本下有作字。計校。」劉聞之，徬[校]青本作徊。○[何註]徊徨，徘徊不進之貌。徨無以自主，惟堅守以伺其歸。踰十餘日，忽聞兵警，猶疑[校]青本作以。訛傳；[校]青本下有自解二字。久[校]青本久上有又字。之，信益急，乃趣裝行。中途遇亂，主僕相失，爲偵者所掠。[校]青本作擄。○[馮評]又飄然而來。以劉文弱，疎其防，盜馬亡去。[馮評]又飄然而去。至海州界，見一女子，蓬鬢垢耳，出［校］青本作步。履蹉跌，不可堪。［校］青本無上三字。［何註］蹉跌，蹉音磋，蹉跎傾跌也。劉馳過之。女遽［校］青本作子。呼曰：「馬上人非劉郎乎？」［校］青本作馬上劉郎非乎。劉停鞭審顧，則［校］青本作蓋。阿繡也。心仍訝其爲狐，曰：「汝真阿繡耶？」［但評］本真阿繡，偏説是贋阿繡。女問：「何爲［校］青本無爲字。出此言？」劉述所遇。女曰：「妾真阿繡也。［校］青本無也字，下有非贋冒者四字。○［呂註］正韻：贋音雁，與偐同，僞也。亦作雁。○按：韓非子，説林：齊人伐魯，索讒鼎，魯以其贋往。齊人曰：贋也。魯人曰：真也。字本此。父攜妾自廣寧歸，遇兵被俘，［校］青本作遭變被虜。授馬屢墮。忽一女子，握腕趣遁，荒竄軍中，亦無詰者。女子健步若飛隼，［校］上二字，青本作駛。苦不能從，百步而屢［校］青本作屣。屢褪［何註］褪，吞去聲，脱也。焉。久之，聞號嘶漸遠，乃釋手曰：『別矣！前皆坦途，可緩行，愛汝者將至，宜與同歸。』」劉知其［校］青本作是。狐，感之。因述其留蓋之故。女言其叔爲擇壻於方氏，未委禽而亂適作。劉始知舅言非妄。［馮評］實自不知，如强作硬語。攜女馬上，疊騎歸。入門則老母無恙，大喜。繫馬［校］青本下有而字。入，具道所以。［校］青本作述所自來。母亦喜，爲之盥濯，竟妝，［校］青本作妝竟。容光煥發。母撫掌［校］上三字，青本作益喜。曰：「無怪癡兒魂夢不置［校］青本作忘。也！」遂設裀褥，使從己宿。又遣人赴蓋，寓書於姚。不數日，姚夫婦俱至，卜吉成禮乃去。劉出藏篋，封識〔校〕青本作劉藏篋舊封。儼然。有粉一函，啓之，化爲赤土。劉〔校〕青本無劉字。異之。〔馮評〕又一頓。女掩口曰：「數年之盜，今始發覺矣。爾日見郎任妾包裹，更不及審〔校〕青本作審及。真僞，故以此相戲耳。」方嬉笑〔校〕青本作笑嬉。間，一人搴簾入曰：「快意如此，當謝蹇修否？」〔校〕青本作矣。劉視之，又一阿繡也。〔馮評〕軒然大波。急呼母。〔馮評〕忽即忽離，隨筆生波。〔但評〕得諸紀綱傳授。母及家人悉集，無有能辨識者。劉回眸〔校〕青本作首。亦迷；注目移時，始揖而謝之。女子索鏡自照，赧然趨出，尋之已杳。〔校〕杳，青本作渺矣。○〔但評〕自見笑處無微渦。夫婦〔校〕青本作妻。感其義，爲位於室而祀之。一夕，劉醉歸，室暗無人，方自挑燈，而阿繡至。〔馮評〕意外相逢，初疑是夢。劉挽問：「何之？」笑曰：「醉〔校〕青本作酒。臭熏人，使人不耐！如此盤詰，誰作桑中逃耶？」劉笑捧其頰。女曰：「郎視妾與狐姊孰勝？」劉曰：「卿過之，然皮相〔呂註〕高士傳：披裘公者，吴人也。延陵季子出遊，見道中有遺金，顧披裘公曰：取彼金。公曰：五月披裘而負薪，豈取金者哉？問其姓名，曰：吾子皮相之士，何足以語姓名也。〔何註〕皮相，謂以貌取人也。史記，酈生陸賈列傳：足下以目皮相，恐失天下士。者不〔校〕青本下有能字。辨也。」〔但評〕醉眼矇朧，不及辨其兩頰肥瘦矣。已而合〔校〕青本作闔。扉相狎。俄有叩門〔校〕青本作關。者，女起笑曰：「君亦皮相者也。」劉不解。趨啓門，則阿繡入，大愕。始悟適與語者狐也。暗中又

〔校〕青本作猶。聞笑聲。夫妻望空而禱，祈求現像。狐曰：「我不願見阿纖。」〔但評〕不願見，其愧心與，其忌心與？問：「何不另化一貌？」曰：「我不能。」問：「何故不能？」曰：「阿纖，吾妹也，前世不幸夭殂。生時，與余從母至天宮，見西王母，心竊愛慕，歸則〔校〕青本作即。刻意效之。妹子較我慧，一月神似；我學三月〔校〕青本作年。而後成，然終不及妹。〔校〕青本作也。今已隔世，自謂過之，不意猶昔耳。〔馮評〕漢文曰：吾不見賈生久，自謂過之，今而知尚不及也。此用其語。我感汝兩人誠意，故時復一至，〔校〕青本作時一相過。今〔校〕青本下有且字。去矣。」遂不復言。自此三五日輒一來，一切疑難悉決之。值阿纖歸寧，來常數日不去，〔校〕此據青本，抄本上二字作往。家人皆懼避之。每〔校〕青本無每字。有亡失，則華妝端坐，插玳瑁簪長數寸，〔校〕青本作數寸長。朝家人而莊語之：「所竊物，夜當送至某所；不然，頭痛大作，悔無及！」〔校〕上三字，青本作勿悔。天明，果於某所獲〔校〕青本作得。之。三年後，絕不復來。偶失金帛，阿纖效其裝，〔校〕青本下有束以二字。嚇家人，亦屢效焉。〔但評〕本以贗阿纖效真阿纖，今轉以真阿纖效贗阿纖作結，文心矯變乃爾。

〔何評〕阿纖前身亦狐也，轉世乃更美。如此墮落野狐身，安知非慧根耶？

〔但評〕阿纖已字廣寧人，誠絕望矣。不如蓋而如復，亦不過冀天下有似之者耳。乃不謂天下竟有如此相似者。牆上小語，細視，真阿繡也；袍袴猶昔，問訊，真阿繡也。如復之初念悉忘，又豈或有如蓋之轉念乎？乃窺見阿繡者且大駭也！明明阿繡，而乃詰其何人，詰其何爲而至於此也。且謂不如阿繡美，而阿繡成鬼魅矣。阿繡而自謂非阿繡，又自謂不亞阿繡，而欲較優劣於阿繡。綿薄自效，消息潛通，是沮其如復之初念者，此阿繡也；導其如蓋之轉念者，比阿繡也；導其如蓋而聞警、而遇亂、而被擄盜馬亡去者，此阿繡也。乃導劉至海州界者一阿繡；蓬鬆垢耳，步履蹉跌，呼馬上劉郎者又一阿繡。顧見真阿繡而疑其爲贋阿繡，自辨非贋冒阿繡，而此一阿繡，乃真雜貨肆中之阿繡矣。顧此一阿繡者，來自廣寧，歸途被擄，而握腕趣遁，健步若駛者，一阿繡也；苦不能從，百步而屣屢褪者，又一阿繡也。愛汝者將至，阿繡別矣，阿繡歸矣。函封赤土，盜始發覺，此時笑嬉之阿繡，誰復計其真耶、贋耶？不意搴簾入者，又一阿繡也。不惟母及家人，不能辨識其真阿繡、贋阿繡；即真阿繡又豈能斥其爲贋阿繡哉？注目移時，猶是僕人「不如阿繡美」之一言耳。照鏡赧然，無惑乎癡兒魂夢不忘此阿繡也。卿過狐姊，未知狐姊即卿，捧頰而皮相之，以贋作真，以不及爲過，其醉耶，其相皮而不能辨耶？究之似阿繡者愧不如阿繡，冒阿繡者不願見阿繡，乃知學之而得其貌者，終不及學之得其神者也。然學有淵源，終非效顰者比：故以似阿繡者代真阿繡，而阿繡神，且以真阿繡者效贋阿繡，而阿繡益神。

楊疤眼

一獵人，夜伏山中，見一［校］青本作有。小人，長二尺已來，踽踽行澗底。少間，又一人來，高亦如之。適相值，交問何之。前者曰：「我將往望楊疤眼。前見其氣色晦黯，多罹不吉。」後人曰：「我亦爲此，汝言不謬。」獵者知其非人，厲聲大叱，二人並無有矣。夜獲一狐，左目上有瘢痕，大如錢。

小翠

王太常，越人。總角時，晝卧榻上。忽陰晦，巨霆暴作。一物大於貓，來伏身下，展轉不離。移時晴霽，物即逕出。[校]青本作去。○[馮評]先提明。視之，非貓，始怖，隔房呼兄。兄聞喜曰：「弟必大貴，此狐來避雷霆劫也。」[馮評]有於後始見者，有於中露出者，此卻預提於前，作文不一例也，熟左、史者知之。後果少年登進士，以縣令入爲侍御。生一子名[校]青本無名字。元豐，絶癡，十六歲不能知牝牡，[何註]牝牡，牝音髕。牝，母；牡，父也。因而鄉黨無與爲婚。王憂之。適有婦人率少女登門，自請爲婦。視其女，嫣然展笑，真仙品也。喜問姓名。自言：「虞氏。女小翠，年二八矣。」與議聘金。曰：「是從我糠覈不得飽，一旦置身廣廈，役婢僕，厭膏粱，彼意適，我願慰矣，豈賣菜[何註]賣菜，後漢書，周紆傳：徵拜洛陽令，下車先問大姓主名，吏數閭里豪强以對。紆厲聲怒曰：本問貴戚，若馬、竇等輩，豈能知此賣菜傭乎！謂不足齒數之人也。也而索直乎！」[呂註]未詳，疑即用續幽怪録韋固事。○[但評]止數語，轉折跌宕，面面圓到。夫人大[校]青本無大字。悦，優厚之。婦即命女拜王及夫人，囑曰：「此爾翁姑，奉侍[校]青本作事。

宜謹。我大忙，且去，三數日當復來。」王命僕馬送之。婦言：「里巷[校]青本作鄉里。不遠，無煩多事。」遂出門去。小翠殊不悲戀，便即匳中翻取花樣。夫人亦愛樂之。數日，婦不至。以居里問女，女亦憨然不能言其道路。遂治別院，使夫婦成禮。諸戚聞拾得貧[校]青本下有賤字。家兒作新婦，共笑姍之；見女皆驚，羣議始息。女又甚慧，能窺翁姑喜怒。王公夫婦，寵惜過於常情，然惕惕焉惟恐其憎子癡；而女殊歡笑，不爲嫌。第善謔，[何評]生根。刺布作圓，蹋蹴[何註]蹋蹴音沓噈。蹋，榻也，榻着地也。爲笑。着小皮靴，蹴去數十[校]此據青本，抄本無十字。步，紿公子奔拾之；[馮評]寫癡如繪。公子及婢恒流汗相屬。一日，王偶過，圓硡[何註]硡音轟，石聲。蹋圓聲似之。然來，直中面目。女與婢俱斂迹去，公子猶踴躍奔逐之。王怒，投之以石，始伏而啼。王以[校]青本下有狀字。告夫人；夫人往責女，女[校]青本下有惟字。俛首微笑，以手刓牀。[何註]手刓牀，刓，五丸切，玉篇訓削。按手不能削牀，謂其似也。既退，憨跳如故，以脂粉塗公子作花面如鬼。夫人見之，怒甚，呼女詬罵。女倚几弄帶，不懼，亦不言。[但評]以上寫其日事憨跳，若惟恐人之不盡知者，觀其不懼亦不言可知。夫人無奈之，因杖其子。元豐大號，女始色變，屈膝乞宥。[但評]略露本相。夫人怒頓解，釋杖去。女笑拉公子[校]青本下更有公子二字。入室，代撲衣上塵，拭眼淚，摩挲杖痕，餌以棗栗。公子乃收涕以忻。女闔庭[校]青本無庭字。

户，復裝公子作霸王，作沙漠人；已乃黜服，束細腰，[校]青本下有扮虞美人四字。婆娑作帳下舞；或髻插雉尾，撥琵琶，丁丁縷縷[何註]丁丁，聲也。縷縷，相續不絕也。然，喧笑一室，日以爲常。[但評]裝霸王，裝沙漠人，裝虞美人，裝王昭君，由漸而入，皆爲下飾冢宰，飾虞候預作地步。王公以子癡，不忍過責婦；即微聞焉，亦若置之。同巷有王給諫者，相隔十餘户，然素不相能；時值三年大計吏，[呂註]周禮，天官，小宰：以聽官府之六計，弊羣吏之治。注：弊，斷也。疏：計其功過多少而聽斷之。忌公握河南道篆，思中傷之。公知其謀，憂慮無所[校]青本無所字。爲計。一夕，早寢，女冠帶，飾冢宰狀，翦素絲作濃髭，又以青衣飾兩婢爲虞候，[呂註]見脱脱宋史，注：宋時在官祗應人役也。[何註]虞候，如今侍衛。宋史，職官志：都虞候掌殿前諸班直及步騎指揮之名籍。又韓翊妻柳氏爲番將沙吒利所劫，虞候許俊立致之。侯希逸復聞于朝。〇[馮評]奇奇怪怪，令人難測。竊跨廐馬而出，戲云：「將謁王先生。」[但評]抱大智謀，而出之以兒戲，令人莫測。馳至給諫之門，即又[校]青本下有以字。鞭撾[校]青本作撻。從人，大[校]青本無大字。言曰：「我謁侍御王，寧謁給諫王耶！」[馮評]句法。[但評]可與韓非子過書舉燭事並觀，而敍次作葫蘆提語，尤妙。回轡而歸。比至家門，門者誤以爲真，奔白王公。公急起承迎，方知爲子婦之戲。[但評]此則匪夷所思矣，帝也天也，神乎仙乎！怒甚，謂夫人曰：「人方蹈我之瑕，反以閨閣之醜登門而告之，余禍不遠矣！」夫人怒，奔女室，詬讓之。女惟憨笑，並不一[校]青本無一字。置詞。[但評]得意之作，笑而忘言。撻之，不忍；出之，則無家：夫妻懊怨，終夜不寢。時冢宰某公赫甚，其儀采服從，與女僞裝無少殊別，王給諫亦誤爲真。屢偵公門，中夜而客未出，疑冢宰與公有陰謀。〔但評〕老賊中吾計矣。如此行爲何必改，只合笑，且合拍掌大笑。次日早朝，見而問曰：「夜〔校〕青本夜上有昨字。相公至君家耶？」公疑其相譏，慚顏唯唯，不甚響答。給諫愈疑，謀遂寢，由此益交懽公。公探知其情，竊喜，而陰囑夫人，勸女改行；女笑應之。〔但評〕猶未已也，姑漫應之。逾歲，首相免，適有以私函致公者，誤投給諫。〔馮評〕波又起。給諫大喜，先託善公者往假萬金，公拒之。給諫自詣公所。公覓巾袍，並不可得；給諫伺候久，怒公慢，憤將行。忽見公子衮衣旒冕，有女子自門內推之以出。〔馮評〕又奇。大駭；已而〔校〕青本無而字。笑撫之，脱其服冕〔校〕青本下有襆之二字。而去。〔但評〕從何處著想，從何處設法，運籌帷幄，決勝千里，單刀匹馬，斬將而歸。○給諫爲鬼爲蜮，愧獬豸冠矣。不料閨中有運奇謀於幃幄之中，玩孺子於股掌之上，機心人適自禍耳，焉能禍人。公急出，則客去〔校〕青本下有已字。遠。聞其故，驚顏如土，大哭曰：「此禍水〔呂註〕趙飛燕外傳：成帝寵趙合德，時披香博士淖方成白髮教授宮中，在帝後唾曰：此禍水也，滅火必矣！也！指日赤吾族〔呂註〕揚雄解嘲：將赤吾之族兮。注：謂誅滅也。矣！」與夫人操杖往。女已知之，闔扉任其詬厲。公怒，斧其門。女在內含笑而告之曰：〔校〕青本無上二字。「翁無煩〔校〕青本無煩字。怒！有新婦在，刀鋸斧鉞，婦自受之，必不令貽害雙親。翁若此，是欲殺婦以滅口〔呂註〕晉書，后妃傳：宣帝初辭魏武之命，託以風痺。嘗曝書，遇暴雨，不覺自起收之。家惟有一婢見之，后恐事洩致禍，手殺之以滅口，而親自執爨。耶？」

［但評］是得意語，若曰：翁無恐，彼中吾計矣。刀鋸斧鉞，彼自致之，豈能貽害雙親？翁若此，是欲壞汝萬里長城耶？ 公乃止。給諫歸，果抗疏揭王不軌，衮冕作據。上驚驗之，其旒冕乃粱䕸心所製，袍則敗布黄袱也。上怒其誣。又召元豐至，見其憨狀可掬，笑曰：「此可以作天子耶？」［但評］可悟用人妙術。 乃下之法司。給諫又訟公家有妖人，法司［何註］法司，執法之官，如秦之廷尉，漢之大理。 嚴詰臧獲，［呂註］漢書，司馬遷傳：且夫臧獲婢妾，猶能引決，況若僕之不得已乎？注：晉灼曰：臧獲，敗敵所被虜獲爲奴隸者。韋昭曰：善人以婢爲妻，生子曰獲；奴以善人爲妻，生子曰臧。○揚雄方言：臧、甬、侮、獲，奴婢賤稱也。荆淮海岱之間，罵奴曰臧，罵婢曰獲。燕之北郊，民而壻婢謂之臧，女而婦奴謂之獲。○按，服虔通俗文曰：古本無奴婢，就犯事者或原之。臧，被罪没官爲奴婢；獲，逃亡獲得爲奴婢。亦似近理，因附識之。 並言無他，惟顛婦癡兒，日事戲笑；鄰里亦無異詞。案乃定，以給諫充雲南軍。王由是奇女。［但評］戲笑工夫，火候至此全效。 又以母久不至，意其非人。使夫人探詰之，女但笑不言。再復窮問，則掩口曰：「兒玉皇女，母不知耶？」［但評］自是得意，止不堪爲俗人言。○日事戲笑，信之鄰里，達之朝廷，方知前此費了多少苦心，用了多少苦力。仍作葫蘆提語，裝癡裝顛，是生平得意之筆。 無何，公擢京卿。五十餘，每患無孫。女居三年，夜夜與公子異寢，似未嘗有所私。夫人舁榻去，囑公子與婦同寢。過數日，公子告母曰：「借榻去，悍不還！小翠夜夜以足股加腹上，喘氣不得；又慣掐人股裏。」婢嫗無不粲然。夫人呵拍令去。一日，女浴於室，公子見之，欲與偕；女［校］青本無女字。 笑止之，諭使姑待。既出，乃更瀉熱湯於甕，解其袍袴，與婢扶入之。公子覺蒸悶，大呼欲出。女不聽，以衾蒙之。

少時，無聲，啓視，已絶。[校]青本作死。○[馮評]都以遊戲神通，露出補天手段。女坦笑不驚，曳置牀上，拭體乾潔，加複[何註]複，重複也。被焉。夫人聞之，哭而入，罵曰：「狂婢何殺吾兒！」女囅然曰：「如此癡兒，不如勿[校]青本作無。有。」[但評]足加腹而不知，搯股裏而不知，如此癡兒，棄之可也，易之可也。夫人益恚，以首觸女；婢輩爭曳勸之。方紛譟間，一婢告曰：「公子呻矣！」輟[校]青本輟上有夫人二字。涕撫之，則氣息休休，而大汗浸淫，沾浹裀褥。食頃，汗已，忽開目四顧，徧視家人，似不相識，曰：「我今回憶往昔，都如夢寐，何也？」夫人以其言語[校]青本無語字。不癡，大異之。攜參其父，屢試之，果不癡。大喜，如獲異寶。至晚，[校]上二字，青本作乃。還榻故處，更設衾枕以覘之。公子入室，盡遣婢去。早窺之，則榻虚設。自此癡顛皆不復作，而琴瑟静好，如形影[呂註]傅玄歌：君如影兮隨形，妾如水兮浮萍。焉。[但評]或問女：有此奇術，何不早用？將應之曰：以王給諫思中傷，故遂遲我數年琴瑟。年餘，公爲給諫之黨奏劾免官，小有罣誤。舊有廣西中丞所贈玉瓶，價累千金，將出以賄當路。女愛而把玩之，失手墮碎，慚而自投。公夫婦方以免官不快，聞之，怒，交口呵罵。女奮[校]青本作忿。而出，謂公子曰：「我在汝家，所保全者不止一瓶，何遂不少存面目？實與君言：我非人也。以母遭雷霆之劫，深受而翁庇翼；[何註]庇翼，覆翼也。○[馮評]醒出一筆，回應前。又以我兩人有五年夙分，故以我來報曩恩、了夙[校]青本作宿。願耳。身受唾罵，擢髮不足以數，所以不即行者，五年之愛未盈，[馮評]逗下。今何可以暫止乎！」盛氣而出，追之已杳。[但評]前此日受唾罵，且至於操杖，至於斧門，至於首觸，皆不肯去；今乃不可以暫止。於曩恩已酬，宿願已了，死不作繭，必至誤人宗嗣，計及此，可以行矣。託故而去，庶幾絶此情緣；不圖畫像常懸，瘦骨一把，以此牽率，未能恝然耳。君子觀於他日之復止園亭，焚圖變像，殷勤娶婦，化貌慰思，而信小翠之盛氣而出，假也，非真也。○觀小翠之所行，可謂從容有度矣。當夫婦成禮之後，其翁姑固嘗惕惕焉惟恐其憎子癡者；爾時即用甕蒸衾蒙之術，胡不可也？乃不以爲嫌，而反紿之、裝之，若惟恐其癡之不甚者。癡不可用而可用，視乎用之之人耳。用我之癡，啓彼之疑；用我之癡，致彼之誣；談笑之間，雄兵已卻。高鳥盡，良弓藏，夫而後癡兒可無有矣。嚮使驟化癡顛，急調琴瑟，敵勢方盛，何以破之？是曩恩終未報，宿願仍難了也。失手碎玉瓶，有所藉口而飄然以去，急流勇退，小翠有焉。——即謂墮瓶爲脱身之計也可。公爽然自失，而悔無及矣。公子入室，睹其賸粉[何註]賸粉，賸音剩，餘也。新唐書，杜甫傳贊：殘膏賸馥，沾丐後人多矣。遺鉤，[校]青本作釵。慟哭欲死；寢食不甘，日就羸悴。公大憂，急爲膠續以解之，[校]青本無之字。而公子不樂。惟求良工畫翠小[校]青本作小翠。像，日夜澆禱其下，幾二年。偶以故自他里歸，明月已皎，村外有公家亭園，騎馬[校]青本下有經字。牆外過，聞笑語[校]青本無語字。聲，停轡，使廄卒捉鞚，登鞍一[校]青本作以。望，則二女郎遊[校]青本作遨。戲其中。雲月昏蒙，不甚可辨。但聞一翠衣者曰：「婢子當逐出門！」一紅衣者曰：「汝在吾家園亭，反逐阿誰？」[馮評]逗下。[但評]澆禱有靈，畫像活現。翠衣人曰：「婢子不羞！不能作婦，被人驅遣，猶冒認物産也？」[校]青本作耶。紅衣者曰：「索勝老大婢無主顧者！」〔但評〕一遊戲語，引起無痕。聽其音，酷類小翠，疾呼之。翠衣人去曰：「姑不與若争，汝漢子來矣。」〔校〕青本無矣字。既而紅衣人來，果小翠。〔校〕青本作果翠也。喜極。女令登垣，承接而下之，曰：「二年不見，骨瘦〔校〕青本作瘦骨。一把矣！」〔但評〕以此不得不來。公子握手泣下，具道相思。女言：「妾亦知之，但無顏復見家人。〔校〕青本作門。今與大姊遊戲，又相邂逅，足知前因不可逃也。」請與同歸，不可；請止園中，許之。公子〔校〕青本無公子二字。遣僕奔白夫人。夫人驚起，駕肩輿而往，啓鑰入亭。女即〔校〕青本無即字。趨下迎拜；夫人捉臂流涕，力白前過，幾不自容，曰：「若不少記榛梗，〔何註〕不記榛梗，蓋以榛莽之梗塞，喻恩義之乖離，猶云忘前嫌也。請偕歸，慰我遲暮。」女峻辭不可。夫人慮野亭荒寂，謀以多人服役。女曰：「我諸人悉不願見，惟前兩婢朝夕相從，不能無眷注耳，外惟一老僕應門，餘都無所復須。」夫人〔校〕青本無夫人二字。悉如其言。託公子養痾園中，日供食用而已。女每勸公子别婚，公子不從。後年餘，女眉目音聲，漸與曩異，出像質之，迥若兩人。〔但評〕思深慮遠，可不謂賢乎。大怪之。女曰：「視妾今日，何如疇昔美？」〔校〕青本作矣。公子曰：「今日美則美，然較昔則似不如。」女曰：「意妾老矣！」公子曰：「二十餘歲，[校]青本下有人字。何得速老。」女笑而焚圖，救之已燼。[但評]焚得乾浄，脱然無累矣。○變眉目而焚圖，視争憐妒寵，至卧病時不肯相見，以爲他日相思之地者，其用情孰得孰失，孰深孰淺？一日，謂公子曰：「昔在家時，阿翁[校]青本作姑。謂妾抵死不作繭。[吕註]晉安郎詩：桑蠶不作繭，晝夜常懸絲。○朝野僉載：王顯與文皇帝有舊，帝微時，嘗戲曰：卿抵老不得作繭。及文皇登極，顯奏曰：今日得作繭耶？帝曰：卿無貴相，非爲卿惜也。曰：臣朝貴夕死足矣。帝與三品服，是夕果卒。[何註]作繭，以養蠶作繭，喻取妻生子也。今親老君孤，妾實不能産，[校]青本下有育字。恐誤君宗嗣。請娶婦於家，旦晚侍[校]青本無侍字。奉翁姑，君往來於兩間，亦無所不便。」[但評]觀於此言，可以知前日之去，非真去也。公子然之，納幣於鍾太史之家。吉期將近，[校]青本作至。女爲新人製衣履，齎送母所。及新人入門，則言貌舉止，與小翠無毫髮之異，大奇之。往至園亭，則女亦[校]青本作已。不知所在。問婢，婢出紅巾曰：「娘子暫歸寧，留此貽公子。」展巾，則結玉玦[吕註]荀子：絶人以玦，反絶以環。○儀禮疏：逐臣待命於境，得環則還，得玦則去，取訣絶之義。○按：半環曰玦。[何註]玉玦，玉佩也，如環而有缺。逐臣待命於境，賜環則返，賜玦則絶，義取訣。訣，辭也，别也，絶也。一枚，心[校]青本下有已字。知其不返，遂攜婢俱歸。雖頃刻不忘小翠，幸而對新人如覩舊[校]青本作故。好焉。始悟鍾氏之姻，女預知之，故先化其貌，以慰他日之思云。[但評]寄愛於恝，深情無盡。

異史氏曰：「一狐也，以無心之德，而猶思所報；而身受再造之福者，顧失聲於破甑，[吕註]郭林宗别傳：鉅鹿孟敏，客居太原。嘗至市買甑，荷擔墮地，壞之，逕去不顧。林宗見而問之，曰：壞甑可惜，何以不顧？曰：甑已破矣，顧之何益？林宗賞其介決，令讀書，遂知名。何其鄙哉！

月缺重圓，從容而去，始知仙人之情，亦更深於流俗也！」

〔何評〕德無不報，虞之報王公也至矣，其能免於雷霆之劫也固宜。

〔但評〕狐來避劫，亦其常耳；率女登門，自請爲癡兒婦，其圖報抑何厚也！女寓黠於憧，伏警於戲，使欲甘心我者自設阱而自陷之，可不謂神乎！況癡兒入甕，换骨脱胎，不惟再造吾家，亦且克昌厥後矣。奈何以玉瓶之碎，唾罵交加，藐兹斗筲，安可片刻止乎？小像尚存，郎心未死，二年來一把瘦骨，差可以修目前之因耳。豈澆禱有靈，遂不嫌被人驅逐之羞，而爲此邂逅耶？嫁衣代作，玉玦留貽，化笑貌於新人，慰懷思於後日，若小翠者，其仙而多情者耶？抑多情而仙者也？

金和尚

金和尚，諸城人。［馮評］此篇零星敘法，段落最難鉤出。父無賴，［何評］業種。以數百錢鬻子［校］青本作於。五蓮山寺。少頑鈍，［何註］頑，無知也。鈍，不利也。不能肄清業，牧豬赴市，若傭保。［校］青本作若爲傭。○［馮評］夙根如此，豈佛地位中人。後本師死，稍有［校］青本下有所字。遺金，捲懷離寺，作負販去。［校］青本作作雜負販。飲羊［呂註］家語：魯沈猶氏常朝飲其羊，以詐市人。孔子爲政，不敢飲其羊。登壟，［何註］登壟，出孟子。計最工。數年暴富，［馮評］富字爲一篇骨子，孽海茫茫，皆以一字爲之也。吾欲以此勘遍天下叢林。買田宅於水坡里。弟子繁有徒，食指日千計。遶里膏田［校］青本無上二字。千百畝。［校］青本下有悉良沃，皆金撫有之八字。○［何註］良沃，膏腴之地也。里中起第數十處，［校］青本作里中甲第數十。皆僧無人；即有，［校］青本下有人字。亦［校］青本下有其字。貧無業，攜妻子，僦屋佃田［何註］佃田，佃音電，代耕農也。者也。［校］青本下有類凡數百家五字。每一門內，四繚［何註］繚音聊，繞也。連屋，皆此輩列而居。僧舍其中：前有廳事，梁楹節棁，［何註］楹音盈，柱相對也。節，柱頭斗拱也。棁音拙，梁上短柱也。繪金碧，射人眼；堂上几屏，晶［校］青本作其。光可鑑；又其後爲内寢，朱簾繡幙，蘭麝香充溢噴人；螺鈿雕檀爲牀，牀上錦茵褥，褶疊厚尺有咫；壁上美人山水諸名迹，懸黏幾無隙處。一聲長呼，門外數十人，轟應如雷。細纓革靴者，皆烏集鵠立；受命皆掙口語，［校］上十一字，青本作烏而集，鵠而立，當事掩口語。側耳以聽。［馮評］總寫其役使之盛，居然王侯。客倉卒至，十餘筵可咄嗟［校］青本作咄嗟可。辦，肥醴［校］青本作濃。蒸薰，紛紛狼籍如霧霈。但不敢公然蓄歌妓；而狡童十數輩，皆慧黠能媚人，皂紗纏頭，［何註］皂紗纏頭，優伶首飾也。唱豔曲，聽睹亦頗不惡。金若［校］青本無若字。一出，前後數十騎，腰弓矢相摩戛。［何註］摩戛，戛，擊也。○［馮評］隨從之盛。奴輩呼之皆以「爺」；即邑人之［校］青本作之人。若民，或「祖」之，「伯、叔」之，［馮評］稱呼之盛。不以「師」，不以「上人」，［呂註］釋氏要覽：沙王呼佛弟子爲上人，謂内有德智，外有勝行，在人之上，故名上人。不以禪號也。［馮評］諺云：有錢大三輩，禿子有錢，何怪。其徒出，稍稍殺於金，而風鬃［何註］鬃當作騣，馬騣也。（按鬃通鬃）雲轡，［何註］轡，馬勒也，石虎諱勒曰轡。亦略與貴公子等。金又廣結納，即千里外呼吸亦［校］青本無亦字。可通，以此挾方面短長，偶氣觸之，輒惕自懼。［馮評］其徒出門之盛，結納之盛，否則敗矣。而其爲人，鄙不文，頂趾無雅骨。生平不奉一經，持一咒，迹不履寺院，室中亦未嘗蓄鐃鼓；［何註］鐃，金鐃；鼓，皮鼓也。此等物，門人輩弗及見，並弗及聞。凡僦屋者，婦女浮麗如京都，脂澤金粉，皆取給於僧，〔馮評〕常人有錢便俗，禿子有錢更俗。〔何評〕可惡。僧亦不之靳，以故里中不田而農者以百數。〔何評〕可恨。時而惡佃〔校〕青本作佃户。決〔何注〕決，即處決之決。僧首〔校〕青本無首字。瘞牀下，亦不甚窮詰，〔何注〕埋牀下不窮詰，語妙耐人想，謂無敢問也。但逐去之，其積習然也。〔馮評〕寫盡。金又買異姓兒，私〔校〕青本無私字。子之。延儒師，教帖括〔吕注〕唐制：帖經試士曰試帖，舉人總括經文以應帖試曰帖括。〇文獻通考，選舉考：帖經者，以所習之經，掩其兩端，中間惟開一行，裁紙爲帖，凡帖三字，隨時增損，可否不一，或得四，或得五，或得六爲通。〇唐書，選舉志：楊綰疏言，明經者但記帖括。業。兒聰〔校〕青本無聰字。慧能文，因令〔何評〕字法。入邑庠；旋援例作太學生；未幾，赴北闈，領鄉薦。由是金之名以「太公」譟。〔馮評〕和尚以徒爲子，太公僧竟欲宗其名，且孝廉其子也，可謂獨别生面。向之「爺」之者「太」之，膝席〔何注〕漢田蚡爲相，娶燕王女爲夫人，竇嬰與灌夫往賀。嬰起爲壽，獨故人避席，餘半膝席。謂跪於席也。者皆垂手執兒〔校〕青本作耳。〇〔吕注〕前漢書，惠帝紀：内外公孫耳孫。應劭曰：耳孫者，玄孫之孫也，去高曾遠，但耳聞之。孫禮。無何，太公僧薨。孝廉縗絰〔校〕青本作麻。臥苫塊，北面稱孤；諸門人釋杖滿牀榻；而靈幃後嚶嚶細泣，惟孝廉夫人一而已。〔馮評〕書法，字法。〔何評〕可笑。士大夫婦咸華妝來，搴幃〔何注〕搴音牽，取也。幃，蔽柩之幃幔也。弔唁，〔何注〕唁音彦，弔生者也。〇〔馮評〕不堪。冠蓋輿馬塞道路。殯日，棚閣雲連，旛幢〔何注〕旛幢音番幢，旌旗之屬。六祖寓法性寺，風動旛幢。字典作幡幢。翳〔校〕青本下有天字。日。殉葬芻靈，飾以金帛；輿蓋儀仗數十事；馬千匹，美人百袂，皆如生。方弼、方相，[呂註]按：方相、方弼，俱見封神演義；而方相之名甚久。軒轅本紀云：帝周遊，元妃嫘祖死道，令次妃嫫母監護，因置方相以防喪。此蓋其始也。俗名險道神，又名開路神，抑由此故爾。宋朝喪葬，有方相、魌頭之别，視其品級所當用；而世以四目爲方相，兩目爲魌頭。周禮：方相氏蒙熊皮，黄金四目，以逐儺疫，蓋周亦有此名也。[何註]方相、方弼，送葬大人也。相傳方相氏即嫫母，黄帝次妃，最醜。帝周遊，元妃死，以嫫母監護于道。以紙殼製巨人，皂帕金鎧；空中而横以木架，納活人内負之行。設機轉動，鬚眉飛舞；目光鑠閃，如將叱咤；觀者驚怪，或小兒女遥望之，輒啼走。冥宅壯麗如宫闕，樓閣房廊連亘數十畝，千門萬户，[校]殉葬芻靈至千門萬户句，青本作殉葬，束草黏五色金紙作冥物，輿蓋數十事，馬千蹄，美人百袂，方相、方弼，着皂帛，首摩雲，冥宅樓閣房廊亘數畝，萬户千門。入者迷不可出。[馮評]似韓公畫記之筆。祭品象物，多難指名。[校]青本作多不能指以名。會葬者蓋相摩，上自方面，皆傴僂入，起拜如朝儀；下至貢監簿史，則手據地以叩，[校]起拜至以叩句，青本作起拜凡八，邑貢監及簿史，以手據地，叩即行。○[馮評]弔唁之盛，殯葬之盛。不敢勞公子，勞諸師叔也。當是時，傾國瞻仰，男女喘汗屬於道；攜婦襁兒，呼兄覓妹者，聲鼎沸。雜以鼓樂喧豗，[校]當是時至鼓樂喧豗句，青本作傾國來瞻仰，男攜婦，母襁兒，流汗相屬於道，人聲沸。百戲鞺鞳，[呂註]通鑑，隋紀：煬帝六年，諸蕃來朝，陳百戲於端門。注：百戲有魚龍曼衍、俳優、侏儒、山車、巨象拔河、種瓜、殺馬、剥驢等奇怪異端百有餘物，故名。○司馬相如上林賦：鏗鎗鞺鞳。注，鞺鞳，鐘鼓聲。○按：鞳一作鼛。[何註]鞺音湯，鞳音鐺。人語[校]青本無上二字。都不可聞。觀[校]青本作立。者自肩以下皆隱不見，惟萬頂[校]上五字青本作惟見萬頭。攢動而已。有[校]青本無有字。孕婦痛急欲産，諸女伴張裙爲幄，羅守之；[何評]寫盡矣。但聞兒[校]青本無兒字。啼，不暇問雌雄，[校]青本作雄雌。斷幅繃懷中，或扶之，或曳之，蹩躠以去。[馮評]真善寫狀。

奇觀哉！［何評］想見先生肚皮。葬後，以金所遺貲産，瓜分而二之：子一，門人一。［校］青本下有也字。孝廉得半，而居第之南、之北、之西東，盡緇［何註］緇，僧也。柳宗元詩：願言懷明緇。黨；然皆兄弟敍，［校］青本作行。○［何評］可笑。痛癢猶相關云。［馮評］結冷峭。○此篇零星記敍，自成章法，在集中另爲一種。

異史氏曰：「此一派也，兩宗［呂註］按：禪家有南北兩宗。自達摩傳五世而分北爲神秀，是爲漸宗；南爲慧能，是爲頓宗。後南分爲五宗：曰臨濟、潙仰、曹溪、雲門、法眼；而惟臨濟最盛。北宋轉衰。○漸謂遲，頓謂速。未有，六祖［呂註］釋氏書：梁武帝普通元年，達摩來自西土爲初祖，以至慧能爲六祖，而衣鉢絶矣。按：初祖達摩圓覺禪師，姓刹利本，名菩提多羅；二祖慧可大祖禪師，姓盧名神光；三祖僧燦鏡智禪師；四祖道信大醫禪師，姓司馬；五祖宏忍大滿禪師，姓周；六祖慧能大鑑禪師，姓盧。［何註］兩宗六祖，六祖得道住曹溪，神秀一襲五祖法居荆州，號南北宗。無傳，可謂獨闢法門者矣。抑聞之：五蘊皆空，［呂註］心經：照見五蘊皆空，能度一切苦厄。注：五蘊者，就衆生所執根身器界質礙形量之物名爲色；以現前領納違順二境，能生苦樂者名受；以緣慮過、現、未三世境者名想；念念遷流，新新不住者名行；明了分別者名識：五者皆能蓋覆真性，封蔀妙明，故總謂之蘊。亦名五陰，亦名五衆。六塵不染，［呂註］毘尼藏經：聲、色、香、味、觸、法，怨忿污人之浄心，故云六塵。○僧銘云：六根不染欲塵之戒。○王維能禪師碑銘：五蘊本空，六塵非有。［何註］六塵：眼、耳、鼻、舌、身、意。是謂［校］青本作爲，下同。『和尚』；口中説法，座上參禪，是謂『和樣』；鞋香楚地，笠重吴天，［呂註］苕溪漁隱叢話：笠重吴天雪，鞋香楚地花，謂雲遊僧也。［何註］宋人詩話：笠重吴天雪，鞋香楚地花。又諺曰：惠口街，五里長，踏花歸，鞋底香。是謂『和撞』；鼓鉦鍠聒，笙管敖曹，是謂『和唱』；狗苟鑽緣，蠅營［呂註］韓愈送窮文：蠅營狗苟，驅去復還。淫賭，是謂『和幛』。［何評］平列仙注，觀煞句可知。金也者，『尚』耶？『樣』耶？『撞』耶？

『唱』耶？抑地獄之『幃』耶？」［馮評］通幅滿紙腥膻，文章則如錦繡，末筆用老蘇春秋論篇終調法。○張安溪大合曰：黔中有鐵舟和尚，亦異，惜無聊齋之筆記之。

予聞之荷邨先生云：和尚蓋紹興某縣人。少時與姪某流寓青州；久之，復與姪相失，遂祝髮爲僧。後其姪顯達，乃於諸城道中物色得之，勸令改初服，不可。因出貲令有司剏建刹宇，且爲營別業焉。一時服御華侈，聲勢烜赫，誠有如聊齋所云者。而其嗣孝廉某，實其族子也。荷邨先生言其名字爵里及其他瑣事甚悉。嘗以柳泉此傳未盡得實，付梓後，欲別爲小紀以正之。刻甫竣，而先生遽捐館舍。予述焉不詳，姑摭其大凡如此。丙戌六月二十七日，天都鮑廷博書於嚴陵舟次。

［何評］聲勢氣燄，咄咄逼人。

［但評］只是服御奢侈，聲勢赫奕，而層層寫來，初觀之覺駭人聽聞，卒讀之實無謂可笑之至。外而田宅、徒黨、甲第如此，內而廳事、中堂、內寢又如此。細纓革靴者雷轟，皂紗纏頭者霧集；摩戛則琱弓畫矢，騶從亦雲轡風鬃；不特風雅中無是人，即富貴勢豪中亦無是人，不意其爲頂趾無雅骨，而且不經、不咒，不寺院、不鐃鼓之太公僧也。以無賴子、牧豬奴而僧之、爺之、叔之、伯之、祖之，而且太之，此則生前之奇聞矣。及其死也，異姓兒稱孤枕塊，諸門人釋杖滿牀，靈幃細泣者止一孝廉夫人，而華妝弔唁者且多士大夫內

子也。棚閣旛幢，連雲蔽日，芻靈祭品，象物難名；傴僂起拜，上自方面，則泥首即行者，又何論貢、監、簿史也。至舉國若狂，惟見萬頭攢動，觀之者恬不爲怪，行之者靦不知羞，抑且侈爲美談，傳爲盛事。文以「奇觀哉」三字冷語結之，通篇字字皆成斧鉞。爲佛門護法，爲世教防閑，功德不少。

龍戲蛛

徐公爲齊東令。署中有樓，用藏肴餌，往往被物竊食，狼籍於地。家人屢〔校〕青本作數。受譙責，因伏伺之。見一蜘蛛，大如斗。駭走白公。公以爲異，日遣婢輩投餌焉。蛛益馴，飢輒出依人，飽而後去。積年餘，公偶閲案牘，蛛忽來伏几上。〔校〕青本作下。疑其飢，方呼家人取餌；旋見兩蛇夾蛛卧，細裁如箸，蛛爪蜷腹縮，若不勝懼。轉瞬間，蛇暴長，粗於卵。大駭，欲走。巨霆大作，闔〔校〕此據青本，抄本作閤。家震斃。移時，公甦；夫人及婢僕擊死者七人。公病月餘，尋卒。公爲人廉正愛民，柩發之日，民斂錢以送，哭聲滿野。

異史氏曰：「龍戲蛛，每意是里巷之訛言耳，乃真有之乎？聞雷霆之擊，必於凶人，奈何以循良之吏，罹此慘毒；天公之憒憒，不已多乎！」〔校〕此據青本，抄本無此段。

〔馮評〕幾欲搔首一問，若謂前因後果，現在循良，亦可稍恕矣。劫耶，數耶，遭之者誤耶，抑可知而不可知，究莫測其故耶！

商婦

天津商人某，將賈遠方，從富人貸貲數百。爲偷兒所窺，及夕，預匿室中以俟其歸。而商以是日良，負貲竟發。偷兒伏久，但聞商人婦轉側牀上，似不成眠。既而壁上一小門開，一室盡亮。門内有女子出，容齒少好，手引長帶一條，近榻授婦，婦以手卻之。女固授之；婦乃受帶，起懸梁上，引頸自縊。女遂去，壁扉亦闔。偷兒大驚，拔關遁去。既明，家人見婦死，質諸官。官拘鄰人而鍛煉之，誣服成獄，不日就決。偷兒憤其冤，自首於堂，告以是夜所見。鞫之情真，鄰人遂免。問其里人，言宅之故主曾有少婦經死，年齒容貌，與盜言悉符，固知是其鬼也。俗傳暴死者必求代替，其然歟？［校］青本無此篇。

閻羅宴

靜海邵生，〔校〕青本下有者字。家貧。值母初度，備牲酒祀於庭；拜已而起，則案上肴饌皆空。甚駭，以情告母。母疑其困乏不能爲壽，故詭言之。邵默然無以自白。無何，學使案臨，苦無資斧，薄貸而往。途遇一人，伏候道左，邀請甚殷。從去。見殿閣樓臺，彌亘街路。既入，一王者坐殿上。邵伏拜。王者霽顏命坐，即賜宴飲。因曰：「前過華居，廝僕輩道路飢渴，有叨盛饌。」邵愕然不解。王者曰：「我忤官王也。〔馮評〕伍官，四殿閻君也。○一作忤，見佛書。不記尊堂設帨〔呂註〕禮，内則：子生男子，設弧於門左；女子，設帨於門右。注：弧，弓也。帨，佩巾也。以此二物爲男女之義。之辰乎？」筵終，出白鏹一裹，曰：「豚蹄之擾，聊以相報。」受之而出，則宮殿人物，一時都渺；惟有大樹數章，蕭然道側。視所贈，則真金，秤之得五兩。考終，止耗其半，猶懷歸以奉母焉。

〔何評〕一飯必報，鬼神之情狀如此。

役鬼

山西楊醫，善針灸之術；又能役鬼。一出門，則捉騾〔校〕青本作驢。操鞭者，皆鬼物也。嘗夜自他歸，與友人同行。途中見二人來，修偉異常。友人大駭。楊便問：「何人？」答云：「長脚王、大頭李，敬迓主人。」楊曰：「爲我〔校〕青本無我字。前驅。」二人旋踵而行，蹇緩則立候之，若奴隸然。

細柳

細柳娘，中都之士人女也。或以其腰嫖[校]青本無嫖字。嬝[何註]嬝同嫋，乃了切，長弱貌。鮑照詩：嫋嫋柳垂條。可愛，戲呼之「細柳」云。[馮評]呼細柳或不説細柳，此十五字一生受用不了。柳少慧，解文字，喜讀相人書。而[校]青本無而字。生平簡默，未嘗言人臧否；[但評]接物待人之道，不當如是耶？但有問名者，必求一親窺其人。閱人甚多，俱[校]俱，青本作但言。未可，而年十九矣。父母怒之曰：「天下迄無良匹，汝將以丫角[何註]丫角，丫髻也，女子之飾。老耶？」女曰：「我實欲以人勝天；顧久而不就，亦吾命也。[但評]以人勝天，惟力學、修身、積德及處倫常間事可以言之；若尋常處境，以至畢生功名、富貴、壽算，皆有命焉，不可强而爲之也。今而後，請惟父母之命是聽。」[但評]命定有非人力所能爲者。君父即天也，惟君父之命是聽，即聽天命矣。可知命之既定，即精相人書亦屬無益。時有高生者，世家名士，聞細柳之名，委禽焉。既醮，夫婦[校]青本作妻。甚得。生前室[校]青本下有有字。遺孤，小字長福，時五歲，女撫養周至。[馮評]今人撫養則有之，周至未易云也。女或歸寧，福輒號啼從之，呵遣所不能止。年餘，女産一子，名之長怙。生問名字〔校〕青本作命名。之義，答言：「無他，但望其長依膝下耳。」女於女紅疎略，常不留意；而於畝之東南，稅之多寡，按籍而問，惟恐不詳。〔但評〕此則皆從讀相人書得來。久之，謂生曰：「家中事請置勿〔校〕青本作無。顧，待妾自爲之，不知可當家否？」〔馮評〕都從讀相人書，知生不永年，卻含而不露。生如言，半載而家無廢事，生亦賢之。一日，生赴鄰村飲酒，〔校〕青本無酒字。適有追逋賦者，打門而誶；〔何註〕誶音祟，詬誶也。漢書，賈誼傳：毋取箕箒，立而誶語。遣奴慰之，弗去。乃趣僮召生歸。隸既去，生笑曰：「細柳，今始知慧女不若癡男耶？」女聞之，俯首而哭。〔但評〕當爲古今紅顏一大哭。生驚挽而勸之，女終不樂。生不忍以家政累之，仍欲自任，女又不肯。晨興夜寐，經紀彌勤。〔馮評〕一勤字便勝多少男兒。每先一年，即儲來歲之賦，以故終歲未嘗見催租者一至其門；又以此法計衣食，由此用度益紓。〔何註〕紓音書，緩也。○〔馮評〕許魯齋曰：治生爲儒者第一事，治家者不可不知此法。於是生乃大喜，嘗戲之曰：「細柳何細哉：眉細、腰細、凌波細，且喜心思更細。」女對曰：「高郎誠高矣：品高、志高、文字高，但願壽數尤高。」〔馮評〕生言確哉，女言知哉。村中有貨美材者，女不惜重直致之；價不能足，又多方乞貸於戚里。生以其不急之物，固止之，卒弗聽。蓄之年餘，富室〔校〕上二字，青本作里。有喪者，以倍貲贖諸其門。

生因〔校〕青本無因字。利而謀諸女，女不可。問其故，不語；再問之，熒熒欲涕。〔但評〕我心傷悲，不敢以告人。心異之，然不忍重拂焉，乃罷。又踰歲，生年二十有五，女禁不令遠遊；〔馮評〕生平讀相人書受用。歸稍晚，僮僕招請者，相屬於道。於是同人咸戲謗之。一日，生如友人飲，覺體不快而歸，至中途墮馬，遂卒。〔馮評〕以前都注此句。時方溽暑，〔何註〕溽音辱，溽暑，濕暑也。幸衣衾皆所夙〔校〕青本作昔。備。里中始共服細娘智。〔馮評〕只一句如危崖墜石，文字有當以簡便出之者，不必稍添一字，此箇中三昧也。〔但評〕此以上言細娘之智，此以下言細娘之德。福年十歲，始學爲文。父既歿，嬌惰不肯讀，輒亡去從牧兒遨。〔校〕青本作遊。譙訶不改，繼以夏楚，而頑冥〔何註〕頑冥，無知也。韓愈祭鱷魚文：冥頑不靈。如故。母無奈之，因呼而諭之曰：「既不願讀，亦復何能相强？但貧家無冗人，可〔校〕此據青本，抄本作使。更若衣，便〔校〕此據青本，抄本作使。與僮僕共操作，〔但評〕亦所以遂其願也。不然，鞭撻〔校〕青本作打。勿悔！」於是衣以敗絮，使牧豕；〔馮評〕細柳威令行於前子，長福敗絮牧豕，固其母之能，福之天良未盡，宜女後之能轉頭也。歸則自掇陶器，與諸僕啗飯〔校〕青本作奴啖饘。○〔何註〕饘，糜也。周謂之饘，宋謂之糊。禮，檀弓，注：厚曰饘，稀曰粥。粥。數日，苦之，泣跪庭下，願仍讀。母返身向壁，置不聞。〔但評〕置不聞，固是權術；然返身向壁時，淚溼衣襟矣。不得已，執鞭啜泣而出。〔校〕青本作去。殘秋向盡，〔校〕此據青本，抄本無上四字。桁〔校〕青本作體。無衣，足無履，冷雨沾濡，縮頭〔何註〕縮頭，不伸也。蘇軾詩：人喜君畏事，欲作龜頭縮。如丐。［但評］此置之死地而後生之妙法也。里人見而憐之，納繼室者，皆引細娘爲戒，嘖有煩言。女亦稍稍聞之，而漠不爲意。［但評］隱忍受辱，此則從十三經、廿二史中得來，非相人書所有也。福不堪其苦，棄家逃去，女亦任之，［但評］任之逃，妙。殊不追問。積數月，乞食無所，憔悴自歸；不敢遽入，哀求鄰媪［校］上三字，青本作鄰嫗。往白母。女曰：「若能受百杖，可來見；不然，早復去。」［馮評］絶大識見，韓信背水陣法，所謂置之死地而後生也。今之繼母輒以此爲口實，當亦細柳之罪人也。福聞之，驟入，痛哭願受杖。母問：「今知改［校］青本無改字。悔乎？」曰：「悔矣。」曰：「既知悔，無須撻楚，［但評］悔則不杖，妙。可安分牧豕，再犯不宥！」［但評］仍令牧豕，妙。福大哭曰：「願受百杖，請復讀。」女不聽，［但評］不聽復讀，更妙。鄰嫗慫恿之，始納焉。［但評］鄰媪慫恿始納，不忍之忍，忍而不忍。細娘心細，細娘心碎矣。濯髮［校］青本作膚。授衣，令與弟怙同師。勤身鋭慮，大異往昔，三年遊泮。中丞楊公，見其文而器之，月給常廩，以助燈火。怙最鈍，讀數年不能記姓名。［呂註］史記，項羽本紀：書足以記姓名而已。母令棄卷而農。怙遊閒憚於作苦。母怒曰：「四民各有本業，既不能讀，又不能［校］青本作欲。耕，寧不溝瘠［呂註］説苑：管子者，天子之佐，諸侯之相也。死之則不免爲溝中之瘠；不死，則功復用於天下。［何註］溝瘠死，謂羸瘠而死于溝壑也。死耶？」立杖之。由是率奴輩耕作，一朝晏起，則詬罵從之；而衣服飲食，母輒以美者歸兄。

［但評］前日故示忍，此時非市恩。怙雖不敢言，而心竊不能平。農工既畢，母出貲使學負販。怙淫賭，入手喪敗，詭託盜賊運數，以欺其母。母覺之，杖責瀕死。福長跪哀乞，願以身代，［馮評］如此哥哥，今亦罕見。怒始解。自是一出門，母輒探察之。怙行稍斂，而非其心之所得已也。一日，請母，將從諸賈入洛；實借遠遊，以快所欲，而中心惕惕，惟恐不遂所請。母聞之，殊無疑慮，即出碎金三十兩，［但評］偏遂其請，人不能測，計廿日之蕩資。爲之具裝；末又以鋌金一枚付之，［但評］付收獄之符券。曰：「此乃祖宦囊之遺，不可用去，聊以壓裝，備急可耳。且汝初學跋涉，亦不敢望重息，只此三十金得無虧負足矣。」臨行又囑之。怙諾而出，欣欣意自得。至洛，謝絶客侶，宿名娼李姬之家。凡十餘夕，散金漸盡。自以巨金在橐，初不意［校］青本作以。空匱在［校］青本作爲。慮；及取而斫之，則僞金耳。［馮評］妙算。大駭，失色。李媪見其狀，冷語侵客。怙心不自安，然囊空無所向往，猶冀姬念夙好，不即絶之。［但評］有此妄想，益服付僞金之所以死其蕩心者，神算真不可測。俄有二人握索入，縲縶項領。驚懼不知所爲。哀問其故，則姬已竊僞金去首公庭矣。［馮評］婊子無情，大抵如斯。至官，不能［校］青本作容。置辭，［校］青本作詞。梏掠幾死。［馮評］哭筆。收獄中，又無資斧，大爲獄吏所虐，乞食於囚，苟延餘息。［馮評］較乞食更苦，細柳待子同一苦心，卻又是番磨勵法。初，怙之行也，母謂福曰：「記取廿日後，當遣

汝之［校］青本作至。洛。我事煩，恐忽忘之。」福請所謂，黯然欲悲，［但評］其悲也，與返身向壁時同。不敢復請而退。過二十［校］上三字，青本作廿。日而問之。歎曰：「汝弟今日之浮蕩，猶汝昔日之廢學也。我不冒惡名，汝何以有今日？人皆謂我忍，但淚浮枕簟，而人不知耳！」［馮評］細柳此數語，齊家治國大經濟，整躬接物大學問。○恩義兼盡之言，令讀者亦爲泣下。因泣下。［但評］相提並論，字字心血，字字金石，三復之，亦泣數行下。福侍立敬聽，不敢研詰。泣已，乃曰：「汝弟蕩心不死，故授之僞金以挫折之，今度已在縲絏中［校］青本無中字。○［但評］妙算無遺。矣。中丞待汝厚，汝往求焉，可以脱其死難，而生其愧悔也。」［但評］止此二語，費盡無限心機，流出無限眼淚。○或謂母之處怙也，更毒於福。怙所出也，其分則然也。曰：是淺之乎窺細柳也。福之過，不過嬌惰不肯讀而已。願從牧兒遊，即以牧兒苦之；知牧之苦，則必知讀之樂，故悔之之道，至衣食而止。若怙者，甘心浮蕩，沉溺於邪，不快所欲不已也，不受大創不已也。以三十金縱其私，以一錠金挫其志，使知煙花中無可樂、無可戀，則蕩心死而愧心生。合而觀之，所謂以人治人，改而止也。彼賢母心中豈有前子、自出之見哉。福立刻而發；比入洛，則弟被逮［校］青本下有已字。三日矣。即獄中而望之，怙奄然面目如鬼，見兄涕不可［校］青本作敢。仰。福亦哭。［馮評］不多作語。時福爲中丞所寵異，故遐邇皆知其名。邑宰知爲怙兄，急釋之。［校］青本無之字。怙至家，猶恐母怒，膝行而前。［馮評］又一句妙。母顧曰：「汝願遂耶？」［但評］但以願遂羞之，不復問其知悔否，蓋信僞金之得力不少也。怙零涕不敢復作聲，福亦同跪，母始叱之起。由是痛自悔，家中諸務，經理維勤；即偶惰，母亦不呵問之。〔馮評〕寬嚴俱有妙用，豈特治家宜然。凡數月，並不與言商賈，意欲自請而不敢，以意告兄。母聞而喜，並力質貸而付之，半載而息倍焉。是年，福秋捷，又三年登第；弟貨殖累巨萬矣。〔馮評〕有比賢智之母，自有此富貴之子。邑有客洛者，窺見太夫人，年四旬，猶若三十許人，而衣妝樸素，類常家云。

異史氏曰：「黑心符〔呂註〕清異録：萊州長史于義方著黑心符一卷，録以傳後。心符者，繼婦之德名也。〔何註〕黑心，光武推赤心于人腹中，則黑心爲不良之心明矣。談苑：羌人以心順爲心白人，心逆爲心黑人。出，蘆花變生，古與今如一丘之貉，〔呂註〕漢書，楊惲傳：古與今如一丘之貉。言其同類也。〔何註〕一丘之貉，言一般也。良可哀也！或有避其謗者，又每矯枉過正，〔呂註〕南史，王琨傳：琨避諱過甚，父名懌，母名恭心，並不得犯，時咸謂矯枉過正矣。至坐視兒女之放縱而不一置問，其視虐遇者幾何哉？獨是日撻所生，而人不以爲暴；施之異腹兒，則指摘從〔校〕青本作叢。之矣。夫細柳固非獨忍於前子也；然使所出〔校〕青本下有而字。賢，亦何能出此心以自白於天下？而乃不引嫌，不辭謗，卒使二子一貴一富，表表於世。此無論閨闥，當亦丈夫之錚錚〔呂註〕後漢書，劉盆子傳：光武曰：卿所謂鐵中錚錚，庸中佼佼者。者矣！」

〔何評〕細柳欲以人勝天，而卒不能。迨其後終成其二子，不可謂非人之力也。人事固可忽乎哉！

［但評］細柳誠智矣，誠細心矣。顧其理家政於高之在生，與其備衣棺於高之將死，亦奚足異；所難者，其教子耳。福非前室之遺孤，而女撫養周至者乎？十歲兒有何知識？譙訶不改，夏楚不改，使自以爲繼母也者，而隱忍之、姑聽之，博慈愛之名，避殘忍之謗，雖曰生之，實死之耳。不令其到山窮水盡時，必不知悔。令其知我之所以處之者，只此欲其知悔之心，則且有所恃而終不肯悔；夫至於必求其悔而又不使其知我所以求其知悔之心，則必體無衣、足無履，縮頭如丐，見者皆憐，而嘖有煩言矣。冒不韙之名，使人皆謂我忍；而甘自居於忍，至逃去不問，乞食又不問，即欲不歸，將焉往乎？願杖則來，不願則去；悔而哭，哭而受，且請復讀，皆使披肝瀝膽，自達悃忱。此其器識何如，力量何如！淚浮枕簟而不知，古聖賢遭疑謗而處之不失其常者，吾於此有會心焉。

卷八

畫馬

臨清崔生，家窶〔校〕此據青本，抄本作屢。貧。圍垣不修。每晨起，輒見一馬卧露草間，黑質白章；惟尾毛不整，似火燎斷者。逐去，夜又復來，不知〔校〕青本下有其字。所自。〔校〕青本下有至字。崔有好〔校〕青本作善。友，官於晉，欲〔校〕青本欲上有每字。往就之，苦〔校〕青本苦上有而字。無健步，遂捉馬施勒乘〔校〕青本下有之而二字。去。囑屬〔校〕青本無屬字。家人曰：「倘有尋馬者，當如晉〔校〕此據青本，抄本無晉字。以告。」既就途，馬騖駛，瞬息百里。夜不甚餤〔何註〕餤音淡，亦噉也。芻豆，意其病。次日緊啣〔何註〕啣，馬口鐵也。緊啣，控之也。不令馳；而馬蹄嘶噴沫，健怒如昨。復縱之，午已達晉。時騎入〔校〕青本作於。市廛，觀者無不稱歎。晉王聞之，以重直購之。崔恐爲失者所尋，不［校］青本不上有以故二字。敢售。居半年，無［校］青本無上有家中二字。耗，遂以八百金貨於晉邸，乃自［校］青本作自乃。市健騾以歸。後王以急務，［校］青本作故。遣校尉騎赴臨清。馬逸，追至崔之東鄰，入門，不［校］青本下有可復二字。見。索諸主人。主曾姓，實莫之睹。及入［校］青本下有其字。室，見壁間挂子昂畫馬一幀，［但評］今子昂畫馬，贋幀頗多，豈惟不能妖，抑且不似馬。内一匹毛色渾似，尾處爲香炷所燒，始知［校］青本作悟。馬，畫妖也。校尉難復王命，因訟曾。時崔得馬貲，居積盈萬，自願以直貸曾，付校尉［校］青本下有而字。去。曾甚德之，不［校］青本不上有而字。知崔［校］青本作其。即當年之售主也。

［何評］神畫，但不可寄桓温耳。

局詐

某御史家人，偶立市間，有一人衣冠華好，近與攀談。漸問主人姓字、[校]青本下有又審二字。官閥，家人並告之。其人自言：「王姓，貴主家之内使也。」語漸款洽，因曰：「宦途險惡，顯者皆附[校]青本下有於字。貴戚之門，尊主人所託何人也？」答曰：[校]青本作笑言。「無之。」王曰：「此所謂惜小費而忘大禍者也。」家人曰：「何託而可？」王曰：「公主待人以禮，能[校]青本能上有又字。覆翼[何註]覆翼，詩，生民注：覆，翼也；翼，藉也；言愛護之也。人。某侍郎係[校]青本作亦。僕階進。倘不惜千金贄，見[校]青本見上有引字。公主當亦不[校]青本作非。難。」家人喜，問其居止。便指其門戶曰：「日同巷不知耶？」家人歸告侍御。侍御喜，即張盛筵，使家人往邀王。[但評]詐術雖詭，然稍知自愛，略有品行者，必不肯爲。侍御如此，有愧豸冠。王欣然來。筵間道公主情性及起居瑣事甚悉。且言：「非同巷之誼，即賜百金賞，不肯效牛馬。」御史益佩戴之。臨別訂約。王曰：「公但備物，僕乘間言之，旦晚當有報命。」〔校〕上二字，青本作以報尊命。越數日始至，騎駿馬甚都。謂侍御〔校〕青本作御史。曰：「可速治裝行。公主事大煩，投謁者踵〔校〕青本下有日字。相接，自晨及夕，不〔校〕青本不上有常字。得一間。今得少隙，〔校〕此據青本，抄本作一間。宜急往，誤則相見無期矣。」侍御〔校〕青本作御史。乃出兼金重幣，從之去。曲折十餘里，始至公主第，下騎祗候。〔馮評〕御史，官不爲卑，官列朝臣，見聞不爲不廣，何物公主，曾不一訪聞而入其局中耶？然利令智昏，求富貴利達者爲之也，無足怪。王先持贄入。久之，出，宣言：「公主召某御史。」即有數人接遞傳呼。侍御傴僂而〔校〕青本無而字。入，見高堂上坐麗人，姿貌如仙，服飾炳耀；侍姬皆着錦繡，羅列成行。侍御伏謁盡禮。傳命賜坐簷下，金椀進茗。主略致溫旨，侍御肅而退。自內傳賜緞靴、貂帽。既歸，深德王，持刺謁謝，則門闔無人。疑其侍主未歸。三日三詣，終不復見。使人詢諸貴主之門，則高扉扃錮。訪之居人，並言：「此間曾無貴主。前有數人僦屋而居，今去已三日矣。」使反命，主僕喪氣而已。

副將軍某，負貲入都，將圖握篆，苦無階。一日，有裘馬者謁之，自言：「內兄爲天子近侍。」茶已，請間云：「目下有某處將軍缺，倘不吝重金，僕囑內兄游揚聖主之前，此任可致，大力者不能奪也。」某疑其〔校〕青本下有唐突涉三字。妄。其人曰：「此無須踟躕。某不過欲抽小數於内兄，於將軍錙銖無所望。言定如干數，署券爲信。待召見後，方求實給；不效，則汝金尚在，誰從〔校〕從，青本作將就。懷中而攫之耶？」某乃喜，諾之。〔但評〕柏臺御史爲利禄熏心而被詐騙，則赳赳者更不待言。次日，復來引某去，見其内兄，云：「姓田。」煊赫如侯家。某參謁，殊傲睨不甚爲禮。其人持券向某曰：「適與内兄議，率〔校〕青本作計。非萬金不可，請即署尾。」某從之。田曰：「人心叵測，事後慮有翻覆。」其人笑曰：「兄慮之過矣。既能予之，寧不能奪之耶？且朝中將相，有願納交而不可得者，將軍前程〔呂註〕孟浩然詩：訪人留後信，策蹇赴前程。方遠，應不喪心至此。」某亦力矢而去。其人送之，曰：「三日即覆公命。」逾兩日，日方西，〔校〕青本作夕。數人吼奔而入，曰：「聖上坐待矣！」某驚甚，疾趨入朝。見天子坐殿上，爪牙〔何註〕爪牙，詩，祈父注：鳥獸用以爲威者也。故以之喻武衛。森立。某拜舞已。上命賜坐，慰問殷勤。顧左右曰：「聞某武烈非常，今見之，真將軍才也！」因曰：「某處險要地，今以委卿，勿負朕意，侯封有日耳。」某拜恩出。即有前日裘馬者從至客邸，依券兑〔校〕青本作對。付而去。於是高枕待綬，〔校〕青本作授。日誇榮於親友。過數日，探訪之，則前缺已有人矣。大怒，忿争於兵部之堂，曰：「某承帝簡，何得授之他人？」司馬怪之。及述寵〔校〕青本作所。遇，半如夢境。司馬怒，執下廷尉。

始供其引見者之姓名，則朝中並無此人。又耗萬金，始得革職而去。異哉！武弁雖騃，豈朝門[校]青本作堂。亦可假耶？疑其中有幻術存焉，所謂「大盜不操矛弧」者也。

嘉祥李生，[校]青本作李生嘉祥人。善琴。偶適東郊，見工人掘土得古琴，遂以賤直得之。拭之有異光；安絃而操，清烈非常。喜極，若獲拱璧，貯以錦囊，藏之密室，雖至戚不以示也。邑丞程氏，新蒞任，投刺謁李。李故寡交游，以[校]青本以上有而字。其先施故，報之。過數日，又招飲，固請乃往。程爲人風雅絶倫，[校]青本作俗。議論瀟灑，李悦焉。越日，折柬酬之，懽笑益洽。從此[校]青本作由是。月夕花晨，未嘗不相共也。年餘，偶於丞[校]青本作程。廨中，見繡囊裹琴置几上。李便展玩。程問：「亦諳此否？」李曰：「生平最好。」[校]青本作李言非所長，而生平好之。程訝曰：「知交非一日，絶技胡不一聞？」撥爐爇沉香，請爲小奏。李敬如教。程曰：「大高手！願獻薄技，勿笑小巫[呂註]三國志，吳志，張紘傳，裴松之注引吳書：紘見柟榴枕，愛其文，爲作賦。陳琳在北見之，以示人曰：此吾鄉里張子綱所作也。後紘見陳琳武庫賦、應機論，與琳書，深嘆美之。琳答曰：自僕在河北，與天下隔，此間率少於文章，易爲雄伯，故使僕受此過差之談，非其實也。今景興在此，足下與子布在彼，所謂小巫見大巫，神氣盡矣。[何註]小巫見大巫，神氣盡矣。杜甫詩：不謂矜余力，還來謁大巫。也。」遂鼓「御風曲」，其聲泠泠，[何註]莊子：列子御風而行，泠然善也。有絶世出塵之意。李更傾倒，願師事之。自此二人以琴交，情分益篤。年餘，盡傳其技。然程每詣李，李［校］青本下有亦字。以常琴供之，未肯洩所藏也。一夕，薄醉。丞曰：「某新肄［何註］肄音易，習也。左傳，文四年：臣以爲肄業及之也。一曲，無亦願聞之乎？」爲奏「湘妃」，幽怨若泣。［馮評］近徐青山琴譜，亦有湘妃一曲。李亟贊之。丞曰：「所恨無良琴；若得良琴，音調益勝。」李欣然曰：「僕蓄一琴，頗異凡品。今遇鍾期，何敢終密？」［校］青本作祕。乃啓櫝負囊而出。程以袍袂拂塵，憑几再鼓，剛柔應節，工妙入神。李［校］青本下有聞之二字。擊節不置。丞曰：「區區拙技，負此良琴。若得荆人一奏，當有一兩聲可聽者。」李驚曰：「公閨中亦精之耶？」丞笑曰：「適此操乃傳自細君者。」李曰：「恨在閨閣，小生不得［校］青本作及。聞耳。」丞曰：「我輩通家，原不以形迹相限。明日，請攜琴去，當使隔簾爲君奏之。」李悦。次日，抱琴而往。程即治具懽飲。少間，將琴入，旋出即坐。俄見簾内隱隱有麗妝，頃之，香流户外。又少時，絃聲細作；聽之不知何曲，但覺蕩心媚骨，令人魂魄飛越。［馮評］琴中不入俗調，亦無淫詞，此琴品也。蕩心媚骨，果何操名？相如以鳳求凰，鈎引文君，想此類歟？曲終便來窺簾，竟二十［校］上二字，青本作廿。餘絶代之姝也。丞以巨白［何註］巨白，大杯也。勸釂，内復改絃爲「閑情之賦」，李形神［校］青本作神形。益［校］青本作並。惑。傾飲過醉，離席興辭，索琴。丞曰：「醉後防有蹉跌。明［校］青本明上有請字。日復臨，當令閨人盡其所長。」李［校］青本下有乃字。

歸。次日詣之，則廨舍寂然，惟一老隸應門。問之，云：「五更攜眷去，不知何作，言往復可三日耳。」如期往伺之，日〔校〕青本下有既字。暮，並無音耗。吏皂皆疑，白〔校〕青本白上有以字。令破扃而窺其室，室盡空，惟几榻猶存耳。達之上臺，並不測其何故。〔校〕青本作說。李喪琴，寢食俱廢，不遠數千里訪諸其家。——程故楚產，三年前，捐〔校〕青本捐上有以字。貲授嘉祥。——執其姓名，詢其居里，楚中並無其人。或云：〔校〕青本作言。「有程道士〔校〕青本作有道士程姓。者，善鼓琴；又傳其有點金〔校〕青本下有之字。術。三年前，忽去不復見。」疑即其人。又細審其〔校〕青本無其字。年甲、容貌，脗合不謬。乃知道士之納官，皆爲琴也。〔馮評〕此道費盡心機，不知騙琴去將欲何往，名山古洞中想無其人。癖也，亦近於痴也。知交年餘，並不言及音律；漸而出琴，漸而獻技，又漸而惑以佳麗；浸漬三年，得琴而去。道士之癖，更甚於李生也。天下之騙機多端，若道士，猶騙中之風雅者也。

〔何評〕邇來騙局，有出於意所不及者。若道士之騙，則無人不入其局中矣。

〔但評〕此一局較前二局亦文雅、亦神妙，其人其事，彌縫無隙，使人墮其術而不知；即稍有知識者，亦將被其瞞過。若前二局只足騙愚昧之人耳。蓋君子固難罔以非其道者也。

放　蝶［校］抄本有目無文，據青本補。

長山王進士斗生［呂註］字子涼，長山人。崇禎庚辰進士，江南如臯縣知縣。性簡静，退食之暇，飼鹿調鶴。一管寸墨之外，無所耽玩；惟積書數萬卷，坐卧其下，聊以自娱。乞休歸里，杜門著書，有怪石集行世。詳見濟南府志。［何註］斗音斗，山名。爲令時，每聽訟，按律之輕重，罰令納蝶自贖；堂上千百齊放，如風飄碎錦，王乃拍案大笑。［馮評］柳莊鶯燕，花榭蜂蝶，或哢晴天，或穿芳徑，自其天機鼓盪之致，適其性也。若以人爲捉弄之，遏塞自然，便了無生趣，兒童之見也。一夜，夢一女子，衣裳華好，從容而入，曰：「遭君虐政，姊妹多物故。當使君先受風流之小譴耳。」言已，化爲蝶，迴翔而去。明日，方獨酌署中，忽報直指使至，皇遽而出，閨中戲以素花簪冠上，忘除之。直指見之，以爲不恭，大受詬罵而返。由是罰蝶令遂止。

青城于重寅，性放誕。爲司理時，元夕以火花爆竹縛驢上，首尾並滿，牽登太守之門，擊柝而請，自白：「某獻火驢，幸出一覽。」時太守有愛子患痘，心緒方惡，辭之。于固請之。太守不得已，使閽人啓鑰。門甫闢，于火發機，推驢入。爆震驢驚，踶趹［何註］踶趹，趹音抉，奔也。狂奔；又飛火射人，人莫敢近。驢穿堂入室，破甌毁甑，火觸成塵，窗紗都燼。家人大譁。痘兒驚陷，終夜而死。太守痛恨，將揭劾之。［但評］于固放誕，然太守實啓門納之，揭劾殊難措辭。于浼諸司道，登堂負荆，［呂註］史記，廉頗藺相如列傳：廉頗聞之，肉袒負荆，因賓客至藺相如門謝罪。○李白詩：兩虎不可鬭，廉公自負荆。乃免。

［何評］王以風流害物，于以風流放誕且害人，風流放誕者不可不思。

［但評］物雖微，亦具生理，致和育物，性命之功。按律之輕重，而罰蝶以供一笑，不惟戕物性，且壞法律矣。受風流之小譴，猶是便宜。

男生子 [校]抄本有目無文，據遺本補。

福建總兵楊輔，有孌童，腹震動。十月既滿，夢神人剖其兩脅去之。及醒，兩男夾左右啼。起視脅下，剖痕儼然。兒名之天舍、地舍云。

異史氏曰：「按此吳藩未叛前事也。吳既叛，閩撫蔡公疑楊欲圖之，而恐其爲亂，以他故召之。楊妻夙智勇，疑之，沮楊行。楊不聽。妻涕而送之。歸則傳齊諸將，披堅執鋭，以待消息。少間，聞夫被誅，遂反攻蔡。蔡倉皇不知所爲。幸標卒固守，不克乃去。去既遠，蔡始戎裝突出，率衆大譟。人傳爲笑焉。後數年，盜乃就撫。未幾，蔡暴亡。臨卒，見楊操兵入，左右亦皆見之。嗚呼！其鬼雖雄，而頭不可復續矣！生子之妖，其兆於此耶？」[校]青本無此篇。

鍾生

鍾慶餘，遼東名士。[校]青本下有也字。應濟南鄉試。[校]青本作應南鄉舉。聞藩邸[馮評]藩邸二字着眼，非浪下。有道士，知人休咎，心向往之。二場後，至趵突泉，[吕註]齊州二堂記：泰山之北，與齊東南諸山之水，會于黑水灣、柏厓灣，而至於渴馬厓，自厓而北五十里，有泉湧出，曰趵突泉。[何註]趵音豹，濟南有趵突泉。適相值。年六十餘，鬚長過胸，一[校]青本無一字。皤然道人也。集問災祥者如堵，道士悉以微詞授之。於衆中見生，忻然[校]青本作與。握手，曰：「君心術德行，可敬也！」[馮評]常人重神仙，神仙卻重忠孝。挽登閣上，屏人語，[但評]衆中豈無福命至厚者，與生握手，則心術德行之難可知。因問：「莫欲知將來否？」曰：「然。」[校]然，青本作唯唯。曰：「子福命至薄，然今科鄉舉可望。但榮歸後，恐不復見尊堂矣。」生[校]生，青本作鍾性。至孝，聞之泣[校]青本作涕。下，遂欲不試而歸。道士曰：「若過此已[校]青本作以，通已。往，一榜亦不可得矣。」生云：「母死不見，且不可復爲人，貴爲卿相，何加焉？」[但評]至性語，不可多得。道士曰：「某夙世與君有緣，今日必合盡力。」乃以一[校]青本無一字。丸授之曰：「可遣人夙夜將去，服之可延七日，場畢而行，母子猶及見也。」生藏之，匆匆而出，[校]青本作去。神志喪失。因計終天有期，早歸一日，則多得一日之奉養，[馮評]極寫純孝。○如此寫純孝方是，若命僕持書先歸，便未見得。[何評]至性不同。[但評]抱終天之恨者，不敢卒讀。攜僕貰驢，即刻東邁。驅里許，驢忽返奔，下[校]青本作鞭。之不馴，控之則蹶。生無計，躁汗如雨。僕勸止之，生不聽。又貰他驢，亦如之。[但評]驢也，非驢也，亦非道人，且非王者也。此其故，仍當問之生。日已啣山，莫知爲計。僕又勸曰：「明日即完場矣，何争此一朝夕乎？請即先主而行，計亦良得。」不得已，從之。次日，草草竣事，立時遂發，不遑啜息，星馳而歸。則母病綿惙，[何註]綿惙，惙音綴，疲也。下丹藥，漸就痊可。入視之，就榻泫泣。母搖首[校]青本作手。止之，執手喜曰：「適夢之陰司，見王者顔色和霽。謂稽爾生平，無大罪惡；今念汝子純孝，賜壽一紀。」[吕註]書，畢命：既歷三紀。注：十二年爲一紀。生亦喜。歷[校]青本無歷字。數日，果平健如故。未幾，聞捷，[馮評]又出人意外。辭母如濟。因賂内監，致意道士。道士欣然出，生便伏謁。道士曰：「君既高捷，太夫人又增壽數，此皆盛德所致，道人何力焉！」生又訝其先[校]青本作預。知，因而拜問終身。道士云：「君無大貴，但得耄耋足矣。

君前身與我爲僧侶，以石投犬，誤斃一蛙，今已投生爲驢。論前定數，君當橫折；［馮評］斃一蛙出於誤，乃報之橫折，冥律太不分曉。世之獵取禽獸者盈千累萬，又不知何以報之？今孝德感神，已有解星入命，固當無恙。但夫人前世爲婦不貞，數應少寡。今君以德延壽，非其所耦，恐歲後瑤臺傾［呂註］劉禹錫傷往賦：錦瑟僵兮絃柱絕，瑤臺傾兮鏡匳空。也。」生惻然良久，問繼室所在。曰：「在中州，今十四歲矣。」臨別囑曰：「倘遇危急，宜奔東南。」後年餘，妻病果死。［馮評］又突下一句。鍾舅令於西江，母遣往省，以［校］青本以上有即字。便途過中州，將應繼室之讖。［呂註］説文：讖，驗也。徐鍇曰：凡讖緯皆言將來之驗也。偶適一村，值臨河優戲，士女甚雜。方欲整轡趨過，有一失勒牡驢，隨之而行，致騾蹄趹。生回首，以鞭擊驢耳；驢驚，大奔。時有王世子［何註］王世子，王子也。方六七歲，［馮評］與前藩邸互映，然非前藩，一在濟南，一在中州也。乳媪抱坐隄上；驢沖過，扈從皆不及防，擠墮河中。衆大譁，欲執之。生縱騾絕馳。頓憶道士言，極力趨東南。約二十餘里，入一山村，有叟在門，［馮評］帶前。下騎揖之。叟邀入，自言「方姓」，便詰所來。生叩伏在地，具以情告。叟言：「不妨。請即寄居此間，當使徼者［何註］徼者，徼音叫，邏卒曰遊徼。漢書黃霸傳，注：遊徼，主徼巡盜者也。去。」至晚得耗，始知爲世子。叟大駭曰：「他家可以爲力，此真愛莫能助［校］上二字，青本作助之。矣！」［馮評］總不用平筆，必作小曲折。生哀不已。叟籌思曰：「不可爲也。請過一[校]青本無一字。宵，聽其緩急，倘[校]青本作尚。可再謀。」生愁怖，終夜不枕。次日偵聽，則已行牒譏察，收藏者棄市。叟有難色，無言而入。生疑懼，無以自安。中夜，叟來，[校]青本下有叩扉二字。入[校]青本下有少字。坐，便問：「夫人年幾何矣？」[馮評]偏從叟一邊説來。生以鰥對。叟喜曰：「吾謀濟矣。」[但評]叟非常人，所謂解星也。○以女救人，叟之謀於此創見，謂非天誘其衷哉。問之，答云：「余[校]青本無余字。姊夫慕道，挂錫[呂註]大智論：菩薩多用錫杖。○釋氏要覽：比丘持錫有二十五威儀，室中不得著地，必挂於壁。故游行僧爲飛錫，安住僧爲挂錫。南山；姊又謝世。遺有孤女，從僕鞠養，亦頗慧。以奉箕帚如何？」[馮評]帶前。生喜符道士之言，而又冀親戚密邇，可以得其周謀，曰：「小生誠幸矣。但遠方罪人，深恐貽累丈人。」叟曰：「此[校]青本此上有即字。爲君謀也。姊夫道術頗神，[馮評]逗下。但久不與人事矣。合卺後，自與甥女籌之，必合有計。」[但評]曰吾謀濟，而復藉手於必合有計之人。此不善將兵而善將將者。生喜極，[校]青本作益喜。贅焉。[馮評]簡句。女十六歲，豔絕無雙。生每對之欷歔。女云：「妾即陋，何遂遽見嫌惡？」生謝曰：「娘子仙人，相耦爲幸。但有禍患，恐致乖違。」因以實告。女怨曰：[校]青本無曰字。「舅乃非人！此彌天[何註]彌天，彌，徧也，言大也。之禍，不可爲謀，乃不明言，而陷我於坎窞！」[馮評]作小曲折。生長跪[校]青本作跽。曰：「是[校]青本作此。小生以死命哀舅，舅慈悲而窮於術，知卿能生死人而肉白骨也。某誠不足稱好逑，然家門幸不辱寞。倘得再生，香花供養有日耳。」〔馮評〕善於詞令。〔但評〕舅也，非舅也，亦非妮子，且非丈人也。此其故，仍當問之生。女歎曰：「事已至此，夫〔校〕青本無夫字。復何辭？然父自削髮招提，〔何註〕招提，浮屠所居。杜甫詩：已從招提遊，更宿招提境。兒女之愛已絶。無已，同往哀之，恐擔挫辱〔何註〕挫辱，挫音矬，摧也。不淺也。」乃一夜不寐，以氈綿厚作蔽膝，各以隱着衣底；然後喚肩輿，入南山十餘里。山徑〔校〕青本作遥。拗折〔何註〕拗折，謂山路曲盤也。絶險，不復可乘。下輿，女跬步甚艱，〔馮評〕小曲折。生挽臂拽扶之，〔校〕上三字，青本作曳扶。竭蹶始得上達。不遠，即見山門，共坐少憩。女喘汗淫淫，粉黛交下。生見之，情不可忍，曰：「爲某故，遂使卿罹此苦！」女愀然曰：「恐此尚未是苦！」〔馮評〕小曲折。困少蘇，相將入蘭若，禮佛而進。曲折入禪堂，見老僧趺坐，目若瞑，〔馮評〕畫出老僧，似一尊活佛。一僮執拂侍之。方丈〔呂註〕高僧傳：維摩居士石室，以手板縱横量之，得十笏，故云方丈。中，掃除光潔；而坐前悉布沙礫，〔何註〕沙礫，礫音落，小石也。密如星宿。女不敢擇，入跪其上；生亦從諸其後。僧開目一瞻，即復合去。女參曰：「久不定省，〔何註〕禮，曲禮：昏定而晨省。定，問安也。省，視也，察也。今女已嫁，故偕壻來。」〔馮評〕語簡而該，凡對尊長之言如此。僧久之，啓視曰：「妮子大累人！」即不復言。夫妻跪良久，筋力俱殆，沙石將壓入骨，痛不可支。又移時，乃言曰：「將騾來未？」女答曰：〔校〕青本作言。

「未。」曰：「夫妻即去，可速將來。」[馮評] 加一句。二人拜而起，狼狽而行。既歸，如命，[校] 上二字，青本作謹如其命。不解其意，但伏聽之。過數日，相傳罪人已得，伏誅訖。[馮評] 比處用簡筆，若詳敘便有許多話說。夫妻相慶。無何，山中遺僮來，以斷杖付生云：「代死者，此君[呂註] 晉書，王徽之傳：嘗寄居空宅中，便令種竹。或問其故，徽之但嘯詠指竹曰：何可一日無此君耶？也。」便囑瘞葬致祭，[校] 青本作更囑瘞祭。○[何註] 瘞祭，埋而祭之也。以解竹木之冤。[馮評] 竹木之冤，句理精。[但評] 以杖代死，奇極。老僧力能爲之，尚囑瘞祭以解其冤；況乎非竹木之可比者而乃冤結哉！生視之，斷處有血痕焉。乃祝而葬之。夫妻不敢久居，星夜歸遼陽。[但評] 心術德行，感通仙人，示之以未來，授之以靈藥，可謂兩全矣。然而終天有期，愛日難已，即過此以往，一榜亦不可得，奚足計哉！驢忽反奔，以此捷高科，即以此增母壽。盛德所致，道人何力焉？王者又何力焉？蛙化牡驢，彌天禍降；而鸞膠之續，已在中州。以亡命而得好逑，固舅之慈悲而窮於術；而生死人、肉白骨，安知非有大慈悲誘其衷耶？竹木代死，易橫折而耄耋之，猶是盛德所致耳。舅何力焉？丈人又何力焉？

[何評] 授藥延生，斷杖代死，並是孝德所感致耳。此父女不見姓名。

鬼妻

泰安聶鵬雲，與妻某，魚水甚諧。妻遘疾〔校〕青本作疫。卒。聶坐臥悲思，忽忽若失。一夕獨坐，妻忽排〔校〕青本作推。扉入。聶驚問：「何來？」笑〔校〕青本作答。云：「妾已鬼矣。感君悼念，哀白地下主者，聊與作幽會。」聶喜，攜就牀寢，一切無異於常。從此星離月會，積有年餘。聶亦不復言娶。伯叔兄弟懼墮宗主，私〔校〕此據青本，抄本下有族于謀三字，疑謀于族之誤。勸聶鸞續；〔何注〕謂鸞膠續斷絃也。聶從之，聘於良家。然恐妻不樂，祕之。未幾，吉期逼邇。鬼知其情，責之曰：「我以君義，故冒幽冥之譴；今乃質盟不卒，鍾情者固如是乎？」聶述宗黨之意。鬼終不悅，謝絕而去。聶雖憐之，而計亦得也。迨合卺之夕，夫婦俱寢，鬼忽至，就牀上撾新婦，大罵：「何得占我牀寢！」新婦起，方〔校〕青本作力。與撑〔校〕此據青本，抄本作擋。拒。聶惕然赤蹲，並無敢左右袒。無何，雞鳴，鬼乃去。新婦疑聶妻故並〔校〕青本無並字。未死，謂其謙己，投繯欲自縊。聶爲之緬述，新婦始知爲鬼。日夕復來。新婦懼避之。鬼亦不與聶寢，但以指掐膚肉；已乃對燭目［校］青本無目字。怒相視，默默不［校］青本下有作一二字。語。［但評］緣情成妒，緣愛成仇，爲此鬼不值。如是數夕。聶患之。近村有良於術者，削桃爲杙，［何註］杙音弋。爾雅：檝謂之杙，橜也。釘墓四隅，其怪始絶。

［何評］世有妬者，謂骨頭落地，當不復爾，今觀此鬼殊不然。

黄將軍

［校］抄本有目無文，遺本有黄靖南篇，當即此，據以補入。

黄靖南得功微時，與二孝廉赴都，途遇響寇。孝廉懼，長跪獻資。黄怒甚，手無寸鐵，即以兩手握騾足，舉而投之。寇不及防，馬倒人墮。黄拳之臂斷，搜橐而歸孝廉。孝廉服其勇，資勸從軍，後屢建奇勛，遂腰蟒玉。［校］青本無此篇。

［仙舫評］孝廉可謂無負矣。不知黄將軍又將何以報之？

［虞堂評］事與大力將軍頗相似。

三朝元老

某中堂，［校］青本下有者字。〇［吕註］池北偶談：明洪武十五年，設内閣大學士，上命皆於翰林院上任。十八年，又命殿閣大學士、左右春坊大學士，俱爲翰林院官。故院中設閣老公座於上，而掌院學士反居其旁。諸學士稱閣老曰中堂，以此。〇按：湘山野録：錢希白見王欽若，戲曰：中堂遂有如此宰相乎？又聞見録：富鄭公與康節食筍。公曰：未如中堂骨董之美云云。元王惲有中堂事記，記元初中書省事，皆前此矣。故明相也。［但評］履歷罕有。曾降流寇，世［校］青本作士。論非之。老歸林下，享堂落成，［吕註］左傳，昭七年：楚子成章華之臺，願與諸侯落之。注：宮室始成祭之曰落。［何註］爾雅：落，始也。數人直宿其中。天明，見堂上一匾云：「三朝元老。」一聯云：「一二三四五六七，孝弟忠信禮義廉。」不知何時所懸。怪之，不解其義。或測之云：「首句隱亡［校］青本作忘，通亡。八，次句隱無恥也。」［校］青本下有似之二字。〇［但評］恥之於人大矣。

洪經略［吕註］名承疇，明萬曆丙辰進士。崇禎十五年二月戊午，大清兵克松山，承疇降。南征，凱旋。至金陵，醮薦［何註］醮薦，以酒薦之也。陣亡將士。有舊門人謁見，拜已，即呈文藝。洪久厭文事，辭以昏眊。其人云：「但煩坐聽，容某頌達上聞。」遂探袖出文，抗聲朗讀，乃故明思宗御製祭洪遼陽死難文也。

讀畢，大哭而去。［校］此據青本，抄本無此段。○［但評］讀祭文，奇；讀畢大哭，更奇。甲申之變以後，只有此哭。

或謂：金正希被擒時，願就戮於洪承疇前，有門人江天一對洪朗誦崇禎主御製祭洪經略文，誦罷大哭。正希曰：「焉有受恩如亨九而降者，吾竊疑其僞也。」洪曰：「此老火性未除，吾不可再見之。」金、江二公同日就刑。［校］此據喻氏合評本，各本俱無此段。

［但評］或問：此老此時何以爲心？曰：此老之心久已死矣，雖對之朗讀，何曾得聞？對之大哭，何曾得見？

醫術〔校〕抄本有目無文，據青本補。

張氏者，沂之貧民。途中遇一道士，善風鑑，相之曰：「子當以術業富。」張曰：「宜何從？」又顧之，曰：「醫可也。」張曰：「我僅識之無〔呂註〕唐書，白居易傳：其始生七月，能展書，姆指之無兩字，雖試百數不差。耳，烏能是？」道士笑曰：「迂哉！名醫何必多識字乎？〔何評〕妙語。但行之耳。」〔馮評〕笑煞天下名醫，謔甚，然語實非妄。〔但評〕世之所謂名醫者，我知之矣。既歸，貧無業，乃摭拾海上方，即市廛中除地作肆，設魚牙蜂房，謀升斗於口舌之間，而人亦未之奇也。會青州太守病嗽，牒檄所屬徵醫。沂故山僻，少醫工；而令懼無以塞責，又責里中使自報。於是共舉張。令立召之。張方痰喘，不能自療，〔馮評〕試想腰曲氣喘之狀，不禁一笑。聞命大懼，固辭。〔但評〕令之不能自治而偏欲治人者，殊愧此醫。令弗聽，卒郵送去。路經深山，渴極，咳愈甚。入村求水，而山中水價與玉液等，〔何評〕少此山。徧乞之，無與者。見一婦漉〔何註〕漉音禄，滲也。戰國策：漉汁灑地。野菜，菜多水寡，盎中濃濁如涎。張燥急難堪，便乞餘瀋飲之。少間，渴解，嗽亦頓止。陰念：殆良方也。比至郡，諸邑醫工，已先施治，並未痊減。張入，求密所，僞作藥目，傳示内外；復遣人於民間索諸藜藿，如法淘汰訖，以汁進太守。一服，病良已。太守大悦，賜賚甚厚，旌以金扁。由此名大譟，門常如市，應手無不悉效。有病傷寒者，言症求方。張適醉，誤以瘧劑予之。醒而悟之，不敢以告人。三日後，有盛儀造門而謝者，問之，則傷寒之人，大吐大下而愈矣。此類甚多。［但評］語有云：乘我十年運，有病早來醫。觀於張，則語益信。然醫不三世，不服其藥之言，自是顛撲不破。張由此稱素封，益以聲價自重，聘者非重貲安輿［何註］安輿，蒲輪車也。不至焉。

益都韓翁，名醫也。其未著時，貨藥於四方。［何評］名醫之始亦爾。暮無所宿，投止一家，則其子傷寒將死，因請施治。韓思不治則去此莫適，而治之誠無術。往復跮踱，［呂註］史記，司馬相如列傳：跮踱輵轄，容以委麗兮。注：張揖曰：跮踱，疾行互前卻也。以手搓體，而汗成片，捻之如丸。頓思以此給之，當亦無所害。曉而不愈，已賺得寢食安飽矣。遂付之。中夜，主人撾門甚急。意其子死，恐被侵辱，驚起，踰垣疾遁。主人追之數里，韓無所逃，始止。乃知病者汗出而愈矣。挽回，款宴豐隆；臨行，厚贈之。

［何評］推造命十二宮，一曰命，二曰相，可見人生之富貴福禄，未有不本於命與相者。相當以醫術致富，即僅識之無，何必不然？即以率之科第可也。

藏蝨［校］抄本有目無文，據遺本補。

鄉人某者，偶坐樹下，捫得一蝨，片紙裹之，塞樹孔中而去。後二三年，復經其處，忽憶之，視孔中紙裹宛然。發而驗之，蝨薄如麩。置掌中審顧之。少頃，掌中奇痒，而蝨腹漸盈矣。置之而歸。痒處核起，腫數日，死焉。［校］青本無此篇。

［仙舫評］捫蝨則殺之，人之恒也。鄉人憫而舍焉。一念之仁，可謂善矣，乃卒死於蝨者，何也？有不赦之罪，而使之漏網，未有不反受其殃者。大人操生殺之權，可勿斷歟！

夢狼

白翁，直隸人。長子甲，筮仕〔吕註〕左傳，閔元年：初，畢萬筮仕於晉，遇屯之比，辛廖占之，曰：吉。〔何註〕初官曰筮仕，謂卜筮其所仕也。南服，〔但評〕翁夢其子，丁實導之。文若曰：若是其仕也，不如白丁之爲愈也。殆深哀之矣。三〔校〕青本作二。年〔校〕青本下有道遠苦三字。無耗。〔馮評〕伏下。適有瓜葛丁姓造謁，翁〔校〕青本下有以其久不至五字。款之。丁素走無常。談次，翁輒問以冥事，丁對語涉幻；翁不深信，但微哂之。別〔校〕青本別上有既字。後數日，翁方卧，見丁又〔校〕青本作復。來，邀與同遊。從之去，入一城闕。移時，丁指一門曰：「此間君家甥也。」時翁有姊子爲晉令，訝曰：「烏在此？」丁曰：「倘不〔校〕青本下有爲字。信，入便知之。」翁入，果見甥，蟬冠豸繡〔吕註〕漢官儀：制，侍中惠文冠附蟬爲文，貂尾爲飾。注：蟬取居高飲潔，貂取內勁外溫。○御史衣豸繡。獬豸，獸名，一角，能觸邪。〔何註〕縣令服此，是行取入臺之驗。坐堂上，戟幢〔何註〕戟幢，幢音橦，旌旗之屬。漢書，韓延壽傳：建幢棨，植羽葆。行列，無人可通。〔但評〕無人可通，才是風憲。丁曳之出，曰：「公子衙署，去此不遠，亦〔校〕青本亦上有得無二字。願見之否？」翁諾。少間，至一第，丁曰：「入之。」窺其門，見一巨狼當道，大懼不敢進。〔但評〕門以內不問可知。丁又曰：「入之。」又入一門，見堂上、堂下，坐者、臥者，皆狼也。又視墀中，白骨如山，〔馮評〕知縣衙門光景，白骨民膏脂也。〔但評〕如山之白骨，不過飽羣狼數餐耳。益懼。丁乃以身翼翁而進。公子甲方自內出，見父及丁，良喜。少坐，喚侍者治肴蔌。〔何註〕肴蔌，蔌音速。歐陽修文：山肴野蔌。爾雅，注：菜茹之總名。忽一巨狼，啣死人入。翁戰惕而起曰：「此胡爲〔但評〕爾俸爾祿，民膏民脂；下民易虐，上天難欺。者？」甲曰：「聊充庖廚。」〔何註〕庖廚，廚內從封，庖亦廚也。翁急止之。心怔忡不寧，辭欲出，而羣狼阻道。進退方無所主，〔但評〕稍有仁心，羣狼阻之，使之進退無主，是狼伎倆。忽見諸狼紛然嗥避，或竄牀下，或伏几底。〔但評〕遇有禍害，羣狼逃避，紛紛作獸散，是狼性情。錯愕不解其故。俄有兩金甲猛士努目入，出黑索索甲。甲〔校〕此據青本，抄本無下一甲字。撲地化爲虎，牙齒巉巉。一人出利劍，欲梟其首。一人曰：「且勿，且勿，此明年四月間事，不如姑敲齒去。」乃出巨錘錘齒，齒零落墮地。〔但評〕雖曰猛于虎，猶幸有金甲擒之，黑索縶之，巨錘敲之，利劍梟之；亦將以充庖廚，如法而炮治之。虎大吼，聲震山岳。翁大懼，忽醒，乃知其夢。心異之。遣人招丁，丁辭不至。翁〔校〕青本下有乃字。誌其夢，使次子詣甲，函戒哀切。既至，見兄門齒盡脱；〔校〕青本作豁。駭而問之，則醉中墜馬所折。考其時，則父夢之日也。益駭。出父書。甲讀之變色，爲間曰：「此幻夢之適符耳，何足怪。」〔但評〕何嘗不有一隙之明，奈梏亡已久，爲間，則茅塞之矣。時方賂當路者，得首薦，故不以妖夢爲意。弟居數日，見其蠹役滿堂，納賄關説者，中夜不絶，流涕諫止之。甲曰：「弟日居衡茅，〔何註〕衡茅，衡宇上以茅覆之也。陶潛詩：養真衡茅下。故不知仕途之關竅耳。〔馮評〕仕途祕訣，但人不肯公然説出耳。黜陟之權，在上臺不在百姓。上臺喜，便是好官；愛百姓，何術能〔校〕青本作復。令上臺喜也？」〔但評〕此關竅淵源授受，不煩口講指畫，偏能入耳會心；抑且青勝於藍，冰寒於水。好官偏天下，小民無噍類矣。弟知不可勸止，遂歸。告父。〔校〕上二字，青本作悉以告翁。翁聞之大哭。無可如何，惟捐家濟貧，日禱於神，但求逆子之報，不累妻孥。〔馮評〕此老能時作修省語，宜全家獲免於難。次年，報甲以薦舉作吏部，賀者盈門；翁惟欷歔，伏枕託疾不出。〔校〕出，青本作見一客。未幾，聞子歸途遇寇，主僕殞命。翁乃起，謂人曰：「鬼神之怒，止及其身，祐我家者不可謂不厚也。」因焚香而報謝之。慰藉翁者，咸以爲道路訛傳，〔校〕青本作之訛。惟翁則〔校〕青本作而翁殊。深信不疑，刻日爲之營兆。〔呂註〕孝經：卜其宅兆而安厝之。注：兆，塋墓界域也。——而甲固未死。〔馮評〕兔起鶻落之筆。先是，四月間，甲解任，甫離境，即遭〔校〕青本作遇。寇，甲傾裝以獻之。〔但評〕當答曰：殺汝，裝將焉往？諸寇曰：「我等〔校〕青本下有之字。來，爲一邑之民洩寃憤耳，寧耑爲此哉！」遂決其首。〔但評〕生死之權，在百姓不在上臺：百姓怨，便是死期；媚上臺，何術能解百姓怨也？

又問家人：「有司大成者誰是？」——司故甲之〔校〕青本無之字。腹心，助桀〔校〕此據青本，抄本作紂。爲虐〔呂註〕史記，田單列傳：燕使人謂王蠋曰：齊人多高子之義，吾以子爲將，封子萬家。蠋固謝。燕人曰：子不聽，吾引三軍而屠畫邑。王蠋曰：國既破亡，吾不能存；今又劫之以兵，爲君將，是助桀爲暴也。○虐一作暴。者。家人共指之。賊亦殺〔校〕青本作決。之。〔但評〕是門前當道者。更有蠹役四人，甲聚斂臣也，〔但評〕是堂上、堂下，坐者、卧者。將攜入都。并搜決訖，始分貲入囊，騖馳而去。甲魂伏道旁，見一宰官過，問：「殺者何人？」前驅者〔校〕青本下有報字。曰：「某縣白知縣也。」宰官曰：「此白某之子，不宜使老後見此兇慘，宜續其頭。」即有一人掇頭置腔上，曰：「邪人不宜使正，以肩承領〔校〕青本作頷。可也。」〔但評〕人面之不同如其心。遂去。移時復甦。妻子往收其尸，見有餘息，載之以行；從容灌之，亦受飲。但寄旅邸，貧不能歸。半年許，翁始得確耗，遣次子致之而歸。甲雖復生，而目能自顧其背，不復齒人數矣。〔馮評〕河南太守嚴延年決囚，血流數里，其母責之曰：天道神明，人不可獨殺，我不意當老見壯子刑戮也。歸東海。歲餘，延年棄市。與此合看。〔但評〕有此異相，令人不敢仰視。翁姊子有政聲，是年行取爲御史，悉符所夢。〔但評〕巨狼當道，則不狼者無路可通，而狼者且引類呼朋而並進矣。至堂上堂下，坐卧皆狼，堙中白骨，何可數計乎？堂内所衣，皆巨狼銜來之死人皮也；所食，皆巨狼銜來之死人肉也。未嘗不揚揚自鳴得意，以爲禄能養親也，以爲禄可遺後也。設有不安於是而欲舍之以去者，狼且羣焉阻之，必令其進退無所依據而後止。狼之性，狼之技，固如是耳。顧狼無有不畏豸觸者，以豸能去邪也；狼無有不假虎威者，以虎好咥人也。堂上有虎，狼乃敢肆其貪毒耳。虎失其威，即皆嘷避伏竄矣。敲齒而去，狼豈復有衛虎之心哉。獨怪眈眈者，牿亡之後，亦有人畜之明；乃一轉念間，謂妖夢不足以踐，方且捷足先登，自謂得計。仕途關竅數語，竭萬姓之膏脂，博上臺之喜悦，傳來心法，流毒無窮。即令乃翁皆若白翁斷頭可續，而自顧其後，不齒於人，以視蟬冠豸繡，奚啻霄壤哉。

異史氏曰：「竊歎天下之官虎而吏狼者，比比也。——即官不爲虎，而吏且將爲狼，況有猛於虎〔呂註〕禮，檀弓：孔子曰：苛政猛於虎也。者耶！夫人患不能自顧其後耳；甦而使之自顧，鬼神之教微矣哉！」

鄒平李進士匡九，居官頗廉明。常有富民爲人羅織，門役嚇之曰：「官索汝二百金，宜速辦；不然，敗矣！」富民懼，諾備半數。役搖手不可。富民苦哀之。役曰：「我無不極力，但恐不允耳。待聽鞫時，汝目睹我爲若白之，其允與否，亦可明我意之無他也。」少間，公按是事。役知李戒烟，近問：「飲烟否？」李搖其首。役即趨下曰：「適言其數，官搖首不許，汝見之耶？」富民信之，懼，許如數。役知李嗜茶，近問：「飲茶否？」李頷之。役托烹茶，趨下曰：「諧矣！適首肯，汝見之耶？」既而審結，富民某獲免，役即收其苞苴，且索謝金。嗚呼！官自以爲廉，而罵其貪者載道焉，此又縱狼而不自知者矣。世之如此類者更多，可爲居官者備一鑒也。〔校〕青本無此段。

［者島評］夢狼一則，寫官虎吏狼，固足以警覺貪墨，此二附録，［校］按：附則二因不見抄本，難辨真僞，已改列附録。居官者尤不可不知也。字字金丹，能勿寶諸！且繪吏役狡詐之情，筆筆飛舞變幻，删之者抑何心哉！

［何評］天不欲生虎狼者，理也。其不得不生虎狼者，氣也。至虎狼不可勝殺，則理隨氣轉，天且無如之何矣。

［但評］通牧令之署者何人哉？蠹役耳，蠹書耳，納賂關説之徒耳。獬豸在堂，豺狼避道，自無人可通矣，行取内臺復何愧！

夜明

［校］抄本有目無文，據青本補。

有賈客泛於南海。三更時，舟中大亮似曉。起視，見一巨物，半身出水上，儼若山岳；目如兩日初升，光四射，大地皆明。駭問舟人，並無知者。共伏瞻之。移時，漸縮入水，乃復晦。後至閩中，俱言某夜明而復昏，相傳爲異。計其時，則舟中見怪之夜也。

夏雪

［校］抄本有目無文，據青本補。青本題下有二則二字。

丁亥年七月初六日，蘇州大雪。百姓皇駭，共禱諸大王之廟。大王忽附人而言曰：「如今稱老爺者，皆增一大字；其以我神爲小，消不得一大字也？」衆悚然，齊呼「大老爺」，雪立止。由此觀之，神亦喜諂，宜乎治下部者之得車多矣。

異史氏曰：「世風之變也，下者益諂，上者益驕。即康熙四十餘年中，稱謂之不古，甚可笑也。舉人稱爺，二十年始；進士稱老爺，三十年始；司、院稱大老爺，二十五年始。昔者大令謁中丞，亦不過老大人而止；今則此稱久廢矣。即有君子，亦素謟媚行乎謟媚，莫敢有異詞也。若縉紳之妻呼太太，裁數年耳。昔惟縉紳之母，始有此稱；以妻而得此稱者，惟淫史中有林喬耳，他未之見也。唐時，上欲加張説大學士。説辭曰：『學士從無大名，臣不敢稱。』今之大，誰大之？初由於小人之諂，而因得貴倨者之悦，居之不疑，而紛紛者遂徧天下矣。竊意數年以後，稱爺者必進而老，

〔但評〕今舉人果進而稱老矣，不謂更有監生而稱爺，且有捐資較監生少而亦進而稱老者，則從九職銜與舉人、進士同稱矣。稱老者必進而大，但不知大上造何尊稱？匪夷所思已！」

丁亥年六月初三日，河南歸德府大雪尺餘，禾皆凍死，惜乎其未知媚大王之術也。悲夫！

化男

蘇州木瀆鎮有民女夜坐庭中，忽星隕中顱，仆地而死。父母老而無子，止此女，哀呼急救。移時始蘇，笑曰：「我今爲男子矣！」驗之，果然。其家不以爲妖，而竊喜其暴得丈夫也。奇已。亦丁亥間事。［校］青本無此篇。

禽俠

天津某寺，鸛鳥巢於鴟尾。[呂註]分紀：陳舊制，三公黄閣廳事皆置鴟尾。○按：鴟尾之説，傳記紛紛不一。對類總龜謂：龍生九子，一名嘲風，好險，在殿角；一名蚩吻，好吞，在殿脊。博物志逸篇云：螭吻形似獸，性好望，故立屋角上；蠻蛉形似龍，性好風雨，故用於屋脊。二説已有不同。又按唐會要云：漢武柏梁殿災，越巫獻術，言海中有魚名虬，其尾似鴟，激浪則降雨，遂作其形置殿脊，以厭火災。蘇氏演義云：漢武柏梁殿災，上疏者曰：蚩尾，水之精也，能避火災，可置之堂殿。今人乃作鴟字。顔之推亦作鴟。劉孝孫事始作蚩尾。王子年拾遺記云：鯀治水無功，舜幽之於羽山，乃自沉於羽淵，化元魚。後人於羽山下修元魚祠以祀之。嘗見其浮躍出水，長百尺，噴水激浪，必降大雨。漢世越巫請以鴟魚尾厭火災，今之鴟尾即是也。王嘉晉人，晉去漢未遠，當時已作鴟字，蘇氏之説，恐未允也。吴處厚青箱雜記亦曰：海有虬魚，似鴟，噴浪則降雨。今作像於宫殿脊，厭火災，即其制也。[何註]類要：東海有魚似鴟，噴浪即降雨。唐以來設其象於屋脊以厭災，故曰鴟尾。殿承塵[呂註]劉熙釋名：承塵施於上，以承塵土。[何註]伊尹始作承塵，俗謂之仰承。上，藏大蛇如盆，每至鸛雛團翼[何註]團翼，伏乳時也。時，輒出吞食浄盡。[馮評]間一句。鸛悲鳴數日乃去。如是三年，人[校]青本作鞏。料其必不復至，而次歲巢如故。約雛長成，即逕去，三日始還。入巢啞啞，哺子如初。蛇又蜿蜒而上。甫近巢，兩鸛驚，飛鳴哀急，直上青冥。俄聞風[校]青本無風字。聲蓬蓬，一瞬間，天地似晦。衆駭異，共視乃一大鳥，翼蔽天日，從空疾下，驟如風雨，以爪擊蛇，蛇首立墮，連摧殿角數尺許，振翼而去。［馮評］寫來有聲有色，如太史公敘荆卿刺秦一段文字。少讀老杜義鶻行愛之，此真不滅。鸛從其後，若將送之。［但評］禽鳥中有志士，有俠仙，人有自愧不如者矣。巢既傾，兩雛俱墮，一生一死。僧取生者置鐘樓上。少頃，鸛返，仍就哺之，翼成而去。

異史氏曰：「次年復至，蓋不料其禍之復也；三年而巢不移，則報［校］青本作復。仇之計已決；三日不返，其去作秦庭之哭，［呂註］左傳，定四年：吳入郢；申包胥如秦乞師，立依於庭牆而哭，日夜不絶聲，勺飲不入口。七日，秦哀公爲之賦無衣。九頓首而坐，秦師乃出。可知矣。大鳥必羽族之劍仙也，飆然而來，一擊而去，妙手空空兒［呂註］劍俠傳：聶隱娘捨魏帥，留劉昌裔軍中，曰：彼必使精精兒來殺某及僕射。是夜，果至。隱娘殺之，曰：後夜當使妙手空空兒繼至。空空兒之神術，人莫能窺其用，鬼莫能躡其蹤，隱娘之藝故不能造其境，但以于闐玉周其頸，擁以衾，隱娘當化爲蠛蠓，潛入僕射腸中聽伺。劉如言。至三更，果聞項上鏗然聲甚厲。隱娘自劉口中躍出曰：僕射無患矣。此人如俊鶻，一搏不中，即翩然遠逝，恥其不中耳。視其玉，果有匕首劃處。何以加此？」

濟南有營卒，見鸛鳥過，射之，應弦而落。喙中啣魚，將哺子也。或勸拔矢放之，卒不聽。少頃，帶矢飛去。後往來近郭間，兩年餘，貫矢如故。一日，卒坐轅門下，鸛過，矢墜地。卒拾視曰：「矢［校］青本矢上有此字。固無恙耶？」［校］青本作哉。耳適癢，因以矢搔［何註］搔，搔癢也。［校］青本作代搔。耳。忽大風摧門，門驟闔，［校］此據青本，抄本作閤。觸矢貫腦而［校］青本作尋。死。［但評］受一矢，還一矢，往來近郭，何以兩年而後墜耶？矢固無恙也，請君入甕矣。

鴻

天津弋人得一鴻。其雄者隨至其家，哀鳴翱翔，抵暮始去。次日，弋人早出，則鴻已至，飛號從之；既而集其足下。弋人將並捉之。見其伸頸俛仰，吐出黃金半鋌。弋人悟其意，乃曰：「是將以贖婦也。」遂釋雌。兩鴻徘徊，若有悲喜，遂雙飛而去。弋人稱金，得二兩六錢强。〔但評〕〔馮評〕一自斷絃無贖發，微禽羨爾得雙飛。讀此淒然淚下。噫！禽鳥何評〕卿金贖婦，果效雙飛。或謂鳥亦猶人，我云人不如鳥。知，而鍾情若此！悲莫悲於生別離，〔呂註〕楚辭，少司命：悲莫悲兮生別離。注：謂妻子也。物亦然耶？

象

粤〔校〕青本作廣。中有獵獸者，挾矢如〔校〕青本作入。山。偶卧憩息，不覺沉睡，〔校〕青本作眠。被象來鼻攝而去。自分必遭殘害。未幾，釋置〔校〕青本下有大字。樹下，頓首一鳴，羣象紛至，四面旋繞，若有所求。前象伏樹下，仰視樹而俯視人，似欲其登。獵者會意，即〔校〕青本下有以字。足踏象背，攀援而升。雖至樹巔，亦不知其意向所存。少時，〔校〕青本作問。有狻猊〔吕註〕廣韻：狻猊，獅子屬。〔何註〕狻猊，獅子也。東觀漢記：形如虎，正黄，有髯，尾端茸毛大如斗，銅頭鐵額，鈎爪鋸牙，食虎豹，毛犁之長也。又輟耕録：諸獸見之，不敢仰視。獅子擎而吹之，便紛然毛落。來，衆象皆伏。狻猊擇一肥者，意將搏噬。象戰慄，無敢逃者，惟共仰樹上，似求憐拯。獵者會意，〔校〕青本無上二字。因望狻猊發一弩，狻猊立殪。諸象瞻空，意若拜舞。獵者乃下。象復伏，以鼻牽衣，似欲其乘。獵者隨〔校〕青本作遂。跨〔何註〕跨音胯。史記，司馬相如列傳：跨野馬。乘之也。身其上，象乃行。至一處，以蹄穴地，得脱牙無算。獵人下，束治置象背。象乃負送出山，始[校]青本始上有乃字。返。[校]上三字，青本作已。

[但評]知獵人能制狻猊而鼻攝而去，頓首而求，頤指而升，伏身以待；遂乃應弦飲羽，取彼凶殘。今之自戕其類，擇肥而搏噬者到處有之，有憐而拯之之人，且殺身圖報而不惜，豈第脱牙相送已哉！

負尸

有樵夫〔校〕青本作人。赴市，荷杖而歸，忽覺杖頭如有重負。回顧，見一無頭人懸繫其上。大驚，脱杖亂擊之，遂〔校〕青本作即。不復見。駭奔，至一村。時已昏暮，有數人爇火照地，似有所尋。近問訊，〔校〕青本作訊之。蓋衆適聚〔校〕青本無聚字。坐，忽空中墮一人頭，鬚髮蓬然，〔校〕青本作鬆。倏忽已渺。樵人亦言所見，合之適成一人，究〔校〕青本究上有而字。不解其何來。後有人荷籃而行，忽〔校〕青本作或。見其中有人頭，〔校〕青本下有焉字。人訝詰之，始大驚，〔校〕上七字，青本作訝而詰之，反顧始驚。傾諸地上，宛轉而没。

紫花和尚

諸城丁生，[校]青本作某。野鶴公[呂註]名耀亢，字西生，貢生，明侍御少濱公子，官容城教諭，遷惠安知縣。著有陸舫、椒丘、江干、歸山、聽山等詩集行世。之孫也。少年名士，沉病而死，隔夜復蘇，曰：「我悟道矣。」時有僧善參玄，因遣人邀至，使就[校]青本作即。榻前講「楞嚴」。生[校]青本無生字。每聽一節，都言非是，乃曰：「使吾病痊，證道何難。惟某生可愈吾疾，宜虔請之。」蓋邑有某生者，精岐黃[呂註]帝王世紀：黃帝使岐伯嘗味草木，典醫療病。又通鑑外紀：黃帝命俞跗、岐伯、雷公，察明堂，究息脈；巫彭、桐君處方餌，而人得以盡年。注：明堂，人身明堂。方餌，方醫、藥餌。○蘇頌本草序：讐校岐黃内經，重定針艾俞穴。[何註]岐伯，黃帝臣。岐黃，謂其問答之書也。而不以術行，三聘始至，疏方下藥，病愈。[校]青本作病良已。既歸，一女子自外入，曰：「我董尚書府中侍兒也。紫花和尚與妾有夙冤，今得追報，君又[校]青本下有欲字。活之耶？再往，禍將及。」言已，遂没。某懼，辭丁。丁病復作，固要之，乃以實告。丁歎曰：「孽自前生，[但評]孽自前生，醫藥罔效，固已。第既爲高僧，何至與宦家侍兒結寃？又何以遲至今世而乃追報耶？死吾分耳。」尋卒。後尋諸人，果曾有紫花和尚，高僧也，青州董尚書夫人嘗供養家中；亦無有知其寃之所自結者。

［何評］供養高僧，求拯脱也，豈知其與侍兒已結夙生寃哉？可爲聽聞中佞佛者戒。

周克昌

［校］抄本有目無文，據青本補。

淮上貢士周天儀，年五旬，止一子，名克昌，愛暱［何註］愛暱，暱音匿，近也。之。至十三四歲，丰姿甚［校］青本作益。秀；而性不喜讀，輒逃塾，［何註］逃塾，逃學也。從羣兒戲，恒終日不返。周亦聽之。一日，既暮不歸，始尋之，殊竟烏有。夫妻號咷，幾不欲生。年餘，昌忽自至。［馮評］突兀，此鬼何來？［但評］此鬼甚無謂。然天下之庸人而致庸福，皆若有鬼代爲之，而較此鬼更覺無謂者，只合叫精明人氣死。言：「爲道士迷去，幸不見害。值其他出，得逃而歸。」周喜極，亦不追問。及教以讀，慧悟倍於疇曩。踰年，文思大進，既入郡庠試，遂知名。世族争婚，昌頗不願。趙進士女有姿，周强爲娶之。既入門，夫妻調笑甚懽；而昌恒獨宿，若無所私。逾年，秋戰而捷。周益慰。然年漸暮，日望抱孫，故嘗隱諷昌。昌漠若不解。母不能忍，朝夕多絮語。昌變色，出曰：「我久欲亡去，所不遽捨者，顧復［何註］顧，旋視也。復，反覆也。詩，小雅：顧我復我。之情耳。實不能探討房帷，以慰所望。請仍去，彼順志者且復來矣。」媪追曳之，已踣，衣冠如蜕。大駭，疑昌已死，是必其鬼也。悲嘆而已。次日，昌忽僕馬而至，舉家惶駭。近詰之，亦言：爲惡人略賣於富商之家；商無子，子焉。得昌後，忽生一子。昌思家，遂送之歸。問所學，則頑鈍如昔。乃知此爲昌；其入泮鄉捷者，鬼之假也。然竊喜其事未泄，即使襲孝廉之名。入房，婦甚狎熟；而昌靦然有愧色，似新婚者。甫周年，生子矣。

異史氏曰：「古言庸福人，必鼻口眉目間具有少庸，而後福隨之；〔馮評〕予有一友號庸齋，自謂不庸者而欲於庸以邀福，卒無所成而終。其精光陸離〔何註〕陸離，離騷，注：美好也。者，鬼所棄也。庸之所在，桂籍〔何註〕桂籍，折桂之籍也。可以不入闈而通，佳麗可以不親迎而致；而況少有憑藉，益之以鑽窺者乎！」

〔何評〕周克昌，鈍者也，非鬼代，烏乎孝廉？此情可想。

嫦娥

太原宗子美，從父遊學，流寓廣陵。父與紅橋下林嫗有素。〔馮評〕只平平說來，入後卻有許多奇異。一日，父子過紅橋，遇之，固請過諸其家，瀹茗〔何註〕瀹茗，瀹音藥，煮也。齊民要術有瀹雞子法。茗，茶名。共話。有女在旁，殊色也。翁亟贊之。嫗顧宗曰：「大郎温婉如處子，福相也。若不鄙棄，便奉箕帚，如何？」翁笑〔校〕青本無笑字。促子離席，使拜嫗曰：「一言千金矣！」〔何評〕戲語如畫。先是，嫗獨居，女忽自至，告訴孤苦。問其小字，則名嫦娥。〔馮評〕月中嫦娥之說，始於淮南子，因常儀二字而誤也。古者羲和占日，常儀占月，皆官名，呂氏春秋言之。儀字古皆音俄，故常儀誤作嫦娥。〇愚謂七夕牛女，月中嫦娥，人借作詩文用，似不必泥。嫗愛而留之，實將奇貨居之也。時〔校〕青本時上有是字。宗年十四，睨女竊喜，意翁必媒定之；而翁歸若忘。心灼熱，隱以白母。翁聞而〔校〕此據青本，抄本無上二字。笑曰：「曩與貪婆子戲耳。彼不知將賣黃金幾何矣，此何可易言！」踰年，翁媼並卒。子美不能忘情嫦娥，服將闋，託人示意林嫗。嫗初不承。宗忿曰：「我生平不

〔校〕青本下有能字。輕折腰，何媼視之不值一錢？〔吕註〕史記，魏其武安侯列傳：時武安不肯行酒；次至臨汝侯，臨汝侯方與程不識耳語，又不避席。夫無所發怒，乃罵臨汝侯曰：生平毁程不識不值一錢，今日長者爲壽，乃效女兒呫囁耳語！若負前盟，須見還也！」〔但評〕凡人之輕扴腰而自視不值錢者，人即負之，亦不要還也。嫗乃云：「曩或與而翁戲約，容有之。但無成言，遂〔校〕青本作即。都忘卻。今既云云，我豈留嫁天王耶？要日日裝束，實望易千金；今請半焉，可乎？」宗自度難辨，亦遂置之。適有寡媪，僦居西鄰，有女及笄，小名顛當。〔馮評〕顛當，爾雅謂之王蛈蜴，鬼谷子謂之蛈鬼。諺云：顛當牢守門。○顛當，蜘蛛一種，穴居，布紉穴口，有蓋，一名螲蟷。偶窺之，雅麗不減嫦娥。向慕之，每以餽遺階進；久而〔校〕青本作之。漸熟，往往送情以目，而欲語無間。一夕，踰垣乞火。宗喜挽之，遂相燕好。約爲嫁娶，辭以兄負販未歸。由此蹈隙往來，形迹周密。一日，偶經紅橋，見嫦娥適在門内，疾趨過之。嫦娥望見，招之以手，宗駐足；女又招之，遂入。女以背約讓宗。宗述其故。便入室，取黄金一鋌付之。宗不受，辭曰：「自分永與卿絶，遂他有所約。〔校〕青本作要。受金而爲卿謀，是負人也；受金而不爲卿謀，是負卿也：誠不敢有所負。」〔但評〕人必不自負，而后不肯負人；負人者，即自負也。誠篤語不可多得。女〔校〕青本下有默字。良久曰：「君所約，妾頗知之。其事必無成；即〔校〕青本下有令字。成之，妾不怨君之負心也。其速行，媪將至矣。」宗倉卒無以自主，受之而歸。〔校〕青本下有心緒勃亂，進退罔知所從十字。隔夜，告之〔校〕青本作以告。顛當。顛當深然其言，但勸宗專心〔校〕青本作意。嫦娥。宗不語；願下之，宗〔校〕此據青本，抄本宗上有而字。乃悦。即遣媒納金林嫗，嫗無辭，以嫦娥歸宗。入門後，悉述顛當言。嫦娥微笑，陽慫恿之。宗喜，急欲一白顛當，而顛當迹久絶。嫦娥知其爲己，因暫歸寧，故予之間，囑宗竊其佩囊。〔馮評〕此卻用捷筆，一句便拍合，以許多曲折在下文也。已而顛當果至，與商所謀，但言勿急。及解衿〔校〕青本作既而解衣。狎笑，脇下有紫荷囊，將便摘取。顛當〔校〕青本作女覺之。變色起，曰：「君與人一心，而與妾二！〔但評〕簡括。負心郎！請從此絶。」宗屈意挽解，不聽，竟去。

一日，過其〔校〕青本無其字。門探察之，已另有吴客僦居其中，〔馮評〕忽離。顛〔校〕青本顛上有蓋字。當子母遷〔校〕青本作徙。去已久，影滅迹絶，莫可問訊。〔校〕青本下有怨歎而已四字。宗自娶嫦娥，家暴富，連閣長廊，彌亘街路。嫦娥善諧謔，適見美人畫卷，宗曰：「吾自謂，如卿天下無兩，但不曾見飛燕、楊妃〔呂註〕綱鑑，漢成帝紀：帝過陽阿主家，悦歌舞者趙飛燕，召入宫，大幸。○唐明皇紀：明皇納壽王妃楊氏爲貴妃。耳。」女笑曰：「若欲見之，此亦何難。」〔校〕青本作即亦不難。乃執卷細審一過，便趨入室，對鏡修妝，傚飛燕舞風，又〔校〕青本又上有既字。學楊妃帶醉。長短肥瘦，隨時變更；風情態度，〔校〕青本作意態。對卷逼真。〔但評〕爲下文作勢，故此處極力鋪排，惟恐説不到十二分絢爛也。方作態時，有婢自外至，不復能識，驚問其僚；既而審注，恍然始笑。宗喜曰：

「吾得一美人，而千古之美人，皆在牀闥〔何註〕闥，門也。牀闥，言閨內也。矣！」〔但評〕譬諸長夏英華，發洩盡矣。一夜，方熟寢，數人撬扉而入，火光射壁。女急起，驚言：「盜入！」宗初醒，即欲鳴呼。一人以白刃加頸，懼不敢喘。〔何註〕喘音舛，疾息也。又一人掠嫦娥負背上，鬨然而去。〔馮評〕又作此驚人之筆。〔何評〕倏去。〔但評〕託寇劫而去，亦陽極陰生之見耳。宗始號，家役畢集，室中珍玩，無少亡者。宗大悲，恇然〔何註〕恇然，恇音匡，恐也。梁鳴適吳詩：心恇恇兮誰留。失圖，無復情地。告官追捕，殊無音息。荏苒三四年，鬱鬱無聊，〔校〕上二字，青本作常不聊賴。因假赴試入都。居半載，占驗詢察，無〔校〕青本作靡。計不施。偶過姚巷，值一女子，〔馮評〕忽合。垢面敝衣，俇儴如丐。停趾相之，乃〔校〕青本無乃字。顛當也。〔何評〕倏來。駭曰：「卿何憔悴至此？」答云：「別後南遷，老母即世，爲惡人掠賣旗下，〔校〕青本作富室。撻辱凍餒，所不忍言。」宗泣下，問：「可贖否？」曰：「難矣。耗〔校〕青本耗上有恐字。費煩多，不能爲力。」宗曰：「實告卿：年來頗稱小有；惜客中資斧有限，傾裝貨馬，所不敢辭。如所需過奢，當歸家營辦之。」女〔校〕青本無女字。約明日出西城，相會叢柳下；囑獨往，勿以人從。宗曰：「諾。」〔校〕青本作宗諾之。次日，早往，則女先在，袿衣〔呂註〕劉熙釋名：婦人上服曰袿；其下垂者，上廣下狹，如刀圭也。〔何註〕袿衣，袿音圭，婦人上服也。後漢書，皇后紀：簪珥光彩，袿裳鮮明。張華白紵歌：羅袿徐轉紅袖揚。鮮明，大非前狀。驚問之。笑曰：「曩試君心耳，幸綈袍之意猶存。〔但評〕今之以勢分交者，前後異位，則反眼若不相識，烏知綈袍。請至敝廬，宜必得當以報。」北行數武，即至其家，遂出肴酒，相與談讌。宗約與俱歸。女曰：「妾多俗累，不能從。嫦娥消息，固頗聞之。」〔馮評〕忽又串到嫦娥，俶佹之筆，炫人心目。宗急詢其何所。女曰：「其行蹤縹緲，〔何註〕縹緲，縹音漂，仄聲。漢書，賈誼傳：鳳縹縹其高逝兮。輕舉貌。又木華海賦：羣仙縹眇。妾亦不能深悉。西山有老尼，一目眇，問之，當自知。」遂止宿其家。天明示以徑。宗至其處，有古寺，周垣〔校〕青本作墉。盡頹；叢竹內有茅屋半間，老尼綴衲〔何註〕綴，補綴。衲，僧衣也。其中。見〔校〕青本作睹。客至，漫不爲禮。宗揖之，尼始舉頭致問。因告姓氏，即白所求。〔馮評〕簡句。尼曰：「八十老瞽，與世睽絶，何處知佳人消息？」宗固求之。〔校〕青本下有氣益下三字。乃曰：「我實不知。有二三戚屬，來夕相過，或小女子輩識之，未可知。汝明夕可來。」宗乃出。次日再至，則尼他出，敗扉扃焉。伺之既久，更漏已催，明月高揭，〔校〕青本下有夜烏悲啼，恇懼無所復之十字。徘徊無計，〔校〕青本作方徘徊際。遙見二三女郎自外入，則嫦娥在焉。〔馮評〕忽又隨風飄至。宗喜極，突起，急攬其袪。〔何註〕攬袪，捉其襟也。嫦娥曰：「莽郎君！嚇煞妾矣！可恨顛當饒舌，乃教情欲纏人。」宗曳坐，執手款曲，歷訴艱難，不覺惻楚。女曰：「實相告：妾實姮娥被謫，浮沉俗間，其限已滿；託爲寇劫，所以絶君望耳。尼亦王母守府者，妾初譴時，蒙其收卹，故暇時常一臨存。君如釋妄，當爲代致顛當。」〔馮評〕東澗水流西澗水，南山雲起北山雲，文字串插之妙，總摸捉不定。宗不聽，垂首隕涕。女遥顧曰：「姊妹輩來矣。」宗方四顧，而嫦娥已杳。宗大哭失聲，不欲復活，因解帶自縊。恍惚覺魂已出舍，悵悵靡適。俄見嫦娥來，捉而提之，足離於地；入寺，取樹上尸推擠之，唤曰：「癡郎，癡郎！嫦娥在此。」忽若夢醒。少定，女恚曰：「顛當賤婢！害妾而殺郎君，我不能恕之也！」下山賃輿而歸。既命家人治裝，乃返身出西城，詣謝顛當；至則舍宇全非，愕歎而返。竊幸嫦娥不知。入門，嫦娥迎笑曰：「君見顛當耶？」宗愕然不能答。女曰：「君背嫦娥，烏得顛當？〔但評〕處處用連環訣，此處却用明點。請坐待之，當自至。」未幾，顛當果至，〔馮評〕忽又至。倉皇伏榻下。嫦娥疊指彈之，曰：「小鬼頭陷人不淺！」〔校〕青本下有哉字。顛當叩頭，但求賒死。〔何註〕賒死，遲緩也，猶貸死也。易，中孚：君子以議獄緩死。亦此意。嫦娥曰：「推人坑中，而欲脱身天外耶？廣寒十一姑不日下嫁，〔何評〕嫁誰？須繡枕百幅、履百雙，可從我去，相共操作。」顛當恭白：「但求分工，按時齎送。」女不許，謂宗曰：「君若緩頰，即便放卻。」顛當目宗，宗笑不語。〔馮評〕扮演得妙。顛當目怒之。〔但評〕情文相生，神采欲活。乃乞還告家人，許之，遂去。宗問其生平，乃知其西山狐也。買輿待之。次日，果來，遂俱歸。［校］青本下有或有問者，宗詭對之八字。然嫦娥重來，恒持重不輕諧笑。［馮評］又變。［但評］不得已乃來耳，悔且不及，敢蹈前轍乎。宗强使狎戲，惟密教顛當爲之。［但評］此則咎有所歸矣。顛當慧絶，工媚。嫦娥樂獨宿，每辭不當夕。一夜，漏三下，猶聞顛當房中，吃吃不絶。使婢竊聽之。婢還，不以告，但請夫人自往。伏窗窺之，［校］青本作一窺。則見顛當凝妝作己狀，宗擁抱，呼以嫦娥。女哂而退。未幾，顛當心暴痛，急披衣，曳宗詣嫦娥所，入門便伏。嫦娥曰：「我豈醫巫厭勝［呂註］前漢書，武帝紀：皇后陳氏以祠祭厭勝。注：后忌衛子夫得幸，乃祈神爲佑，以厭其勝己者。者？［校］青本下有也字，同本下有耶字。汝自欲捧心傚西子［呂註］莊子，天運篇：西子病心而矉其里；其里之醜者見而美之，歸亦捧心而矉其里。其里之富人見之，堅閉門而不出；貧人見之，挈妻子而去之走。彼知美矉，而不知矉之所以美。［何註］傚，效同。西子，西施也。矉與顰同。耳。」顛當頓首，但言知罪。女曰：「愈矣。」遂起，失笑而去。顛當私謂宗：「吾能使娘子學觀音。」［馮評］與前接。按圖學飛燕、太真，又變一番排場，妙不可言。宗不信，因戲相賭。嫦娥每趺坐，眸含若瞑。顛當悄以玉瓶插柳，置几上；自乃垂髮合掌，侍立其側，櫻唇［何註］白太傅詩：櫻桃樊素口。半啓，瓠犀［呂註］詩，衛風：齒如瓠犀。注：瓠犀，瓠中之子，方正潔白，而比整齊也。［何註］瓠犀，齒也。微露，睛不少瞬。宗笑之。嫦娥開目問之。［校］青本作開眸詰問。顛當曰：「我學龍女侍觀音［呂註］見西游記。耳。」嫦娥笑駡［校］青本作置。之，［但評］妙於語言，諂諛祕訣。顯者某公，嘗語僚屬曰：吾生平不喜人奉承。有對者曰：古來如中堂者有幾人！某公笑置之。亦此類也。罰使學童子拜。［呂註］見西游記。○［馮評］善材五十三參，缺一不可。顛當束髮，遂［校］青本無遂字。四面朝參之，伏地翻轉，逞諸變態，左右側折，襪能磨乎其［校］青本無其字。耳。嫦娥解頤，坐而蹴之。［何註］蹴之，踏之也。顛當仰首，口啣鳳鉤，微觸以齒。嫦娥方嬉笑間，忽覺媚情一縷，自足趾而上，直達心舍，意蕩思淫，若不自主。［馮評］不知能媚姜杞、伯姬否？［何評］可知。［但評］受媚而笑，已爲所動矣；速而逞其技，不奪其心不止也。人鬼關頭，争此幾希耳。乃急斂神，呵曰：「狐奴當死！不擇人而惑之耶？」［但評］狐媚惑人，亦人之自受其惑耳。顛當之者於意蕩思淫，不能自主時，急斂神而攝之，則彼且懼而退矣。顛當懼，釋口投地。嫦娥又厲責之，衆［校］青本下有都字。不解。嫦娥謂宗曰：「顛當狐性不改，適間幾爲［校］青本下有其字。所愚。若非夙根深者，墮落何難！」［校］青本下有矣字。自是見顛當，每嚴御之。顛當慚懼，告宗曰：「妾於娘子一肢一體，無不親愛；愛［校］青本無愛字。之極，不覺媚之甚。［何評］慧絶。［但評］見媚人之甚者，豈必其怨我、讐我，而乃惑我、愚我，而酖毒我，甘心我哉？其初亦只覺一肢一體，無不親之極、愛之極，遂乃媚之之術，惟恐不精，媚之之事，惟恐不聞，媚之之時，惟恐不密；卒之以彼愚癡，致我墮落，荒迷不悟，而傾覆及之。故處女子、小人，不願彼一時親我、愛我、媚我，但願彼終身畏我、服我、敬我。謂妾有異心，不惟不敢，亦［校］青本作抑。不忍。」［但評］然則媚人者不惟敢，抑且忍也，受之者何甘受其忍與敢乎？宗因以告嫦娥，嫦娥遇之如初。然以狎［校］青本作嬉。戲無節，數戒宗，不聽；［校］上二字，青本作宗不能聽。因而大小婢婦，競相狎戲。

一日，二人扶一婢，效作楊妃。二人以目會意，賺婢懈骨〔何註〕懈骨，謂故懈其骨，以作酣醉之態。作酣態，兩手遽釋；婢暴顛墀下，聲如傾堵。〔何註〕傾，倒也。堵，牆也。衆方大譁；近撫之，而妃子已作馬嵬薨〔吕註〕太真外傳：上幸巴蜀，妃從至馬嵬。六軍不解圍，上使力士賜妃死，乃縊於佛堂前梨樹下。〔何註〕馬嵬，驛名，楊妃死於此。矣。〔但評〕趣語天然。大〔校〕青本無大字。衆懼，急白主人。嫦娥驚曰：「禍作矣！我言如何哉！」〔但評〕言信而有徵。往驗之，不〔校〕青本不上有已字。可救。使人告〔校〕青本下有諸字。其父。父某甲，素無行，號奔而至，負尸入廳事，叫罵萬端。宗閉户惴恐，〔何註〕惴恐，惴，之瑞切，懼也。莫知所措。嫦娥自出責之，曰：「主即〔校〕青本作郎。虐婢至死，律無償法；且邂逅暴殂，焉知其不再甦？」甲譟言：「四支已冰，焉有生理！」嫦娥曰：「勿譁，縱不活，自有官在。」乃入廳事撫尸，而婢已蘇，隨手而起。嫦娥返身怒曰：「婢幸不死，賊奴何得無狀！可以草索縶送官府！」甲無詞，長跪哀免。嫦娥曰：〔校〕青本作言。「汝既知罪，姑〔校〕青本作暫。免究處。但〔校〕青本無但字。小人無賴，反復何常，留汝女終爲禍胎，宜即將去。原價如干數，〔校〕上三字，青本作若干。當速措置來。」〔校〕上三字，青本作爲措置。遣人押出，俾浼二三村老，券証署尾。已，乃喚婢至前，使甲自問之：「無恙乎？」答曰：〔校〕青本作云。「無恙。」乃付之去。〔校〕青本作而後付之以去。已，遂召〔校〕青本作乃集。諸婢，數責徧扑。又呼顛當，爲之厲禁。〔吕註〕周禮，地官：山虞掌山林之政令，物爲之厲，而爲之守禁。注：厲，遮列也，謂別其地以限之，命其人以守之，設其法以禁之也。謂宗曰：「今而知爲人上者，一笑嚬亦不可輕。謔端開之自妾，而流弊遂不可止。［但評］爲上者即一無所好，猶恐下之易即於慆淫，況自我開之，其流弊尚可問乎。凡哀者屬陰，樂者屬陽；陽極陰生，［但評］陽極陰生四字，有國家者當奉爲座右箴。○陽極陰生，此理千古不易。凡爲人上者，當敬聽之，以防傾覆之漸；而諂諛獻媚者，亦當奉爲提耳之命，而力求拔脱也。此循環之定數。婢子之禍，是鬼神告之以漸也。荒迷不悟，則傾覆及之矣。」［馮評］時出理語，如友朋聚處終日，數語詼諧，不可不終以莊言正論，否則與市儈何異？宗敬聽之。顛當泣求拔脱。嫦娥乃掐其耳；逾刻釋手，顛當憮然爲間，忽若夢醒，據地自投，歡喜欲［校］青本作歌。舞。由此閨閣清肅，無敢譁者。婢至其家，無疾暴死。甲以贖金莫償，浼村老代求憐恕，許之。又以服役之情，施以材木而去。宗常患無子。嫦娥腹中忽聞兒啼，遂以刃破左脅出之，［何註］破脅出子，不徒仙人。老彭母有娠，剖其左脅而三人出焉，剖其右脅而三人出焉。果男；無何，復有身，又破右脅而出一女。男酷類父，女酷類母，皆論昏於世家。

異史氏曰：「陽極陰生，至言哉！然室有仙人，幸能極我之樂，消我之災，長我之生，而不我之死。是鄉樂，老焉可矣，而仙人顧憂之耶？天運循環之數，理固宜然；而世之長困而不［校］青本下有一字。亨者，又何以爲解哉？昔宋人有求仙不得者，每曰：『作一日仙人，而死亦無憾。』我不復能笑之也。」

［何評］宗子美實心孩子耳，仙狐並愛之，乃知輕脱者固仙人所必棄也。〇嫦娥謫滿，猶在人間，未免有情，神仙仍復爾爾。

［但評］惟仙多情，亦惟仙能制情；惟仙真樂，亦惟仙不極樂：此則文之梗概也。獨怪嫦娥之於宗也，嫗將奇貨居之，宗亦置之而他有所要，此時不去，而付金自贖，不可謂情之不篤也。而且舞效飛燕，醉學楊妃，千古美人，萃之牀榻；乃突然託之寇劫，闃然徑去。自以情欲纏人，而欲人之不纏之也，得乎？倘謂謫限已滿，不可再留，何以消息潛通，遭逢湊巧，癡郎魂返，遂與同歸？豈小鬼頭果能推人坑中，欲出此而無術哉？況浮沈俗間，更生子女，則限滿難留之謂何也？毋亦循環之定數本不可逃，而鑑及於陽極陰生，恐致墮落，欲以顛當自代，而脱身天外耶？至顛當饒舌，幾殺癡郎，萬不得已而偕婦，夫而後以禮制情，安心作室家計耳。若夫顛當，則尤有可異者：於嫦娥之未來，則踰垣就之；約之以嫁娶，則託兄辭之；至告之以嫦娥之言，則又深然之而切勸之。謂其有所畏於嫦娥固已。顧何以佩囊一摘，既變色絶負心郎；而荏苒三四年，又忽垢面敝衣而試之，又忽袿衣鮮明而告之？且已止宿其家矣，所云俗累不能從者何爲？示蹤跡以求嫦娥者又何爲？豈真推人坑中，而欲脱身天外耶？不然，何以向人饒舌，而又舍宇全非耶？非顛當烏得嫦娥，背嫦娥烏得顛當？顛當目宗，宗笑不語，意若曰：「綈袍之意猶存，請至敝廬，宜必得當以報矣。」既密教爲狎戲，則狐媚之惑，我實啓之，豈捧心效顰，遂足以

懲之而使改哉？馬嵬禍作，輪臺悔前，賴夙根之堅深，毋至荒迷，幸免傾覆；不特開端罪己，流弊不生，抑且掐耳悟心，當時拔脱。即前此之愛我、親我，不覺媚我，而不敢惑我，不忍愚我者，今且化而敬我、畏我，據地自投，歡喜鼓舞，由此閨閣清肅，無敢譁矣，又焉有媚我之人在其中哉？然吾謂仙人畢竟差聖賢一著：聖賢化人以德，節人以禮，立禁於先事，防患於未然。閑有家而悔亡，假有家而勿恤，毋嘻嘻而失節，自無无妄之災矣。觀其爲人上者，一笑嚬亦不可輕之言，至禍作而鬼神告之以漸，始恍然悟曰：今而知……抑何見事之晚也！

鞠[校]青本作鞫。藥如

鞠藥如，青州人。妻死，棄家而去。後數年，道服荷蒲團至。經宿欲去，戚族强留其衣杖。鞠託閒步至村外，室中服具，皆冉冉飛出，隨之而去。[但評]服杖皆作冉冉飛，其人焉能留。

褚生

順天陳孝廉，十六七歲時，嘗從塾師讀於僧寺，徒［校］青本徒上有寺字。侶甚繁。內有褚生，自言山東［校］青本作東山。人，攻苦講求，略不暇息；且寄宿齋中，未嘗一見其歸。陳與最善，因詰之。答曰：「僕家貧，辦束金不易，即不能惜寸陰，［呂註］淮南子：聖人不貴尺之璧，而重寸之陰；時難得而易失也。而加以夜半，則我之二日，可當人三日。」［馮評］夜者日之餘，古之績婦一月得四十五日，課功勤也。世之昏惰者方且俾晝作夜，便活一百年，只算得五十歲。［但評］有志者不當如是耶。○一月得四十五日，婦工且然，況爲學者。陳感其言，欲攜榻來與共寢。褚止之曰：「且勿，且勿！我視先生，學［校］青本無學字。非吾師也。阜城［校］城疑應作成。門有呂先生，年雖耄，可師，請與俱遷之。」——蓋都中設帳者多以月計，月終束金完，任其留止。於是兩生同詣呂。呂，越之宿儒，［何註］宿儒，宿與夙通。老師宿儒，宿猶宿將之宿。落魄不能歸，因授童蒙，實非其志也。得兩生甚喜；

而褚又甚〔校〕青本作最。惠，過目輒了，〔何評〕慧而能。故尤器重之。兩人情好款密，晝同几，夜亦共榻。月既終，褚忽假歸，十餘日不復至。共疑之。一日，陳以故至天寧寺，遇褚廊下，劈檾淬硫，作火具焉。〔呂註〕西湖游覽志餘，委巷叢談：杭人削木爲小片，其薄如紙，用硫黄塗其鋭，遇火即燄，名曰發燭，亦曰焠兒。清異録所謂引光奴者，即此物也。○按：近吾鄉多火具，皆塗硫黄爲之。〔何註〕檾音頃。爾雅：木名。硫，硫黄也。劈析其檾而淬硫於其端，輟耕録所謂引光奴也。俗名取鐙。見陳，忸怩不〔校〕青本下有自字。安。陳問：「何遽廢讀？」褚握手請間，戚然曰：「貧〔校〕青本貧上有家字。無以遺先生，必半月販，始能一月讀。」〔但評〕貧不廢讀，奈何人不如鬼。○半月販以供一月讀，負薪掛角，古人所以至今傳也。能讀而不讀，是爲無福。陳感慨良久，曰：「但往讀，自合極力。」〔校〕青本下有代籌二字。命從人收其業，〔校〕上六字，青本作褚感其言。同歸塾。戒陳勿洩，但託故以告先生。陳父固肆賈，居物致富，陳輒竊父金，代褚遺師。父以亡金責陳，陳實告之。父以爲癡，遂使廢學。〔何評〕吝骨。〔但評〕凡賈之所爲，皆絶慧事，以子爲癡也固宜，使之廢學也尤宜。褚大慚，別師欲去。呂知其故，讓之曰：「子既貧，胡不早告？」乃悉以金返陳父，〔但評〕青蚨飛去復來，陳父大利市。止褚讀如故，與共饔飧，若子焉。〔馮評〕好先生。〔但評〕伏筆無痕。陳雖不入館，每〔校〕青本每上有然字。邀褚過酒家飲。褚固以避嫌不往；而陳要之彌堅，往往泣下，褚不忍絶，遂與往來無間。逾二年，陳父死，復求受業。呂感其誠，納之；而廢學既久，較褚懸絶矣。居半年，呂長子自越來，丐食尋父。門人輩斂金助裝，褚惟灑涕依戀而已。[但評] 灑涕依戀，緣結再生。呂臨別，囑陳師事褚。陳從之，館褚於家。[馮評] 好弟子。未幾，入邑庠，以[校] 青本以上有即字。「遺才」應試。陳慮不能終幅，褚請代之。至期，褚偕一人來，云是表兄劉天若，囑陳暫從去。陳方出，褚忽自後曳之，身欲踣，劉急挽之而去。[但評] 最難措詞處，而出之全無痕跡。覽眺一過，相攜宿於其家。家無婦女，即館客於內舍。居數日，忽已中秋。劉曰：「今日李皇親園中，游人甚夥，當往一豁積悶，相便送君歸。」使人荷茶鼎、酒具而往。但見水肆梅亭，喧啾[何註] 喧，大語也。啾音酋，小聲也。言喧聒莫辨也。不得入。過水關，則老柳之下，横一畫橈，相將登舟。[但評] 矮屋中有人代勞，而乃肆覽眺涉園亭，盪畫橈，聆豔曲，不費一紙一筆，竟掇天香。其父有知，恨不當日力成其癡，借博封誥。酒數行，苦寂。劉顧僮曰：「梅花館近有新姬，不知在家否？」僮去少時，與姬俱至，蓋勾欄李遏雲也。李，都中名妓，工詩善歌，陳曾與友人[校] 青本下有一字。飲其家，故識之。相見，略道[校] 青本作致。温涼。姬戚戚有憂容。劉命之歌，爲歌「蒿里」。[呂註] 古今注：薤露、蒿里，並喪歌也，出田横門人。横自殺，門人傷之，爲之悲歌，言人命如薤上之露，易晞滅也；亦謂人死魂魄歸乎蒿里。其一章曰：薤上朝露何時晞？露晞明朝更復滋。人死一去何時歸？其二章曰：蒿里誰家地？聚斂魂魄無賢愚。鬼伯一何相催促，人命不得少踟躕。至孝武帝時，李延年乃分爲二曲：薤露送王公貴人，蒿里送士大夫庶人。使挽柩者歌之，世呼爲挽歌。陳不悦，曰：「主客即不當卿意，何至對生人歌死曲？」姬起謝，[校] 青本無謝字。强顔歡[校] 青本作爲。笑，乃歌豔曲。陳喜，捉腕曰：「卿向日『浣溪紗』讀之數過，今並忘之。」姬吟曰：「淚眼盈盈對鏡臺，開簾忽見小姑來，低頭轉側看弓鞋。强解緑蛾［何註］蛾，蛾眉也。緑，黛色也。開笑面，［校］青本作靨。○［何註］靨，頰輔也。頻將紅袖拭香腮，小心猶恐被人猜。」［但評］可泣可歌，如畫如話，以死鬼而歌豔曲，亦是淡處求濃，枯處求榮法。陳反覆［校］青本作復。數四。已而泊舟，過長廊，見壁上題詠甚多，即命筆記詞其上。日已薄暮，劉曰：「闈中人將出矣。」遂送陳歸。入門，即別去。陳見室暗無人，俄延［何註］俄延，言頃刻遲延也。間，褚已入門；［校］青本作褚生已入。細審之，卻非褚生。［但評］冒名假替，此爲聖手。方［校］青本下有自驚二字。疑，客遽近身而仆。［但評］妙筆妙想，天衣無縫。家人曰：「公子憊矣！」共扶拽［校］青本作曳。之。轉覺仆者非他，即己也。［但評］是他非他，是己非己；非他即己，即己是他；是二是一，是一是二。佛説所謂有我者，即非有我；而凡夫之人，以爲有我。既起，見褚生在旁，惚［校］青本作恍。惚若夢。屏人［何註］屏人，屏去聲，言屏退旁人也。而研究之。褚曰：「告之勿驚：我實鬼也。久當投生，所以因循於此者，高誼所不能忘，故附君體，以代捉刀；［呂註］世説：魏武帝將見匈奴使，自以形陋不足以雄遠國，使崔琰代，而自捉刀立牀頭。既見畢，令間諜問曰：魏王何如？匈奴使答曰：魏王雅望非常；然牀頭捉刀人，此乃英雄也。魏武聞之，追殺此使。○［但評］報友之誠，不圖得之於鬼。三場畢，此願了矣。」陳復求赴春闈。曰：「君先世福薄，慳吝［呂註］原化記：賀知章謁賣藥者，問黃白術，遺一大珠。老人以珠易餅與賀。賀心念：賣珠何以易餅？老人曰：慳吝未除，術何由成。［何註］慳吝，慳，苦閑切，亦悋也。李白詩：披豁露天慳。朱熹詩：倒盡詩囊未許慳。之骨，誥贈所不堪也。」［但評］慳吝之骨，不堪誥贈，其言信而有徵。問：「將何適？」曰：「呂先生與僕有父子之分，繫念常不能置。表兄爲冥司典簿，求白地府主者，或當有説。」〔但評〕不曰有父子之緣，而曰有父子之分。分者，就其所感之情而言也。然有情則有分，有分而緣已在其中，故繫念常不能置，白之地府主者，而其謀果成。遂别而去。陳異之。天明，訪李姬，將問以〔校〕青本作以問。泛舟之事；則姬死數日矣。又至皇親園，見題句猶存，而淡墨依稀，若將磨滅。始悟題者爲魂，作者爲鬼。至夕，褚喜而至，曰：「所謀幸成，敬與君别。」遂伸兩掌，命陳書褚字於上以誌之。陳將置酒爲餞，摇首〔校〕青本作手。曰：「勿須。君如〔校〕青本作若。不忘舊好，放榜後，勿憚修阻。」陳揮涕送之。見一人伺候於門；褚方依依，其人以手按其頂，隨手而匾，掬入囊，負之而去。過數日，陳果捷。於是治裝如越。吕妻斷育幾〔校〕青本無幾字。十年，五旬餘，忽生一子，兩手握固不可開。陳至，請相見。〔校〕青本作見兒。便謂掌中當有文曰「褚」。吕不深信。兒見陳，十指自開，視之果然。驚問其故，具告之。共相歡〔校〕青本作歎。異。陳厚貽之，乃返。後吕以歲貢，廷試入都，舍於陳；則兒十三歲，入〔校〕青本入上有已字。泮矣。

異史氏曰：「吕老教門人，而不知〔校〕青本下有即字。自教其子。嗚呼！作善於人，而降祥於己，一間也哉！褚生者，未以身報師，先〔校〕青本先上有而字。以魂報友，其志其行，可貫日月，豈以其鬼故奇之與！」

［何評］鬼仍須讀。陳之於褚，前既友之，後復師之，意亦詩書有緣耳。德無不報，褚之于吕，分則師徒，情猶父子，豈以死生爲間哉！

盜户

順治間，滕、嶧之區，十人而七盜，官不敢捕。後受撫，邑宰別之爲「盜户」。凡值與良民爭，則曲意左袒之，蓋恐其復叛也。後訟者輒冒稱盜户，而怨家則力攻其僞；每兩造具陳，曲直且置不辨，而先以盜之真僞，反復相苦，［校］青本作訐。煩有司稽籍焉。適官署多狐，宰有女爲所惑，聘術士來，符捉入瓶，將熾以火。狐在瓶内大呼曰：「我盜户也！」聞者無不匿笑。［但評］別爲盜户而左袒之，至冒稱之，化且及於狐，宰之德政亦可觀矣。

異史氏曰：「今有明火劫人者，官不以爲盜而以爲姦；［但評］明火行劫，徒以規避處分，改案爲姦，於國爲壞法，於己爲喪德；處分即或倖免，吾不敢問其後矣。踰牆行淫者，每不自認姦而自認盜：世局又一變矣。設今日官署有狐，亦必大呼曰『吾盜』無疑也。」

章丘漕糧徭役，以及徵收火耗，小民常數倍於紳衿，故有田者爭求託焉。雖於國課［吕註］唐書，職官志：凡賦人之職有四：一曰租，二曰調，三曰役，四曰課。課，税也。無傷，而實於官橐有損。邑令鍾，牒請釐弊，得可。初使自首；既而奸民以此要上，數十年鬻去之產，皆誣託詭挂，以訟售主。令悉左袒之，故良懦多喪其產。有李生爲某甲所訟，同赴質審。甲呼之「秀才」；李厲聲争辨，不居秀才之名。喧不已。令詰左右，共指爲真秀才。令問：「何故不承？」李曰：「秀才且置高閣，［吕註］晉書，庾翼傳：京兆杜乂、陳郡殷浩，並才名冠世，而翼弗之重也，每語人曰：此輩宜束之高閣，俟天下太平，然後議其任耳。韓愈寄盧仝詩：春秋三傳束高閣，獨抱遺經究終始。［何註］束閣，蕭何造天禄閣以藏祕書。注：閣，載也。待争地後，再作之未［校］青本作不。晚也。」［但評］憤激之談，聞之咄咄稱怪。噫！以盜之名，則争冒之；秀才之名，則争辭之：變異矣哉！有人投匿名狀云：「告狀人原壤，爲抗法吞產事：身以年老不能當差，有負郭田五十畝，［吕註］家語：顔子有負郭之田五十畝。於隱公元年，暫挂惡衿顔淵名下。今功令森嚴，理合自首。詎惡久假不歸，霸爲己有。身往理説，被伊師率惡黨七十二人，毒杖交加，傷殘脛肢；又將身鎖置陋巷，日給簞食瓢飲，囚餓幾死。互鄉地証，叩乞革頂嚴究，俾血產歸主，上告。」此可以繼柳跖之告夷、齊［吕註］堅瓠集：明穆廟辰巳間，海公瑞爲直隸巡撫，意在勦巨室，而刁風四起。時有投匿名狀以諷海曰：告狀人柳跖，爲勢吞血產事：極惡伯夷、叔齊兄弟二人，倚父孤竹君歷代聲勢，發掘許由墳冢，被惡告發，又賄求嬖臣魯仲連得免。今某月日，挽出惡兄柳下惠捉某，箍禁孤竹水牢，日夜痛加炮烙極刑，逼獻首陽薇田三百餘畝，有契無交，崇侯虎見証。泣思武王至尊，尚被叩馬羞辱，何況區區螻蟻。激切上告。○薇讀肥。矣。［校］此據青本，抄本無此段。

某乙

［校］抄本有目無文，據青本補。

邑西某乙，故梁上君子也。其妻深以爲懼，屢勸止之；乙遂翻然自改。居二三年，貧窶不能自堪，思欲一作馮婦而後已。［但評］先作馮婦而扃其門。乃託貿易，就善卜者問何往之善。術者占曰：「東南吉，利小人，不利君子。」兆隱與心合，竊喜。遂南行，抵蘇、松間，日遊村郭，凡數月。偶入一寺，見牆隅堆石子二三枚，心知其異，亦以一石投之。［何評］識竅。徑趨龕後卧。日既暮，寺中聚語，似有十餘人。忽一人數石，訝其多，因共搜龕後，得乙，問：「投石者汝耶？」乙諾。詰里居、姓名，乙詭對之。乃授以兵，率與共去。至一巨第，出耎梯，争踰垣入。以乙遠至，逕不熟，俾伏牆外，司傳遞、守囊橐焉。少頃，擲一裹下；又少頃，縋一篋下。乙舉篋知有物，乃破篋，以手揣取，凡沉重物，悉納一囊，負之疾走，竟取道歸。由此建樓閣、買良田，爲子納粟。邑令扁其門曰

「善士」。［但評］曰善士，在有意無意之間。後大案發，羣寇悉獲；惟乙無名籍，莫可查詰，得免。事寢既久，乙醉後時自述之。

曹有大寇某，得重貲歸，肆然安寢。有二三小盜，踰垣入，捉之，索金。某不與；箠灼［何註］箠，打也。灼，燒也。並施，罄所有，乃去。某向人曰：「吾不知炮烙之苦如此！」遂深恨盜，投充馬捕，捕邑寇殆盡。獲曩寇，亦以所施者施之。

霍女

朱大興，彰德人。家富有而吝嗇已甚，［何評］二合。非兒女婚嫁，坐無賓、廚無肉。然佻達喜漁色，色所在，冗費不惜。［馮評］病根在此。［何評］淫吝二事，病根。［但評］幸有此一長，不然何以敗。每夜，踰垣過村，從蕩婦眠。一夜，遇少婦獨行，知爲亡者，强脅之，引與俱歸。燭之，美絶。自言「霍氏」。細致研詰。女不悦曰：「既加收齒，何必復盤察？如恐相累，不如早去。」朱不敢問，［但評］敢問其不敢，何也？留與寢處。顧女不能安粗糲，［何註］粗糲，糲音勵，米不精也。又厭見肉臛，［呂註］曹植七啓：臛江東之潛黿。注：臛，肉羹也。○按有菜曰羹，無菜曰臛。見楚辭注。［何註］臛，火酷切。必燕窩［呂註］周櫟園閩小紀：燕窩竟不別是何物，漳海邊已有之。蓋海燕所築，銜之飛渡海中，翮力倦，則置諸海面，浮之若杯，身坐其中；久之，復銜以飛。海風吹泊山澳，海人得之以貨，大奇，大奇！又見瓦釜漫記：余在漳南，詢之海上人，皆云：燕銜小魚，黏之於石，久而成窩。據前言，則當名燕舟；據海上人言，亦可名燕室矣。有烏、白、紅三色：烏色品最下，紅色最難得；白色能愈痰疾，紅色有益小兒痘疹。南人但呼曰燕窩，北人加菜字。○又王仲威暑窗臆說：燕窩名金絲。海商云：海際沙洲生蠶螺，臂有兩肋，堅潔而白；海燕啄食之，肉化而肋不化，並津液吐出，結爲小窩，銜飛渡海，倦則棲其上。海人依時得之以貨，紫色者尤佳。或雞心、魚肚白作羹湯，始能饜飽。朱無奈，竭力奉之。［但評］公無奈何，公將奈何！又善病，［校］青本下有自言二字。日須參湯一碗。朱初不肯。女呻吟垂絶，不得已，[但評]此不得已是真。投之，病若失。遂以爲常。女衣必錦繡，數日，即厭其故。[馮評]寫破其吝，逼真。如是月餘，計[校]計，青本作因用。費不貲，朱漸不供。女啜泣不食，求去。[校]上二字，青本作但求復去。朱懼，又委曲承順[校]青本作順承。之。[但評]却是真情。每苦悶，輒令十數日一招優伶[何註]優伶音憂零，梨園子弟也。爲戲；戲時，朱設凳簾外，抱兒坐觀之。女亦無喜容，[校]上四字，青本作以無客。數相誚罵，[但評]有綵無觴，真宜誚罵。朱亦不甚分解。居二年，家漸落。[但評]家雖中落，亦不過坐無賓、廚無肉耳，於彼何損焉。向女婉言，求少減；[校]青本作貶。○[何註]少貶，貶損也。女許之，用度皆損其半。久之，仍不給，女亦[校]亦，青本作不得已。○[但評]此不得已是假。以肉糜[何註]肉糜，糜音麋，粥也。晉惠帝時民飢，帝曰：何不食肉糜。相安；又漸而不珍亦御矣。朱竊喜。忽一夜，啓後扉[校]青本作闔。亡去。[但評]功成身退。朱怊悵若失；徧訪之，乃知在鄰村何氏家。何大姓，世胄也，豪縱好客，燈火達旦。忽有麗人，半夜入閨闥。[校]青本無闥字。詰之，則朱家之逃妾也。朱爲人，何素藐之；[何註]藐之，藐音眇，小也。又悅女美，竟[校]青本竟上有遂字。納焉。綢繆數日，益惑之，窮極奢欲，供奉一如朱。朱得耗，坐索之，何殊不爲意。朱質於官。官以其姓名來歷不明，[校]上二字，青本作都不分曉。○[但評]不敢問，如何分曉？置不理。朱貨産行賕，乃准拘質。女謂何曰：「妾在朱家，原[校]青本作亦。非采禮媒定者，胡畏之？」何喜，將與質成。[何註]質成，質正成平也。括地志：虞芮之君爭田而相與朝周。入其境，見耕者讓畔，行者讓路，乃相讓，以所爭地爲閒田而退。座客顧生諫曰：[校]上四字，青本作不可謂。「收納逋逃，已干國紀；況此女入門，日費無度，即千金之家，何能久也？」[何評]特識。何大悟，[但評]何之大悟，以其既不吝嗇，而邪亦未到十分，所以可救。罷訟，以女歸朱。過一二日，女又逃。有黃生者，故貧士，無偶。女叩扉入，自言所來。黃見豔麗忽投，驚懼不知所爲。黃素懷刑，[校]青本作黃懷刑自愛，見豔麗忽投，驚懼不知所爲。固卻之。女不去。應對間，嬌[校]青本作嬈。婉[何註]嬈婉，嬈音饒，嬈婉，妍美貌。婉音盌，美也。無那。黃心動，留之；而慮其不能安貧。女早起，躬操家苦，劬勞過舊室。黃爲人蘊藉瀟灑，工於內媚，因恨相得之[校]青本無之字。晚。止恐風聲漏[校]青本作露。洩，爲歡不久。而朱自訟後，家益貧；又度女終不能安，遂置不究。女從黃數歲，親愛甚篤。一日，忽欲歸寧，要黃御送之。黃曰：「向言無家，何前後之舛？」[何註]舛，謬也。曰：「曩漫言之。妾鎮江人。昔從蕩子，流落江湖，遂至於此。妾家[校]青本下有亦字。頗裕，君竭貲而往，必無相虧。」黃從其言，賃輿同去。至揚州境，泊舟江際。女適凭窗，有巨商子過，驚其豔，反舟綴之，而黃不知也。女忽曰：「君家綦[校]青本作甚。○[但評]此固服葠湯衣錦繡，而恒招優伶爲戲者，一到秀才家，便能安貧，躬操勞苦，到底秀才便宜。貧，今有一療貧之法，［校］青本作方。不知能從否？」黄詰之。女曰：「妾相從數年，未能爲君育男女，亦一不了事。妾雖陋，幸未老耄，有能以千金相贈者，便鬻妾去，此中妻室、田廬皆備焉。此計如何？」［校］上二字，青本作何如也。黄失色，不知何故。［校］青本作因。女笑曰：「君勿急，天下固多佳人，誰肯以千金買妾者。其戲言於外，以覘其有無。賣不賣，固自在君耳。」黄不肯。［校］青本無上三字。女自與榜人婦言之，婦目黄，黄漫應焉。婦去無幾，返言：「鄰舟有商人子，願出八百。」黄故搖首［校］青本作手。以難之。未幾，復來，便言如命，即請過船交兑。黄微哂。女曰：「教渠姑待，我囑黄郎，即令去。」女謂黄曰：「妾日以千金之軀［呂註］鮑照詩：長袖紛紛徒競世，非我昔時千金軀。事君，今始知耶？」［校］青本作也。黄問：「以何詞遣之？」女曰：「請即往署券，［何註］署券，署，置也。去不去固自在我耳。」［但評］賣不賣固自在君，賣而不賣則在我；去不去固曰在我，去而不去仍在君。其實賣而不賣，去而不去，不在君亦不在我，在商人子也。何也？彼已反舟綴我矣，焉得不賣，又焉得賣，焉得不去，又焉得去。黄不可。女逼促之，黄不得已，詣焉。立刻兑付。黄令封誌之，曰：「遂以貧故，竟果如此，［校］青本無上四字。遽相割捨。倘室人必不肯從，仍以原金璧趙。」［呂註］史記，廉頗藺相如列傳：趙惠文王時，得楚和氏璧，秦昭王聞之，使人遺趙王書，願以十五城請易璧。趙王求人可使報秦者未得。宦者令繆賢曰：臣舍人藺相如可使。王召見。相如曰：臣願奉璧往，使城入趙而璧留秦，城不入，臣請完璧歸趙。趙王於是遣相如奉璧西入秦。相如度秦王決負約不償城，乃使其從者衣褐懷其璧從徑道亡，歸璧於趙。方運金至舟，女已［校］上二字，青本作則見女。

從榜人婦從船尾［校］青本下有已字。登商舟，［但評］去不去，固自在我耳。遥顧作別，並無悽戀。黄驚魂離舍，嗌［何註］嗌音益，咽也。不能言。俄商舟解纜，去如箭激。黄大號，欲追傍之。榜人不從，開舟南渡矣。瞬息達鎮江，運貲上岸。榜人急解舟去。黄守裝悶坐，無所適歸，望江水之滔滔，如萬鏑之叢體。方掩泣間，忽聞嬌聲呼「黄郎」。愕然四顧，則女已在前途。喜極，負裝從之。問：「卿何遽得來？」女笑曰：「再遲數刻，則君有疑心矣。」［但評］來不來，固自在我耳。黄乃疑其非常，固詰其情。女笑曰：「妾生平於吝者則破之，於邪者則誑之也。［但評］所行真快人心。然干卿何事，而必舍己身以破吝人，自數易其主也？○中間點醒，收束前文。若實與君謀，君必不肯，何處可致千金者？錯囊充牣，而合浦珠還，［但評］錯囊充牣，破之無傷；合浦珠還，證之太刻。君幸足矣，窮問何爲？」乃僱役荷囊，［校］青本作裝。相將俱去。至水門内，一宅南向，逕入。俄而翁媪男婦，紛出相迎，皆曰：「黄郎來也！」黄入參公姥。有兩少年，揖坐與語，是女兄弟，大郎、三郎也。筵間味無多品，玉柈四枚，方几已滿。雞蟹鵝魚，皆臠切爲箇。少年以巨椀行酒，談吐豪放。已而導入別院，俾夫婦同處。衾枕滑耎，而牀則以熟革代棕籐［校］青本作藤。焉。日有婢媪饋致三餐，女或時竟日不出。［校］青本作至。黄獨居［校］青本下有頗覺二字。悶苦，屢言歸，女固止之。一日，謂黄曰：「今爲君謀：請買一人，爲子嗣計。然買婢媵則價奢；當僞爲妾也兄者，使父與論昏，良家子不難致。」黄不可。女弗聽。有張貢士之女新寡，議聘金百緡，女强爲娶之。新婦小名阿美，頗〔校〕青本頗上有亦字。婉妙。女嫂呼之；黄瑟〔校〕青本作跼。踧不自安，而女殊坦坦。〔何註〕坦，灘上聲，寬平也。易，履：履道坦坦。他日，謂黄曰：「妾將與大姊至南海一省阿姨，月餘可返，請夫婦安居。」遂去。〔但評〕爲其未能育男女，而代爲論婚良家，情則厚矣，乃阿美入門，即託南海之遊，而自此絶跡。由前而論，何仇於朱而德於黄？由黄而言，似厚於始而恝於終。然而謂之曰良家子而百緡聘之，以嫂呼之，蓋早已計及於公私之分，先奉身以退，而得所以善置之。其用情周至如此。夫妻獨居一院，按時給飲食，〔校〕青本作食飲。亦甚隆備。然自入門後，曾無一人復至其室。每晨，阿美入覲媪，一兩言輒退。娣姒〔呂註〕娣姒音弟似。釋親：女子同出，先生爲姒，後生爲娣。又長婦謂稚婦爲娣婦，稚婦謂長婦爲姒婦。在旁，惟相視一笑。既流〔校〕青本作即留。連久坐，亦不款曲。黄見翁，亦如之。偶值諸郎聚語，黄至，既〔校〕青本作即。都寂然。黄疑悶莫可告語。阿美覺之，詰曰：「君既與諸郎伯仲，何以月來都如生客？」黄倉猝不能〔校〕青本下有致字。對，吃吃而言曰：「我十年於外，今始歸耳。」美又細審翁姑閥閲，及妯娌〔呂註〕方言：築娌，匹也。注：今關西兄弟婦相呼爲築娌。廣雅作妯娌。里居。黄大窘，不能復隱，底裏盡露。女泣曰：「妾家雖貧，無作賤媵者，無怪諸宛若鄙不齒數矣！」黄惶怖〔校〕青本下有失守二字。莫知籌計，惟長跪一聽女命。〔校〕青本作惟長跽而前，一一聽命。美收涕挽之，轉請所處。黃曰：「僕何敢他謀，計惟孑身自去耳。」女曰：「既嫁復歸，於情何忍？渠雖先從，私也；妾雖後至，公也。不如姑俟其歸，問彼既出此謀，將何以置妾也？」居數月，女竟不返。一夜，聞客舍喧飲。黃潛往窺之，見二客戎裝上坐：一人裹豹皮巾，凜若天神；東首一人，以虎頭革作兜牟，[呂註]書，說命：惟甲胄起戎。注：胄，兜鍪也。按：鍪，莫侯切，音謀，亦作牟。見魏略。[何註]兜牟，首鎧也。虎口啣額，鼻耳悉具焉。[馮評]敍此斷。於前後血脈無關。驚異而返，以告阿美，竟莫測霍父子何人。[但評]莫測其女，何能測其父兄。夫妻疑懼，謀欲僦寓他所，又恐生其猜度。黃曰：「實告卿：即南海人還，折證已定，僕亦不能家此也。今欲攜卿去，又恐尊大人別有異言。不如姑別，二年中當復至。卿能待，待之；如欲他適，[校]青本作如他適者。亦自任也。」阿美欲告父母而從之，黃不可。阿美流涕，要以信誓，乃別而歸。黃入辭翁姑。[校]青本作媼。時諸郎皆他出，翁挽留以待其歸，黃不聽而行。登舟淒然，形神喪失。至瓜州，[呂註]南畿志：瓜州鎮在江都縣。忽回首見片帆來，駛如飛；漸近，則船頭按劍而坐者，霍大郎也。遙謂曰：「君欲遄返，胡再不謀？遺夫人去，[但評]其兄稱爲夫人，可知出此謀時，已舉家計及之矣。二三年，誰[校]青本下有復字。能相待也？」言次，舟已逼近。阿美自舟中出，大郎挽登黃舟，跳身逕去。先是，阿美既歸，方向父母泣訴，忽大郎將輿登門，按劍相脅，逼女風走。一家懾息，莫敢遮問。女述其狀，黃不解何意，而得美良喜，開舟遂發。至家，出貲營業，頗稱富有。阿美常[校]青本無常字。懸念父母，欲黃一往探之；又恐以霍女來，嫡庶復有參差。居無何，張翁訪至，見屋宇修整，心頗慰。謂女曰：「汝出門後，遂詣霍家探問，見門户已扃，第主亦不之知，半年竟無消息。汝母日夜零涕，謂被奸人賺去，不知流離何所。今幸無恙耶？」黃實告以情，因相[校]青本無相字。猜爲神。後阿美生子，取名仙賜。[但評]以仙賜命名，不忘其所自也。束釧内金，仙又豈能忘情哉。至十餘歲，母遣詣鎮江，至揚州界，休於旅舍，[校]青本作店。從者皆出。有女子來，挽兒入他室，下簾，抱諸膝上，笑問何名。兒告之。問：「取名何義？」答云：「不知。」女曰：[校]青本作言。「歸問汝父當自知。」乃爲挽髻，自摘髻上花代簪之；出金釧束腕上。又以黃金内袖，曰：「將去買書讀。」兒問其誰，曰：「兒不知更有一母耶？歸告汝父：朱大興死無棺木，當助之，勿忘也。」[但評]知其死無棺木，而諄囑助之，猶是婦人之仁。老僕歸舍，失少主；尋至他室，聞與人語，窺之，則故主母。簾外微嗽，將有咨白。女推兒榻上，恍惚已杳。問之舍主，並無知者。數日，自鎮江歸，語黃，又出所贈。黃感歎不已。及詢朱，則死裁三日，露尸未葬，厚恤之。

異史氏曰：「女其仙耶？三易其主不爲貞；然爲吝者破其慳，爲淫者速其蕩，女非無心者也。然破之則不必其憐之矣，貪淫鄙吝之骨，溝壑何惜焉？」

［何評］其兄弟似俠，其二客似神；意此女直是狐耳。細閲前後自知。

［但評］只是「吝則破之，邪則誑之」兩語爲一篇主腦，而敍次描摹，皆極精緻。

司文郎

平陽王平子，赴試北闈，賃居報國寺。寺中有餘杭生先在，王以比屋居，〔校〕青本無居字。投刺焉。生不之答。〔但評〕禮尚往來，非爲此輩設者。朝夕遇之，多無狀。〔但評〕此等狂妄之人，今復不少。王怒其狂悖，交往遂絕。一日，有少年遊寺中，白服裙帽，望之傀〔何註〕傀音瑰，大貌。荀子，性惡：則傀然獨立天地之間而不畏。然。近與接談，言語諧妙。心愛敬之。展問邦族，云：「登州宋姓。」因命蒼頭設座，相對噱談。〔何註〕噱談，噱，其虐切。前漢書敘傳：談笑大噱。笑聲也。餘杭生適過，共起遜坐。生居然上座，更不撝挹。〔何註〕撝挹，謙遜也。撝音麾。易，謙：无不利撝謙。注：謂指撝皆謙也。挹與抑通。後漢書，光武紀：情存損挹，推而不居。○〔但評〕通者該上坐。卒然問宋：「爾亦入闈者耶？」〔何評〕活畫。〔但評〕通者該如此問人。答曰：〔校〕青本作云。「非也。駑駘之才，無志騰驤〔何註〕騰驤，潘岳籍田賦：龍馬騰驤。騰音滕，躍也。驤音襄，低昂也。六書故：馬行迅疾，首騰驤也。久矣。」又問：「何省？」宋告之。生曰：「竟不進取，足知高明。山左、右並無一字通者。一［但評］通者該目中無人。○狂悖之行，如見其人；狂悖之語，如聞其聲。宋曰：「北人固少通者，而［校］青本作然。不通者未必是小生；南人固多通者，然通者亦未必是足下。」［馮評］語鋒銳。［但評］無一字通者，此論偏通。言已，鼓掌；王和之，因而閧堂。生慚忿，軒眉攘腕而大言曰：「敢當前命題，一校文藝乎？」［但評］通者該如此輕躁。宋他顧而哂曰：「有何不敢！」［但評］不通者該如此從容。○語極從容、極尖刻。軒眉攘腕者怒不可遏，他顧而哂者行所無事。曰敢，曰有何不敢，神情一齊繪出。便趨［校］青本作趣。寓所，出經授王。王隨手一翻，指曰：「『闕黨童子將命。』」生起，求筆札。宋曳之曰：「口占可也。［何評］奇異。我破已成：『於賓客往來之地，而見一無所知之人焉。』」［但評］不通者此破偏通，而且大通。○快人快語，妙思妙舌，狂童不見幾，必至當場出醜。王捧腹大笑。生怒曰：「全不能文，徒事嫚［校］青本作謾。罵，何以爲人！」王力爲排難，請另命佳題。又翻曰：「『殷有三仁焉。』」宋立應曰：「三子者不同道，其趨一也。夫一者何也？曰：仁也。君子亦仁而已矣，何必同？」［馮評］此兩破承於他書見之，鶴灘先生故事。［但評］狂生宜嗤之曰：爾並不曾作得一字，何得爲通。生遂不作，起曰：「其爲人也小有才。」遂去。王以此益重宋。邀入寓室，款言移晷，盡出所作質宋。宋流覽絶疾，踰刻已盡百首。曰：「君亦沉深於此道者；然命筆時，無求必得之念，而尚有冀［何註］冀，巽通，期望也。倖得之心，即此，已落下乘。」［呂註］雲笈七籤：三洞合成三十六部尊經：第一洞真爲上乘，第二洞玄爲中乘，第三洞神爲下乘。又滄浪詩話：禪家乘有大小，宗有南北，道有邪正。學者須從最上乘，具正法眼，悟第一義。［何註］下乘，猶言下策。

周伯仁曰：阿奴火攻，出下乘矣。○［但評］文章妙篇，全度金針。○有求必得之念，則於此道不可問矣。而尚有冀倖得之心者，揣摩之未忘，時而逢迎，時而顧忌，安得不落下乘。佛經有大乘、最上乘。六祖云：法無三乘，人心自有等差。見聞轉誦是小乘，悟法解義是中乘，依法修行是大乘。萬法盡通，萬行俱備，一塵不染，離居法相，一無所得，名最上乘。文章一道，亦當思法大乘者，法最上乘者。遂取閱過者一一詮［何註］詮音銓，解喻也。陳書，傅縡傳：言爲心使，心受言詮。說。王大悅，師事之。使庖人以蔗糖［何註］蔗，甘蔗也。糖皆蔗漿所熬，故曰蔗糖。糖爲霜法，始於唐大曆中鄒和尚。作水角。宋啗而甘之，曰：「生平未解此味，煩異日更一作也。」由此相得甚懽。宋三五日輒一至，王必爲之設水角焉。餘杭生時一遇之，雖不甚傾談，而傲睨之氣頓減。［但評］挫其銳氣。一日，以窗藝示宋。宋見諸友圈贊已濃，目一過，推置案頭，不作一語。生疑其未閱，復請之。答已覽竟。生又疑其不解。宋曰：「有何難解？但不佳耳！」生曰：「一覽丹黃，何知不佳？」宋便誦其文，如夙讀者，且誦且訾。［何註］訾音子，毁也。禮，曲禮：不苟訾。生跼蹐汗流，不言［但評］愧且不遑，夫復何言。而去。移時，宋去，生入，堅請王作。王拒之。生强搜得，見文多圈點，笑曰：［校］青本作云。「此大似水角子！」［但評］輕薄語却通，且大通。王故樸訥，［何註］樸訥，質樸而訥於言也。靦然而已。次日，宋至，王具以告。宋怒曰：「我謂『南人不復反矣』，［呂註］三國志，蜀志，諸葛亮傳，裴松之注引漢晉春秋：亮在南中，所在戰捷。聞孟獲者，爲夷漢並所服，募生致之。既得，使觀於營陣之間，問曰：此軍何如？獲對曰：向者不知虛實，故敗；今蒙賜觀營陣，若祇如此，即定易勝耳。亮笑縱，使更戰。七縱七擒，而亮猶遣獲。獲止不去，曰：公天威也，南人不復反矣。［何註］不反，畏服也。○［但評］尚未七縱七擒，南人那得不復反。傖楚［呂註］晉陽秋：吳人罵楚人曰傖；傖，賤稱也。何敢乃爾！必當有以報之！」王力陳輕薄之戒以勸[校]青本作規。之，宋深感佩。既而場後，以文示宋，宋頗相許。偶與涉歷殿閣，見一瞽僧坐廊下，設藥賣醫。宋訝曰：「此奇人也！最能知文，不可不一請教。」[馮評]大司寇吳省欽督學蜀中，遇士苛。有人析其名姓嘲之曰：少目何須論文字，欠金不必問功名。額曰：口大如天。此以瞽者評文，真笑倒一切也。因命歸寓取文。遇餘杭生，遂與俱來。王呼師而參之。僧疑其問醫者，便詰症候。王具白請教之意。僧笑曰：「是誰多口？無目何以論文？」王請以耳代目。僧曰：「三作兩千餘言，誰耐久聽！不如焚之，我視以鼻可也。」[馮評]東坡曰：燒筆墨灰飲學者，可治昏惰，同此詼諧。[但評]視文以鼻，是無鼻界，而得無静三昧者；於道家則爲鼻觀。王從之。每焚一作，僧嗅而頷之曰：「君初法大家，雖未逼真，亦近似矣。我適受之以脾。」問：「可中否？」曰：「亦中得。」餘杭生未深信，先以古大家文燒試之。僧再嗅曰：「妙哉！此文我心受之矣，非歸、[呂註]有光。胡[呂註]友信。何解辦此！」生大駭，始焚己作。[但評]奇情奇想。僧曰：「適領一藝，未窺全豹，[呂註]晉書，王獻之傳：年數歲，觀門生摴蒱，曰：南風不競。門生曰：此郎亦管中窺豹，時見一斑。何忽另易一人來也？」生託言：「朋友之作，止彼一首；此乃小生作也。」僧嗅其餘灰，咳逆數聲，曰：「勿再投矣！格格而不能下，强受之以鬲；再焚，則作惡矣。」[但評]虐極，快極。〇受之以心者上也；受之以脾者次也；至受之以鬲，風斯下矣。學者先由其次以達於上，受之以耳，受之以目，受之以口。耳審之，目認之，口辨之，然後嗅之；嗅之得其真，乃心受之。慎勿妄受以鬲，致終身作惡逆症也。生慚而退。數日榜放，生竟領薦；王下第。宋與王走告僧。僧歎曰：「僕雖盲於目，而不盲於鼻；簾〔校〕青本作闈。中人並鼻盲矣。」〔但評〕怨而不怒，妙語解頤。俄餘杭生至，意氣發舒，〔但評〕該發舒。曰：「盲和尚，汝亦啖人水角耶？〔但評〕此語更通。今竟何如？」〔馮評〕昔張畏岩罵試官，旁一道者笑曰：相公文必不佳。怪問之。答曰：言爲心聲，必心平氣和。子滿口詈罵，氣傲心浮，安有佳文？我輩宜知此意。〔但評〕又竟何如。僧〔校〕青本下有笑字。曰：「我所論者文耳，不謀與君論命。〔但評〕簾外論文不論命，簾中論命不論文。君試尋諸試官之文，各取一首焚之，我便知孰爲爾師。」生與王並搜之，止得八九人。生曰：「如有舛錯，以何爲罰？」僧憤曰：「剜我盲瞳去！」〔但評〕前該笑，此時該憤矣。生焚之，每一首，都言非是；至第〔校〕青本無第字。六篇，忽向壁大嘔，下氣如雷。衆皆粲然。〔但評〕爲之師者，何以爲人。○向壁大嘔，下氣如雷，刺於鼻，棘於腹，膀胱不能容而自下部出，以此等作家充考試官，無惑乎其以金桙貯狗矢也。語固尖刻，然盲於鼻之人實亦有之。僧拭目向生曰：「此真汝師也！〔但評〕今竟何如。初不知而驟嗅之，刺於鼻，棘於腹，膀胱所不能容，直自下部出矣！」〔但評〕其文如此，焉得不盲於鼻。生大怒，去，曰：「明日自見，勿悔！勿悔！」〔但評〕明日不至，可羞可羞。越二三日，竟不至；視之，已移去矣。——乃知即某門生也。〔但評〕某之堂，當顏之曰逐臭。宋慰王曰：「凡吾輩讀書人，不當尤人，但當克己：〔馮評〕以上毒罵，此卻出以平恕之論。此公非一味尤人者。〔但評〕平心静氣，此爲最上乘。不尤人則德益弘，

〔但評〕德弘學進可到。能克己則學益進。當前蹶落，〔何註〕蹶落，猶寂落也。蹶字恐誤。固是數之不偶；〔但評〕大行不加窮居，不損分位，何止爲文。平心而論，文亦未便登峰，〔校〕青本作岸。〇〔何註〕登岸，猶言成功也。詩，大雅：誕先登於岸。其由此砥礪，〔何註〕砥礪音低例，磨石也，言學問日進也。天下自有不盲之人。」〔但評〕盲者其變，不盲者其常。〇不當尤人，但當克己一段，議論最爲持平，習舉子業者當奉爲玉律金科。王肅然起敬。又聞次年再行鄉試，遂不歸，止而受教。宋曰：「都中薪桂米珠，〔呂註〕戰國策：蘇秦南之楚，三日乃得見威王。談卒，辭而行。王曰：先生不遠千里而臨寡人，曾不肯留，願聞其説。對曰：楚國之食貴於玉，薪貴於桂，謁者難得見如鬼，王難得見如天帝；今令臣食玉炊桂，因鬼見帝，不亦難乎？〇蘇軾詩：北舡不到米如珠。勿憂資斧。舍後有窖鏹，可以發用。」即示之處。王謝曰：「昔竇、范貧而能廉，〔呂註〕金精戲竇儀事，見小説雜記，傳奇中亦有之。范文正讀書醴泉寺，日惟一粥；偶見窖銀，覆之而不取。後爲西帥，僧人求爲修寺，乃使發之。見章丘志。今某幸能自給，敢自污乎？」王一日醉眠，僕及庖人竊發之。王忽覺，聞舍後有聲；竊出，則金堆地上。情見事露，並相慴伏。方訶責間，見有金爵，類多鐫款，審視，皆大父字諱。——蓋王祖曾爲南部郎，入都寓此，暴病而卒，金其所遺也。〔校〕青本無也字。王乃喜，秤得金八百餘兩。明日告宋，且示之爵，欲與瓜分，固辭乃已。以百金往贈瞽僧，僧已去。積數月，敦習益苦。及試，宋曰：「此戰不捷，始真是命矣！」俄以犯規被黜。王尚無言；宋大哭，不能〔校〕青本下有自字。止。王反慰解之。宋曰：「僕爲造物所忌，困頓至於終身，今又累及良友。其命也夫！其命也夫！」［但評］運蹇而至累及朋友，奇聞之談。○困頓至死，而猶累及良朋，文字之厄，游魂含寃，可歎。王曰：「萬事固有數在。如先生乃無志進取，非命也。」宋拭淚曰：［但評］拭淚而言，先生自道也。故曰：知我者，其在青林黑塞間乎。「久欲有言，恐相驚怪：某非生人，乃飄泊之游魂也。少負才名，不得志於場屋。佯狂［何註］佯狂，佯音羊，徜徉戲蕩也。韓愈送李愿歸盤谷序：終吾生以徜徉。史記，宋微子世家：箕子乃被髮佯狂而爲奴。至都，冀得知我者，傳諸著作。甲申之年，竟罹於難，歲歲飄蓬。幸相知愛，故極力爲『他山』之攻，［呂註］詩，小雅：他山之石，可以攻玉。生平未酬之願，實欲借良朋一快之耳。［但評］借人快願，亦無聊之極思。今文字之厄若此，誰復能漠然哉！」王亦感泣。問：「何淹滯？」曰：［呂註］金剛經：轉輪聖王即是如來。解：義察人間善惡，照四天下，如輪之轉。○楞嚴經：從佛轉輪，妙堪遺囑。清涼禪師疏：輪有四義：一，圓滿；二，摧壞；三，鎮遏；四，不定。流演圓通，名之爲輪。自我之彼，故名爲轉。○翻譯名義：妙元云：轉輪聖王四鎮自在，俱舍云從人，壽無量歲乃至八萬歲。有轉輪，由輪旋轉應導，威伏一切。有四種金、銀、銅、鐵輪，領一、二、三、四洲。一，鐵輪王治一天下；二，銅輪王治二天下；三，銀輪王治三天下；四，金輪王統治四天下。慈恩云：金輪望風順化，銀輪遣使方降，銅輪震威乃服，鐵輪奮戈始定。「去年上帝有命，委宣聖及閻羅王核查劫鬼，上者備諸曹任用，餘者即俾轉輪。賤名已録，所未投到者，欲一見飛黃［呂註］符瑞圖：騰黃者，神馬也，一名乘黃，亦曰飛黃。○博物志：周穆王八駿，曰：赤驥、飛黃、白蟻、華騮、騄耳、騧騟、渠黃、盜驪。○韓愈詩：飛黃騰踏去。［何註］飛黃，韓愈詩：飛黃騰踏去，謂報捷也。之快耳，今請別矣。」王問：「所考何職？」曰：「梓潼府中缺一司文郎，［呂註］唐書，百官志：武德四年，改著作曹曰局，龍朔二年，改曰司文局。郎曰郎中，佐郎曰司文郎。暫令聾僮署篆，[但評]幸是暫署，不然無讀書種子矣。文運所以顛倒。萬一倖得此秩，當使聖教昌明。」明日，忻忻而至，曰：「願遂矣！宣聖命作『性道論』，[但評]司文本諸性道，探原之論。視之色喜，謂可司文。閻羅稽簿，欲以『口孽』見棄。宣聖爭之，乃得就。[但評]可危。某伏謝已。又[校]此據青本，抄本作及。呼近案下，囑云：『今以憐才，拔充清要；宜洗心供職，勿蹈前愆。』此可知冥中重德行更甚於文學也。[但評]瞽僧嗅文，文體釐正；聾僮司文，文運顛倒。不瞽不聾，有才有德，而反身受其厄；以之掌司文之秩，可知聖教昌明，德行更重於文學，先生自責語，即警世語。君必修行未至，但積善勿懈可耳。」[馮評]雖憤激中多刺譏，然重規疊矩，惕勵之論不少，可云是非不謬於聖人矣。[但評]窮原究委，至此不惟不論命，並不論文矣。王曰：「果爾，餘杭其德行何在？」曰：「不[校]青本不上有此即二字。知。要冥司賞罰，皆無少爽。即前日瞽僧，亦一鬼也，是前朝名家。以[校]青本無以字。生前拋棄字紙過多，罰作瞽。彼自欲醫人疾苦，以贖前愆，故託游廛肆耳。」王命置酒。宋曰：「無須；終歲之擾，盡此一刻，再爲我設水角足矣。」[但評]不怕狂生笑語。王悲愴不食。坐令自噉，頃刻，已過三盛。捧腹曰：「此餐可飽三日，吾以志君德耳。向所食，都在舍後，已成[校]青本作生。菌[呂註]唐韻：菌音窘。說文：地蕈也。莊子，逍遥遊：朝菌不知晦朔。矣。藏作藥餌，可益兒慧。」王問後會，曰：「既有官責，當引嫌也。」又問：「梓潼祠中，一相酹祝，可能達否？」曰：「此都無益。九天甚遠，但潔身力行，自有地司牒報，則某必與知之。」言已，作別而没。王視舍後，果生紫菌，采而藏之。旁有新土墳起，則水角宛然在焉。王歸，彌自刻厲。一夜，夢宋輿蓋而至，曰：「君向以小忿，誤殺一婢，削去禄籍；今篤行已折除矣。〔但評〕可見非人累我，亦非文章憎命。然命薄不足任仕進也。」是年，捷於鄉；明年，春闈又捷。〔校〕青本作勝。遂不復仕。生二子，其一絶鈍，啖以菌，遂大慧。後以故詣金陵，遇餘杭生於旅次，極道契闊，〔何註〕契闊，疏闊也。詩，邶風：死生契闊。深自降抑，〔但評〕舉人見進士，自然該降抑。然鬢毛斑〔何註〕毛斑，斑，駮文也。杜甫詩：更益鬢毛斑。○〔但評〕今竟何如。○曾幾何時，而居然上坐者鬢毛斑矣。然則餘杭生亦以老無能爲，而始深自降抑耳，究非從學問中得來之謙德也。矣。

異史氏曰：「餘杭生公然自詡，意其爲文，未必盡無可觀；而驕詐之意態顔色，遂使人頃刻不可復忍。天人之厭棄已久，故鬼神皆玩弄之。脱能增修厥德，則簾内之『刺鼻棘心』者，遇之正易，何所遭之僅也。」

〔何評〕文貴心受，今闈中輒言有目共賞，豈知瞽者固謂膀胱所不能容乎？但讀書人當克己而不尤人，此自確論；否則文未登岸而公然自詡，是又餘杭生之不若矣。

醜狐

穆生，長沙人。家清貧，冬無絮衣。一夕枯坐，有女子入，衣服炫麗而顏色〔校〕青本無上二字。黑醜。笑曰：「得毋寒乎？」生驚問之。曰：「我狐仙也。憐君枯寂，聊與共温冷榻耳。」生懼其狐，而〔校〕青本下有又字。厭其醜，大號。女以元寶置几上，曰：「若相諧好，以此相贈。」生悦而從之。牀無裀褥，〔馮評〕其人可知。女代以袍。將曉，起而囑曰：「所贈，可急市軟帛作卧具；餘者絮衣作饌，足矣。倘得永好，勿憂貧也。」遂去。生告妻，妻亦喜，即市帛爲之縫紉。〔校〕青本作紉縫。女夜至，見卧具〔校〕青本下有爲之二字。一新，喜曰：「君家娘子劬勞哉！」留〔校〕青本留上有遂字。金以酬之。從此至無虛夕。每去，必有所遺。年餘，屋廬修潔，內外皆衣文錦〔校〕青本無錦字。繡，居然素封。女賂遺漸少，生由此心厭之，聘術士至，畫符於門。女來，囓折而棄之。入指生曰：「背德負心，至君已極！然此奈何我！

〔校〕青本作我何。若相厭薄，我自去耳。但情義〔校〕青本作意。既絕，受於我者，須要償也！」忿然而去。生懼，告〔校〕青本告上有以字。術士。術士作壇，陳設未已，忽顛地下，血流滿頰；視之，割〔校〕青本割上有則字。去一耳。衆大懼，奔散；術士亦掩耳竄去。室中擲石如盆，門窗釜甑，無復全者。生伏牀下，蓄縮汗〔校〕青本作畏。聳。俄見女抱一物入，貓首猧〔何註〕猧音倭，犬也。元微之詩：嬌猧睡猶怒。尾，置牀前，嗾之曰：「嘻嘻！〔馮評〕嘻嘻咄咄，左氏句也，此用作嗾物聲，極肖。可嚼奸人足。」物即齕履，齒利於刃。生大懼，將屈藏之，四肢不能〔校〕青本下有少字。動。物嚼指，爽脆有聲。生痛極，哀祝。女曰：「所有金珠，盡出勿隱。」生應之。女曰：「呵呵！」物乃止。生不能起，但告以處。女自往搜括，〔校〕青本無括字。珠鈿衣服之外，止得二百餘金。女少之，又曰：「嘻嘻！」物復嚼。生哀鳴求恕。女限十日，償金六百。〔馮評〕想見李自成追比魏德藻等金帛，以箍箍之，物盡，魏亦死。生諾之，女乃抱物去。久之，家人漸聚，從牀下曳生出，足血淋漓，喪其二指。視室中，財物盡空，惟當年破被存焉。遂以覆生，令臥。又懼十日復來，乃貨婢鬻衣，〔校〕青本作産。以足〔校〕青本作盈。其數。至期，女果至；急付之，無言而去。自此遂絕。生足創，醫藥半年始愈，而家清貧如初矣。狐適近村于氏。于業農，家不中貲；三年間，援例納粟，夏屋連蔓，所衣華服，半生家物。生見之，亦不敢問。偶適野，遇女於途，長跪道左。女無言，但以素巾裹五六金，遥擲生，反身逕去。後于氏旦卒，女猶時至其家，家中金帛輒亡去。于子睹其來，拜參之，遥祝曰：「父即去世，兒輩皆若子，縱不撫卹，何忍坐令貧也？」[校]青本作耶。女去，遂不復至。

異史氏曰：「邪物之來，殺之亦壯；而既受其德，即[校]青本無即字。鬼物不可負也。[馮評]論極平允，令天下負心人無可借口。既貴而殺趙孟，則賢豪非之矣。夫人非其心之所好，即[校]青本作則。萬鍾何動焉。觀其見金色喜，其亦利之所在，喪身辱行而不惜者歟？傷哉貪人，卒取殘敗！」[校]青本作害。

[何評]此狐雖醜，擲金道左，猶無失其爲故；視穆之背德負心，相去遠矣。

[但評]明知其狐，而又厭其醜；乃見金而悅從之。鄙矣，卑矣！借以贍其身家，復因其賂遺不繼而遂驅之，毋乃愚而詐乎！獨不思以彼禦窮，而不念昔者，狐肯甘心詒肆，而僅撫躬自悼乎？嚼指有聲，此等奸人，只合付之貓猧耳。喪其二指，衹足抵二載衣食之資；貨婢鬻産，而猶是當年，適落得一場笑話耳。我之懷矣，自詒伊戚，其穆生之謂乎！

吕無病

洛陽孫公子，名麒，娶蔣太守［校］青本作史。女，甚相得。［但評］不重在敘其有前妻，只重在安頓甚相得三字，於此影照下文也。二十夭殂，悲不自勝。離家，居山中別業。適陰雨，晝卧，室無人。忽見複室簾下，露婦人足，［馮評］來得閃灼。疑而問之。有女子褰簾入，［校］青本作出。年約十八九，衣服樸潔，而微黑多麻，類貧家女。［馮評］偏不言美，文字善變。意必村中僦屋者，呵曰：「所須宜白家人，何得輕入！」女微笑曰：「妾非村中人，祖籍山東，吕姓。父文學士。妾小字無病。從父客遷，早離顧復。慕公子世家名士，願爲康成文婢。」［馮評］敍得簡潔。［吕註］世説：鄭康成家奴婢皆讀書。康成嘗使一婢，不稱旨，怒使人曳著泥中。須臾一婢來問曰：胡爲乎泥中？曰：薄言往愬，逢彼之怒。［何註］文婢，鄭康成家有文婢通詩經，如問胡爲乎泥中，答曰，薄言往愬，逢彼之怒是也。○［但評］慧心妙舌，已是可人，自不應以皮毛相之。況萬苦千辛，至死不變，以視勢家豔女，得失重輕，奚啻霄壤！勒貞珉而重之曰鬼妻，誰謂不宜。孫笑曰：「卿意良佳。然僕輩雜居，實所不便，容旋里後，當輿聘之。」女次且曰：「自揣陋劣，何敢遂望敵體？聊備案前驅使，當不至倒捧冊卷。」孫曰：「納婢亦須吉日。」乃指架上，使取通書〔吕註〕柳宗元先友記：周子著通書四十章。第四卷，——蓋試之也。女翻檢得之。先自涉覽，而後進之，笑曰：「今日河魁不曾在房。」〔吕註〕荆湖近事：李載仁性迂緩。妻閻氏，年甚少，與之異室。私約曰：有興則見。一夕，聞扣户聲。小豎報縣君欲見太監。戴仁遽取百忌曆燈下觀之，大驚曰：今夜河魁在房，不宜行事，傳語縣君謝別。閻氏慙怒而去。孫意少動，留匿室中。女閒居無事，爲之拂几整書，焚香拭鼎，滿室光潔，〔馮評〕昔曹公既殺楊德祖，内不自安，因命夫人通候其母，兼送奇貨若干，内開一物云：知心青衣二人。聖歎曰：異哉，世間豈真有此至寶耶！爲之忽忽者累月。此女近之。孫悦之。至夕，遣僕他宿。女俛眉承睫，殷勤臻至。命之寢，始持燭去。中夜睡醒，則牀頭似有卧人；以手探之，知爲女。捉而撼焉。女驚〔校〕青本下有寤字。起立榻下。孫曰：「何不别寢，牀頭豈汝卧處也？」〔校〕青本無也字。女曰：「妾善懼。」孫憐之，俾施枕牀内。忽聞氣息之來，清如蓮蕊，〔但評〕不有如蓮之清氣，幾幾乎交臂失之。此貌之誤人也。異之；呼與共枕，不覺心蕩；漸與同衾，大悦之。念避匿非策，又恐同歸招議。孫有母姨，近隔十餘門，謀令遁諸其家，而後再〔校〕青本作輿。致之。女稱善，便言：「阿姨，妾熟識之，無容先達，請即去。」孫送之，踰垣而去。孫母姨，寡媪也。凌晨啓户，女掩入。媪詰之。答云：「若甥遣問阿姨。公子欲歸，路賒乏騎，留奴暫寄此耳。」媪信之，遂止焉。孫歸，矯謂姨家有婢，欲相贈，遣人舁之而還，坐卧皆以從。久益嬖之，納爲妾。〔校〕妾，青本作小妻。○［呂註］前漢書，枚乘傳：乘在梁時，娶皐母爲小妻。世家論昏，皆勿許，殆有終焉之志。［但評］如果此志得行，豈不省却多少艱苦。女知之，苦勸令娶；乃娶於許，而終嬖愛無病。許甚賢，略不爭夕；無［校］青本無上有而字。病事許益恭：以此嫡庶偕好。許舉一子阿堅，無病愛抱如己出。兒甫三歲，輒離乳媪，從無病宿；許喚之，不去。［校］青本下有也字。無何，許病［校］青本下有尋字。卒。臨訣，囑孫曰：「無病最愛兒，即令子之可也；即正位焉亦可也。」［但評］無病之賢，許能知之；臨死囑言，區畫最當。惜孫惑於宗人之俗見，而不克終踐其言耳。既葬，孫將踐其言。告諸宗黨，僉［何註］僉，衆也。謂不可；［何評］俗見。女亦固辭，遂止。邑有王天官女，新寡，來求婚。［校］青本作姻。孫雅不欲娶，王再請之。媒道其美，宗族仰其勢，共慫恿之。［何評］俗情可哂。孫惑焉，又娶之。色果豔，而驕已甚，衣服器用，多厭嫌，輒加毀棄。孫以愛敬故，不忍有所拂。入門數月，擅寵專房，［呂註］晉書，后妃傳：胡貴嬪名芳，最蒙愛幸，殆有專房之寵。［何註］漢書，霍光傳：寵之專房。而無病至前，笑啼皆罪。時怒遷夫壻，數相鬩鬭。［校］青本作鬭鬩。○［何註］鬩從門，迄逆切，仄聲。詩，小雅：兄弟鬩于牆。鬭，狠也。孫患苦之，以故多獨宿。婦又怒。孫不能堪，託故之都，逃婦難也。［何評］可知。婦［校］青本下有又字。以遠遊咎無病。無病鞠躬屏氣，承望顏色；而婦終不快。［但評］以微黑多麻之人，猶爲房中眼中釘，至笑啼皆罪，以至遷怒鬭鬩。獨宿不是，遠遊又不是，孫固自取，難乎其爲鞠躬屏氣，承望顏色之人耳。夜使直宿牀下，兒奔與俱。每喚起給使，兒輒啼。婦厭罵之。無病急呼乳媪來抱之，不去；强之，益號。婦怒起，毒撻無算，[何評]可□。始從乳媪去。兒以是病悸，不食。婦禁無病不令見之。兒終日啼，婦叱媪，使棄諸地。[何評]惡極。兒氣竭聲嘶，呼而求飲；婦戒勿與。日既暮，無病窺婦不在，潛飲兒。兒見之，棄水捉衿，號咷[校]青本作噭啕。○[何註]噭啕音叫陶。公羊傳，昭二十五年：昭公於是噭然而哭。方言：嗁極無聲曰噭。楚謂之噭啕。又易，同人：先號咷而後笑。不止。婦聞之，意氣洶洶而出。兒聞聲輟涕，一躍遂絶。無病大哭。婦怒曰："賤婢醜態！豈以兒死脅我耶！[何評]惡極。無論孫家襁褓物；即殺王府世子，王天官女亦能任之！"[但評]瑣屑而出之，涕泣而道之。慕其美，仰其勢者，敬慎而聽之。無病乃抽[校]青本作屏。息忍涕，請爲葬具。婦不許，立命棄之。婦[校]青本下有既字。去，竊撫兒，四體猶温。隱語媪曰："可速將去，少待於野，我當繼至。其死也，共棄之；活也，共撫之。"[馮評]儼似程嬰、公孫杵臼。[但評]危急存亡之秋，而後知仁人志士。○忠臣義士，千古同悲。媪曰："諾。"無病入室，攜簪珥出，追及之。共視兒，已蘇。二人喜，謀趨别業，往依姨。媪慮其纖步爲累，無病乃先趨以俟[校]青本作竢。之，疾若飄風，媪力奔始能及。約二更許，兒病危，不復可前。遂斜行入村，至田叟家，倚門待曉，扣扉借室，出簪珥易貲，巫醫並致，[校]青本作至。病卒不瘳。女掩泣曰："媪好視兒，我往尋其父也。"媪方驚其謬妄，而女已杳矣。駭詫不已。是日，孫在都，方憩息牀上，女悄然入。孫驚起曰：「纔眠已入夢耶！」女握手哽咽，頓足不能出聲。久之久之，方失聲而言曰：「妾歷千辛萬苦，〔校〕此據青本，抄本無上二字。與兒逃於楊——」〔馮評〕半句縮住，妙甚，傳神之筆。句未終，縱聲大哭，倒地而滅。〔但評〕鞠躬盡瘁，死而後已。○纏綿悱惻，絶妙文心，從左氏得來。讀至此，爲之泣數行下。孫駭絶，猶疑爲夢。喚從人共視之，衣履宛然。大異不解。即刻趣裝，星馳而歸。既聞兒死妾遁，撫膺大悲。語侵婦，婦反脣相稽。孫忿，出白刃；婢嫗遮救，不得近，遥擲之。刀脊中額，額〔校〕兩額字，青本均作頰。破血流，披髮嘷叫〔何註〕嘷同號。司馬相如子虚賦：左烏號之雕弓。叫，半從丩不從斗。而出，將以奔告其家。孫捉還，杖撻無數，衣皆若縷，傷痛不可轉側。〔馮評〕出我惡氣，那知他王天官女！孫命舁諸房中護養之，將待其瘥而後出之。婦兄弟聞之，怒，率多騎登門；孫亦集健僕械禦之。兩相叫罵，竟日始散。王未快意，訟之。孫捍衛入城，自詣質審，訴婦惡狀。宰不能屈，送廣文懲戒以悦王。〔但評〕宰甚軟弱。廣文朱先生，世家子，剛正不阿。廉〔何註〕廉，察也。後漢書，魯恭傳：河南令袁安聞之，疑其不實，使仁恕掾肥，親往廉之。得情，怒曰：「堂上公以我爲天下之齷齪教官，勒索傷天害理之錢，以吮人癰痔者耶！此等乞丐相，我所不能！」〔馮評〕風骨稜稜，真好教官。竟不受命，〔但評〕教官不吮人癰痔，不作乞丐相，方不愧爲教官，何齷齪之有。此廣文不數數觀。孫公然歸。〔何評〕快。王無奈之，乃示意朋好，爲之調停，欲生〔校〕青本下有一字。謝過其家。孫不肯，十反不能決。［馮評］可稱有氣骨男子。婦創漸平，欲出之，又［校］青本又上有而字。恐王氏不受，因循而安之。妾亡子死，夙夜傷心，思得乳媼，一問［校］青本作悉。其情。因憶無病言「逃於楊」，近村有楊家疃，［何註］疃，湍上聲。詩，豳風：町疃鹿場。注：禽獸踐處也。疑其在是；往問之，並無知者。或言五十里外有楊谷，遣騎詣訊，果得之。［馮評］前往於楊句作兩層敍明。兒漸平復；［何評］接前。相見各喜，載與俱歸。兒望見父，嗷然大啼，孫亦淚下。婦聞兒尚存，盛氣奔出，將致誚罵。兒方啼，開目見婦，驚投父懷，若求藏匿。抱而視之，氣已絕矣。［但評］寫酷虐直到十二分，不遺餘力。急呼之，移時始［校］青本作方。甦。孫恚曰：「不知如何酷虐，遂使吾兒至此！」乃立離婚書，送婦歸。王果不受，又舁還孫。孫不得已，父子別居一院，不與婦通。乳媼乃備述無病情狀，孫始悟其爲鬼。感其義，葬其衣履，題碑曰：「鬼妻呂無病之墓。」［但評］碑誌奇而當。無何，婦產一男，交手於項而死之。孫益忿，復出婦；王又舁還之。孫乃［校］乃，青本作無所爲計。具狀控諸上臺，皆以天官故，置不理。後天官卒，［馮評］天官亦有死時耶？孫控不已，乃判令大歸。［何註］大歸，有故而歸，不復還也。左傳，莊二十七年：凡諸侯之女，歸寧曰來，出曰來歸，夫人歸寧曰如某，出曰歸于某。又詩，邶風，注：戴嬀于是大歸。孫由此不復娶，納婢焉。婦既歸，悍名譟甚，居三四年，無問名者。［馮評］有問名者，想不悔矣。前云王天官女新寡，則已再醮婦矣。婦頓悔，而已不可復挽。有孫家舊媼，適至其家。婦優待之，對之流涕；揣其情，似念故夫。媪歸告孫，孫笑置之。又年餘，婦母又卒，孤無所依，諸娣姒頗厭嫉之；婦益失所，日輒涕零。一貧士喪偶，兄議厚其奩妝而遣之，婦不肯。每陰託往來者致意孫，泣告以悔，孫不聽。〔校〕青本下有終置之三字。一日，婦率一婢，竊驢跨之，竟奔孫。〔但評〕不肯再醮，猶是有骨氣人。若天官之子豚犬耳，議厚其奩妝而遣之，此豈復有綱常廉恥乎？婦鑑於此，而竊驢以奔，是真能猛省回頭者。觀其自怨自艾，於法門爲懺悔，所謂放下屠刀，立地成佛。孫方自內出，迎跪階下，泣不可止。孫欲去之。婦牽衣復跪之。孫固辭曰：「如復相聚，常無間言則已耳；一朝有他，汝兄弟如虎狼，再求離逷，豈可復得！」婦曰：「妾竊奔而來，萬無還理。留則留之，否則死之！且〔校〕青本下有言字。妾自二十一歲從君，二十三歲被出，〔何評〕兩年遂已作惡如許。誠有十分惡，寧無一分情？」乃脫一腕釧，並兩足而束之，袖覆其上，曰：「此時香火之誓，君寧不憶之耶？」〔但評〕快絕語而參之以舊日恩情，是以懇款易入。孫乃熒眥欲淚，使人挽扶入室；而猶疑王氏詐諼，〔何註〕前漢書，息夫躬傳：虛造詐諼之策。欲得其兄弟一言爲證據。婦曰：「妾私出，何顏復求兄弟？如不相信，妾藏有死具在此，請斷指以自明。」遂於腰間〔校〕青本作中。出利刃，就牀邊伸左手一指斷之，〔但評〕此一指足以償無病之業。○婦之悍毒，不可多見；婦之悔悟，不可多得。血溢如湧。〔馮評〕前王天官女又係再醮，奇妒慘刻，吾欲手刃之久矣。聊齋真有回天手段，說悔真是悔，令鐵石人心亦爲轉移，豈非怪事。孫大駭，急爲束裹。婦容色痛變，而更不呻吟。笑曰：「妾今日黃粱之夢已醒，特借斗室爲出家計，何用相猜？」孫乃使子及妾另居一所，而己朝夕往來於兩間。又日求良藥醫指創，月餘尋愈。婦由此不茹葷酒，閉户誦佛而已。居久，見家政廢弛，〔何註〕廢弛，猶言不整肅也。弛音豕。謂孫曰：「妾此來，本欲置他事於不問；今見如此用度，恐子孫有餓莩者矣。無已，再覥顔一經紀之。」乃集婢媪，按日責其績織。〔但評〕如閉户誦佛，遂同彌陀磕睡，且置他事於不問，致使子孫爲餓莩，即令果證無上上等菩提，將普濟衆生，受安穩樂之誚何也？責績織而課勤惰，便是慈悲。家人以其自投也，慢之，〔校〕青本下有無人時三字。竊相誚訕，婦〔校〕青本婦上有而字。若不聞知。既而課工，惰者鞭撻不貸，衆始懼之。又垂簾課主計僕，綜理微密。孫乃大喜，使兒及妾皆朝見之。阿堅已九歲，婦〔校〕青本下有每字。加意温卹，朝入塾，常留甘餌以待其歸；兒亦漸親愛之。一日，兒以石投雀，婦適過，中顱而仆，踰刻不語。孫大怒，撻兒。婦蘇，力止之。且喜曰：「妾昔虐兒，心中每不自釋，今幸消一罪案矣。」〔馮評〕儼是兩人。〔但評〕婦之言，真是心中了澈，已到無我見、無人見、無衆生見、無壽者見分際，莫作尋常羞悔語看。孫益嬖愛之，婦每拒，使就妾宿。居數年，屢産屢殤，曰：「此昔日殺兒之報也。」〔馮評〕彌天大罪，當不得一悔字，悔到令人可憐，悔至令人欲泣。阿堅既娶，遂以外事委兒，内事委媳。一日曰：「妾某日當死。」孫不信。婦自理葬具，至日，更衣入棺而卒。顔色如生，異香滿室；既斂，香始漸滅。

異史氏曰：「心之所好，原不在妍媸也。毛嬙、［呂註］按：毛嬙，古美女；王嬙，漢元帝宮人。今混而一之，非矣。［何註］毛嬙，嬙音牆。嬪嬙，婦官也，殆亦古之美女而爲嬪嬙者。如王嬙，齊國王穰之女，爲漢元帝宮人，後遣嫁呼韓邪單于爲閼氏，號昭君。而呼爲王嬙，亦謂王曾備嬪嬙者也。西施，［呂註］人物考：西子姓施名夷光，美婦人也。居苧蘿山若耶溪之西，故曰西子。鬻薪浣紗，爲世絕色。焉知非自愛之者美之乎？然不遭悍妒，其賢不彰，幾令人與嗜痂者並笑矣。至錦屏［呂註］韓偓詩：錦屏金作屋，繡幰玉爲輪。之人，其夙根原厚，故豁然一悟，立證菩提；［呂註］字典：梵語菩提，華言正道也。若地獄道中，皆富貴而不經艱難者也。」［馮評］取楊萬石、江城兩篇合觀之，知處悍婦亦有道矣。

［何評］孫爲宗族所惑，守志不定，王天官女一娶，不免蛇足矣。卒致家亂如此，可以爲戒。

錢卜巫 [校]抄本有目無文，據青本補。

夏商，河間人。其父東陵，豪富侈汰，[何註]侈汰，汰音泰，太過也。每食包子，輒棄其角，狼籍滿地。人以其肥重，呼之「丢角太尉」。[何評]絶好名。暮年，家綦貧，日不給餐；兩肱瘦，垂革[何註]革，皮也。如囊，人又呼「募莊僧」，——謂其挂袋也。[但評]盈虚消息，天道之常，得失憂虞，人事所召，未有丢角太尉而不爲募莊僧者。以此相天下人，萬無一失。臨終謂商曰：「余生平暴殄天物，[何註]書，武成：暴殄天物。上干天怒，遂至凍餓以死。汝當惜福力行，以蓋父愆。」[但評]暴殄天物，致上干天怒，而凍餓以死，亦其宜也；乃以本身未盡之禍，貽累後人，縱不自爲謀，亦不爲子孫計乎？讀君子有穀詒子孫之詩，當及時自悟，努力生前，慎勿至將死哀鳴，徒以幹蠱蓋愆爲詒謀燕翼之良策也。商恪遵治命，誠樸無二，躬耕自給。鄉人咸愛敬之。富人某翁哀其貧，假以貲，使學負販，輒虧其母。愧無以償，請爲傭。翁不肯。商瞿[何註]瞿音衢，恐貌。然不自安，盡貨其田宅，往酬翁。翁詰得情，益憐之，强爲贖還舊業；又益貸以重金，俾作賈。商辭曰：「十數金尚不能償，奈何結來世驢馬債耶？」翁乃招他賈與偕。

數月而返，僅能不虧；翁不收其息，使復之。年餘，貸貲盈輦，歸至江，遭颶，舟幾覆，物半喪失。歸計所有，略可償主。遂語賈曰：「天之所貧，誰能救之？此皆我累君也！」乃稽簿付賈，奉身而退。翁再强之，必不可，躬耕如故。每自歎曰：「人生世上，皆有數年之享；何遂落魄如此？」會有外來巫，以錢卜，悉知人運數。敬詣之。巫，老嫗也。寓室精潔，中設神座，香氣常熏。商入朝拜訖，便索貲。商授百錢，巫盡內木筩中，執跪座下，搖響如祈籤狀。已而起，傾錢入手，而後於案上次第擺之。其法以字爲否，幕爲亨；數至五十八皆字，以後則盡幕矣。遂問：「庚甲幾何？」答：「二十八歲。」巫搖首曰：「早矣！官人現行者先人運，非本身運。五十八歲，方交本身運，始無盤錯〔呂註〕後漢書，虞詡傳：不遇盤根錯節，何以別利器乎？也。」問：「何謂先人運？」曰：「先人有善，其福未盡，則後人享之；先人有不善，其禍未盡，則後人亦受之。」〔馮評〕數兼理説易，所謂積善之家必有餘慶，積不善之家必有餘殃，兩餘字即所謂先人運。商屈指曰：「再三十年，齒已老耄，行就木矣。」巫曰：「五十八以前，便有五年回潤，略可營謀；然僅免寒餓耳。五十八之年，當有巨金自來，不須力求。官人生無過行，再世享之不盡也。」別巫而返，疑信半焉。然安貧自守，不敢妄求。後至五十三歲，留意驗之。時方東作，病痁〔何註〕痁音苫，瘧也。不能耕。既痊，天大旱，早禾盡枯。近秋方雨，家無別種，田數畝悉以種穀。既而又旱，蕎菽半死，惟穀無恙；後得雨勃發，其豐倍焉。〔馮評〕回潤。來春大饑，得以無餒。商以此信巫，從翁貸貲，小權子母，輒小獲；或勸作大賈，商不肯。迨五十七歲，偶葺牆垣，掘地得鐵釜；揭之，白氣如絮，懼不敢發。移時，氣盡，白鏹滿甕。夫妻共運之，秤計一千三百二十五兩。竊議巫術小舛。鄰人妻入商家，窺見之，歸告夫。夫忌焉，潛告邑宰。宰最貪，拘商索金。〔馮評〕作一小波折。妻欲隱其半。商曰：「非所宜得，留之賈禍。」盡獻之。宰得金，恐其漏匿，又追貯器，以金實之，滿焉，乃釋商。居無何，宰遷南昌同知。踰歲，商以懋遷〔呂註〕書，益稷：懋遷有無化居。注：懋，勉也；懋勉其民，使遷有於無，交易變化其居積之貨也。〔何註〕懋遷，猶貿易也。至南昌，則宰已死。妻子將歸，貨其粗重；有桐油如干簍，商以直賤，買之以歸。〔何評〕巧償。既抵家，器有滲漏，瀉注他器，則內有白金二鋌；徧探皆然。兑之，適得前掘鏹之數。〔但評〕如其數以償之，踰年之久，千里之外，毫釐不差，於商則寄之外府，於宰則爲人守財。商由此暴富，益贍貧窮，慷慨不吝。妻勸積遺子孫，商曰：「此即所以遺子孫也。」〔但評〕不惟能恪遵治命，且可垂爲治家格言。鄰人赤貧至爲丐，〔馮評〕又帶死。欲有所求，而心自愧。商聞而告之曰：「昔日事，乃我時數未至，故鬼神假子手以敗之，於汝何尤？」〔馮評〕見道語。〔但評〕對鄰人語乃從閱歷得之，非假惺惺者比。遂周給之。

鄰人感泣。後商壽八十，子孫承繼，數世不衰。

異史氏曰：「汰侈已甚，王侯不免，況庶人乎！生暴天物，死無飯含，[呂註]春秋説題解：口實曰含，象生時食也。天子以珠，諸侯以玉，大夫以璧，士以貝，庶人以飯。[何註]飯含，禮，檀弓：飯用米貝，弗忍虛也。注：實米與貝於口中也。可哀矣哉！幸而鳥死鳴哀，子能幹蠱，[呂註]易，蠱：幹父之蠱。[何註]易：幹父之蠱。謂：注前人已壞之緒，子能飭治而振起矣。窮敗七十年，卒以中興；不然，父孽累子，子復累孫，不至乞丐相傳不止矣。何物老巫，[何註]古人常説何物二字，猶今之謂甚麼也。如何物老嫗是也。遂宣天之祕？嗚呼！怪哉！」

[何評]巫論先人運，即左氏武子之德，免在桓子，欒黶之汰，怨及欒盈之旨。

[但評]此特以警天下之爲人父者耳。若就爲人子者而言：如有福方來，則當曰，此先人積善之所遺也，我何德焉；如其禍未已，則當曰，此我自作孽之所致也，先人何與焉。

姚安

[校]抄本有目無文，據青本補。

姚安，臨洮人，美丰標。同里宫姓，有女子字緑娥，豔而知書，擇偶不嫁。母語人曰：「門族風采，必如姚某始字之。」[何評]開釁。姚聞，紿妻窺井，擠墮之，[何評]狠極。[但評]以紿致報；且一紿再紿，愈紿愈奇，所謂自作孽，不可活也。遂娶緑娥。雅甚親愛。然以其美也，故疑之：閉户相守，步輒綴焉；女欲歸寧，則以兩肘支袍，覆翼以出，入輿封誌，[但評]已是活見鬼。而後馳隨其後，越宿，促與俱歸。女心不能善，忿曰：「若有桑中約，豈瑣瑣所能止耶！」姚以故他往，則扃女室中。女益厭之；俟其去，故以他鑰置門外以疑之。[但評]女亦是活見鬼。姚見大怒，問所自來。女憤言：「不知！」姚愈疑，伺察彌嚴。一日，自外至，潛聽久之，乃開鎖啓扉，惟恐其響，悄然掩入。見一男子貂冠卧牀上。[何評]孽報。忿怒，取刀奔入，力斬之。近視，則女晝眠畏寒，以貂覆面上。大駭，頓足自悔。宫翁忿質官。官收姚，褫衿苦械。姚破産，以具[校]同本作巨。金賂上下，得不死。由此精神迷惘，若有所失。〔但評〕二鬼偕來，褫其魄矣。適獨坐，見女與髯丈夫，狎褻榻上，〔但評〕人無釁焉，妖不自作。惡之，操刃而往，則没矣；反坐，又見之。怒甚，以刀擊榻，席褥斷裂。憤然執刃，近榻以伺之，見女立面前，視之而笑。〔但評〕彭生來見。遽砍之，立斷其首；既坐，女不移處，而笑如故。夜間滅燭，則聞淫溺之聲，褻不可言。日日如是，不復可忍，於是鬻其田宅，將卜居他所。至夜，偷兒穴壁入，劫金而去。自此貧無立錐，忿恚而死。〔但評〕故鬼報之以紿，使之自殺其妻而破其産矣；新鬼又復就其疑而紿，復使之日見狎褻之狀，夜聞淫溺之聲，而刻不可忍，忿恚而死，可謂請君入甕矣。里人藁葬之。

異史氏曰：「愛新而殺其舊，忍乎哉！人止知新鬼爲厲，而不知故鬼之奪其魄也。嗚呼！截指而適其屨，〔呂註〕三國志，魏志，明帝紀：截指適屨，刻肌傷骨。不亡何待！」

〔何評〕此事之報，與徐文長略相似。然徐則借官法以誣殺僧，姚以謀娶女而擠墮其妻，爲更忍矣。得恚忿死，猶是報之輕者。

〔但評〕殺妻圖娶，爲其美也；乃即以其美而疑之。支袍覆翼而後出，入輿封誌而後行，跬步弗離，行監坐守，豈人爲哉？鬼憑之矣！貂冠覆面，斬之於親愛之中，鬼即以其紿之之術而轉紿之，亦巧矣夫！

采薇翁

［校］抄本有目無文，據青本補。

明鼎革，干戈蠭起。［何註］蠭，蜂也。蠭起，言相聚而起也。漢書，項羽傳：楚蠭起之將，皆争附君。於陵劉芝生，［呂註］未詳。○劉孔和，字節之，長山人。明末聚衆萬人，越江南，依劉澤清。福王詔授總兵，未達而節之已以忤澤清見殺。事載王漁洋先生帶經堂文集。長山即古於陵，芝生或即節之之別號與？聚衆數萬，將南渡。忽一肥男子詣柵門，敞衣露腹，請見兵主。劉延入與語，大悦之。問其姓字，自號采薇翁。劉留參帷幄，贈以刀。翁言：「我自有利兵，無須矛戟。」問兵所在。翁乃捋衣露腹，臍大可容雞子；忍氣鼓之，忽臍中塞膚，嗤然突出劍跗；［何註］跗，足也。劍跗，謂劍之可把握處也。儀禮，士喪禮，注：跗，脚背也。借用字也，如丹鉛續録：花跗，花足也。束晳補忘詩：白華赤足。亦指花蒂言。握而抽之，白刃如霜。［馮評］胸中甲兵，寓言耳，乃實有之耶？劉大驚，問：「止此乎？」笑指腹曰：「此武庫也，何所不有。」命取弓矢，又如前狀，出雕弓一；略一閉息，則一矢飛墮，其出不窮。已而劍插臍中，既都不見。劉神之，與同寢處，敬禮甚備。時營中號令雖嚴，而烏合［呂註］干寶晉紀總論：新起之寇，烏合之衆，非吴、蜀之敵也。之羣，時出剽掠。［何註］剽音瓢，上聲，輕疾也。掠，虜掠也。翁曰：「兵貴紀律；今統數萬之衆，而不能鎮懾人心，此敗亡之道也。」［馮評］正論。劉喜之，於是糾察卒伍，有掠取婦女財物者，梟以示衆。軍中稍肅，而終不能絶。翁不時乘馬出，遨遊部伍之間，而軍中悍將驕卒，輒首自墮地，不知其何因。因共疑翁。前進嚴飭之策，兵士已畏惡之；至此益相憾怨。諸部領譖於劉曰：「采薇翁，妖術也。自古名將，止聞以智，不聞以術。浮雲、白雀之徒，［何註］浮雲白雀，劍俠傳：妙手空空兒能隱身浮雲，渾然無跡。酉陽雜俎：張天翁名堅字刺渴，漁陽人，嘗養一白雀。天劉翁欲殺之，白雀以報堅；堅盛設延天劉翁，乃竊駕劉翁白龍，振策登天。終致滅亡。今無辜將士，往往自失其首，人情洶懼；將軍與處，亦危道也，不如圖之。」［馮評］亦是正論。劉從其言，謀俟其寢，誅之。使覘翁，翁坦腹方臥，息如雷。衆大喜，以兵遶舍，兩人持刀入，斷其頭；及舉刀，頭已復合，息如故，大驚。又斫其腹；腹裂無血，其中戈矛森聚，盡露其穎。衆益駭，不敢近；遥撥以矟，［何註］矟，博雅：矛也。音朔。而鐵弩大發，射中數人。衆驚散，白劉。劉急詣之，已杳矣。［但評］胸中武庫，不謂果有形有色。幻耶，真耶？即真有之，果能如小范老子腹中數萬甲兵否耶？然兵貴紀律，數言實行軍之要道。悍將驕卒，暗誅之以補糾察所不及，亦足多矣。信青蠅而誅之，毋乃自壞汝長城乎？

［馮評］史外一書卷終有采薇子一篇，與此稍異，史外注有典著也。

［何評］諸部領之言雖出於譖，而所言實當，自古未聞以術定天下者也。

崔猛

崔猛，字勿猛，建昌世家子。性剛毅，幼在塾中，諸童〔校〕青本下有蒙字。稍有所犯，輒奮拳毆擊，師屢戒不悛；名、字，皆先生所賜也。至十六七，强武絶倫。又能持長竿躍登夏屋。喜雪不平，以是鄉人共服之，求訴禀白者盈階滿室。崔抑强扶弱，〔呂註〕後漢書，耿純傳：純爲東郡太守，居東郡四歲，抑强扶弱，令行禁止。不避怨嫌；稍逆之，石杖交加，支體爲殘。每盛怒，無敢勸者。惟事母孝，母至則解。〔馮評〕此是作英雄豪傑根子。〔何評〕血性。母譴責備至，崔唯唯聽命，出門輒忘。比鄰有悍婦，日虐其姑。姑餓瀕死，〔何註〕瀕死，瀕即濱之本字。前漢書，成帝紀：瀕河之郡近也。瀕死，近死也。子竊啖之；婦知，詬厲萬端，聲聞四院。崔怒，逾垣而過，鼻耳脣舌盡割之，立斃。〔但評〕論凌遲死，快人快事。○快人快事，是能輔天譴法誅之所不及者。母聞大駭，〔校〕青本下有之字。呼鄰子，極意温卹，配以少婢，事乃寢。母憤泣不食。崔懼，跪請受杖，且告以悔。母泣不顧。崔妻周，亦與並跪。母乃杖子，而又〔校〕青本下有以字。針刺其臂，作十字紋，朱塗之，俾勿滅。〔何評〕賢母。崔並受之。〔但評〕賢母義士，孝子順婦，各得其道，兩不相妨。母乃食。母喜飯僧道，往往饜飽之。適一道士在門，崔過之。道士目之曰：「郎君多凶横之氣，恐難保其令終。積善之家，不宜有此。」崔新受母戒，聞之，起敬曰：「某亦自知；〔校〕知，青本作念之。但一見不平，苦〔校〕青本作若。不自禁。〔馮評〕西廂莽和尚句法。力改之，或〔校〕青本無或字。可免否？」道士笑曰：「姑勿問可免不可免，請先自問能改不能改。〔何評〕至言。但當痛自抑；如有萬分之一，我告君以〔校〕青本作一。解死之術。」〔但評〕道士何來？固明知其不能改，亦且以爲不必改者，特告以解死之術耳。妙語解頤，繹之自見。崔生平不信厭禳，笑而〔校〕青本作但笑。不言。道士曰：「我固知君不信。但我所言，不類巫覡，〔呂註〕説文：覡音檄，能齋肅事神明也。在女曰巫，在男曰覡。行之亦盛德；即或不效，亦無妨礙。」〔馮評〕明説出對性剛人宜如此，他篇又有以不説出爲妙者。〔但評〕解死術只是如此盛德之事，當行則行，固不必問其效不效也，巫覡之術何取焉。崔請教，〔校〕青本作即其不效，亦不至有所妨，崔請之。乃曰：「適門外一後生，宜厚結之，即〔校〕青本作既。犯死罪，彼亦〔校〕青本作此子。能活之也。」呼崔出，指示其人，蓋趙氏兒，名僧哥。趙，南昌人，以歲祲饑，〔何註〕祲音駸，妖氛也。左傳，昭十五年：吾見赤黑之祲。注：妖氛也。僑寓建昌。崔由是深相結，請趙館於其家，供給優厚。僧哥年十二，登堂拜母，[呂註] 三國志，吴志，周瑜傳：孫堅子策，與瑜同年，獨相友善，升堂拜母，有無通共。又張昭傳：孫策創業，命昭爲長史撫軍中郎將，升堂拜母，如比肩之舊。文武之事，一以委昭。○按：魯肅與呂蒙亦有升堂拜母事，晉青州刺史苻彤與桑虞亦然。約爲弟昆。[校] 青本作昆弟。踰歲東作，趙攜家去，[馮評] 遥接。[但評] 遥接以縮上，即以起下。一音問遂絶。崔母自鄰婦死，戒子益切，有赴訴者，輒擯斥之。一日，崔母弟卒，從母往弔。途遇數人，縶一男子，[馮評] 此書斷續即離，各種接筆，非深於左、史者不知。呵罵促步，加以捶扑。[何註] 捶扑，擊也。○[但評] 道士曰：姑勿問可免不可免，請先自問能改不能改。遇此等事，即柔懦之夫，無不憤于心而怒于目，久之久之，無可奈何，乃恨恨而止。彼氣涌如山者，能忍此而避馮婦之笑哉？想道士在前，必曰：姑勿問可免不可免，請自問此時此事當改不當改。觀者塞途，輿不得進。崔問之。識崔者競相擁告。先是，有巨紳子某甲者，豪横一鄉，窺李申妻有色，欲奪之，道無由。因命家人誘與博賭，貸以貲而重其息，要使署妻於券，貲盡復給。終夜，負債數千；積半年，計子母三十餘千。申不能償，强以多人篡取其妻。申哭諸其門。某怒，拉繫樹上，榜笞刺剟，[何註] 剟音輟，割也。史記，張耳陳餘列傳：吏治搒笞數千，刺剟，身無可擊者。逼立「無悔狀」。崔聞之，氣涌如山，鞭馬前向，意將用武。母搴簾而呼曰：「唶！[呂註] 正韻：唶音借，歎聲。又聲類云：嚄，大笑；唶，大呼。[何註] 今安徽省有此語。又欲爾耶！」[馮評] 似專諸之母。崔乃止。既弔而歸，不語亦不食，兀坐直視，若有所嗔。[但評] 聞母命而止，歸不語亦不食，兀坐直視，若有所嗔。筆有化工，將義俠面目精神，一齊活現。妻詰之，不答。至夜，和[校] 青本作合。衣卧榻上，輾轉達旦，次夜復然。忽[校] 青本無忽字。啓户出，輒又還臥。如此三四，妻不敢詰，惟慴息[校]青本無息字。以聽之。既而遲久乃反，掩扉熟寢矣。[馮評]隱隱怪怪，筆端有鬼。[何評]活畫。[但評]殺某甲用虚寫，筆筆活現，字字傳神。是夜，有人殺某甲於牀上，刳腹流腸；申妻亦裸尸牀下。[馮評]突落此句。官疑申，捕治之。横被殘梏，踝骨皆見，卒無詞。積年餘，不堪刑，[校]青本作不能堪。誣服，論辟。會崔母死，[馮評]崔母死，簡句，亦周匝之甚。既殯，告妻曰：「殺甲者，實我也。徒以有老母故，不敢泄。今大事已了，[但評]此不語不食，輾轉達旦時所深思而計及者也。奈何以一身之罪殃他人？我將赴有司死耳！」[馮評]敍次跳脱之至，拘滯纏繞者奉爲金丹。妻驚挽之，絶裾而去，自首於庭。官愕然，械送獄，釋申。申不可，堅以自承。官不能決，兩收之。戚屬皆誚讓申。申曰：「公子所爲，見我欲爲而不能者也。彼代我爲之，而忍坐視其死乎？今日即謂公子未出也可。」[馮評]李申爛賭，以妻署券，此無賴子耳，至此却變成有肝膽男子，非前之李申也。[何評]申亦義。[但評]申之義勇，已見一斑。執不異詞，固與崔争。[但評]二人之言，各有其道，所謂義也。然不難于申而難于崔，有崔而申乃興起矣。謂崔之所爲是其欲爲而不能者，遂乃學之，而又過之。之二人者，吾欲買絲並繡之。久之，衙門皆知其故，强出之，以崔抵罪，瀕就決矣。會卹刑官趙部郎，案臨閲囚，至崔名，屏人而喚之。崔入，仰視堂上，僧哥也。[馮評]突接入妙。悲喜實訴。趙徘徊良久，仍令下獄，囑獄卒善視之。尋以自首減等，[校]青本作罪。充雲南軍，申爲服役而去；未期年，援赦而歸：皆趙力也。[馮評]此案雖無僧哥，亦應減等。某甲强奪人妻，崔猛仗義殺之，於法得寬，然非此文章不妙。既歸，申終從不去，代爲紀理生業。予之貲，不受。緣橦[呂註]張衡西京賦：都盧緣橦。注：都盧，國名，其人體輕，善緣橦竿也。技擊[何註]技擊，以技相擊，謂拳勇也。趙孝成王嘗問兵要，荀況。對曰：要在附民。下之于上也，若子弟之衛父兄，手足之捍頭目也。齊之技擊不可遇魏之武卒；魏之武卒不可遇秦之鋭士；秦之鋭士不可當桓、文之節制；桓、文之節制不可敵湯、武之仁義。之術，頗以關懷。[但評]懦夫興起。崔厚遇之，買婦授田焉。崔由此力改前行，每撫臂上刺痕，泫然流涕。[但評]撫臂刺痕，泫然流涕，至此方真能改。以故鄉鄰有事，[校]青本作鬭。申輒矯命排解，不相稟白。[校]青本作承稟。〇[馮評]此篇崔、李合傳，以上崔猛傳畢，以下正入李申傳。有王監生者，家豪富，四方無賴不仁之輩，出入其門。邑中殷實者，多被劫掠；或迕之，輒遣盜殺諸途。子亦淫暴。王有寡嬸，父子俱烝之。妻仇氏，屢沮王，王縊殺之。仇兄弟質諸官，王賕囑，以告者坐誣。兄弟冤憤莫伸，詣崔求訴。申絶之使去。過數日，客至，適無僕，使申瀹茗。申默然[校]青本作而。出，告人曰：「我與崔猛朋友耳，從徙萬里，不可謂不至矣；曾無廩給，而役同廝養，所不甘也！」遂忿而去。[馮評]總不說明，妙。或以告崔。崔訝其改節，而亦未之奇也。申忽訟於官，[校]官，青本作公堂。謂崔三年不給傭值。[校]青本作價。〇[馮評]句句敍，筆筆轉，其捷如風。崔大異之，親與[校]青本下有口字。對狀，申忿相爭。官不直之，責逐而去。又數日，申忽夜入王家，將其父子嬸婦並殺之，黏紙於壁，自書姓名；及追捕之，則亡命無蹟。王家疑崔主使，官不信。崔始悟前此之訟，蓋恐殺人之累己也。〔但評〕申所爲，皆有感于崔，固也。然謂僅以崔能代爲其所不能爲，而力效其所爲，猶淺之乎言之也。關懷於緣橦技擊之術，是法崔之所能；夜入王家而殺其父子嬸婦，是法崔之所能爲；至於仇訴崔而絕之，復告之人，且訟之官，而不使崔得主使之名，受殺人之累，此何故哉？蓋自崔之撫刺痕而泫然流涕，申早深入於中，而計之熟矣。孝之感人固如是也，豈第感其能代爲其所不能爲已哉。闕行附近州邑，追捕甚急。會闖賊犯順，其事遂寢。及〔校〕及，青本作無何。明鼎革，〔馮評〕帶起。申攜家歸，仍〔校〕青本作復。與崔善如初。〔馮評〕一句又合。

時土寇嘯聚，〔馮評〕又生波，不另起爐灶。〔何註〕嘯聚，聚會也，嘯，號召也。王有從子得仁，集叔所招無賴，據山爲盜，焚掠村疃。〔何註〕村疃，村落也。一夜，傾巢而至，以報〔校〕青本作復。仇爲名。〔馮評〕陡筆。崔適他出，申破扉始覺，越牆伏暗中。賊搜崔、李〔校〕青本無李字。不得，據〔校〕青本作攜。崔妻，括財物而去。申歸，止有一僕，忿極，〔校〕上二字，青本作忿急不能爲地。乃斷繩數十段，〔馮評〕以下兵法部署，居然將才。以短者付僕，長者自懷之。囑僕越賊巢，登半山，以火爇繩，散挂荆棘，〔校〕青本下有諸字。即反勿顧。僕應〔校〕青本作諾。而去。申窺賊皆腰束紅帶，帽繫紅絹，遂傚其裝。有老牝馬初生駒，賊棄諸門外。申乃縛駒跨馬，銜枚〔呂註〕周禮，秋官：銜枚氏掌司囂。注：枚狀如箸，口横銜之，繣結於項也。而出，直至賊穴。〔馮評〕左傳襄公十七年平陰之役，陳旆曳柴兵法類此。賊據一大村，申縶馬村外，踰垣入。見賊衆紛紜，操戈未釋。申竊問諸賊，知崔妻在王某所。俄聞傳令，俾各休息，轟然噭應。忽一人報東山有火，衆賊共望之；初猶一二點，既而多類星宿。〔馮評〕用疑兵計。申坌息急呼東山〔校〕青本作營。有警。王大驚，束裝率衆而出。申乘間漏出其右，〔校〕青本作後。反身入内。見兩賊守帳，紿之曰：「王將軍遺佩刀。」兩賊競覓。申自後斫〔校〕青本作砍。之，一賊踣；其一回顧，申又斬之。竟負崔妻越垣而出。解馬授轡，曰：「娘子不知途，縱馬可也。」馬戀駒奔駛，申從之。出一隘口，申灼火於繩，徧懸之，乃歸。〔但評〕斷繩爇火，隻身入賊巢穴，竟負崔妻而出。老馬識途，長繩作殿，亦詭變、亦從容。此以後文字，可作孫武子兵法讀。次日，崔還，以爲大辱，形神跳躁，欲單騎往平賊。申諫止之。集村人共謀，〔校〕上二字，青本作而謀之。衆恇怯莫敢應。解諭再四，得敢往二十餘人，〔但評〕虚者實之，實者虚之，只二十餘人，而用之若千萬騎者，令人拍案叫絶。又苦無兵。適於得仁族姓家獲奸細〔何註〕奸細，游偵也。一二。崔欲殺之，申不可；命二十人各持白梃，具列於前，乃割其耳而縱之。衆怨〔校〕青本作怒。曰：「此等兵旅，方懼賊知，而反示之。脱其傾隊而來，闔村不保矣！」申曰：「吾正欲其來也。」執匿盗者誅之。〔馮評〕收拾不漏。遣人四出，各假弓矢火銃，又詣邑借巨砲二。日暮，率壯士至隘口，置砲當其衝，使二人匿火而伏，囑見賊乃發。又至谷東口，〔校〕青本作口東。伐樹置崖上。已而與崔各率十餘人，分岸伏之。〔馮評〕此小游戲也，不過數十人，調遣得宜，以少勝多，推而彷之，雖百萬可也。用兵之道，得一則一可當百，不得法百萬無益也。故武穆行師，嘗以五百人勝兀朮十萬之衆。一更向盡，遥聞馬嘶，［校］青本下有暗覘之三字。賊果大至，縕屬［何註］縕屬，縕，錢貫也；若錢之在縕，連綿不絕也。不絕。俟盡入谷，乃推墮樹木，斷其歸路。［校］青本作以斷歸途。俄而砲發，喧騰號叫之聲，震動山谷。賊驟退，自相踐踏；至東口，不得出，集無隙地。兩岸銃矢夾攻，勢如風雨，斷頭折足者，枕藉溝中。遺二十餘人，長跪乞命。乃遣人縶送以歸。乘勝直抵其巢。守巢者聞風奔竄，搜其輜重［呂註］劉熙釋名：輜車，載輜重，卧息其中之車也。輜，廁也，所載衣物，雜廁其中也。前漢書，韓安國傳：擊輜重。注：輜謂衣車，重謂載重，故行者之資，總曰輜重。而還。崔大喜，問其設火之謀。曰：「設火於東，恐其西追也；短，欲其速盡，恐偵知其無人也；既而設於谷口，口甚隘，一夫可以斷之，彼即追來，見火必懼：皆一時犯險之下策也。」［馮評］左氏每於敍戰後自下註脚。［但評］再説一遍，可謂知己知彼，百戰百勝。如中者，學崔而又過之，亦出于藍而勝于藍者與？取賊鞫之，果追入谷，見火驚退。二十餘賊，盡劓刖［校］青本作刵。○［何註］劓，以智切，刖鼻也。刵即刵字，音餌，斷耳也。書，康誥：無或劓刵人。刖音月。而放之。由此威聲大震，遠近避亂者從之如市，得土團三百餘人。各處强寇無敢犯，一方賴之以安。

異史氏曰：「快牛必能破車，［呂註］世説：石虎小時善彈，數彈人。石勒白其母，欲殺之。母曰：快牛爲犢子時，必能破車。汝當小忍之。崔之謂哉！志意忼慨，［何註］忼慨，忼與慷大率相同，謂意氣感激不平也。慨，又通作愾。晉書，陸機傳：登壇忼愾。近人多作慷愷。蓋鮮儷［何註］鮮儷，少儷也。儷音麗，并也。淮南子，繆稱訓：與俗儷走而內行無繩。矣。然欲［校］青本下有使字。天下無不平之事，寧非意過其通者與？李申，一介細民，遂能濟美。緣橦飛入，翦禽獸於深闉；斷路夾攻，蕩幺魔［校］青本作麼。於隘谷。使得假五丈之旗，［吕註］史記，秦始皇本紀：作阿房宫，上可以坐萬人，下可以建五丈旗。爲國效命，烏在不南面而王哉！」

［何評］崔猛剛毅，成於天性，其見戒於師與母者舊矣。李申，人奪其妻而不能報，何其弱歟？及乎手刃凶淫，計除逆賊，又何壯也！豈立頑起懦，親炙於猛者久，有以使之然歟？卒之寇盜搶攘，結團自固，遠近歸者，咸賴以安。嗚呼！勇矣！

［但評］事妙文妙。吾於崔也敬其孝，於李也愛其謀。反復讀之，有推倒智勇之概。

詩讞

青州居民范小山，販筆爲業，行賈未歸。四月間，［但評］記是四月。妻賀氏獨居，［校］青本無氏字，居作宿。夜［校］青本無夜字。爲盜所殺。是夜微雨，泥中遺詩扇一柄，［校］青本作握。○［但評］疑竇在此，留心者自見。然試思何術以破之。乃王晟之贈吳蜚卿者。［但評］記是夜微雨，記是泥中遺扇，詩是贈吳者。晟，不知何人；吳，益都之素封，與范同里，平日頗有佻達之行，［但評］記吳是有佻達之行。故里黨共信之。［但評］佻達者未必即能殺人，乃以其平日所行而共信之，是以君子惡居下流也。郡縣拘質，堅不伏，慘［校］青本慘上有而字。被械梏，誣［校］青本作遂。以成案；駁解往復，歷十餘官，更無異議。吳亦自分必死，囑其妻罄竭所有，以濟煢獨。有向其門誦佛千者，給以絮袴；至萬者絮襖。於是乞丐如市，佛號聲聞十餘里。因而家驟貧，惟日貨田產，以給資斧。陰賂監者使市鴆。夜夢神人告之曰：「子勿死，曩日『外邊凶』，目下『裏［校］青本作內。邊吉』矣。」再睡，又言，以是不果死。無何，周元亮先生［呂註］名亮工，號櫟園，河南祥符籍，江西金谿人，官户部侍郎。分守是道，録〔校〕青本作慮,通録。因至吴,若有所思。因問:「吴某殺人,有何確據?」范以扇對。先生熟視扇,便問:「王晟何人?」並云不知。〔但評〕如先生者,乃不愧爲觀察。問王晟而並云不知,則讎人有在矣。又將爰書〔吕註〕前漢書,張湯傳:劾鼠掠治,傳爰書。注:傳,謂傳逮,若今之追逮赴對也。爰,换也,以文書代换其口辭也。〔何註〕爰書,狀書也。細閲一過,立命脱其死〔校〕青本無死字。械,自監移之倉。〔但評〕審爰書立命脱械,何等明決。范力争之。〔校〕青本無之字。怒曰:「爾〔校〕青本作而。欲妄殺一人便了卻耶?抑將得仇人而甘心耶?」衆疑先生私吴,〔但評〕有識者斷不疑先生私吴,然不肯妄殺人固已,至將得讎人而甘心,果何所見而云然乎?掩卷而再思之,展卷而卒讀之,乃歎先生神人。俱〔校〕青本作即。莫敢言。先生標朱籤,立拘南郭某肆主人。〔何評〕詫異。主人懼,莫〔校〕青本作罔。知所以。至則問曰:「肆壁有東莞李秀詩,何時題耶?」〔何評〕苦。答云:〔校〕青本作自。「舊歲提學按臨,有日照二三秀才,飲醉留題,不知所居何里。」遂遣役至日照,坐拘李秀。數日,秀至。怒〔校〕青本下有之字。曰:「既作秀才,奈何謀殺人?」秀頓首錯愕,曰:〔校〕曰,青本作但言。「無之!」先生擲扇下,令其自視,曰:「明係爾〔校〕青本作而。作,何詭託王晟?」秀審視曰:〔校〕青本作云。「詩真某作,字實非某書。」曰:「既知汝詩,當即汝友。誰書者?」秀曰:「蹟似沂州王佐。」乃遣役關拘王佐。佐至,呵之如〔校〕如,青本作一如見。秀狀。佐供:〔校〕青本作言。「此益都鐵商張成索某書者,云晟其表兄也。」〔馮評〕作一曲折。先生曰:「盜在此矣。」〔但評〕至是乃曰盜在此,可見前謂秀、佐,猶是嚇之使直言耳。執成至，一訊遂伏。［馮評］此案亦太曲折，櫟園之判幸中矣。先是，成窺賀［校］青本下有氏字。美，欲挑之，恐不諧。念託於吴，必人所共信，［但評］因吴爲人所共信，而僞爲之扇以託之，成之嫁禍誠奸矣。然吴之所以慘被械梏而瀕於死者，未始非平日佻達之報也。故僞爲吴扇，執而往。諧則自認，不諧則嫁名於吴，而實不期至於殺也。踰垣入，逼婦。婦因［校］青本作以。獨居，常以刀［校］青本作刃。自衛。既覺，捉成衣，操刀而起。成懼，奪其刀。婦力挽，令不得脱，且號。成益窘，遂殺之，委扇而去。三年寃獄，一朝而雪，無不誦神明者。吴始悟「裏邊吉」乃「周」字也。然終莫解其故。後邑紳乘間請之。笑［校］青本笑上有公字。曰：「此最［校］青本作甚。易知。細閲爰書，賀被殺在四月上旬；是夜陰雨，［馮評］是夜陰雨，先生何以尚能記之，細甚。天氣猶寒，扇乃不急之物，豈有忙迫之時，反攜此以增累者，其嫁禍［校］青本作害。可知。向避雨南郭，見題壁詩與箑頭之作，口角相類，［馮評］口角相類四字，不可執以爲常。故妄度李生，果因是而得真盜。」［校］青本下有幸中耳三字。○［但評］以上猶自細心而得，至以詩得盜，則真神明矣。○挑破疑竇，明白了然。至避雨南郭，亦倉卒耳，見題壁詩而以此得真盜，雪寃獄，神哉！聞者歎服。

異史氏曰：「天下事，［校］此據青本，抄本無上三字。入之深者，當其無有有之用。詞賦［校］青本作詩詞歌賦。文章，華國之具也，而先生以相天下士，稱孫陽［吕註］楚辭：驥躊躇於敝輦兮，遇孫陽而得代。注：孫陽，伯樂姓名也。［何註］孫陽字伯樂，能相馬。

焉。豈非入其中〔校〕青本下有者字。深乎？而不謂相士之道，移於折獄。易曰：『知幾其神。』先生有之矣。」

〔何評〕因詩成讞，知公於此道三折肱矣。

鹿啣草

關外山中多鹿。土人戴鹿首，伏草中，捲葉作聲，鹿即羣至。然牡少而牝多。牡交羣牝，千百必徧，既徧〔校〕遺本無上二字。遂死。衆牝嗅之，知其死，分走谷中，啣異草置吻旁以熏之，頃刻復甦。〔校〕遺本作蘇。急鳴金施銃，羣鹿驚走。因取其草，可以回生。〔校〕青本無此篇。

小棺

天津有舟人某，夜夢一人教之曰：「明日有載竹笥賃舟者，索之千金；不然，勿渡也。」某醒，不［校］遺本下有以爲二字。信。既寐，復夢，且書「𩴟、𩴵、𩴾」三字於壁，囑云：「倘渠吝價，當即書此示之。」某異之。但不識其字，亦不解何意。次日，留心行旅。日向西，果有一人驅騾載笥來，問舟。某如夢索價。其人笑之。反復良久，某牽其手，以指書前字。其人大愕，即刻而滅。搜其裝載，則小棺數萬餘，每具僅長指許，各［校］遺本各上有中字。貯滴血而已。某以三字傳示遐邇，並無知［校］遺本作識。者。未幾，吴逆叛謀既露，黨羽盡誅，陳尸幾如棺數焉。徐白山說。［校］遺本作云。青本無此篇。

癸未冬，家君自德州移守臨清，訪獲直隸清河縣明天教匪五百餘人。首逆馬進忠，自稱聖人。建「天心順」年號。造作字體，非篆非隸，不可辨識。製黄袍，併黄白各旗幟。封有三宫六院及四大賢相、六部尚書、護國軍師、十二差官、大將軍、七真人、八卦教首、三教首、七十二賢等職。入教者盡易李姓，男女各半。焚香禮拜先天，運氣淨面，以惑愚民。公然結綵周身，與其僞后同乘；侍者持旗夾車而驅，招摇鄉村間。約以臘月十五日，先破州城。甲申二月二日，劫掠而北。家君偵得之，潛帶心腹宵行，圍其村而獲之，檄報各憲。中丞廉使，先後繼至。所封僞職，無一漏網。誠巨案也。先是，聞直隸有走無常者，言陰司造册甚急，恐有大劫。將毋是歟？虞堂附記

邢子儀

滕有楊某，從白蓮教黨，得左道之術。徐鴻儒誅後，［馮評］天啓二年，妖賊徐鴻儒反山東，連陷鄆、鉅野、鄒、滕、嶧，衆至數萬。巡撫趙彦、任據興、楊肇基，數載圍賊於鄒縣。三月，賊食盡，降，擒鴻儒，磔於市。楊幸漏脱，遂挾術以遨。家中田園樓閣，頗稱富有。至泗上某紳家，幻法爲戲，婦女出窺。［何評］可知不可。［但評］開門揖盜。楊睨其女美，［但評］冶容誨淫。歸［校］青本歸上有既字。謀攝取之。其繼室朱氏，亦風韻，飾以華妝，僞作仙姬；又授木鳥，教之作用；乃自樓頭推墮之。朱覺身輕如葉，飄飄然淩雲而行。無何，至一處，雲止不前，知已至矣。是夜，月明清潔，俯視甚了。取木鳥投之。鳥振翼飛去，直達女室。女見彩禽翔入，喚婢撲之；鳥已冲簾出。女追之，鳥墮地作鼓翼聲；近逼之，撲入裙底；展轉間，負女飛騰，直冲霄漢。婢大號。朱在雲中言曰：「下界人勿須驚怖，我月府姮娥也。渠是王母第九女，偶謫塵世。王母日切懷念，暫招去一相會聚，［校］青本作聚會。即送還耳。」遂與結襟而行。方及泗水之界，適有放飛爆者，斜觸鳥翼；鳥驚墮，牽朱亦墮，落一秀才家。［何評］邢也。［但評］此其中有天焉，非可强而爲之也。秀才邢子儀，家亦貧而性方鯁。曾有鄰婦夜奔，拒不納。婦啣憤去，譖諸其夫，誣以挑引。夫固無賴，晨夕登門詬辱之。邢因貨産僦居别村。［但評］其夜奔也，鄰婦自爲之；其憤而譖誣，則非鄰婦自爲之也，天也。有［校］青本作聞。相者顧某善決人福壽，邢［校］青本無邢字。踵門叩之。顧望見笑曰：「君富足千鍾，［何註］千鍾，鍾，量數，謂千鍾粟也。何着敗絮見人？豈謂某無瞳耶？」邢嗤妄之。顧細審曰：「是矣。固雖蕭索，［校］青本作雖固蕭索乎。然金穴［何註］金穴，言富也。後漢書，郭皇后紀：況遷大鴻臚，帝賞賜金錢縑帛，豐盛莫比，京師號況家爲金穴。不遠矣。」邢又妄之。顧曰：「不惟暴富，且得麗人。」邢終不以爲信。［但評］暴富奇矣，豈麗人亦見於相乎？顧推之出，曰：「且去且去，驗後方索謝耳。」是夜，獨坐月下，忽二女自天降；視之，皆麗姝。詫爲妖，詰問之，［校］上三字，青本作因致詰問。初不肯言。邢將號召鄉里，朱懼，始以實告，且囑勿洩，願終從焉。邢思世家女不與妖人婦等，遂遣人告［校］青本下有諸字。其家。［但評］方鯁之性，足見一斑。其父母自女飛升，零涕惶惑；忽得報書，驚喜過望，立刻命輿馬星馳而去。報邢百金，攜女歸。邢得豔妻，方憂四壁，得金甚慰。往謝顧。顧又審曰：「尚未尚未。泰運已交，百金何足言！」遂不受謝。先是，紳歸，請于上官捕楊。楊預遁，不知所之，遂籍其家，發牒追朱。朱懼，牽邢飲泣。邢亦計窘，姑賂承牒者，賃車騎攜朱詣紳，哀求解脱。紳感其義，爲竭〔校〕青本作極。力營謀，得贖免；留夫妻於别館，懽如戚好。紳女幼受劉聘；劉，顯〔校〕青本顯上有一時二字。秩也，聞女寄邢家信宿，以爲辱，反婚〔校〕青本作姻。書，與女絶姻。〔校〕青本作婚。紳將議姻他族；女告父母，誓從邢。〔但評〕紳女爲劉絶婚，而告父母誓從邢，此爲名正言順。邢聞之喜；朱亦喜，自願下之。紳憂邢無家，時楊居宅從官貨，因代〔校〕青本無代字。購之。夫妻遂歸，出囊金，粗治器具，蓄婢僕，旬日〔校〕青本下有間字。耗費已盡。但冀女來，當復得其資助。一夕，朱謂邢曰：「孽夫楊某，〔但評〕予人以婦，居人以宅，贈人以窖藏，只賺得孽夫楊某四字，朱亦可謂善爲謚矣。曾以千金埋樓下，惟妾知之。適視其處，磚石依然，或窖藏無恙。」〔校〕青本下有未可知三字。往共發之，果得金。因信顧術之神，厚報之。〔但評〕尚有一人，尤當厚報之。伊何人？鄰婦也。後女于歸，妝貲豐盛，〔校〕青本作盈。不數年，富甲一郡矣。

異史氏曰：「白蓮殲滅而楊獨不死，又附益之，幾疑恢恢者疏而且〔校〕且，青本作近於。漏矣。孰〔校〕青本孰上有而字。知天〔校〕青本下有之字。留之，蓋爲邢也。不然，邢即〔校〕青本作雖。否極而泰，亦惡〔校〕青本作烏。能倉卒起樓閣、累巨金哉？不愛一色，而天〔校〕青本下有輒字。報之以兩。嗚呼！造物無言，而意可知矣。」

［何評］志貧而方鯁，其爲人可知。邢雖獲朱，猶恐以妖黨之婦，玷其清操耳。女歸而朱下之，允當。

［但評］楊之漏脱，非楊之幸也，天將留之以有待也。楊死，則朱亦必死；楊、朱死，則紳女無由歸邢矣。夫紳女固幼受聘顯秩之劉者也。乃采禽翔入，倏爾飛騰，爆竹斜衝，突然牽墮；遂致月府姮娥，招同王母九女，來從月下，降自天邊，赤貧之秀才，並得麗人，且成巨富。此固楊之作法自斃，惡貫已盈；而苟非邢之方鯁成性，不納私奔，又何得以含憤反誣，僦居泗上，而適在兩女墮落處哉！

李　生

商河李生，好道。村外里餘，有蘭若，築精舍〔何註〕漢明帝設精舍以處攝摩騰，即白馬寺也。儒者教授之所亦曰精舍，晦翁有武夷精舍。三楹，趺坐其中。游食緇黃，〔吕註〕范仲淹上執政書：古者四民。秦、漢之下，並及緇黃，其六民矣。○按緇衣、黃冠，謂僧、道也。往來寄宿，輒與傾談，供給不厭。一日，大雪嚴寒，有老僧擔囊借榻，其詞玄妙。信宿將行，固挽之，留數日。適生以他故歸，僧囑早至，意將別生。雞鳴而往，扣關不應。踰垣入，見室中燈火熒熒，〔校〕青本作焉。疑其有〔校〕青本作所。作，潛窺之。僧趣裝矣，一瘦驢縶燈檠上。細審，不類真驢，頗似殉葬物；然耳尾時動，氣咻咻〔何註〕咻咻，本作恷，音虓，微也。然。俄而裝成，啓户牽出。生潛〔校〕青本作前。尾之。門外原〔校〕上三字，青本作山門外故。有大池，僧繫驢池樹，裸入水中，徧體掬濯已。着衣牽驢入，亦濯之。既而加裝超乘，行絶駛。生始呼之。僧但遥拱致謝，語不及聞，去〔校〕青本去上有而字。已〔校〕青本已作亦。遠矣。王梅屋言：〔校〕青本王上有此字，言下有之字。李其友人。曾至其家，見堂上額〔校〕額，青本作一匾。書「待死堂」，〔但評〕堂名奇闢。亦達士也。

陸押官

趙公，湖廣武陵人，官宮詹，［何註］宮詹，詹事爲青宮官屬，故曰宮詹。致仕歸。有少年伺門下，求司筆札。公召入，見其人秀雅。［校］青本下有如書生三字。詰其姓名，自言陸押官。不索傭值。［校］青本作價。公留之，慧過凡僕。往來牋奏，任［校］青本任上有輒字。意裁答，無不工妙。主［校］青本主上有又字。人與客弈，陸睨之，指點輒勝。趙［校］青本下有由是二字。益優寵之。諸僚僕見其得主人青目，［校］青本作顧。戲索［校］上二字，青本作咸相戲索俾。作筵。押官許之。［校］上二字，青本作諾。問：［校］青本問上有因字。「僚屬幾何？」會別業主計者皆至，約三十餘人，衆悉告之數以難之。押官曰：「此大易。但客多，倉卒不能遽辦，肆中可也。」遂徧邀諸侶赴臨街店。皆［校］青本作既。坐。酒甫行，有按壺起者［但評］俗人常態。曰：「諸君姑勿酌。請問今日誰作東道主？［校］青本作東道誰主。宜先出貲爲質，始可放情飲噉；不然，一舉數千，鬨然都散，向[校]青本作於。何取償也？」衆[校]青本下有悉字。目押官。[但評]醜態可哂。

押官笑曰：「得無[校]青本作毋。謂我無錢耶？我固有錢。」乃起向盆中捻溼麵如拳，碎掐[何註]掐，爪刺也。晉書，郭舒傳：掐其鼻，灸其眉頭。置几上；隨擲，遂[校]青本作隨。化爲鼠，竄動滿案。押官任捉一頭，裂之，啾然腹破，得小金；再捉，亦如之。頃刻鼠盡，碎金滿前。乃告衆曰：「是不足供[校]青本作吾。飲耶？」衆異之，乃共恣飲。既畢，會直三兩餘。衆秤金，適符其數。衆[校]青本下有僕字。索一枚懷歸，白其異於主人。[校]青本作衆思白其異於主人，遂索一枚懷之，既歸，告趙。主人[校]上二字，青本作趙。命取金，搜之已亡。反質肆主，則償貲悉化蒺藜。還[校]青本作僕。白趙，趙詰之。押官曰：「朋輩逼索[校]青本作索逼。酒食，囊空[校]青本下有實字。無貲。少年學作小劇，故試之耳。」衆復責償。押官曰：「我非賺酒食者，[校]此據青本，抄本無上六字。某村麥穰中，再一簸揚，可得麥二石，足償酒價有餘也。」[但評]取不傷廉，惠而不費。因浼一人同去。某村主計者將歸，遂與偕往。至則淨麥數斛，已堆場中矣。衆以此益奇押官。一日，趙赴友筵，堂中有盆蘭甚茂，愛之。歸猶[校]上二字，青本作既歸又。贊歎之。押官曰：「誠愛此蘭，無難致者。」趙猶未信。凌晨至齋，忽聞異香蓬勃，則有蘭花一盆，箭葉多寡，宛如所見。因疑其竊，審[校]青本審上有故字。之。押官曰：「臣家所蓄，不下千百，何須竊焉？」〔校〕青本作爲。趙不信。〔校〕青本作妄之。適某友至，見蘭驚曰：「何酷肖寒家物！」〔校〕青本下有也字。趙曰：「余適購之，亦不識所自來。但君出門時，見蘭花尚在否？」某曰：「我實不曾至齋，有無固不可知。然何以至此？」趙視押官。押官曰：「此無難辨：公家盆破，有補綴處；此盆無也。」驗之始信。夜告主人曰：「向言某家花卉頗多，〔校〕青本下有都疑妄謬四字。今屈玉趾，乘月往觀。但諸人皆不可從，惟阿鴨無害。」——鴨，宮詹僮〔校〕僮，青本作之僮僕。也。遂如所請。公〔校〕青本作既。出，已有四人荷肩輿，伏候道左。趙乘之，疾於奔馬。俄頃入山，但聞奇香沁骨。〔校〕青本下有無何二字。至一洞府，見舍宇華耀，迥異人間；隨處皆設花石，精盆佳卉，流光散馥，即蘭〔校〕青本下有花字。一種，約有數十餘盆，無不茂盛。〔校〕青本作美。觀已，如前命駕歸。押官從趙十餘年。後趙無疾卒，〔校〕青本作終。遂與阿鴨俱出，不知所往。〔但評〕陸押官其仙者歟？顧何以伺人門下，而求司筆札也？觀其看花洞府，只謂阿鴨可從主人，後趙以無疾終，阿鴨亦同仙去，則趙與有宿因可知，想趙亦仙去矣。

〔何評〕神仙游戲。

蔣太史

蔣太史超，〔吕註〕字虎臣，金壇人，順治丁亥探花。記前世爲峨嵋〔吕註〕名山記：峨嵋山在蜀嘉定州南。僧，數夢到故居菴前潭邊濯足。爲人篤嗜内典，〔吕註〕周書，蕭詧傳：篤好文義，所著文集十五卷，内典華嚴、般若、法華、金光明義疏四十六卷，並行於世。〔何註〕内典，梵書也。一意台宗，雖早登禁林，〔何註〕翰院深嚴，雖公必先傳鈴索，故曰禁林、禁院。嘗有出世之想。假歸江南，抵秦郵，不欲歸。子哭挽之，弗聽。遂入蜀，居成都金沙寺；久之，又之峨嵋，居伏虎寺，示疾怛化。〔吕註〕莊子，大宗師：子來有病，喘喘然將死。其妻子環而泣之。子犁往問之，曰：叱避無怛化。注：怛，驚也，斥其妻子遠避，不當環泣以驚垂死之人，使不得化也。○按：今多作物化用。〔何註〕維摩經：長老維摩詰有疾，國王與居士問之，維摩示其疾，怛然而化。自書偈〔吕註〕按釋氏詩詞爲偈句。〔何註〕偈音傑，佛氏悟道語也。云：「翛然猿鶴自來親，老衲無端墮業塵。妄向鑊湯求避熱，那從大海去翻身。〔但評〕妙解真諦，當頭棒喝。功名傀儡〔吕註〕涪翁雜記：傀儡，木偶人也。○王氏彙苑：傀儡子起於漢高祖平城之圍。其城一面即冒頓妻閼氏兵，强於三面。陳平知閼氏妒忌，造木偶美人，運機關舞埤間。閼氏望見，謂是生人，慮下城冒頓必納，遂退軍。後人因以爲戲具。○按，漢書，高祖紀，應劭注：陳平使畫工圖美女間遣人遺閼氏。而無刻木之事。列子記周穆王時有巧人名偃師者，能爲木人，作歌舞，王悦觀之。舞既終，木人瞬目以手招王左右。王怒，欲殺偃師。師懼，壞之，皆丹墨膠漆之所爲也。此固傀儡之始矣。場中物，妻子骷髏隊裏人。只有君親無報答，生生常自祝能仁。」〔何註〕能仁，僧寺，猶蘭若也。

〔附池北偶談一則〕翰林修撰蔣虎臣先生超，金壇人，自號華陽山人。幼耽禪寂，不茹葷酒。祖母夢峨嵋山老僧而生。生數歲，嘗夢身是老僧，所居茅屋一間；屋後流泉達之，時伸一足入泉洗濯；其上高山造天。又數夢古佛入己室，與之談禪。年十五時，有二道人坐其門，説山人有師在峨嵋二百餘歲，恐其墮落云云，久之乃去。順治丁亥，先生年二十三，以一甲第三人及第。入翰林二十餘載，率山居；僅自編修進修撰，終於史官。性好山水，徧遊五岳，及黄山、九華、匡廬、天台、武當，不避蛇虎。晚自史館以病請告，不歸江南，附楚舟，上峽入峨嵋。以癸丑正月卒於峨嵋之伏虎寺。臨化有詩云：「偶向鑊湯求避熱……」云云。嘗自謂蜀相蔣琬〔吕註〕字公琰，零陵湘鄉人。以州書佐隨先主入蜀，除廣都長。先主嘗因游觀奄至廣都，見琬衆事不理，大怒。諸葛亮請曰：蔣琬，社稷之器，非百里之才也。後入爲尚書郎。亮住漢中，琬統留府事，常足食足兵，以相供給。亮卒，以琬爲尚書令。時新喪元帥，遠近危悚，琬舉止有如平日，由是衆望漸服。俄封安陽亭侯，卒謚曰恭。之後。在蜀，與修四川通志，以琬故，徧叩首巡撫、藩、臬諸司署前。其任誕不羈如此。

王阮亭云：「蔣，金壇人，金壇原名金沙；其字又名虎臣，卒於峨嵋伏虎寺：名皆巧合，亦奇。予壬子典試蜀中，蔣在峨嵋，寄予書云：『身是峨嵋老僧，故萬里歸骨於此。』尋化去。予有輓詩曰：『西風三十載，九病一遷官。忽憶峨嵋好，真忘蜀道難。法雲晴浩蕩，春雪氣高寒。萬里堪埋骨，天成白玉棺。』蓋用書中語也。」

［何評］此事亦累見他書。蔣仕至宮詹。

邵士梅

邵進士，名士梅，濟寧人。初授登州教授，有二老秀才投刺，睹其名，似甚熟識；凝思良久，忽悟〔校〕青本作憶。前身。便問齋夫：「某生居某村否？」又言其丰範，一一脗合。俄兩生入，執手傾語，歡若平生。談次，問高東海〔校〕青本下有近字。況。〔何評〕陸次山傳爲小槐。二生曰：〔校〕青本作答。「獄〔校〕青本作瘐，下同。死二十〔校〕上二字，青本作廿。餘年矣，今一子尚存。此鄉中細民，何以見知？」邵笑云：「我舊戚也。」先是，高東海素無賴；然性豪爽，輕財好義。有負租而鬻女者，傾囊代贖之。私一媪，媪〔校〕兩媪字青本均作娼。坐隱盜，官捕甚急，逃匿高家。官知之，收高，備極搒掠，終不服，尋死獄中。其死之日，即邵生辰。後邵至某村，卹其妻子，遠近皆知其異。〔馮評〕此事吾邑苟金黴鄉舉後流寓山左，親聞其事，有記。高東海名三槐。士梅卹妻子，臨別詩云：千里頓開生死眼，一身曾作古今人。此高少宰言之，即高公子冀〔校〕青本作翼。良〔吕註〕名之騶，順治甲午順天舉人，己亥捷南宮，辛丑成進士，授貴州平越縣知縣。○翼，邑志作冀。同年也。

［附池北偶談一則］同年濟寧邵士梅，字峄暉，順治辛卯舉人，登己亥進士。自記前生爲棲霞人，姓高名東海；又其妻某氏死時自言：「當三世爲夫婦。再世當生館陶董氏，所居濱河，河曲第三家。君異時罷官後，獨寓蕭寺繙佛經時，訪我於此。」後謁選得登州教授。一日，檄署棲霞教諭。暇日訪東海故居，已不存。求得其孫某，爲置田宅。已而遷吴江知縣，謝病歸，殊無聊賴。有同年知館陶縣，因訪之，館於蕭寺。寺有藏經一部，寂寥中取閱之。忽憶妻言，沿河覓之，果得董姓者於河曲第三家。家有女未字。邵告以故，且求其宰縱臾，遂娶焉。後十餘年，董病且死，復與邵訣曰：「此去當生襄陽王氏，所居濱江，門前有二柳樹。君幾年後，訪我於此，當再合，生二子。」邵記其言。康熙己未在京師時，屢爲予及同年傅侍御彤臣（扆）、潘吏部陳伏（飂言）言之。

［附陸次山先生邵士梅傳］邵士梅，號峄暉，山東濟寧州人也。其前身爲高小槐，本棲霞高家莊人。向充里正，急公守法，不苛索民間一錢。病革時，見二青衣入，如公差狀，令謹閉其目，挾與俱行。行甚捷，惟聞耳邊風濤聲。少頃，至一室，青衣已去，目頓開，第見二嫗侍房帷間，則已託生在邵門矣。口不能言，心輒自念，覺目中所見棟宇器物，驟然改觀；即手足髮膚，何以非故我也？至二三歲能言時，輒云欲上「高家莊，高家莊」云。父母怪而叱之曰：「兒妄矣！高家莊安在？」及出就外傅，間以語傅。傅曰：「此子前身事，宜祕之。」遂不復言。順治己亥成進士，改授登州郡博。適奉臺檄，署篆棲霞。道經高家莊，市井室廬，宛然如昨。因集土人而問

之曰：「此地曾有高小槐乎？」曰：「有之，去世已歷年所矣。」及詢其歿時月日，與士梅生辰無異，遂告之故。覓其子，一物故，一他出；惟一女適人，相距里許。呼與語，語及少時膝下事，甚了了。並訪里中諸故老，其一尚存，皤皤黄髮，年九十餘矣。相見道故舊，歡若平生。士梅因恍然有得，半生疑案，從此冰消。乃賦詩云：「兩世頓開生死路，一身曾作古今人。」遂捐貲置產，厚卹其家。後俸滿量移，作令吴江，吴中人士，盛傳其事。余初未之信也；適登州明經李曰白，爲余同年曰桂胞弟，便道過訪，余偶言及。曰白曰：「得非我登州學博邵嶧暉先生乎？其事甚真，余所稔聞。」因述邵在登時，嘗以語同官李簠，簠以語曰白者，縷悉如此。余稍銓次其語，爲立小傳。夫高小槐一里正耳，一善之積，尚能死無宿孽，生得成名，況其他哉！雲間野史陸鳴珂撰，時康熙七年五月晦日也。

王阮亭云：「邵前生爲棲霞人，與其妻三世爲夫婦，事更奇。［校］青本下有也字。高東海以病死，非獄死，邵自述甚詳。」

［何評］夫婦三世必好合，當何如？

顧生

江南顧生，客稷下，眼暴腫，晝夜呻吟，罔所醫藥。十餘日，痛少減。乃［校］青本作而。合眼時輒睹巨宅，凡四五進，門皆洞闢；最深處有人往來，但遥睹不可細認。一日，方凝神注之，忽覺身［校］青本無身字。入宅中，［馮評］合眼見物，理或有之，身何以入，竊所未解，仍作夢境可也。三歷門户，絶無人迹。有南北廳事，内以紅氈貼地。略窺之，見滿屋嬰兒，坐者、卧者、膝行者，不可數計。愕疑間，一人自舍後出，見之曰：「小王子謂有遠客在門，果然。」便邀之。顧不敢入，强之乃入。問：「此何所？」曰：「九王世子居。世子瘧疾［校］青本作病。新瘥，今日親賓作賀，先生有緣也。」言未已，有奔至者，督促速行。俄至一處，雕榭朱欄，一殿北向，凡［校］青本下有有字。九楹。歷階而升，則客已［校］青本無已字。滿座。見一少年北面坐，知是王子，便伏堂下。滿堂盡起。王子曳顧東向坐。酒既行，鼓樂暴作，諸妓升堂，演「華封祝」。［吕註］莊子，天下：堯觀乎華，華封人曰：請祝聖人。以爲劇名，未詳。［何註］華封三祝，多壽、多富、多男子也。纔過三折，逆旅主人及僕喚進午餐，就牀頭頻呼之。[馮評]罡風吹到，中忽一間。耳聞甚真，心恐王子知，[校]青本下有然並無知者五字。遂託更衣而出。仰視日[校]青本下有之字。中夕，則見僕立牀前，始悟未離旅邸。心[校]青本下有悵悵猶三字。欲急反，因遣僕闔扉去。甫交睫，見宮舍依然，急循故道而入。路經前嬰兒處，並無嬰兒，有數十媼[校]青本無媼字。蓬首駝[校]青本作鮐。背，[呂註]詩，衛風：首如飛蓬。坐卧其中。[何評]轉瞬。望見顧，出惡聲曰：「誰家無賴子，來此窺伺！」顧驚懼，不敢置辨，疾趨後庭，升殿即坐。見王子頷下添髭尺餘矣。見顧，笑問：「何往？劇本過七折矣。」因以巨觥示罰。移時曲終，又呈齣目。[何註]齣目，戲目也。顧點「彭祖娶婦」。[呂註]彭祖壽八百，歷三代，喪四十九妻，五十四子。妓即以椰瓢行酒，[呂註]正字通：椰殼有斑纈點文，横破之爲酒器，遇毒則酒沸起。[何註]椰音耶，同梛，木名，花可釀酒。可容五斗許。顧離席辭曰：[校]曰，青本作飲言。「臣目疾，不敢過醉。」王子曰：「君患目，有太醫在此，便合診視。」東座一客，即離坐[校]青本作席。來，兩指啓雙眥，以玉簪點白膏如脂，囑合目少睡。王子命侍兒導入複室，令卧；卧片時，覺牀帳香軟，因而熟眠。居無何，忽聞鳴鉦鍠聒，即復驚醒。疑是優戲未畢；開目視之，則旅舍中狗舐油鐺也。然目疾[校]青本作病。若失。再閉眼，[校]青本作之。一無所睹矣。

[何評]目幻，一轉瞬間少者已老，所謂百年猶旦暮耳。

陳錫九

陳錫九，邳人。父子言，邑[校]青本邑上有爲字。名士。富室周某，仰其聲望，訂爲婚姻。[但評]己非本心，凡仰扳人者必非好人。陳累舉不第，家業[校]青本作而字。蕭索，游學于秦，數年無信。[校]青本作耗。周[校]青本無周字。陰有悔心。以少女適王孝廉爲繼室；王聘儀豐盛，[校]青本作盈。僕馬甚都。以此愈[校]青本作益。憎錫九貧，堅意絶昏；問女，女不從。[但評]犂牛有子。怒，以惡服飾遺歸錫九。日不舉火，周全不[校]青本作周亦不甚。顧恤。一日，使傭媪以饁[校]青本下有榼字。◯[何註]饁榼音葉輡。詩，豳風：饁彼南畝。注：野饋也。榼，酒器。淮南子：霤水足以溢壺榼，而江河不能實漏巵。餉女，入門向母曰：「主人使某視小姑姑餓死否。」[何評]如聞其聲。女恐母慚，强笑以亂其詞。因出榼中肴餌，列母前。媪止之曰：「無須爾！自小姑入人家，何曾交換出一杯温涼水？吾家物，料姥姥亦無顔啗噉得。」[何評]此媪可惡。[但評]老奴烏足怪，有所受之矣。母大恚，聲色俱變。媼不服，惡語相侵。紛紜間，錫九自外入，訊知大怒，撮毛批頰，撻〔校〕青本作起。逐出門而去。〔馮評〕有丈夫氣，知其不終貧也。次日，周來逆〔校〕青本作迎。女，女不肯歸；明日又〔校〕青本作復。來，增其人數，衆口呶呶，如將尋鬬。母强勸女去。女潸然拜母，登車而去。過數日，又使人來，逼索離婚書，母强錫九與之。惟望子言歸，以圖別處。周家有人自西安來，知〔校〕青本知上有久字。子言已死，陳母哀憤成疾而〔校〕青本作病尋。卒。〔馮評〕突筆。敘父母俱死，圖筆墨乾净，以下好生波致。錫九〔校〕青本無上二字。哀迫〔校〕青本下有之字。中，尚望妻歸；〔校〕青本作猶冀妻臨。久而〔校〕青本作之。渺然，悲憤益切。薄田數畝，鬻治葬具。葬畢，〔校〕青本作已。乞食赴秦，以求父骨。至西安，偏訪居人，或言數年前有書生死於逆旅，葬之東郊，今冢已没。錫九無策，惟朝丐市廛，暮宿野寺，冀有知者。〔但評〕至誠感神。會晚經叢葬處，有數人遮道，逼索飯價。錫九曰：「我異鄉人，乞食城郭，何處少人飯價？」共怒，捽之仆地，以埋兒敗絮塞其口。力盡聲嘶，〔校〕青本作微。漸就危殆。忽共驚曰：「何處官府至矣！」釋手寂然。俄有車馬至，便問：「卧者何人？」即有數人扶至車下。車中人曰：「是吾兒也。〔馮評〕陡筆。孽鬼何敢爾！可悉縛來，勿致漏脱。」〔馮評〕遇鬼以下皆夢中事，卻不説明，如此波折，出人意外。錫九覺有人去其塞，少定，細認，真其父也。大哭曰：「兒〔校〕青本作我。爲父骨良苦。今固尚在人間耶！」父曰：「我非人，太行總管也。此來亦爲吾兒。」錫九哭益哀。父〔校〕青本下有稍稍二字。慰諭之。錫九泣述岳家離昏。父曰：「無憂，今新婦亦在母所。〔但評〕新婦亦在，未遇孝子，先迎孝婦來矣。母念兒甚，可暫一往。」遂與同車，馳如風雨。移時，至一官署，下車入重門，則母在焉。錫九痛欲絕，父止之。錫九〔校〕青本無上八字。啜泣聽命。見妻在母側，〔馮評〕新婦亦在母所，插放得好看，下文方知其妙。問母曰：「兒婦在此，得毋亦泉下〔校〕青本作得無泉下物。耶？」母曰：「非也，是汝父接〔校〕青本下有將字。來，待汝歸家，〔校〕青本作後。當便送去。」錫九曰：「兒侍父母，不願歸矣。」〔馮評〕至性語不可多得。〔但評〕至性至情。母曰：「辛苦跋涉而來，爲父骨耳。汝不歸，初志爲〔校〕青本作云。何也？〔但評〕至情至理。況〔校〕青本作且。汝孝行已達天帝，賜汝金萬斤，〔馮評〕賜萬金隨手安放，亦好。夫妻享受正遠，何言不歸？」錫九垂泣。父數數促行，錫九哭失聲。父怒曰：「汝不行耶！」錫九懼，收聲，始詢葬所。〔但評〕見父母而即歸，必無是理；果爾不歸，亦無是事。看他措辭何等委婉，用意何等周匝。父挽之曰：「子行，我告之：去叢葬處百餘步，有子母白榆是也。」挽之甚急，竟不遑別母。門外有健僕，捉馬待之。既超乘，父囑曰：「日所宿處，有少資斧，可速辦裝歸，向岳索婦；不得婦，勿休也。」〔馮評〕前强與離婚，未許其嫁也，故可索婦。錫九諾而行。馬絕馳，雞鳴至西安。僕扶下，方將拜致父母，而人馬已杳。［馮評］此處出夢。尋至舊宿處，倚壁假寐，以待天明。坐處有拳石礙股；曉而視之，白金也。市棺賃輿，尋雙櫬下，得父骨而歸。［馮評］得父骨而歸五字，自西安還邳也，包括多少文字，要繁便千言不了，要簡便一字疾通。如史記上會稽，吴也；探禹穴，蜀也。六字包括兩省，此文家繁簡之妙也。合厝既畢，家徒四壁。幸里中憐其孝，共飯之。將往索婦，自度不能用［校］青本無用字。武，與族兄十九往。及門，門者絶之。十九素無賴，出語［校］青本作詞。穢褻。周使人勸錫九歸，願即送女去，錫九乃還。初，女之歸也，周對之駡壻及母，女不語，但向壁零涕。［但評］兩邊俱是天倫，真是萬難處之處，統觀前後，益歎女賢。陳母死，亦不使聞。得離書，擲向女曰：「陳家出汝矣！」女曰：「我不曾悍逆，何爲出我？」［校］青本作出我爲何也。欲歸質其故，又禁閉之。後錫九如西安，遂造凶訃，以絶女志。此信［校］青本作事。一播，遂有杜中翰來議姻，竟許之。親迎有日，女始知，遂泣不食，以被韜［何註］韜，藏也。面，氣如游絲。［馮評］氣如游絲句即上文新婦亦在母側，魂已去也。周正無法，［校］法，青本作所方計。忽聞錫九至，發語不遜，意料女必死，遂舁歸錫九，意將待女死以洩其憤。錫九歸，而送女者已至；猶恐錫九見其病而不內，甫入門，委之而去。鄰里代憂，共謀舁還；錫九不聽，扶置榻上，而氣已絶。始大恐。正遑迫間，周子率數人持械入，［馮評］巧偷作過文。門窗盡毀。錫九逃匿，苦搜之。鄉人盡爲不平；十九糾十餘人鋭身急難，周子兄弟皆被夷傷，始鼠竄而去。［馮評］十九，無賴子，亦有用處，此如名醫用藥牛溲馬勃，善用之，功過參著也。作文亦然。周益怒，訟於官，捕錫九、十九等。錫九將行，以女尸囑鄰媪。［校］青本作嫗。忽聞榻上若息，近視之，秋波微動矣；少時，已能轉側。大喜，詣官自陳。宰怒周訟誣。周懼，啗以重賂，始得免。［但評］周某用盡心機，作者費盡經營。讀者忽而怒，忽而憤，忽而驚，忽而哀，忽而憂，忽而懼；又忽而喜，忽而慰，忽而樂，忽而快。目不轉瞬，心似懸旌，亦用盡多少目力，亦費盡多少心計。錫九歸，夫妻相見，悲喜交并。先是，女絕食奄臥，自矢必死。忽有人捉起曰：「我陳家人也，［但評］不矢死，陳家人必不來接。速從我［校］青本作余。去，夫妻可以相見；不然，無及矣！」不覺身已出門，兩人扶登肩輿，頃刻至官廨，見公姑具在。［但評］不惟見夫見姑，且得見早世之翁，節孝之所感則然。問：「此何所？」母曰：［校］青本作言。「不必問，容當送汝歸。」一日，見錫九至，甚［校］青本作竊。喜。一見遽別，心頗疑怪。公不知何事，恒數日不歸。昨夕忽歸，曰：「我在武夷，遲歸二日，難爲保兒矣。［但評］遲歸二日，難爲保兒，更難爲作者，只便宜讀者多得上一段妙文看。可速送兒歸［校］青本作婦。去。」遂以輿馬送女。忽見家門，遂如夢醒。女與錫九共述曩事，相與驚喜。由此夫妻相聚，但朝夕無以自給。錫九於村中設童蒙帳，兼自攻苦。每私語曰：「父言天賜黃金，今四堵空空，豈訓讀所能發蹟［何註］發蹟，較陳迹加長大者，均謂發迹；此言發財也。耶？」一日，自塾中歸，遇二人，問之曰：

「君陳某耶?」錫九〔馮評〕此合照前一段看,其用筆不複處。曰:「然。」〔校〕青本作然之。二人即出鐵索縶之。〔馮評〕軒然大波。錫九不解其故。少間,村人畢集,共詰之,始知郡盜所牽。衆憐其寃,醵錢賂役,途〔校〕青本途上有以是二字。中得無苦。至郡見太守,歷述家世。太守愕然曰:「此名士之子,溫文爾雅,烏能作賊!」命脱縲絏,取盜嚴梏之,始供爲周某賄囑。錫九又訴翁壻反面之由,太守更〔校〕青本作益。怒,立刻拘提。即延錫九至署,與論世好,蓋太守舊邳宰韓公之子,即〔校〕青本作故。子言受業門人也。贈燈火之費以百金;又以二騾代步,使不時趨郡,以課文藝。〔馮評〕伏下。轉於各上官游揚其孝,自總制而下,皆有餽遺。錫九乘騾〔校〕青本作裘馬。而歸,夫妻慰甚。一日,妻母哭至,見女伏地不起。〔馮評〕看他有一平筆否?女駭問之,始知周已被械在獄矣。女哀哭自咎,但欲覓死。錫九不得已,詣郡爲之緩頰。太守釋令自贖,罰穀一百石,〔但評〕官罰不如冥罰之多而且快暢。批賜孝子陳錫九。放〔校〕青本作既。歸,出倉粟,雜糠粃〔何註〕粃音比,又平聲,不成粟也。莊子,逍遥遊:塵垢粃糠。而輦運之。〔但評〕鐵索之縶,天其假手於惡人而賜之金矣。周某能用盜、能用役,而不知己適爲天所用。被械在獄,卒用錫九之緩頰,而乃得自贖,天之處小人,固將以愧之悟之,而使之改也。瑣瑣雜糠覈,天亦末如之何也矣。錫九謂女曰:「爾〔校〕青本作而。翁以小人之心度君子矣。烏知我必受之,而瑣瑣雜糠覈耶?」因笑卻之。錫九家雖小有，而垣牆陋敝。一夜，羣盜入。僕覺，大號，止竊兩騾而去。[但評]焉知非福。後半年餘，錫九夜讀，聞撾門聲，問之寂然。呼僕起[校]青本下有共字。視，[校]青本下有之字。則[校]青本無則字。門一啓，兩騾躍入，乃[校]青本作則。向所亡也。直奔櫪[何註]櫪，馬櫪也。曹操詩：老驥伏櫪。下，咻咻汗喘。燭之，各負革囊；解視，則白鏹滿中。[馮評]賜汝萬金句作如此出落，豈非妙想天開？[但評]此中不知曾瑣瑣雜僞金否？○突如其來，誰則主之？讀至此處，幾番張口伸舌，幾幾乎口不能閉，舌不能縮，久之久之，只呼巧巧，又呼快快。大異，不知其[校]青本無其字。所自來。後聞是夜大盜[校]青本作寇。劫周，盈裝出，適防兵追急，委其捆載而去。[馮評]作他人之金偏自周家，豈不大妙。騾認故主，逕奔至家。[校]青本作遂奔至也。○[但評]劫周者寇，而非寇也；追寇者兵，而非兵也；負囊而奔至者騾，而非騾也。

周自獄中歸，刑創猶劇，又遭盜劫，大病而死。[校]青本作尋卒。女夜夢父囚繫而至，曰：「吾生平所爲，悔已無[校]青本作之不。及。今受冥譴，[但評]不到此時，何能知悔。非若翁莫[校]青本作無。能解脱，爲我代求壻，致一函焉。」[但評]刑已受矣，金已遺矣，囚繫猶須壻解脱，天之所以處小人何巧也。醒而嗚泣。[馮評]父雖過，女豈可以仇父，此天理人情之至也。詰之，具以告。錫九久欲一詣太行，即日遂發。既至，備牲物酹[校]青本作酬。祝之，即露宿其處，冀有所見，終夜無異，遂歸。周死，母子逾[校]青本作益。貧，仰給於次壻。王孝廉考補縣尹，以墨敗，[馮評]收拾不漏。舉家徙瀋陽，益無所歸。錫九時顧卹之。

異史氏曰：「善莫大於孝，鬼神通之，理固［校］青本作當。宜然。［馮評］高一層議論，實平常之理也。使爲［校］青本無爲字。尚德之達人也者，即終貧，猶將取之，烏論後此之必昌哉？或以膝下之嬌女，付諸頒白之叟，而揚揚曰：『某貴官，吾東牀也。』嗚呼！宛宛嬰嬰者如故，而金龜壻［呂註］李商隱詩：爲有雲屏無限嬌，鳳城寒盡怕春宵。無端嫁得金龜壻，辜負香衾事早朝。注：唐書，車服志：天授二年改佩魚皆爲龜；三品以上龜袋，飾以金，四品以銀，五品以銅。中宗初，罷龜袋，復給以魚。以諭葬歸，其慘已甚矣；而況以少婦從軍［校］青本下有者字。乎？」

［何評］孝子節婦，出於一門，其爲鬼神所祐宜矣，況又名士之後哉！

［但評］陳之孝，女之賢，事皆處於萬難，非人力所能爲者。荒塚已没，誰其識之？即無孽鬼欺陵，亦溝壑之餓莩耳。乃人鬼異路，父子適逢，既見慈親，復覩新婦；得雙榆之表誌，載遺骨以歸鄉：至誠感神，自古然也。女不從父命，逢怒遣歸，倘得藜藿終身，亦復何憾？乃以饁榼來餉，惡語相侵，倚勢逼歸，離書坐索；至不得聞母死，不得質離婚。凶訃已來於西安，吉日又聞於中翰；游絲無主，錦被中淚海沈淪矣。非陳家人接將去，夫妻豈復有相見之一日哉！犂牛老悖，假此爲洩忿之端，送女者將爲厲階，送婦者初如夢醒。周之爲鬼爲蜮，適以顯子言之神靈；及身受冥譴，始囚繫而求解脱於若翁，庸可悔乎！兩騾夜歸，何殊塞翁失馬；而以囊中之白鏹，較輦運之糟糠，彼得以小人腹度君子，終不能以小人之力抗鬼神也。吁！可哀矣！

卷九

邵臨淄

臨淄某翁之女，太學李生妻也。未嫁時，有術士推其造，決其必受官刑。翁怒之；既而笑曰：「妄言一至於此！無論世家女必不至公庭，豈一監生不能庇一婦乎？」既嫁，悍甚，指罵夫壻以爲常。李不堪其虐，忿鳴於官。邑宰邵公准其詞，簽役立勾。翁聞之，大駭，率子弟登堂，哀求寢息。弗許。李亦自悔，求罷。公怒曰：「公門内豈作輟盡由爾耶？必拘〔校〕青本下有質字。審！」既到，略詰一二言，便曰：「真悍婦！」杖責三十，臀肉盡脱。

異史氏曰：「公豈有傷心於閨閫耶？〔但評〕欲甘心於悍婦，稍稍有丈夫氣者皆然，固不必有傷心於閨閫也。至未嫁時而已決其必受官刑，豈悍婦亦生命註定，彼實不能自主耶？此等事不忍聞，亦不忍言。何怒之暴也！然邑有賢宰，里無悍婦矣。志之，以補『循吏傳』之所不及者。」

于去惡

北平陶聖俞，名下士。順治間，赴鄉試，寓居郊郭。偶出户，見一人負笈佢儴，似卜居未就者。略詰之，遂釋負於道，相與傾語，言論有名士風。陶大説之，請與同居。客喜，攜囊入，遂同棲止。客自言：「順天人，姓于，字去惡。」以陶差長，兄之。于性不喜游矚，〔何註〕矚音燭，視也。晉書，桓温傳：眺矚中原。常獨坐一室，而案頭無書卷。陶不與談，則默卧而已。陶疑之，搜其囊篋，則筆研之外，更無長物。怪而問之。笑曰：「吾輩讀書，豈臨渴始掘井〔吕註〕朱柏廬治家格言：宜未雨而綢繆，勿臨渴而掘井。耶？」〔馮評〕今之試士，酒食游戲相徵逐，臨渴不解掘井，又將如何？一日，就陶借書去，閉户抄甚疾，終日五十餘紙，亦不見其摺疊成卷。竊窺之，則每一稿脱，輒燒灰吞之。愈益怪焉，詰其故。曰：「我以此代讀耳。」〔但評〕入闈之先，要在静養，筆墨之外，更無長物，可知非臨渴始掘井者，真讀書人自應如是。至燒書吞灰，以此代讀，即令果有其術，亦惡足傳。便誦所抄書，頃刻數篇，一字無訛。陶悦，欲傳其術；〔馮評〕後生懶讀，輒欲效之，滿腹黑灰而已。

于以爲不可。陶疑其吝，詞涉誚讓。于曰：「兄誠不諒我之深矣。欲不言，則此心無以自剖；驟言之，又恐驚爲異怪。[校]青本作物。奈何？」陶固謂：「不妨。」于曰：「我非人，是[校]青本作實。鬼耳。今冥中以科目授官，七月十四日奉詔考簾官，十五日士子入闈，月盡榜放矣。」陶問：「考簾官爲何？」[校]青本作何爲。曰：「此上帝慎重之意，無論鳥吏鼈官，[何註]鳥吏鼈官，少昊金天氏以鳥紀官，天官有鼈人，皆借用。皆考之。[馮評]李贄罵世，許伯哭世。能文者以内簾用，不通者不得[校]青本無得字。與焉。蓋陰之有諸神，猶陽之有守、令也。得志諸公，目不覩墳、典，不過少年持敲門磚，[呂註]古諺語：敲門磚不直錢。[何註]敲門磚，言必應也。江左謂小試以清淺文應之爲敲門磚。獵取功名，門既開，則棄去；再司簿書十數年，即文學士，胸中尚有字耶！[但評]一行作吏，此風塵之所以可歎也。陽世所以陋劣倖進，而英雄失志者，惟少此一考耳。」[馮評]順治中未有考簾之説，今考矣，雖無鳥吏鼈官，抛去敲門磚，簿書十數年，黄白滿前，利欲熏心，其中有無與否，未可知也。[但評]今之考簾官甚嚴矣，而未免英雄失志，其故安在？○持磚敲門，門開磚棄。胸中無一字，縱日事簿書，吾不知其操何術以從事矣，況更有目不識丁者乎？夫學古而後入官，民人社稷，非以爲學也。大官大邑，不可使學者治之也，不學無術，識者譏之，卜子夏之諄諄於仕而優者，非爲其一行作吏，此事遂廢，而不殖將落之爲可虞哉？果有此一考，竊恐官銜爲之一空。陶深然之，由是益加敬畏。一日，自外來，有憂色，歎曰：「僕生而貧賤，自謂死後可免；不謂迍邅[何註]迍邅，行不進貌。先生[校]青本無上二字。相從地下！」[校]青本下有矣字。陶請其故。曰：「文昌奉命都羅國封王，簾官之考遂罷。數十年游神耗鬼，雜入衡文，吾輩寧有望耶！」陶問：「此輩皆誰何人？」曰：「即言之，君亦不識。略舉一二人，大概可知：樂正師曠、［何註］師曠，晉平公臣，無目。司庫和嶠是也。［呂註］晉書，杜預傳：預常稱王濟有馬癖，和嶠有錢癖。武帝聞之，謂預曰：卿有何癖？曰：臣有左傳癖。○和嶠字長輿，汝南西平人。爲黃門侍郎。家產豐富，然性至吝，以是獲譏於世，故杜預以爲有錢癖也。○［馮評］一箇眼瞎，一箇要錢。僕自念命不可憑，文不可恃，不如休耳。」［但評］遊神耗鬼，雜入衡文；以師曠、和嶠輩操棄取之權，所賞鑑者自有所在，豈惟文不可恃，亦且命不可憑矣。地下亦竟如是哉！言已怏怏，遂將治任。陶挽而慰之，乃止。至中元［呂註］按七月十五日爲中元節。之夕，謂陶曰：「我將入闈。煩於昧爽時，持香炷於東野，三呼去惡，我便至。」乃出門去。陶沽酒烹鮮以待之。東方既白，敬如所囑。無何，于偕一少年來。問其姓字。于曰：「此方子晉，是我良友。適於場中相邂逅。聞兄盛名，深欲拜識。」同至寓，秉燭爲禮。少年亭亭似玉，意度謙婉，陶甚愛之。便問：「子晉佳作，當大快意？」于曰：「言之可笑！闈中七則，［校］青本作作題。過半矣；細審主司姓名，裹具徑出。奇人也！」［馮評］尹和靖先生應舉，因發策不善，不對而出，子晉亦爾耶？［但評］與其被黜，不如徑出。○審主司姓名，不復終場而裹具徑出，省得一番痛哭，可稱識時勢者。陶扇［校］青本作煽。○［何註］煽音扇，使火熾盛也。爐進酒，因問：「闈中何題？去惡魁解否？」于曰：「書藝、經論各一，夫人而能之。策問：『自古邪僻固多，而世風至今日，奸情醜態，愈不可名，不惟十八獄〔吕註〕見西遊記。所不得盡，抑非十八獄所能容。是果何術而可？或謂宜量加一二獄，然殊失上帝好生之心。其宜增與、否與，或别有道以清其源，〔但評〕切中時事，婉而多風。爾多士其悉言勿隱。』〔馮評〕友人戲爲之對曰：十八獄之説尚矣，從古善人少而惡人多，善不盡賞，賞一善而凡爲善者知勸。惡不盡罰，罰一惡而凡爲惡者知懲。則十八獄已無憂其不能盡，不能容矣。惟界乎不善不惡之間，而將入於去善即惡之途。量加之説不爲無見，是宜更設二獄：一以位天下之大言不慚者於冥冥之中，庶人也知有羞恥之萌；一以位天下之花面逢人者於寂寂之地，庶他生更無夏畦之苦。去其驕而剛惡不形，去其諂而柔惡不著，斯無傷於上帝好生之心，而並有以清其源歟？鯫生一得之見，惟執事採擇焉。弟策雖不佳，頗爲〔校〕青本作謂。痛快。〔但評〕策問奇而正，闢而確，惜未覩其自謂痛快之條對耳。表：『擬天魔〔何註〕觀音經：天魔外道，恐怖毛竪。殄滅，賜羣臣龍馬〔何註〕龍馬，馬高八尺以上爲龍。天衣有差。』次則『瑶臺應制詩』、『西池桃花〔何註〕西池桃花，西王母處勝境。賦』。此三種，自謂場中無兩矣！」言已鼓掌。方笑曰：「此時快心，放兄獨步〔吕註〕後漢書，戴良傳：同郡謝季孝問曰：子自視天下，孰可爲比？良曰：我若仲尼長東魯，大禹出西羌，獨步天下，誰與爲偶！矣；數辰後，不痛哭始爲男子也。」〔但評〕每至三年，有數十萬不得爲男子者。天明，方欲辭去。陶留與同寓，方不可，但期暮至。三日，竟不復來。陶使于往尋之。于曰：「無須。子晉拳拳，非無意者。」日既西，方果來。〔校〕青本作至。出一卷授陶，曰：「三日失約，敬録舊藝百餘作，求一品題。」陶捧讀大喜，一句一贊，略盡一二首，遂藏諸笥。談至更深，方遂留，與于共榻寢。自此爲常；方無夕不至，陶亦無方不懽也。一夕，倉皇而入，向陶曰：「地榜已揭，于五兄落第矣！」于方卧，聞言驚起，泫然流涕。二人極意慰藉，涕始止。然相對默默，殊不可堪。［但評］非過來人，不能得知如此真切。○當事者泫然流涕，旁觀者極意慰藉，既而相對默默，殊不可堪。先生久嘗此味，故言之更爲親切。方曰：「適聞大巡環張桓侯將至，恐失志者之造言也；不然，文場尚有翻覆。」于聞之，色喜。陶詢［校］青本作尋。其故。曰：「桓侯翼德，［何評］翼當作益。三十年一巡陰曹，三十五年一巡陽世，兩間之不平，待此老而一消也。」［馮評］人知桓侯好武，不知將軍能文，刁斗銘至今尚在。紀曉嵐詩云：慷慨横歌百戰餘，桓侯筆札定然疎，那知搨本摩崖字，車騎將軍手自書。謂刁斗銘桓侯書也。［但評］兩間不平之事極多，大巡環三十五年乃來，則不平之無可消者不知凡幾。乃起，拉［校］青本作扯。方俱去。兩夜始返，方喜［校］青本無喜字。謂陶曰：「君不賀五兄耶？桓侯前夕至，裂碎地榜，［但評］裂碎地榜，快人快事，有如當年。榜上名字，止存三之一。［但評］裂碎地榜，三分存一，遺卷得薦已多至二分，此誠破例之舉，最快人心之事矣。特不知此裂去之二，究竟作何處置。游魂耗鬼之儼然衡文者，又將作何處分。大巡環想必不遺餘力也。偏閲遺卷，得五兄甚喜，薦作交南巡海使，旦晚輿馬可到。」陶大喜，置酒稱賀。酒數行，于問陶曰：「君家有閒舍否？」問：「將何爲？」曰：「子晉孤無鄉土，又不忍恝然於兄。弟意欲假館相依。」陶喜曰：「如此，爲幸多矣。即無多屋宇，同榻何礙。但有嚴君，［吕註］易，家人：家人有嚴君焉。父母之謂也。須先關白。」于曰：「審知尊大人慈厚可依。兄場闈有日，子晉如不能待，先歸何如？」［校］青本作如何。陶留伴逆旅，以待同歸。次日，方暮，有車馬至門，接于蒞任。于起握手曰：「從此別矣。一言欲告，又恐阻銳進之志。」問：「何言？」曰：「君命淹〔校〕青本作偃。蹇，生非其時。此科之分十〔校〕青本作亦十分。之一；後科桓侯臨世，公道初彰，十之三；三科始可望也。」陶聞，欲中止。于曰：「不然，此皆天數，即明知不可，而註定之艱苦，亦要歷盡耳。」〔馮評〕功名有命，然註定艱苦，雖歷盡乃得。予嘗以此告同人。〔但評〕雖曰科名有定，而註定之艱苦一分不曾歷盡，則有定者亦未必得。茫茫苦海奔波者，又焉知註定之數何時歷盡耶？然亦有未嘗學問，而自少至壯，自壯至老，矮屋中其歷數百日而猶未肯休者，又其自尋苦惱，而非天數之註定也。又顧方曰：「勿淹滯，今朝年、月、日、時皆良，即以輿蓋送君歸。僕馳馬自去。」方忻然拜別。陶中心迷亂，不知所囑，但揮涕送之。見輿馬分途，頃刻都散。始悔子晉北旋，未致一字，而已無及矣。三場畢，不甚滿志，奔波而歸。入門問子晉，家中並無知者。因爲父述之。父喜曰：「若然，則客至久矣。」先是陶翁晝臥，夢輿蓋止於其門，一美少年自車中出，登堂展拜。訝問所來。答云：「大哥許假一舍，以入闈不得偕來。我先至矣。」言已，請入拜母。翁方謙卻，適家媪入曰：〔校〕青本作出白。「夫人産公子矣。」恍然而醒，大奇之。是日陶言，適與夢符，乃知兒即子晉後身也。父子各喜，名之小晉。兒初生，善夜啼，母苦之。陶曰：「倘是子晉，我見之，啼當止。」俗忌客忤，〔何註〕客忤，小兒見生客病也。故不令陶見。母患啼不可耐，乃呼陶入。

陶嗚［校］青本作呼。之曰：「子晉勿爾！我來矣！」兒啼正急，聞聲輟［校］青本作輒。止，停睇不瞬，如審顧狀。陶摩頂［呂註］南史，徐陵傳：陵母臧氏，嘗夢五色雲化爲鳳，集左肩上，已而誕陵。年數歲，家人攜以候沙門釋寶志，寶志摩其頂曰：此天上石麒麟也。○一統志：宋真宗時，有婁道者逆知吉凶，嘗召問禁中事。仁宗生，晝夜啼不止。道者摩其頂曰：莫叫莫叫，何如當初莫笑？啼遂止。○按：真宗無子，求於上帝。帝遍問諸仙，有赤脚仙大笑，遂遣焉。在宮中好赤脚，是其驗也。而去。［校］青本作出。自是竟不復啼。數月後，陶不敢見之；一見，則折腰索抱，走去，則啼不可止。陶亦狎愛之。四歲離母，輒就兄眠；［但評］原有同榻之約。兄他出，則假寐以俟其歸。兄於枕上教毛詩，［呂註］史記：正義：河間獻王博士毛公善説詩，獻王號之曰毛詩。○詩譜：大毛公亨爲訓詁傳於其家，河間獻王得而獻之，以小毛公萇爲博士。然則大毛公爲傳，小毛公題之曰毛也。○按：漢毛亨治詩，作訓詁傳，以授從子萇，時稱亨爲大毛公，萇爲小毛公，名其詩曰毛詩。誦聲呢喃，［何註］呢喃，喻聲低難辨也。夜盡四十餘行。以子晉遺文授之，欣然樂讀，過口成誦；試之他文，不能也。八九歲，眉目朗徹，宛然一子晉矣。陶兩入闈，皆不第。丁酉，文場事發，簾官多遭誅遣，［校］青本作譴。○［何註］誅譴音株繾，戮也，謫也。○［但評］師曠、和嶠輩必在其中。貢舉之途一肅，乃張巡環力也。［馮評］順治十四年丁酉尋出實證來，虛虛實實，假假真真，先生之文不可測也。陶下科中副車，尋貢。遂灰志前途，隱居教弟。常語人曰：「吾有此樂，翰苑不易也。」［但評］果有佳弟，怡怡之樂，豈翰苑所能易哉。

異史氏曰：「余每至張夫子廟堂，瞻其鬚眉，凜凜有生氣。［呂註］世説：庾道季云：廉頗、藺相如雖千載上死人，凜凜恒如有生氣。又其生平喑啞［何註］喑啞音飲亞。史記索隱：喑啞，懷怒氣；叱咤，發怒聲。此喑啞二字難解，恐誤。如霹靂聲，［校］青本無聲字。○［呂註］見蜀志。矛馬所至，無不大快，出人意表。世以將軍好武，〔呂註〕杜甫陪鄭廣文游何將軍山林詩：將軍不好武，稚子總能文。遂置與絳、灌伍；〔呂註〕史記，淮陰侯列傳：遂械繫信至洛陽，赦信罪，以爲淮陰侯。信知漢王畏惡其能，常稱病不朝從。居常鞅鞅，羞與絳、灌等列。注：周勃封絳侯，灌謂灌嬰。〇按：楚漢春秋曰：漢已定天下，論羣臣破敵禽將，活死不衰，絳灌、樊噲是也。功成名立，臣爲爪牙，世世相屬，百世無邪，絳侯周勃是也。是絳灌自一人，非絳侯與灌嬰。〔何註〕絳，縣名，周勃封絳侯。灌，姓，灌嬰也，亦漢功臣。伍，謂置與絳、灌無文者爲伍也。寧知文昌事繁，須侯固多哉！嗚呼！三十五年，來何暮也！」〔何註〕後漢廉范字叔度，爲成都太守。民歌之曰：廉叔度，來何暮。〇〔馮評〕先生老於文場，持論至此，如聞嗚咽。

王阮亭云：「數科來關節公行，非噉名即壟斷，脱有桓侯，亦無如何矣。悲哉！」〔校〕此據抄本，青本無此段。

〔何評〕張爲朱鳥七宿正位離明，故文昌、桓侯皆張姓，文場事須大巡環何疑。

狂生

劉學師言：「濟寧有狂生某，善飲；家無儋石，〔何註〕儋音擔，負荷也。又齊名小甕爲儋石，受一斗。晉書，劉毅傳：家無儋石之儲。而得錢輒沽，殊不以窮厄〔校〕青本作厄窮。爲意。值新刺史莅任，善飲無對。聞生名，招與飲而悅之，時共談宴。生恃其狎，〔但評〕爲其能飲而狎之，交之不以其正也，生之驕倨，亦其自取。凡有小訟求直者，輒受薄賄，爲之緩頰；刺史每可其請。生習爲常，刺史心厭之。一日早衙，持刺登堂。刺史覽之微笑。生厲聲曰：『公如所請，可之；不如所請，否之。何笑也！聞之：士可殺而〔校〕青本無而字。不可辱。他固不能相報，豈一笑不能報耶！』言已，大笑，聲震堂壁。刺史怒曰：『何敢無禮！寧不聞滅門令尹耶！』生掉臂〔校〕青本作拂袖。竟下，大聲曰：『生員無門之可滅！』刺史益怒，執之。訪其家居，則並無田宅，惟攜妻在城堞上住。〔校〕青本作堞。○〔但評〕以笑報笑，適得其宜，聲震堂壁，斯過當矣。然而共談宴時，其笑亦必有如此者矣。以此而滅其門，亦未免過當。刺史聞而釋之，但逐不令居城垣。朋友憐其狂，爲買數尺地，購斗室焉。入而居之，歎曰：『今而後畏令尹矣！』」

異史氏曰：「士君子奉法守禮，不敢劫人於市，南面者奈我何哉！然仇之猶得而加者，徒以有門在耳；夫至〔校〕青本下有於字。無門可滅，則怒者更無以加之矣。噫嘻！此所謂『貧賤驕人』者耶！獨是君子雖貧，不輕干人，乃以口腹之累，〔呂註〕世說：閔仲叔老病家貧，不能得肉，日買猪肝一片，屠或不肯與。安邑令聞之，勑吏常給。仲叔嘆曰：閔仲叔豈以口腹累安邑耶！遂去客沛。喋喋公堂，品〔校〕青本品上有亦字。斯下矣。雖然，其狂不可及。」〔呂註〕南史，顏延之傳：文帝嘗召延之，傳詔頻不見，常日但酒店裸袒挽歌，了不應對。他日醉醒，乃見帝。嘗問以諸子才能，延之曰：竣得臣筆，測得臣文，㚟得臣義，躍得臣酒。何尚之嘲曰：誰得卿狂？答曰：其狂不可及。○按：竣早有文集行於世，竣弟測亦以文章見知，官至江夏王大司馬録事參軍，㚟明帝時擢爲中書侍郎。

澂俗[校]澂，此據遺本，抄本作徵。

澂人多化物類，出院求食。有客寓旅邸時，見羣鼠入米盎，驅之即遁。客伺其入，驟覆之，瓢水灌注[校]遺本作盈。其中，頃之盡斃。主人全家暴卒，惟一子在。訟官，[校]遺本作客。官原而宥之。[校]青本無此篇。

鳳仙

劉赤水，平樂人，少穎秀。［何註］穎秀，聰穎文秀也。十五入郡［校］青本作縣。庠。父母早亡，遂以游蕩自廢。［但評］父母俱亡，遂以游蕩自廢，雖穎秀，其可恃乎？室中不有仙人，則拳大酸壻，亦終老死破窑耳。家不中貲，而性好修飾，衾榻皆精美。一夕，被人招飲，忘滅燭而去。酒數行，始憶之，急返。聞室中小語，伏窺之，見少年擁麗者眠榻上。宅臨貴家廢第，恒多怪異，心知其狐，亦［校］青本亦上有即字。不恐。入而叱曰：「臥榻豈容鼾睡！」［呂註］宋史：太祖使曹彬圍金陵，江南主李煜求徐鉉入奏，乞罷兵。上曰：江南主有何罪？但天下一家，臥榻之旁，豈容他人鼾睡乎！［何註］鼾音酣。二人惶遽，抱衣赤身遁去。遺紫紈袴一，帶上繫針囊。［但評］紈袴已足，而必兼及針囊者，下文有金釧、有繡履、有鏡，不如此不足以稱之。大悅，恐其［校］青本無其字。竊去，藏衾中而抱之。［但評］以袴要婚，一篇文俱從此結構而成。俄一蓬頭婢自門罅入，向劉索取。劉笑要償。婢請遺以酒，不應；贈以金，又不應。婢笑而去。旋返曰：「大姑言：如賜還，當以佳耦爲報。」劉問：「伊誰？」曰：「吾家皮姓，大姑小字八仙，共臥者胡郎也；二姑水仙，適富川丁官人；三姑鳳仙，較兩姑尤美，自無不當意者。」劉恐失信，請坐待好音。婢去〔校〕青本下有久之二字。復返曰：「大姑寄語官人：好事豈能猝合？適與之言，反〔校〕青本作方。遭詬厲；但緩時日以待之，吾家非輕諾寡信者。」〔呂註〕老子：輕諾必寡信，多易必多難。劉付之。過數日，渺無信息。薄暮，自外歸。閉門甫坐，忽雙扉自啓，兩人以被承女郎，手捉四角而入，〔但評〕送新人新樣。曰：「送新人至矣！」〔馮評〕來得突。笑置榻上而去。近視之，酣睡未醒，酒氣猶芳，赬顔醉態，傾絶人寰。喜極，爲之捉足解襪，抱體緩裳。而女已微醒，開目見劉，四肢不能自主，但恨曰：「八仙淫婢賣我矣！」劉狎抱之。女嫌膚冰，微笑〔但評〕微醒而恨，只曰，淫婢賣我，且復微笑，亦穎秀修飾得力處。文於吞吐間，形容得出。曰：「今夕何夕，見此涼人！」劉曰：「子兮子兮，如此涼人何！」遂相歡愛。既而曰：「婢子無恥，玷人牀寢，而以妾換袴耶！必小報之！」從此無〔校〕青本作靡。夕不至，綢繆甚殷。袖中出金釧一枚，曰：「此八仙物也。」又數日，懷繡履一雙來，珠嵌金繡，工巧殊絶，且囑劉暴揚之。〔但評〕本欲借袴引出繡履，猶嫌其率，卻先以金釧襯之，遂令文勢曲折而更多情趣。○金釧一枚，襯出繡履一雙。以紈袴而合，以繡履而離，中間復取履而贈之以鏡，以鏡而離，又以鏡而合，後仍以履作結。而履而灰，灰而復履；忽作滿柈之履，忽作墮地之履。此皆從紈袴針囊生香設色而出，卻以小報紈袴一語作束上提下之筆，遂令讀者信其件件都是實事，幾忘其專以影裏情郎，畫中愛寵二句，憑空撰出書中黄金屋，書中顔如玉一篇議論文字。劉出誇示親賓。求〔校〕青本作來。觀者皆以貲酒爲贄，由此奇貨居之。［馮評］楊妃馬嵬坡下羅襪，土人得之，觀者人給一錢。女夜來，作［校］青本作上有忽字。別語。怪問之，答云：「姊以履故恨妾，欲攜家遠去，隔絶我好。」劉懼，願還之。女云：「不必，彼方以此挾妾，如還之，中其機矣。」［但評］靈警異常，老成持重。劉問：「何不獨留？」曰：「父母遠去，一家十餘口，俱託胡郎經紀，若不從去，恐長舌婦［何註］長舌，謂能言也。詩，大雅：婦有長舌，爲厲之階。造黑白也。」從此不復至。踰二年，思念綦切。偶在途中，［校］青本無中字。遇女郎騎款段馬，老僕鞚之，摩肩過；反啓障紗相窺，丰姿豔絶。頃，一少年後至，曰：「女子何人？似頗佳麗。」劉亟［校］青本作極，通亟。贊之。少年拱手笑曰：「太過獎矣！此即山荆也。」劉惶愧謝過。少年曰：「何［校］青本何上有此字。妨。但南陽三葛，君得其龍，［呂註］世説：諸葛瑾與弟亮、從弟誕，並有盛名，各事一國。人謂蜀得其龍，吴得其虎，魏得其狗。○按，萬姓統譜：諸葛，殷時侯國葛伯之後，舊居瑯邪，徙陽都，先有葛在，時人謂之諸葛。吴書亦云：諸葛瑾字子瑜。其先葛氏，瑯琊諸縣人；後徙陽都，陽都先有姓葛者，時人謂諸葛，因爲氏。是瑾、亮、誕皆葛姓也。區區者又何足道！」劉疑其言。少年曰：「君不認竊眠卧榻者耶？」劉始悟爲胡。［但評］有兩生同時考劣等而被斥者，後聯姻相見，皆訝曰：似何處相晤來。沉吟久之，相與點首曰：哦哦。情態亦如是。敍僚壻［呂註］懶真子：爾雅曰兩壻相謂爲亞，今江東呼爲僚壻。之誼，嘲謔甚歡。少年曰：「岳新歸，將以［校］青本作一。省覲，可同行否？」劉喜，從入縈山。——山上故有邑人避難之宅——女下馬入。少間，數人出望，曰：「劉官人亦來矣。」入門謁見翁嫗。[校]青本作媪。 又一少年先在，靴袍炫美。翁曰：「此富川丁壻。」並揖就[校]青本作即。坐。少時，酒炙紛綸，談笑頗洽。翁曰：「今日三壻並臨，可稱佳集。又無他人，可喚兒輩來，作一團圞之會。」俄，姊妹俱出。翁命設坐，各傍其壻。八仙見劉，惟掩口而笑；鳳仙輒與嘲弄；[何註]嘲弄，嘲笑玩弄也。 水仙貌少亞，而沉重温克，滿座傾談，惟把酒含笑而已。於是履舄交錯，蘭麝熏人，飲酒樂甚。劉視牀頭樂具畢備，遂取玉笛，請爲翁壽。翁喜，命善者各執一藝，因而合座争取；惟丁與鳳仙不取。八仙曰：「丁郎不諳可也；汝寧指屈[校]青本作屈指。不伸者？」因以拍板擲鳳仙懷中，便串繁響。[何註]串響，所謂絡繹不絶也。 翁悦曰：「家人之樂極矣！兒輩俱能歌舞，何不各盡[校]青本作進。所長？」八仙起，捉水仙曰：「鳳仙從來金玉其音，不敢相勞；[但評]破窑一折，聲淚俱下，生出後半幅文字；此處却先説鳳仙從來金玉其音，不敢相勞，文愈曲折，愈顯出鳳仙之激烈也。 我二[校]青本作兩。人可歌『洛妃』一曲。」二人歌舞方已，適婢以金盤進果，都不知其何名。翁曰：「此自真臘攜來，所謂『田婆羅』也。」[吕註]北史，真臘列傳：在林邑西南，本扶南之屬國也。其王姓刹氏，名質多斯那。異者有婆田羅樹，花、葉、實並似棗而小異。○按：此作田婆羅，疑誤。○[馮評]真臘本扶風屬國。 因掬數枚送丁前。鳳仙不悦曰：「壻豈以貧富爲愛憎耶？」[但評]當應之曰：此常情耳，予何爲獨不然。 翁微哂不[校]青本作未。言。八仙曰：「阿爹以丁郎異縣，故是客耳。若論長幼，豈獨鳳妹妹有拳大酸壻耶？」［校］青本作也。鳳仙終不快，解華妝，以鼓拍授婢，唱「破窑」［吕註］按避暑録云：吕文穆蒙正爲父龜圖所逐，龍門寺僧識其貴人，延致寺中，鑿山岩爲龕以居之，凡九年。後諸子即龕爲祠堂，名曰肄業，富文忠爲之記。今人以傳奇中有破窑之説，志書亦沿俗論，但言窑而不知有龕，並龍門寺僧亦湮没不傳，可惜也。一折，聲淚俱下；［馮評］小作波致。昌黎詩曰：喁喁兒女語，恩怨相爾汝。金聖歎曰：如小鳥鬥舌，對唤春樹，最好下酒。［但評］如見其人，如聞其聲。既闋，拂袖逕去，［校］青本作出。一座爲之不懽。八仙曰：「婢子喬性［吕註］按：喬與驕通。禮樂記：齊音敖辟喬志。○又音矯，見莊子在宥篇。［何註］喬性，嬌性也。猶昔。」［但評］鳳仙自是喬性，自是好勝；然世之無志上進者，皆闒茸甘讓人者耳。破窑一唱，夫夫也將何以爲情！乃追之，不知所往。

劉無顏，亦辭而歸。至半途，［校］青本作路。見鳳仙坐路旁，呼與並坐。曰：「君一丈夫，不能爲牀頭人吐氣［何註］李白上韓荆州書曰：不使白揚眉吐氣，激昂青雲耶？耶？［但評］牀頭人欲吐氣，一顰也若被嚴誅，一笑也如膺上賞。以此策厲丈夫，真乃百發百中。黄金屋自在書中，［但評］黄金屋自在書中，牀頭人以此爲吐氣符勅，真足破愚起懦。願好爲之！」舉足云：「出門匆遽，棘刺破複履矣。所贈物，在身邊否？」劉出之。女取而易之。劉乞其敝者。［但評］借乞敝履引出贈鏡，乃不突兀。囅然曰：「君亦大［校］青本無大字。無賴矣！幾見自己衾枕之物，亦要懷［校］青本作護。藏者？如相見愛，一物可以相贈。」旋［校］青本無旋字。出一鏡付之曰：「欲見妾，當於書卷中覓之；不然，相見無期矣。」［馮評］予最喜看李亞仙剔目一齣，然彼猶太狠，家家有此鏡，士林少廢材矣，用復慨然。［但評］顏如玉自在書中，覓之則翩然來矣。言已，不見。怊悵而

〔校〕青本作自。歸。視鏡，則鳳仙背立其中，如望去人於百步之外者。〔但評〕遠而背。因念所囑，謝客下帷。一日，見鏡中人忽現正面，盈盈欲笑，〔但評〕近而笑。益重愛〔校〕青本作愛重。之。無人時，輒以共對。月餘，鋭志漸衰，游恒忘返。歸見鏡影，慘然若涕；〔但評〕近而戚。隔日再視，則背立如初矣；〔但評〕遠而背。始悟爲己之廢學也。〔但評〕曲曲寫出，傳神繪影之筆。乃閉户研讀，晝夜不輟；月餘，則影復向外。自此驗之：每有事荒廢，則其容戚；數日攻苦，則其容笑。於〔校〕青本作如。是朝夕懸之，如對師保。〔馮評〕用成語，天然拍合。〔但評〕再用總寫，精神愈足。○朝夕懸之，如對師保，吾謂其有過之無弗及也。何者？設使師保教之，一舉而捷，未必曰今可以對我師保也，蓋鏡中人自有大作用在，自有真力量在，師保之嚴，何能及之。如此二年，一舉而捷。喜曰：「今可以對我〔校〕青本下有然字。鳳仙矣！」攬鏡視之，見畫黛〔何註〕畫黛，以黛畫眉也。彎長，〔但評〕君爲吐氣，妾當揚眉。瓠犀微露，喜容可掬，宛在目前。愛極，停睇不已。忽鏡中人笑曰：「『影裏情郎，畫中愛寵』，〔呂註〕西廂記：他做會影裏情郎，我做會畫中愛寵。今之謂矣。」驚喜四顧，則鳳仙已在座右。〔校〕青本作後。握手問翁媪起居。曰：「妾别後，不曾歸家，伏處巖穴，聊與君分苦耳。」〔馮評〕宋君分痛是至性，此女分苦是至情。〔但評〕能與分苦，然後可與共甘，此之謂賢内助。劉赴宴郡中，女請與俱；共乘而往，人對面不相窺。既而將歸，陰與劉謀，僞爲娶於郡也者。女既歸，始出見客，經理家政。人皆驚其美，而不知其狐也。劉屬富川令門人，往謁之。遇丁，［馮評］節節相生，不另起爐竈。殷殷邀至其家，款禮優渥。言：「岳父母近又他徙。內人歸寧，將復。當寄信往，並詣申賀。」［馮評］借丁口中帶敍，省力。劉初疑丁亦狐，及細審邦族，始知富川大賈子也。初，丁自別業暮歸，遇水仙獨步。見其美，微睨之。女請附驥以行。丁喜，載至齋，與同寢處。櫺隙可入，始知爲狐。女［校］青本無女字。言：「郎無見疑。妾以君誠篤，故願託之。」丁嬖之，竟不復娶。劉歸，假貴家廣宅，備客燕寢，灑［校］青本作氾。掃光潔。而苦無供帳；隔夜視之，則陳設煥然矣。過數日，果有三十餘人，齎旗采酒禮而至，輿馬繽紛，填溢堦［校］青本作街。巷。劉揖翁及丁、胡入客舍；鳳仙逆嫗及兩姨入內寢。八仙曰：「婢子今貴，不怨冰人矣。［但評］雖不怨冰人，却只感紈袴。——釧履猶存否？」女搜付之，曰：「履則猶是也，而被千人看破矣。」［馮評］生下一段文字。八仙以履擊背，曰：「撻汝寄於劉郎。」［馮評］穀梁用來妙。［但評］劉郎此時背上必不關痛癢，蓋自朝夕對女師保以來，不比當年藏袴要償之劉郎矣。乃投諸火，祝曰：「新時如花開，舊時如花謝；珍重不曾着，姮娥來相借。」水仙亦代祝曰：「曾經籠玉笋，着出萬人稱；若使姮娥見，應憐太瘦生。」［呂註］歐陽修六一詩話：李白詩太瘦生，唐人語也。猶以生爲語助，作麽生、何似生之類皆是。鳳仙撥火［校］青本作灰。曰：「夜夜上青天，一朝去所懽；留得纖纖影，徧與世人看。」［馮評］了結，又生下。［何評］三詞都好。［但評］詼諧語，雅而趣。堆灰滿柈，真足遍與世人看也。遂以灰捻柈中，堆作十餘分，望見劉來，托以贈之，但見繡履滿柈，［馮評］又作弄。悉如故款。［何評］狡獪。［但評］固是鳳仙作弄，想亦千人精神所結而成。〇主意只是收斂剗履耳，乃投諸火而祝，水仙亦代祝，已盡致矣；鳳仙忽撥灰捻堆柈而有無數之履，此無中生有，絕處求生之法也。八仙急出，推柈墮地；地上猶有一二隻存者，又伏吹之，其跡［校］青本作蹤。始滅。次日，丁以道遠，夫婦先歸。八仙貪與妹戲，翁及胡屢督促之，亭午始出，與衆俱去。初來，儀從過盛，觀者如市。［馮評］又生下。有兩寇窺見麗人，魂魄喪失，因謀劫諸途。偵其離村，尾之而去。相隔不盈一矢，［校］此據青本，抄本作尺。馬極奔，不能及。至一處，兩崖夾道，輿行稍緩；追及之，持刀吼咤，［何註］吼，牛鳴也。咤音奼，叱怒也。人衆都奔。下馬啓簾，則老嫗坐焉。［馮評］又弄鬼。方疑誤掠其母；纔他顧，而兵傷右臂，頃已被縛。凝視之，崖並非崖，乃平樂城門也；［馮評］臨結出奇，後勁不竭。輿中［校］青本下有人字。則李進士母，自鄉中歸耳。［何評］狡獪。一寇後至，亦被［校］青本無被字。斷馬足而縶之。［校］青本下有門字。門丁［校］上二字，青本作李。執送太守，一訊而伏。時有大盜未獲，詰之，即其人也。明春，劉及第。鳳仙以［校］以，青本作亦恐。招禍，故悉辭內戚之賀。劉亦更不他娶。及爲郎官，納妾，生二子。

異史氏曰：「嗟乎！冷煖之態，仙凡固無殊哉！『少不努力，老大徒傷』。［呂註］顏延年長歌行：少壯不努力，老大徒傷悲。惜無好勝佳人，作鏡影悲笑耳。吾願恒河沙數［呂註］彌陀經疏鈔：恒河在西域無熱河側，沙至微細，佛近彼河説法，故凡言多常取爲喻。○大智度論：問恒河中沙有幾許？答云：一切算數所不能知，惟有佛及法身菩薩能知其數。一切閻浮提中微塵生滅多少，皆能知數，何況恒河沙。［何註］恒河沙佛，見波斯匿王語。仙人，並遣嬌女昏嫁人間，則貧窮海中，少苦衆生矣。」［馮評］天上那有許多仙人，恐虛願難酬。

［何評］鋭志攻苦，皆由於鏡中悲笑，豈好色之心，重於好名乎？然天下有志者少，無志者多，季子簡鍊揣摩，亦由於妻不下機一激之力，則閨中之人，正自不可少耳。

佟客

董生，徐州人。好擊劍，每慷慨自負。偶於[校]青本作在。途中遇一客，跨蹇同行。與之語，談吐豪邁。詰其姓字，云：「遼陽佟姓。」問：「何往？」曰：「余出門二十年，適自海外歸耳。」董曰：「君遨遊四海，閱人綦多，曾見異人否？」佟曰：[校]青本作問。「異人何等？」董乃自述所好，恨不得異人之[校]青本作所。傳。佟曰：「異人何地無之，要必忠臣孝子，始得傳其術也。」[馮評]劍俠傳以忠孝二字作骨子，一語破的。董又毅[校]青本作奮。然自許；[但評]必忠臣孝子而後可以傳異術，非必得異術而後可以爲忠臣孝子也。奮然自許，又恨不得異人所傳，主見已錯。○讀完一部廿二史，所謂平居慷慨自負者，我知之矣。忠臣孝子皆從至性熱血中出來，不是口頭舌邊上做得的。奮然自許，便已看得太容易了；胸中全無些子血性，如何有力量擔當得起。即出佩劍，彈之而歌；又斬路側小樹，以矜其利。佟掀髯[何註]髯，俗髥字。在頤曰鬚，在頰曰髯。微笑，[但評]對門外漢只有微笑而已。因便借觀。董授之。展玩一過，曰：「此甲鐵所鑄，爲汗臭所蒸，最爲下品。[馮評]荆卿之劍，想亦如是。僕雖未聞劍術，然有一劍，頗可用。」遂於衣底出短刃尺許，以削董劍，脆如瓜瓠，應手斜斷，如馬蹄。董駭極，亦請過手，再三拂拭而後返之。[馮評]望猶河漢。邀佟至[校]至，青本作過諸其。家，堅留信宿。叩以劍法，謝不知。董按膝雄談，惟敬聽而已。[馮評]大方。[但評]對井底蛙只有敬聽而已。更既深，忽聞隔院紛拏。隔院爲生父居，心驚疑。近壁凝聽，但聞人作怒聲曰：「教汝子速出即刑，便赦汝！」少頃，似加搒掠，呻吟不絶者，真[校]青本作直。其父也。生捉[校]青本作提。戈欲往。[馮評]畫出膽怯。佟止之曰：「此去恐無生理，宜審萬全。」[但評]止之妙，保全孝子不少。生皇然請教。[馮評]挂住脚。佟曰：「盜坐名相索，必將甘心焉。君無他骨肉，宜囑後事於妻子；[但評]使之囑妻子，孝子作不成矣。我啓户，爲君警[校]青本作驚。廝僕。」生諾，入告其妻。妻牽衣泣。[馮評]挂住脚。生壯念頓消，遂共登樓上，尋弓覓矢，以備盜攻。倉皇未已，聞佟在樓簷上笑曰：「賊幸去矣。」[馮評]仙乎雲中看濁世，長嘯一聲歸去來。我亦大笑。[但評]葫蘆得妙。燭之已杳。逡巡出，則見翁赴鄰飲，籠燭方[校]青本作始。歸；惟庭前多編菅遺灰焉。[但評]恐無生理，宜審萬全，是對忠臣孝子議論。皇然請教，是忠臣孝子主見。妻子牽泣，壯念頓消，是忠臣孝子轉關。挈眷登樓，弓矢備盜，置其親於不顧，是忠臣孝子作爲。賊幸去矣，逡巡出矣，而翁歸矣，異人杳矣，是忠臣孝子實跡。慷慨自負者如是如是。乃知佟異人也。[但評]乃知己空自負也。

異史氏曰：「忠孝，人之血性；古來臣子而不能死君父者，其初豈遂無提戈壯往時哉，要皆一轉念誤之耳。[馮評] 理明分定性堅，故能於刀鋸鼎鑊從容赴之而無難。長蔗者固不足言，即以客氣乘之，亦略牽動之而不振矣。趙甌北詩云：平時每作千秋想，臨事方知一死難。名義重應甘白刃，頭顱痛義顛黃冠。無事談忠義，臨危喪廉恥。名人如牧齋不足道，即草間偷活如梅村，幾人爲之原諒哉！昔解縉[校] 縉，青本作大紳。與方孝孺相約以死，而卒食其言；[呂註] 按：大紳名縉，江西吉水人。洪武中，舉庶吉士。文皇渡江時，與方孝孺、周是修、王艮、吳溥、胡廣、胡靖約同死難；既而解使人覘胡廣動靜，見廣方問家人飼豬否。解聞而笑曰：一豬尚不肯捨，況肯捨生命乎？蓋皆無意於死也。後孝孺磔諸市，是修死之，艮閉門涕泣不已，服毒死；餘皆食其言。詳見明史。安知矢約歸[校] 青本下有家字。後，不聽牀頭人嗚泣哉？邑有快役某，每數日不歸，妻遂與里中無賴通。一日歸，值[校] 青本值上有適字。少年自房中出，大疑，苦詰[校] 青本下有其字。妻。妻[校] 青本下有堅字。不服。既於牀頭得少年遺物，妻窘無詞，惟長跪哀乞。某怒甚，擲以繩，逼令自縊。[校] 青本作經。妻請妝服而死，許之。妻乃入室理妝，某自酌以待之，呵叱頻催。俄妻炫服出，含涕拜曰：『君果忍令奴死耶？』某[校] 青本下有以字。盛氣咄之。妻返走入房，方將結帶，某擲盞[校] 上二字，青本作執琖鏘然。○[何註] 琖，阻限切，音醆，玉爵也。夏曰琖，殷曰斝，周曰爵。說文：或作盞。呼曰：『咍，[呂註] 左思吳都賦：東吳王孫，囅然而咍。注：楚人謂相調笑曰咍。○[但評] 此一字誤了多少講忠孝、講氣節人。○緑頭巾不能壓人死，其精神全在一咍字。返矣！一頂緑頭巾，[呂註] 國憲家猷：春秋時，有貨妻女求食者，謂之倡。夫以緑巾裹頭，以別貴賤。或不能壓人死耳。』遂爲夫婦如初。此亦大紳者類也，一笑。」

［馮評］蠅能倒棲，蠅之異也；鳥能騰空，鳥之異也。夫子言之：十室必有忠信。十室之異人，童子亦知敬讓，童子中之異人也。即飛仙劍客世不常見，而不知得遇異人者即異人也。天下之大，何所不有。己爲妄人，將以善人爲惡人；己爲俗人，將以聖人爲凡人。先哲詩云：英雄見慣只常人。家有賢而不知，鄉有賢而不知，心有佛而不知，家有佛而不知。張眉露目，海底撈月，更何處求異人哉！

［何評］忠臣孝子，出於血性，是乃仁術也。乃人自有之，而自朱之，更於何處求異術哉？

遼陽軍

沂水某，明季充遼陽軍。會遼城陷，爲亂兵所殺；頭雖斷，猶不甚死。至夜，一人執簿來，按點諸鬼。至某，謂其不宜死，使左右續其頭而送之。遂共取頭按〔校〕遺本作安。項上，羣扶〔校〕遺本下有掖字。之，風聲簌簌，行移時，置之而〔校〕遺本無上二字。去。視其地，則故里也。沂令聞之，疑其竊逃。拘訊而得其情，頗不信；又審其頸無少斷痕，將刑之。某曰：「言無可憑信，〔校〕遺本無信字。但請〔校〕遺本無請字。寄獄中。斷頭可假，陷城〔校〕遺本作城陷。不可假。設遼城無恙，然後受〔校〕遺本作即。刑未晚也。」令從〔校〕遺本作然。之。數日，遼信至，時日一如所言，遂釋之。〔校〕青本無此篇。

張貢士

安丘張貢士，寢疾，仰卧牀頭。忽見心頭有小人出，長僅半尺；儒冠儒服，作俳優〔何註〕俳優音牌憂，漢書，東方朔傳：朔好詼諧，武帝以俳優畜之。狀。唱崑山曲，音調清徹，説白、自道名貫，一與己同；所唱節末，皆其生平所遭。四折既畢，吟詩而没。張猶記其梗概，爲人述之。高西園〔呂註〕高西園名鳳翰，號南阜山人，膠州人，以諸生薦舉，官歙縣丞。晤杞園先生，〔呂註〕張杞園名貞，字起元，安丘人。康熙壬子拔貢生，舉宏博，授翰林院待詔。曾細詢之，猶述其曲文，惜不能全憶。〔校〕抄本無高西園至全憶一段。

高西園云：「向讀漁洋先生『池北偶談』，見有記心頭小人者，爲安丘張某事。余素善安丘張卯君，意必其宗屬也。一日，晤問問及，始知即卯君事。詢其本末，云：當病起時，所記崑山曲者，無一字遺，皆手録成册，後其嫂夫人以爲不祥語，焚棄之。每從酒邊茶餘，猶能記其尾聲，常舉以誦客。今并識之，以廣異聞。其詞云：『詩云子曰都休講，不過是都都平丈（相傳一邨塾師訓童子讀論語，字多訛謬。其尤堪笑者，讀「郁郁乎文哉」爲「都都平丈我」）。全憑着佛留一百二十行（村塾中有訓蒙要書，名「莊農雜學」。其開章云：佛留一百二十行，惟有莊農打頭强，最爲鄙俚）。』玩其語意，似自道其生平寥落，晚爲農家作塾師，主人慢之，而爲是曲。意者：夙世老儒，其卯君前身乎？卯君名在辛，善漢隸篆印。」〔校〕青本無此段。

〔附池北偶談一則〕安丘明經張某，當晝寢，忽一小人自心頭出，身才半尺許，儒衣儒冠，如伶人結束。唱崑山曲，音節殊可聽。説白、自道名貫，一與己合。所唱節末，皆其生平所經歷。四折既畢，誦詩而没。張猶憶其梗概，爲人述之。

〔何評〕此疑是貢士心神。

〔但評〕人之一生，不過一場戲耳。祇要問心，自己是何脚色，生平是何節末。要作鬚眉畢現，毋爲巾幗貽羞；要認本來面目，毋作粉臉逢迎；要求百世留芳，毋致當場出醜。能令人共看有好下場。

愛奴

河間徐生，設教於恩。臘初歸，途遇一叟，審視曰：「徐先生撤帳矣。明歲授教[校]青本作徒。何所？」答[校]答，青本作笑應。曰：「仍舊。」[何評]酷肖。叟曰：「敬業姓施。有舍甥，延求明師，適託某至東疃聘呂子廉，渠已受贄稷門。[何註]受贄，贄，執以相見之禮，謂已受門聘也。君如苟就，束儀請倍於恩。」徐以成約爲辭。叟曰：「信行君子也。」然去新歲尚遠，敬以黃金一兩爲贄，暫留教之，明歲另議何如？」[校]青本作若何。徐可之。叟下騎呈禮函，且曰：「敝里不遥矣。」宅綦隘，[校]上二字，青本作隘陋。飼畜[何註]飼，喂養也。畜，馬也。爲艱，請即遣僕馬去，散步亦佳。」徐從之，以行李寄叟馬上。行三四里許，日既暮，始抵其宅，漚釘獸鐶，[呂註]門浮漚釘也。童軒詩：別院頻翻鸞管玉，長門深鎖獸鐶金。[何註]漚釘，義訓曰：門飾金謂之鋪，鋪謂之鏂，音謳，俗謂浮漚釘也。獸鐶，名義考：門鐶雙曰金鋪，單曰曲戌。曲亦作屈。一曰屈膝。獸鐶，獸口銜鐶也。宛然世家。呼甥出拜，十三四歲童子也。叟曰：「妹夫蔣南川，舊爲指揮使。止遺此兒，頗不鈍，但嬌慣耳。得先生一月善誘，當勝十年。」未幾，設筵，備極豐美；而行酒下食，皆以婢媼。一婢執壺侍立，年約［校］青本無約字。十五六，［校］青本下有以來二字。風致韻絶，心竊動之。席既終，叟命安置牀寢，始辭而去。天未明，兒出就學。徐方起，即有婢來捧巾侍盥，即執壺人也。日給三餐，悉此婢；至夕，又來掃榻。徐問：「何無僮僕？」婢［校］青本下有但字。笑不言，佈衾逕去。次夕［校］青本作日。復至。入以游語，婢笑不拒，遂與狎。因告曰：「吾家並無男子，外事則託施舅。妾名愛奴。夫人雅敬先生，恐諸婢不潔，故以妾來。［但評］敬事先生，又知大體，世家舉止，即爲鬼亦落落大方。今日但須緘密，恐發覺，兩無顔也。」一夜，共寢忘曉，爲公子所遭，徐慚怍不自安。至夕，婢來曰：「幸夫人重君，不然，敗矣！公子入告，夫人急掩其口，若恐君聞，但戒妾勿得久留齋館而已。」言已，遂去。徐甚德之。然公子不善讀，訶責之，則夫人輒爲緩頰。初猶遣婢傳［校］青本無傳字。言；漸親出，隔户與先生語，往往零涕。顧每晚必問公子日課。徐頗不耐，作色曰：「既從兒懶，又責兒工，此等師我不慣作！［但評］從兒懶又責兒工，此等師原不可作，然較之從兒懶而又不責兒成名者，不可作而猶可作也。請辭。」夫人遣婢謝過，徐乃止。自入館以來，每欲一出登眺，輒錮閉［何註］錮閉，猶言堅閉。之。一日，醉中怏悶，呼婢問故。婢言：「無他，恐廢學耳。如必欲出，但請以夜。」徐怒曰：「受人數金，便當淹禁死耶！教我夜竄何之乎？久以素食〔何註〕素食，詩，魏風：不素食兮。傳：素，空也。爲恥，贄固猶在囊耳。」遂出金置几上，治裝欲行。〔但評〕恥素食而反其贄金，如此先生，亦未易得。夫人出，脈脈〔校〕青本作默默。不語，惟掩袂哽咽，使婢返金，啓鑰送之。徐覺門户偪側；走數步，日光射入，〔校〕青本作人。則身自陷冢中出，四望荒涼，一古墓也。大駭。然〔校〕青本作而。心感其義，乃賣所賜金，封堆植樹而去。〔校〕去，青本作後去之。○〔但評〕掩泣反金，封堆植樹，人師鬼主，各得其宜。過歲，復經其處，展拜而行。遥見施叟，笑致温涼，邀之殷切。心知其鬼，而欲一問夫人起居，遂相將入村，沽酒共酌，不覺日暮。叟起償酒價，便言：「寒舍不遠，舍妹亦適歸寧，望移玉趾，爲老夫祓除不祥。」出村數武，又一里落，叩扉入，秉燭向客。俄，蔣夫人自内出，始審視之，蓋四十許麗人也。拜謝曰：「式微之族，門户零落，先生澤及枯骨，真無計可以償之。」言已，泣下。既而呼愛奴，向徐曰：「此婢，妾所憐愛，今以相贈，聊慰客中寂寞。〔但評〕婚婢雖云酬恩，終是夫人識大體而處事得宜。蓋自公子入告，急掩其口之時，直踟躕到今日矣。凡有所須，渠亦略能解意。」徐唯唯。少間，兄妹俱去，〔校〕青本作出。婢留侍寢。雞初鳴，〔校〕青本作唱。叟即來促裝送行；夫人亦出，囑婢善事先生。又謂徐曰：「從此尤宜謹祕，彼此遭逢詭異，恐好事者造言也。」徐諾而别，與婢共騎。至館，獨處一室，與同棲止。或客至，婢不避，人亦不之見〔校〕青本作窺。也。偶有所欲，意一萌，而婢已致之。又善巫，一挼挲〔何註〕挼挲，拍擊也。而痾立愈。〔但評〕客中得此解意之鬼，既得良方，又得良醫，此樂人不能窺之，亦不能令人見之也。清明歸，至墓所，婢辭而下。徐囑代謝夫人。曰：「諾。」〔校〕上二字，青本作諾之。遂没。數日反，方擬展墓，見婢華妝坐樹下，因與俱發。終歲往還，〔校〕青本作返。如此爲常。欲攜同歸，執不可。歲杪，辭館歸，相訂後期。婢送至前坐處，指石堆曰：「此妾墓也。夫人未出閣時，〔校〕青本無時字。便從服役，夭殂瘞此。如再過，以〔校〕青本作一。炷香相弔，當得復會。」別歸，〔校〕上二字，青本作既別而歸。懷思頗苦，敬往祝之，殊無影響。乃市櫬發冢，意將載骨歸葬，以寄戀慕。穴開自入，則見顔色如生。膚〔校〕青本膚上有然字。雖未朽，而衣敗若灰；頭上玉飾金釧，都如新製。又視腰間，裹黄金數鋌，卷懷之。始解袍覆尸，抱入材内，〔校〕青本作木。賃輿載歸；停諸別第，飾以繡裳，獨宿其旁，冀有靈應。忽愛奴自外入，笑曰：「劫墳賊在此耶！」徐驚喜慰問。婢曰：「向從夫人往〔校〕青本作住。東昌，三日既歸，則舍宇已空。頻蒙相邀，所以不肯相從者，以少受夫人重恩，不忍離遏耳。今既劫我來，即速瘞葬，便見厚德。」徐問：「古人有百年復生者，今芳體如故，何不效之？」歎曰：「此有定數。世傳靈迹，半涉幻妄。要欲復起動履，亦復何難？但不能〔校〕青本下有遂字。類生人，故不必也。」乃啓棺入，尸即自起，亭亭可愛。探其懷，則冷若冰雪。遂將入棺復臥，徐强止之。婢曰：「妾過蒙夫人寵，〔校〕青本下有眷字。主人自異域來，得黄〔校〕青本無黄字。金數萬，妾竊取之，亦不甚追問。後瀕危，又無戚屬，遂藏以自殉。夫人痛妾夭謝，又以寶飾入斂。身所以不朽者，不過得金寶之餘氣耳。若在人世，豈能久乎？必欲如此，切勿强以飲食；若使靈氣一散，則游魂亦消矣。」徐乃構精舍，與共寢處。笑語一〔校〕青本作亦。如常人；但不食不息，不見生人。年餘，徐飲薄醉，執殘瀝强灌之；立刻倒地，口中血水流溢，終日而尸已變。〔但評〕靈氣一散，髑骨何存。愛之而反殺之，所謂以跡交不若以神交之淡而能久也。哀悔無及，厚葬之。

異史氏曰：「夫人教子，無異人世；而所以待師者何厚也！不〔校〕青本不上有豈字。亦賢乎！余謂髑尸不如雅鬼，乃以措大之俗莽，致靈物不享其年，惜哉！」

章丘朱生，素剛鯁，設帳於某貢士家。每譴弟子，内輒遣婢〔校〕青本下有媪出二字。爲乞免，不聽。〔校〕上二字，青本作頗不聽之。一日，親詣窗外，與朱關說。朱怒，執〔校〕青本作操。界方，大罵而出。婦懼而奔；朱追之，自後横擊臀股，鏘然作皮肉聲。一何可笑！

長山某，［校］青本下有翁字。每［校］青本下有歲字。延師，必以一年束金，合終歲之虛盈，計每日得如干數；又以師離齋、歸齋之日，詳記爲［校］青本無爲字。籍；歲終，則公同按日而乘除之。［何註］乘除加減，算之四法。馬生館其家，初見操珠盤［何註］珠盤，珠算也。來，得故甚駭；既而［校］青本無而字。暗生一術，反嗔爲喜，聽其覆算不少校。翁［校］青本下有於是二字。大悅，堅訂來歲之約。馬［校］青本下有假字。辭以故。遂薦一生乖謬者［校］上七字，青本作有某生號乖謬，馬因薦以。自代。及［校］青本作既。就館，動輒詬罵，翁無奈，悉含忍之。歲杪，攜珠盤至。生勃然忿極，［校］極，青本作不可支。姑聽其算。翁又以途中日盡歸於西，生不受，撥珠歸東。兩争不決，操戈相向，兩人破頭爛額而赴公庭焉。

［何評］待師之厚，人不如鬼，豈不以世家故耶？彼雖靦然人面，曾不知師之爲何物也者，而又何怪焉？

單父宰

青州民某，五旬餘，繼娶少婦。二子恐其復育，乘父醉，潛割睾丸〔呂註〕靈樞經：腰脊控睾而痛。注：睾，陰丸也。○睾音高，坊本作睪誤。〔何註〕睾丸，腎子也。而藥糝之。父覺，託病不言。〔但評〕此等事不忍聞，亦不忍言。久之，創漸平。忽入室，刀縫綻裂，血溢不止，尋斃。妻知其故，訟於官。官械其子，果伏。駭曰：「余今爲『單父宰』矣！」並誅之。

邑有王生者，娶月餘而出其妻。妻父訟之。時淄宰辛公，〔校〕青本作辛公宰淄。○〔呂註〕名民，字先民，大興舉人。順治元年宰淄川，三年陞西安府同知。掛冠後，放迹山水，改名霜翊，字嚴公，著詩文以自娱焉。詳見淄川縣志。問王何故出妻。答云：「不可說。」固詰之。曰：「以其不能産育耳。」公曰：「妄哉！月餘新婦，何知不産？」忸怩久之，告曰：「其陰甚偏。」公笑曰：「是則偏之爲害，而家之所以不齊也。」此可與「單父宰」並傳一笑。〔校〕青本下有也字。

〔何評〕逆子可誅。

孫必振

孫必振渡江，值大風雷，舟船蕩摇，同舟大恐。忽見金甲神立雲中，手持金字牌下示；諸人共仰視之，上書「孫必振」三字，甚真。衆謂孫：「必〔校〕青本下有振字。汝有犯天譴，請自爲一舟，勿相累。」孫尚無言，衆不待其肯可，視旁有小舟，共推置其上。孫既登舟，回首，〔校〕青本作視。則前舟覆矣。

〔但評〕金字牌下示人，是明使諸人推置小舟也。然即此推置之心，舟中人皆當全覆矣。

邑人

邑有鄉人，素〔校〕青本下有行字。無賴。一日，晨起，有二人攝之去。至市頭，見屠人以半豬懸架上，二人便極力推擠之，忽覺身與肉合，二人亦逕去。少間，屠人賣肉，操刀斷割，遂覺一刀一痛，徹於骨髓。後有鄰翁來市肉，苦争低昂，添脂搭肉，片片碎割，其苦更慘。肉盡，乃〔校〕青本作方。尋途歸；歸時，日已向辰。家人謂其晏起，乃細述所遭。呼鄰問之，則市肉方歸，言其片數、斤數，毫髮不爽。崇朝之間，已受凌遲一度，不亦奇哉！

〔何評〕奇刑。

〔但評〕碎割之慘，令於生前受之，自口述之。鬼神或予以自新之路耶？抑借其言以警世耶？不然，恐他時再割地獄中，再無人證其片數、斤數矣。

元寶

廣東臨江山崖巉巖，常有元寶嵌石上。崖下波湧，舟不可泊。或蕩槳近摘之，則牢不可動；若其人數應得此，則一摘即落，回首已復生矣。[校]青本無此篇。

研石

王仲超〔校〕遺本作迢。言：「洞庭君山間有石洞，高可容舟，深暗不測，湖水出入其中。嘗秉燭泛舟而入，見兩壁皆黑石，其色如漆，按之而軟；出刀割之，如切硬腐。隨意製爲研。既出，見風則堅凝過于他石。試之墨，大佳。估舟游檝，往來甚衆，中有佳石，不知取用，亦賴好奇者之品題也。」〔校〕青本無此篇。

武　夷

武夷山有削壁千仞，人每于下拾沈香玉塊焉。太守聞之，督數百人作雲梯，將造頂以覘其異，三年始成。太守登之，將及巔，見大足伸下，一拇指粗于擣衣杵，大聲曰：「不下，將墮矣！」大驚，疾下。纔至地，則架木朽折，崩墜無遺。［校］青本無此篇。

［仙舫評］人無私欲，均可造極；無如利心一萌，自必爲神靈所叱逐耳。

大鼠

萬曆間，宮中有鼠，大與貓等，爲害甚劇。徧求民間佳貓捕制之，[校]青本無之字。輒被噉食。適異國來貢獅貓，毛白如雪。抱投鼠屋，闔其扉，潛窺之。貓蹲良久，鼠逡巡自穴中出，見貓，怒奔之。貓避登几上，鼠亦登，貓則躍下。[馮評]善寫狀。如此往復，不啻百次。[何評]疲之，此即漢王制項籍之法。衆咸謂貓怯，以爲是無能爲者。既而鼠跳擲漸遲，碩腹似喘，蹲地上少休。貓即疾下，爪掬頂毛，口齕首領，輾轉爭持，[校]青本下有間字。貓聲嗚嗚，鼠聲啾啾。啓扉急視，則鼠首已嚼碎矣。然後知貓之避，非怯也，待其惰也。彼出則歸，彼歸則復，[呂註]左傳，昭三十年：吴子問於伍員曰：伐楚何如？對曰：楚執政衆而乖，莫適任患。若爲三師以肄焉：一師至，彼必皆出；彼出則歸，彼歸則出，楚必道敝。[何註]昭公三十年，吴子問伐楚。伍員對曰：彼出則歸，彼歸則出，楚必道敝。注：罷敝於道也。用此智耳。[何評]左氏三分四軍法。噫！匹夫按劍，[呂註]史記，蘇秦列傳：於是韓王勃然作色，攘臂瞋目，按劍仰天太息曰：寡人雖不肖，必不能事秦！何異鼠乎！[校]青本作子。○[馮評]結峭。

[但評]大勇若怯，大智若愚。伺其懈也，一擊而覆之，啾啾者勇不足恃矣，嗚嗚者智誠可用矣。

張不量

賈人某，至直隸界，忽大雨雹，伏禾中。聞空中云：「此張不量田，勿傷其稼。」賈私意〔校〕青本作念。張氏〔校〕青本下有何人二字。既云「不良」，何反祐護。雹〔校〕青本雹上有既而二字。止，入〔校〕青本入上有賈字。村，訪問其人，〔校〕上四字，青本作訪之果有其人，因告所見。且問取名之義。蓋張素封，積粟甚富。每春間貧民就貸，〔校〕上二字，青本作皆就貸焉。償時多寡不校，悉内之，未嘗執概〔吕註〕集韻：斗斛曰概。周禮，冬官考工記：㮚氏爲量，概而不税。注：概，所以勘概器以取平也。〔何註〕概音溉，斗斛平量之器。禮，月令：仲春之月，正權概。管子，樞言：釜鼓滿則人概之，人滿則天概之。取盈，故名〔校〕名，青本作鄉人名之。「不量」，非不良也。〔校〕青本無上四字。衆趨田中，見棵〔校〕青本作稞。○〔何註〕詩，小雅：彼有遺秉，此有滯穗。穗摧折如麻，獨張氏諸田無恙。

〔但評〕於疾風迅雷之中，而辨其畦畛，保其禾稼，善惡之界，鬼神何嘗錯亂絲毫。

〔附吴寶崖（陳琰）曠園雜志一則〕花塢僧濟水言：「順治十八年，青州一丐者，爲神人敕其行雹。避雹者聞空中語云：『毋壞張不量田。』天霽，他田偃壞，張田獨無恙。蓋張氏所貸歸者，聽其自入圖，絶不較，故以『不量』稱之。」其事與南宋蔣自量同。蔣，杭人，長崇仁，次崇義，次崇信，兄弟一德，置公量，乞糴者皆令自收米，歲歉亦然，人因目爲「蔣自量」。咸淳三年，詔封三蔣爲廣福侯，至今廟祀鹽橋之上。

牧豎

兩牧豎入山至狼穴，〔馮評〕物理小識云：狼畏圈，人解帶作圈，狼即去。穴有小狼二，謀分捉之。各登一樹，相去數十步。少頃，〔校〕青本作選。大狼至，入穴失子，意甚倉皇。〔何註〕倉皇，急遽失措貌。風土記：大雪被南粵，犬皆倉皇吠噬。豎於樹上扭〔何註〕扭，揪也。小狼蹄耳故令嗥；大狼聞聲仰視，怒奔樹下，號且爬抓。其一豎又在彼樹致小狼鳴急；〔但評〕二豎亦頗有謀略。狼輟聲〔校〕上二字，青本作聞。四顧，始望見之，乃舍此趨彼，跑號如前狀。前樹又鳴，又轉奔之。〔校〕青本無上二字。口無停聲，足無停趾，數十往復，奔漸遲，聲漸弱；既而奄奄僵卧，久之不動。豎下視之，氣已絶矣。今有豪强子，怒目按劍，若將搏噬；〔何註〕搏噬，攫而啖之也。爲所怒者，乃闔扇〔校〕青本作扉。去。豪力盡聲嘶，更無敵者，豈不暢然自雄？不知此禽獸之威，人故弄之以爲戲耳。

［馮評］老子云：弱勝强，柔勝剛。勾踐之於夫差，漢高之於項羽，大概如此。即春秋、戰國亦往往有用之者。

［何評］咆哮如狼，卒致斃於豎子，其故可思。

富翁

富翁某，商賈多貸其貲。〔校〕遺本作資，通貲，下同。一日出，有少年從馬後，問之，亦假本者。翁諾之。至家，適几上有錢數十，少年即〔校〕即，遺本作無事。以手疊錢，高下堆壘之。翁謝去，竟不與貲。或問故。翁〔校〕遺本無翁字。曰：「此人〔校〕遺本無人字。必善博，非端人也。所熟之技，不覺形于手足矣。」訪之果然。〔校〕青本無此篇。

王司馬

新城王大司馬霽宇鎮北邊時，常使匠人鑄一大桿刀，闊盈尺，重百鈞。每按邊，輒使四人扛之。鹵簿所止，則置地上，故令北人捉之，力撼不可少動。司馬陰以桐木依樣爲刀，寬狹大小無異，貼以銀箔，時于馬上舞動。諸部落望見，無不震悚。又于邊外埋葦薄爲界，横斜十餘里，狀若藩籬，揚言曰：「此吾長城也。」北兵至，悉拔而火之。司馬又置之。既而三火，乃以礮石伏機其下，北兵焚薄，藥石盡發，死傷甚衆。既遁去，司馬設薄如前。北兵遥望皆卻走，以故帖服若神。後司馬乞骸歸，塞上復警。召再起；司馬時年八十有三，力疾陛辭。上慰之曰：「但煩卿卧治耳。」於是司馬復至邊。每止處，輒卧幃中。北人聞司馬至，皆不信，因假議和，將驗真僞。啓簾，見司馬坦卧，皆望榻伏拜，撟舌而退。

［校］青本無此篇。

樂陵一武生赴鄉闈。貧不能賃屋，恒寄棲人簷下。身軀短小，貌亦不颺。諸生多戲侮之。囊有一大弓，人所不能開；一大箭，人所不能用也。問何爲，笑不言。逮試外場，弓柔矢小，射法亦平平。人益輕之。及射球，則以其大弓大箭，一發得之，竟以冠場中式。人始異而問焉，曰：「不料君之挽强如斯也！」生曰：「余何挽哉！余以千佛山下小石子，墊起弓弦兩端，則不挽自開。且指短不能用弓柄，乃以線爲環，綰矢於弓，射時稍用力拽弦，則石子落而矢自發矣。馬上爲之，主試者固不覺也。」噫！生可謂弋獲矣。乃今觀王司馬之所爲，而始歎生之舉於鄉非倖也，宜也。異日安邊境、立功名，卧身一帳之中，制敵千里之外，微斯人其誰與歸？事在嘉慶初年，表兄胡罣堂親見之。省庵附記

王阮亭云：「今撫順東北哈達城東，插柳以界蒙古，南至朝鮮，西至山海，長亘千里，名『柳邊條』。私越者置重典，著爲令。」

岳神

揚州提同知，夜夢岳神召之，詞色憤怒。仰見一人侍神側，少爲緩頰。醒而惡之。早詣岳廟，默作祈禳。既出，見藥肆一人，絶肖所見。問之，知爲醫生。既歸，暴病，特遣人聘之。至則〔校〕青本作既至。出方爲劑，暮服之，中夜而卒。或言：閻羅王〔校〕青本無王字。與東岳天子，日遣侍〔校〕青本作使。者男女十萬八千衆，分布天下作巫醫，名「勾魂使者」。用藥者不可不察也！〔馮評〕罵煞天下醫生，然是確論，非故作輕薄語。〔但評〕爲其於緩已頰而聘之，不知適以速其死。果如或所言，無怪巫醫徧天下，而輕信者比比也。

〔何評〕有爲而言。

小梅

蒙陰王慕貞，世家子也。偶游江浙，見媪哭於途，詰之。言：「先夫止遺一子，今犯死刑，誰有能出之者？」王素慷慨，志其姓名，出橐中金爲之斡旋，〔呂註〕玉篇：斡，烏括切，旋也，運也。與幹別。竟釋其罪。〔但評〕慷慨真難得。其人出，聞王之救己也，茫〔校〕青本茫上有而字。然不解其故，訪詣旅邸，感泣謝問。王曰：〔校〕青本作言。「無他，憐〔校〕青本憐上有即字。汝母老〔校〕青本作老母。耳。」其人大駭曰：〔校〕曰，青本作自言。「母故已久。」王亦異之。抵暮，媪來申謝，王咎其謬誣。媪曰：「實相告：我東山老狐也。二十年前曾與兒父有一夕之好，故不忍其鬼之餒〔呂註〕左傳，宣四年：鬼猶求食，若敖氏之鬼不其餒而。注：而，語詞，言必餒。〔何註〕鬼餒，餒本作餧。左傳，宣四年：鬼猶求食，若敖氏之鬼不其餒而。言無嗣則其鬼無食而餒也。〇〔但評〕不過一夕之好，又遠在廿年前，不忍其鬼之餒而，媪真可敬。也。」王悚然起敬，再欲詰之，已杳。〔校〕杳，青本作失所在。〇〔但評〕爲其止遺一子，而出金爲子斡旋，存人之孤也。狐以與其父有一夕之好而不忍死其孤，假手於王，而終得所以報之，而亦爲之存其孤。狐之義爲何如哉！至其假託菩薩，事涉荒唐，然安知非菩薩使之來耶？蓋一念之善，天必報之。鄉使狐無此女，亦必有爲之生子，爲之撫孤者矣。先是，王妻賢而［校］青本無而字。好佛，不茹葷酒；治潔室，懸觀音像，以無子，［校］青本下有嗣字。日日焚禱其中。而神又最靈，輒示夢，教人趨避，以故家中事皆取決焉。後有疾，綦篤，移榻其中；又別設錦裀於内室而扃其户，若有所伺。王以爲惑，而以其疾勢昏瞀，不忍傷之。卧病二年，惡囂，［何註］囂，喧也。常屏人獨寢。潛聽之，似與人語；啓門視之，又寂然。［校］上三字，青本作則寂然矣。病中他無所慮，有女［校］青本下有子字。十四歲，惟日催治裝遣嫁。既醮，呼王至榻前，執手曰：「今訣矣！初病時，菩薩告我，命當速死，念不了者，幼女未嫁，因賜少藥，俾延息以待。去歲，菩薩將回南海，留案前侍女小梅，爲妾服役。今將死，薄命人又無所出。保兒，妾所憐愛，恐娶悍怒之［校］上三字，青本作妒。婦，令其子母失所。小梅姿容秀美，又溫淑，即以爲繼室可也。」［但評］借端而入。其言則荒唐，其事則神妙。○自敍而自解之，遂令人忘其事之荒唐，忘其言之褻瀆。蓋王有［校］青本下有一字。妾，生一子，名保兒。王以其言荒唐，曰：「卿素敬者神，今出此言，不已褻乎？」答云：「小梅事我年餘，相忘形骸，我已婉求之矣。」問：「小梅何處？」曰：「室中非耶？」方欲再詰，閉目［校］青本作闔眼。已逝。王夜守靈幃，聞室中隱隱啜泣，大駭，疑爲鬼。喚諸婢妾啓鑰視之，則二八麗者，縗服在室。衆以爲神，共羅拜之。[但評] 從天降下，貌又非凡，焉得不神明而羅拜之。女斂涕扶掖。王凝注之，俛首而已。王曰：「如果亡室之言非妄，請即上堂，受兒女朝謁；如其不可，僕亦不敢妄想，以取罪過。」女靦然出，竟登北堂。王使婢爲設坐[校] 青本作席。南嚮，王先拜，女亦答拜；下而長幼卑賤，以次伏叩，女莊容坐受；[但評] 靦然二字，直貫到莊容坐受止。蓋自託於神，而衆亦以爲神；王又言不敢妄想以取罪過，則不得不居然以神自處。既以神自處，而受其朝謁，自覺靦然耳。惟妾至，則挽之。[但評] 粧神粧鬼，而以禮自處，故舉止落落大方。自夫人臥病，婢惰奴偷，家久替。衆參已，肅肅列侍。女曰：「我感夫人盛[校] 青本作誠。意，羈留人間，[但評] 得體。又以大事相委，汝輩宜各洗心，爲主效力，從前愆尤，悉不計校；[校] 青本作校計。不然，莫謂室無人也！」[但評] 以神道設教，假便宜行事，文兼用此二法，是以人知敬畏，立挽頹風。〇正大光明，恩威並用，是神人警世語，是大帥誓師語，非託大語，是踏實語。共視座上，真如懸觀音圖像，時被微風吹動。[校] 青本下有者字。聞言悚惕，[何註] 竦惕，畏敬也。詩，商頌：不戁不竦。易，乾卦：夕惕若。鬨然並諾。[但評] 既折服衆心，自然諸事順手。女乃排撥喪務，一切井井。[何註] 井井，有條不紊也。由是大小無敢懈者。女終日經紀內外，王將有作，亦稟白而行；然雖一夕數見，並不交一私語。既殯，王欲申前約，不敢徑告，囑妾微示意。女曰：「妾受夫人諄囑，義不容辭；[但評] 得體。但匹配大禮，不得草草。年伯黃先生，[馮評] 年伯二字亦非浪下，篇首固云世家子也。位尊德重，求使主秦晉之盟，則惟命是聽。」[但評] 老成持重，規深慮遠。〇惟神而必須人主盟，神亦無如斯人何矣。主盟而必黃先生，先生則又神於神矣。時沂水黃太僕，致仕閒居，於王爲父執，往來最善。王即親詣，以實告。黃奇之，即與同來。女聞，即出展拜。黃一見，驚爲天人，遜謝不敢當禮；既而助妝優厚，成禮乃去。女餽遺枕履，若奉舅姑，由此交益親。合巹後，王終以神故，褻中帶肅，時研詰菩薩起居。女笑曰：「君亦太〔校〕青本作大。愚，焉有正直之神，而下婚塵世者？」王力審所自。女曰：「不必研窮，既以爲神，朝夕供養，自無殃咎。」〔馮評〕似真似幻，似神似人，令讀者眼光霍霍不定。〔但評〕不妨直露本相，仍作葫蘆提語，言其所當然而不言其所以然。神而不神，不神而神，斯其所以神。〇天下愚夫愚婦，往往輕信鬼神，至一石一木之微，且震驚而禱媚之，牢不可破。本非神也，既神之，則亦居然享其朝夕供養焉耳。女御下常寬，非笑不語；然婢賤戲狎時，遙見之，則默默無聲。女笑諭曰：「豈爾輩尚以我爲神〔校〕青本下有也字。耶？我何神哉！實爲夫人姨妹，少相交好；姊病見思，陰使南村王姥招我來。第以日近姊夫，有男女之嫌，故託爲神道，閉內室中，其實何神。」〔但評〕上是假，此是真。衆猶不〔校〕青本下有深字。信；而日侍邊〔校〕青本作其。傍，見其舉動，不少異於常人，浮言漸息。然即頑奴鈍〔校〕上二字，青本作鈍之。婢，王素撻楚所不能化者，女一言無不樂於奉命。〔校〕青本下有者字。皆云：「並不自知。實非畏之，但睹其貌，則心自柔，故不忍拂其意耳。」〔馮評〕寫其美，又似寫其神，一筆作兩筆用。〔但評〕雖曰非畏，其實睹之而心自柔，不忍拂之，乃從敬中、愛中得來，是爲真畏，是爲大畏。〇前謂其神也，畏之，畏之真也；此則由畏生愛，故樂於奉命而不自知，亦愛之真也。雖曰但睹其貌而心自柔，非畏之故，然使愛不由於畏，則久而必狎之矣。貌顧可以服人哉。以此百廢具舉。數年中，田地連阡，倉廩萬石矣。又數年，妾產一女。女生〔校〕青本作舉。一子；子生，左〔校〕青本作右。臂有朱點，因字小紅。彌月，女使王盛筵招黃。黃賀儀豐渥，但辭以耄，不能遠涉；女遣兩媼，强邀之，黃始至。抱兒出，袒其左〔校〕青本作右。臂，以示命名之意。又再三問其吉凶。〔馮評〕伏。黃笑曰：「此喜紅也，可增一字，名喜紅。」女大悅，更出展叩。〔但評〕必得此老命名而後已，先幾之哲，謂之神也。亦真贈一二字，以是藐諸孤屬在先生，大悅而更出展叩，圖報之誠，全見於此。是日，鼓樂充庭，貴戚如市。黃留三日始去。忽門外有輿馬來，逆〔校〕青本作迎。女歸寧。向十餘年，並無瓜葛，共議之，而女若不聞。理妝竟，抱子於懷，要王相送，王從之。至二三十里許，寂無行人，女停輿，呼王下騎，屏人與語，曰：「王郎王郎，會短離長，謂可悲否？」〔馮評〕突作此語，令人不測。王驚問故。〔校〕上四字，青本作驚問其故。女曰：「君謂〔校〕青本作以。妾何人也？」答曰：〔校〕青本作以。「不知。」女曰：「江南拯一死罪，有之乎？」曰：「有。」曰：「哭於路者吾母也，〔但評〕至此一一點醒，通篇筆墨，化爲雲煙。感義而思所報，乃因夫人好佛，附爲神道，〔但評〕無數神字，以附爲神道句作結；然猶未之結也，見挑葵花燈苦求可以免難數語，及後日歸來諸事，非神而何？實將以妾報君也。今幸生此襁褓物，此願已慰。妾視君晦運將來，〔馮評〕生下。此兒在家，恐不能育，故借歸寧，解兒厄難。〔但評〕禍福將至，必先知之，以此爲神亦宜。君記取家有死口時，當於晨雞初唱，詣西河柳堤上，見有挑葵花燈來者，遮道苦求，可免災難。」王曰：「諾。」［校］上二字，青本作諾之。因訊歸期。女云：「不可預定。要當牢記吾言，後會亦不遠也。」臨別，執手愴然交涕。俄登輿，疾若風。王望之不見，始返。經六七年，絶無音問。忽四鄉瘟疫流行，死者甚衆，一婢病三日死。王念曩囑，頗以關心。是日與客飲，大醉而睡。既醒，聞雞鳴，急起至堤頭，見燈光［校］青本作火。烱爍，適已過去。急追之，止隔百步許，愈追愈遠，［校］青本作益追益遠。漸不可見，懊恨而返。數日暴病，尋卒。［馮評］簡筆。

王族多無賴，共憑陵［何註］憑陵，有所憑藉而欺侮之也。左傳，襄二十五年：以馮陵我敝邑。（按馮陵同憑陵）其孤寡，田禾樹木，公然伐取，家日陵替。［何註］陵替，猶陵夷也。踰歲，保兒又殤，一家更無所主。族人益横，割裂田產，廄中牛馬俱空；又欲瓜分第宅。以妾居故，遂將數人來，强奪鬻之。妾戀幼女，母子環泣，慘動鄰里。方危難間，俄聞門外有肩輿入，［但評］來何遲也。共覘，［校］覘，青本作視之。則女引小郎自車中出。四顧人紛如市，問：「此何人？」妾哭訴其由。女顏色慘變，便喚從來僕役，關門下鑰。衆欲抗拒，而手中若痿。［何註］若痿，手足若廢痿也。女令一一收［校］青本作受。縛，繫諸廊柱，日與薄粥三甌。即遣老僕奔告黄公，然後入室［校］青本作堂。哀泣。泣已，謂妾曰：「此天數也。［但評］天數有定，雖先知之，其能逃乎。已期前月來，適以母病躭延，遂至於今。不謂轉盼間已成邱墟！」問舊時婢媼，則皆被族人掠去，又益欷歔。越日，婢僕聞女至，皆［校］青本作悉。自遁歸，相見無不流涕。所縶族人，共謾兒非慕貞體胤，［校］青本作遺體。女亦不置辨。［但評］六七年前早辯之矣。既而黃公至，女引兒出迎。黃握兒臂，便捋左［校］青本作右。袂，見朱記宛然，因袒示衆人，以證其確。［但評］小紅至此才是大喜。乃細審失物，登簿記名，親詣邑令，令拘無賴輩，各笞四十，械禁［何註］械禁，械其手足而禁閉之也。嚴追；不數日，田地馬牛，悉［校］青本作並。歸故主。黃將歸，女引兒泣拜曰：「妾非世間人，叔父所知也。［但評］其神耶，其不神耶？今以此子委叔父矣。」［但評］主盟須黃，命名須黃，至此不必置辯，黃自握臂，黃自捋袂，黃自見朱，黃自證確，且黃自詣邑令懲無賴而返故物，夫而後乃曰：今以此子委叔父矣。神乎神乎！余亦將稽首而供養之。黃曰：「老夫一息尚在，無不爲區處。」黃去，女盤查就緒，託兒於妾，乃具饌爲夫祭掃，半日不返。視之，則杯饌猶陳，而人杳矣。［但評］其去也，恰與啓鑰時相對。

異史氏曰：「不絶人嗣者，人亦不絶其嗣，此人也而實天也。至座有良朋，車裘可共；迨宿莽［呂註］楚辭：夕攬洲之宿莽。注：洲草冬生不死者，楚人名曰宿莽。○禮，檀弓：朋友之墓有宿草而不哭焉。［何註］宿莽，離騷：朝搴阰之木蘭兮，夕攬洲之宿莽。莽，草也。猶言宿草生則人情已淡忘之矣。阰音琵，楚南山名。既滋，妻子陵夷，則車中人望望然去之矣。死友而不忍忘，感恩而思所報，獨何人哉！狐乎！倘爾多財，吾爲爾宰。」〔何註〕宰，家臣也。

〔何評〕一夕之好，而不忍其鬼之餒，狐之敦夙好也至矣。乃不能自效，至借王之力，不幾窮於術哉？王之施德，本不望報，而感其義者卒委屈以相報。人不務行其德者，抑獨何也？

藥僧

濟寧某，偶於野寺外，見一遊僧，向陽捫蝨；〔何註〕捫，捉也。桓温入關，王猛詣之，捫虱而談當世之事。杖挂葫蘆，似賣藥者。因戲曰：「和尚亦賣房中丹否？」僧曰：「有。弱者可强，微者可鉅，立刻見〔校〕青本作而。效，不俟經宿。」某喜求之。僧解衲角，出藥一丸，如黍大，令吞之。約半炊時，下部暴長；踰刻自捫，增於舊者三之一。心猶未足，〔校〕青本作滿。窺僧起遺，竊解衲，拈二三丸並吞之。俄覺膚若裂，筋若抽，項縮腰橐，而陰長不已。大懼，無法。〔校〕青本作術。僧返，見其狀，驚曰：「子必竊吾藥矣！」急與一丸，始覺休止。解衣自視，則幾與兩股鼎足而三矣。縮頸蹣跚而歸，父母皆不能識。從此爲廢物，日卧街上，多見之者。

〔何評〕求此藥者，欲工於媚内耳。增三之一，心猶未滿，勢不至爲廢物不止也。

于中丞

于中丞成龍，［呂註］中丞永寧人，任黄州府知府，爲聖祖皇帝所深知，數年中歷藩、臬司使，巡撫順天。辛酉入見，賚予甚厚。上親製詩賜之，有郊圻王化始，鎖鑰重臣膺之句。尋擢兵部尚書，總督直隸、江南、江西。謚清獻。按部至高郵。適巨紳家將嫁女，妝奩甚富，夜被穿窬［何註］穿窬音川俞，穿穴踰牆之盜也。席卷而去。刺史無術。公令諸門盡［校］青本無盡字。閉，止留一門放行人出入，吏目守之，嚴搜裝載。又出示諭闔［校］此據青本，抄本作閤。城户口，各歸第宅，候次日查點搜掘，務得贓物所在。［馮評］要着在此一層。乃陰囑吏目：設有城門中出入至再者，捉之。過午，得二人，一身之外，並無行裝。公曰：「此真盜也。」二人詭辨不已。公令解衣搜之，見袍服内着女衣二襲，皆奩中物也。——蓋恐次日大搜，急於移置，而物多難攜，故密着而屢出之［校］青本之字在着字下。也。

又公爲宰時，［馮評］公初任廣西柳州府羅城縣。至鄰邑。早旦，經郭外，見二人以牀舁病人，覆大被；枕上露髮，髮上簪鳳釵一股，側眠牀上。有三四健男夾隨之，時更番以手擁被，令壓身底，似恐風入。少頃，息肩路側，又使二人更相爲荷。［馮評］句句伏。于公過，遣隸回問之，云是妹子垂危，將送歸夫家。公行二三里，又遣隸回，視其所入何村。隸尾之，至一村舍，兩男子迎之而入。還以白公。公謂其邑宰：「城中得無有劫寇［校］青本作盜。否？」宰曰：［校］青本作云。「無之。」時功令嚴，上下諱盜，故即被盜賊劫殺，亦隱忍而不敢言。公就館舍，囑家人細訪之，果有富室被强寇入家，炮烙而死。［校］上二字，青本作死矣。公喚其子來，詰其狀。子固不承。公曰：「我已代捕大盜［校］青本作巨寇。在此，非有他也。」子乃頓首哀泣，［校］青本作乞。求爲死者雪恨。公叩關往見邑宰，差健役四鼓出［校］青本作離。城，直至村舍，捕得八人，一鞫而伏。［校］上二字，青本作盡伏其罪。詰其病婦何人。盜供：「是夜同在勾欄，故與妓女合謀，置金牀上，令抱卧至窩［校］青本下有頓字。處始瓜分耳。」［校］青本無耳字。共［校］共，青本作人皆。服于公之神。或問所以能知之故。公曰：「此甚易解，但人不關心耳。豈有少婦在牀，而容［校］青本下有人字。入手衾底者。且易肩而行，其［校］青本無其字。勢甚重，交手護之，則知其中必［校］青本作之。有物矣。若病婦昏憒而至，必有婦人倚門而迎；止見男子，並不驚問一言，是以確知其［校］青本無其字。爲盜也。」［馮評］不近情理之事，被公冷眼看出，二條可入智囊補。

［何評］同時有兩成龍，其名位政績並相似，見漁洋集。

皂隸

萬曆間，歷城令夢城隍索人服役，即以皂隸八人書姓名于牒，焚廟中；至夜，〔校〕遺本下有間字。八人皆死。廟東有酒肆，肆主故與一隸有素。會夜來沽酒，問：「款何客？」答云：「僚友甚多，沽一尊少敍姓名耳。」質明，見他役，始知其人已死。入廟啓扉，則瓶在焉，貯酒如故。歸視所與錢，皆紙灰也。令肖八像于廟。諸役得差，皆先酬之乃行；不然，必遭笞譴。〔校〕青本無此篇。

績女

紹興有寡媼［校］青本作婦。夜績，［何註］績，方言：楚謂之紉。集韻：合絲爲繩也。○［馮評］起手寡婦夜績四字，有多少情思在内。忽一少女推扉入，笑曰：「老姥無乃勞乎？」視之，年十八九，儀容秀美，袍服炫麗。［但評］色身。媼驚問：「何來？」女曰：「憐媼獨居，故來相伴。」［但評］情障。媼疑爲侯門亡人，苦相詰。女曰：「媼勿懼，妾之孤，亦猶媼也。我愛媼潔，故相就，兩免岑寂，［何註］岑寂，孤寂也。固不佳耶？」［馮評］言婉入情。媼又疑爲狐，默然猶豫。［何註］猶豫，獸名，善疑。故事不決曰猶豫。女竟升牀代績，曰：「媼無憂，此等生活，妾優爲之，定不以口腹相累。」［馮評］如此接筆豈有拖沓。媼見其温婉可愛，遂安之。夜深，謂媼曰：「攜來衾枕，尚在門外，出溲時，煩捉之。」［校］上二字，青本作代捉入。媼出，果得衣一裹。女解陳榻上，不知是何等［校］青本無等字。錦繡，香滑無比。媼亦設布被，與女［校］青本作之。同［校］青本作共。

榻。羅衿〔校〕青本作裙。甫解，異香滿室。〔但評〕色身正襯。既寢，媪私念：遇此佳人，可惜身非男子。〔馮評〕我見猶憐，何況老奴。○註脚。〔但評〕情障對襯。女子枕邊〔校〕青本作女於枕上。笑曰：「姥七旬，猶妄想耶？」〔但評〕以情感情，以情知情。媪曰：「無之。」女曰：「既不妄想，奈何欲作男子？」〔馮評〕我讀此憶方靈皋先生敍黄石齋逸事，鐵石梅花，無笑此媪。媪愈〔校〕青本作益。知爲狐，大懼。女又笑曰：「願作男子，何心而又懼我耶？」媪益恐，股戰搖牀。女曰：「嗟乎！〔校〕青本無上二字。膽如此大，還欲作男子！實相告：我真仙人，然非禍汝者。但須謹言，衣食自足。」媪早起，拜於牀下。女出臂挽之，臂膩如脂，熱香噴溢；肌一着人，覺皮膚鬆快。〔但評〕示色身正襯。媪心動，復涉遐想。〔但評〕墮情障對襯。女哂曰：「婆子戰慄纔止，心又何處去矣！使作丈夫，當爲情死。」〔但評〕墮情障對襯。媪曰：「使是丈夫，今夜那得不死！」〔但評〕墮情障正襯。由是兩心浹洽，日同操作。〔馮評〕吾想聊齋真温柔鄉中總持，每寫兒女子情，便已透紙十重，不只稱風月主人已也。飛燕傳着體盡靡四字，此段所出。視所績，勻細生光；織爲布，晶瑩如錦，價較常三倍。媪出，則扃其户；有訪媪者，輒於他室應之。居半載，無知者。後媪漸洩於所〔校〕青本無所字。親，里中姊妹行皆〔校〕青本無皆字。託媪以求見。女讓曰：「汝言不慎，我將不能久居矣。」媪悔失言，深自責；而〔校〕青本下有人之二字。求見者日〔校〕青本無日字。益衆，至有以勢迫媪者。媪涕泣自陳。〔馮評〕又帶下。女曰：「若諸女伴，見亦無妨；恐有輕薄兒，將見狎侮。」媪復哀懇，始許之。越日，老媪少女，香煙相屬於道。女厭其煩，無貴賤，悉不交語，惟默然端坐，以聽朝參而已。鄉中少年聞其美，神魂傾動，媪悉絶之。有費生者，邑之名士，傾其産，以重金啗媪。〔馮評〕特筆。媪諾，爲之請。女已知之，責曰：「汝賣我耶！」媪伏地自投。女曰：「汝貪其賂，我感其癡，〔馮評〕有情無情，急索解人。感其癡三字是仙是佛。〔但評〕墮情障正面。可以一見。然而緣分盡矣。」媪又伏〔校〕青本伏作復。叩。女約以明日。生聞之，喜，具香燭而往，入門長揖。女簾内與語，問：「君破産相見，將何以教妾也？」〔但評〕色身情障並寫。生曰：「實不敢他有所干，衹以王〔校〕青本王作毛。嬙、西子，徒得傳聞，如不以冥頑見棄，俾得一闊眼界，下願已足。〔但評〕色身對面，情障對面。若休咎自有定數，非所樂聞。」〔馮評〕詞令妙品。忽見布幕之中，容光射露，翠黛朱櫻，無不畢現，似無簾幌之〔校〕上二字，青本作幕。隔者。〔但評〕示色身正面，即墮情障正面。生意眩神馳，不覺傾拜。拜已而起，則厚幙沉沉，聞聲不見矣。悒悵間，竊恨未覩下體；〔但評〕情障。俄見簾下繡履雙翹，瘦不盈指。生又拜。簾中語〔校〕青本作女。曰：「君歸休！妾體惰矣！」〔馮評〕偏善作此鈎魂之筆。〔但評〕示色身寫到十二分，墮情障亦到十二分。媪延生別室，烹茶爲供。生題「南鄉子」一調於壁云：〔何評〕好。「隱約畫簾前，三寸凌波玉筍尖；點地分明蓮瓣落，纖纖，再着重臺更可憐。花襯鳳頭彎，入握應知軟似綿；但願化爲蝴蝶去，裙邊，一嗅餘香死亦甜。」〔何評〕監本。題畢而去。女覽題不悅，〔校〕青本作快。謂媼曰：「我言緣分已盡，今不妄矣。」媼伏地請罪。女曰：「罪不盡在汝。我偶墮情障，以色身示人，遂被淫詞污褻，〔但評〕以色身示人，近於誨淫，焉得不被污褻。此皆自取，於汝何尤。若不速遷，恐陷身情窟，〔馮評〕世間惟有情字了得。朱晦翁詩云：世上無如人欲險，幾人到此誤平生。然此尚以欲言，若論情字，則一縷情絲直傳遍大千世界，聖賢仙佛俱入其中。袁子才云：惜玉憐香而心不動者，聖人也；惜玉憐香而心動者，常人也；不知玉不知香者，禽獸也。此語頗有見。轉劫難出矣。」遂襆被出。〔但評〕潔身而去，何等乾淨。媼追挽之，轉瞬已失。

〔何評〕偶現色相，遽爾翻身，庶幾由戒生定者。

〔但評〕通篇主意，只示色身、墮情障六言盡之。若就費生一邊描寫正面，則命意既難新穎，措辭亦易支離；乃從七旬老媼，極力形容：忽然妄想，忽然股戰，忽然復涉遐想。而寫其儀容，寫其袍服，寫其裙香，寫其臂膩；竟寫到肌一著人，皮膚鬆快。又從女子口中說出：願作男子何心？又曰：使作丈夫，當爲情死。再從媼口中說出：使是丈夫，今夜那得不死。色身之示人，情障之自墮，直說到百千萬億分矣。然後漸漸說到親里中，說到姊妹行，説到老媪少女，説到鄉中少年，而後引出費生。已入正面矣，却只以意眩神馳，拜而又拜，輕輕虚寫，即已十分透足。「南鄉子」一闋，顯然他有所干，淫詞污褻，豈止欲一闊眼界而已哉！猛然省悟，及早回頭，「此皆自取，於汝何尤」八字，實實從情窟中轉劫出來，使前此無數豔語情詞，遂如風埽塵霾，一時都盡。

紅毛氈

紅毛國，舊許與中國相貿易。邊帥見其〔校〕青本下有人字。衆，不許〔校〕青本作聽。登岸。紅毛人固請：「賜〔校〕青本賜上有但字。一氈地足矣。」帥思一氈所容無幾，許之。其人置氈岸上，僅容二人；拉〔校〕青本作扯，下同。之，容四五人；且拉且登，頃刻氈大畝許，已數百人矣。短刃〔校〕青本作刀。並發，出於不意，被掠數里而去。〔但評〕異貌異心，爲鬼爲蜮，此華夏之疢疾也。防維控馭之，勿使萌孽，是在於邊帥已。

抽腸

萊陽民某晝卧，見一男子與婦人握手入。婦黄腫，腰粗欲仰，意象愁苦。男子促之曰：「來，來！」某意其苟合者，因假睡以窺所爲。既入，似不見榻上有人，又促曰：「速之！」婦便自坦胸懷，露其腹，腹大如鼓。男子出屠刀一把，〔校〕遺本作口。用力刺入，從心下直剖至臍，蚩蚩〔校〕遺本作霍霍。有聲。某大懼，不敢喘息。而婦人攢眉忍受，未嘗少呻。男子口啣刀，入手于腹，捉腸挂肘際；且挂且抽，頃刻滿臂。乃以刀斷之，舉置几上，還復抽之。几〔校〕遺本無几字。既滿，懸椅上；椅又滿，乃肘數十盤，如漁人舉網狀，望某首邊一擲。覺一陣熱腥，面目喉鬲覆壓無縫。某不能復忍，以手推腸，大號起奔。腸墮榻前，兩足被縶，冥然而倒。家人趨視，但見身繞猪臟；既入審顧，則初〔校〕遺本作一。無所有。衆各自謂目眩，未嘗〔校〕遺本作甚。駭異。及某述所見，始共奇之。而室中並無痕迹，惟數日血腥不散。〔校〕青本無此篇。

張鴻漸

張鴻漸，永平人。年十八，爲郡名士。時盧龍令趙某貪暴，人民共苦之。有范生被杖斃，同學忿其冤，將鳴部院，［何評］輕率可笑。求張爲刀筆［吕註］史記，蕭相國世家贊：蕭相國何，於秦時爲刀筆吏。［何註］刀筆，周禮，冬官考工記：築氏爲削，長尺博寸。注：今之書刃，所以刺書。後世始以束毫爲聿，加竹爲筆。説文：刀，兵也。本有刀、刁兩音，後人指健訟者爲刁，因作刁字以别之。之詞，約其共事。張許之。妻方氏，美而賢，聞其謀，諫曰：「大凡秀才作事，可以共勝，而不可以共敗：［何評］格言，當書一通置之座隅。［但評］爲秀才者宜佩此言。勝則人人貪天功，［吕註］左傳，僖二十四年：竊人之財，猶謂之盜；况貪天之功以爲己力乎。一敗則紛然瓦解，［吕註］史記，匈奴列傳：其困敗則瓦解雲散矣。不能成聚。［馮評］頭巾家當合盤托出，酸丁何處生活？今勢力世界，曲直難以理定，［但評］即使世界不勢力，曲直可理定，捉刀聯名之事，然且不可。○秀才伎倆，世界勢力，不料數語道破，乃得之閨中。君又孤，脱有翻覆，急難［何註］急難，急其難也。詩，小雅：兄弟急難。者誰也！」張服其言，悔之，乃婉謝諸生，但爲創詞而去。［但評］已聞言而悔，奈何又捉刀耶？使方見之，當爲涕泣而火其詞。質審一過，無所可否。趙以巨金納大僚，諸生坐結黨被收，［何評］可知。又追捉刀人。張懼，亡去。至鳳翔界，資斧斷絶。日既暮，踟躕曠野，無所歸宿。欻覩小村，趨之。老嫗方出闔扉，見生，［校］青本作之。問所欲爲，張以實告。嫗曰：「飲食牀榻，此都細事；但家無男子，不便留客。」張曰：「僕亦不敢過望，但容寄宿門内，得避虎狼足矣。」嫗乃令入，閉門，授以草薦，囑曰：「我憐客無歸，私容止宿，未明宜早去，恐吾家小娘子聞知，［馮評］帶起。將便怪罪。」嫗去，張倚壁假寐。忽有籠燈晃［何註］晃，胡廣切，同晄，明也，晃晃然也。耀，見嫗導一女郎出。張急避暗處，微窺之，二十許麗人也。及門，見［校］青本作睹。草薦，詰嫗；嫗實告之。女怒曰：「一門細弱，何得容納匪人！」即問：「其人焉往？」張懼，出伏階下。女審詰邦族，色稍霽，曰：「幸是風雅士，不妨相留。然老奴竟不關白，此等草草，豈所以待君子！」命嫗引客入舍。俄頃，羅酒漿，品物精潔；既而設錦裀於榻。張甚德之，因私詢其姓氏。嫗曰：［校］青本作言。「吾家施氏，太翁夫人俱謝世，止遺三女。適所見，長姑舜華也。」嫗［校］青本下有既字。去。張視几上有「南華經」［呂註］陳繼儒羣碎録：唐天寶元年，封莊子爲南華真人，故莊子爲南華經。○［馮評］座有南華，豈是俗物。註，因取就枕上，伏榻翻閲。忽舜華推扉入。張釋卷，搜覓冠履。女即榻捺坐

[校]上二字，青本作上撫生。曰：「無須，無須！」[馮評]又奇。因近榻坐，覰[校]青本覰上有覷字。然曰：「妾以君風流才士，欲以門户相託，遂犯瓜李之嫌。得不相遐棄否？」張皇然不知所對，但云：「不[校]青本下有敢字。相誑，小生家中，固有妻耳。」女笑曰：「此亦見君誠篤，顧亦不妨。既不嫌憎，明日當煩媒妁。」言已，欲去。張探身挽之，女亦遂留。[校]青本作止。未曙即起，以金贈張，曰：「君持作臨眺之資；向暮，宜晚來，恐[校]青本下有爲字。傍人所窺。」張如其言，早出晏[校]青本作夜。歸，半年以爲常。一日，歸頗早，至其處，村舍全無，不勝驚怪。方徘徊間，[校]青本無間字。聞[校]青本聞上有忽字。媪云：「來何早也！」一轉盼間，[校]青本無間字。則院落如故，身固已在室中矣，益異之。舜華自内出，笑曰：「君疑妾耶？實對君言：妾，狐仙也，與君固有夙緣。如必見怪，請即别。」張戀其美，亦安之。夜謂女曰：「卿既仙人，當千里一息耳。小生離家三年，念妻孥不去心，能攜我一歸乎？」女似不悦，曰：[校]青本作謂。「琴瑟之情，妾自分於君爲篤；君守此念彼，是相對綢繆者，皆妄也！」張謝曰：「卿何出此言！諺云：『一日夫妻，百日恩義。』後日歸念卿時，亦[校]上四字，青本作而念卿。猶今日之念彼也。設得新忘故，卿何取焉？」女乃笑曰：「妾有褊心：於妾，願君之不忘；於

人，願君之忘之也。［馮評］此即曹操寧使我負人，不可人負我語，一般腔口，出自女子口中，覺情至。［但評］卿是新卿，彼是舊彼；彼亦前日之新，卿即他日之舊。能不棄舊，乃可納新；舊若可忘，新於何有？取愛河之筏，渡醋海之迷，化彼褊心，融爲和氣，無我見，無人見，何必舍其舊而新是謀？工織素，工織縑，不至笑初聞而哭者去。○張固多情，狐亦能恕。詞氣温婉，神致纏緜。然欲暫歸，此復何難，君家［校］青本下有固字。咫尺耳。」遂把袂出門，見道路昏暗，張逡巡不前。女曳之走，無幾時，曰：「至矣。君歸，妾且去。」張停足細認，果見家門。踰垝垣入，見室中燈火猶熒。近以兩指彈扉。內問爲［校］青本作阿。誰，張具道所來。內秉燭啓關，真方氏也。兩相驚喜，握手入帷。見兒卧牀上，［但評］不漏一絲。慨然曰：「我去時兒纔及膝，今身長如許矣！」［馮評］點綴瑣事逼真。夫婦依［校］青本作偎。倚，恍如夢寐。［但評］豈第如夢，直是搗鬼。張歷述所遭。問及訟獄，始知諸生有瘐死者，有遠徙者，益服妻之遠見。［但評］偏有真憑據。方縱體入懷，曰：「君有佳耦，想不復念孤衾中有零涕人矣！」［但評］妝神妝鬼，即如其所言以探之，那得不中其計而和盤托出。張曰：「不念，胡以來也？我與彼雖云情好，［校］青本作死。終非同類；獨其恩義難忘耳。」［但評］對假人説真話。方曰：「君以我何人也？」張審視，竟非方氏，乃舜華也。以手探兒，一竹夫人［呂註］宋張耒有竹夫人傳。耳。［馮評］幻筆至此。［但評］故作閃灼迷離之筆，令讀者目眩心迷。秉燭者方氏也，卧牀者兒也，且夫婦偎倚恍如夢也，訟獄始終皆得實也；乃方且曰，君不復念我也，乃方忽曰，君以我何人也。方也而竟非方也，乃舜華也；兒也而竟非兒也，乃竹夫人也。果狐之善爲譸張耶？抑作者之巧弄筆墨耶？大慚無語。女曰：「君心可知矣！分當自此絶矣，〔校〕青本作交。猶幸未忘恩義，差足自贖。」過二三日，忽曰：「妾思癡情戀〔校〕青本作憐。人，終無意味。君日怨我不相送，今適欲至都，便道可以同去。」乃向牀頭取竹夫人共跨之，〔但評〕一竹夫人，乃有許多妙用。令閉兩眸，覺離地不遠，風聲颼颼。移時，尋落。女曰：「從此別矣。」方將訂囑，女去已渺。悵立少時，聞村犬鳴吠，蒼茫中見樹木屋廬，皆故里景物，循途而歸。踰垣叩户，宛若〔校〕青本作如。前狀。〔馮評〕奇幻不可思議。方氏驚起，不信夫歸，詰證確實，始挑燈嗚咽而出。既相見，涕不可仰。張猶疑舜華之幻弄也；又見牀卧一兒，〔校〕青本作床頭兒卧。如〔校〕青本如上有一字。昨夕，因笑曰：「竹夫人又攜入耶？」〔但評〕對真人説假話。方氏不解，變色〔但評〕前日縱體之人，忽爲今日變色之人。令人疑鬼疑神，真僞莫辨。不過此數人，此數事，此數語，變出許多幻相，許多奇想，真是妙筆。曰：「妾望君如歲，枕上啼痕固在也。甫能相見，全無悲戀〔校〕青本作憐。之情，何以爲心矣！」張察其情真，〔校〕青本無真字。始執臂欷歔，具言其詳。〔但評〕方氏驚起，不信其實情也，乃愈詰證，愈嗚咽，愈啼泣，而張愈疑幻弄也。真方也而乃曰舜華也，真兒也而乃曰竹夫人也。及方變色而有言，而啼痕在枕之方，非復縱體入懷之方矣；牀頭卧熟之兒，非復以手攜入之兒矣。是真非真，是幻非幻，真即是幻，幻即是真，虚虚實實，離離奇奇，事或有之，文亦宜然。問訟案所結，並如舜華言。〔馮評〕包括，簡筆。方相〔校〕青本作此。感慨，聞門外有履聲，問之不應。蓋里中有惡少，久窺方豔，是夜自別村歸，遥見一人踰〔校〕青本作入。垣去，謂必赴淫約者，尾之[校]青本下有而字。入。甲故不甚識張，但伏聽之。及方氏亟問，乃曰：「室中何人也？」方諱言：「無之。」甲言：「竊聽已久，敬將以[校]青本無以字。執姦耳。」方不得已，以實告。甲曰：「張鴻漸大案未消，即使歸家，亦當縛送官府。」方苦哀之，甲詞益狎逼。張忿火中燒，[校]青本下有不可制止四字。把刀直出，剁甲中顱。甲踣，猶號；又連剁之，遂死。[校]青本作斃。方曰：「事已至此，罪益加重。君速逃，妾請任其辜。」張曰：「丈夫死則死耳，焉肯[校]青本作能。辱妻累子以求活耶！卿無顧慮，但令此子勿斷書香，[呂註]陸游詩：窗月窮幽致，圖書發古香。目即瞑矣。」天[校]青本下有漸字。明，赴縣自首。趙以欽案[校]青本作件。中人，[馮評]加重一句。姑薄懲[何註]薄懲，輕薄示懲也。之。尋由郡解都，械禁頗苦。途中遇女子跨馬過，一[校]青本作以。老嫗捉鞚，蓋舜華也。張呼嫗欲語，淚隨聲墮。女返轡，手啓障紗，訝曰：「表兄也，何至此？」[但評]此狐一生善於搗鬼。張略述之。女曰：「依兄平昔，便當掉頭不顧；然予不忍也。[但評]對公役説鬼話，其機變宜也。乃又忽作真語，便將發洩私憤之言，插叙在此，省却無數筆墨，而文字已分外生新出色，真是巧不可階。寒舍不遠，即邀公役同臨，亦可少助資斧。」從去二三里，見一山村，樓閣高整。女下馬入，令嫗啓舍延客。既而酒炙豐美，似所夙備。又使嫗出曰：「家中適無男子，張官人即向公役多勸數觴，前途倚賴多矣。遣人措辦數十金，爲官人作費，兼酬兩客，尚未至也。」二役竊喜，縱飲，不復言行。日漸暮，二役徑醉矣。女出，以手指械，械立脱；曳張共跨一馬，駛如龍。［校］青本作飛。少時，促下，曰：「君止此。妾與妹有青海［呂註］淮南子：青泉之埃，上爲青雲，陰陽相薄爲雷，激揚如電，上者就下，流通而合於青海。○迺賢詩：丘公神仙流，學道青海東。之約，又爲君逗留［校］青本作遛。一晌，［何註］逗遛音豆留，止不進也。珦音賞，晌午也。久勞盼注矣。」張問：「後會何時？」女不答；再問之，推墮馬下而去。既曉，問其地，太原也。遂至郡，賃屋授徒焉。託名宮［校］此據青本，抄本作公。按：聊齋俚曲集磨難曲即採張鴻漸故事而成，託名正作宮子遷，故應從青本作宮。子遷。居十年，訪知捕亡寖怠，［何註］寖怠，寖，漸也，漸懈怠也。乃復逡巡東向。既近里門，不敢遽入，俟夜深而後入。及門，則牆垣高固，不復可越，只得以鞭撾門。久之，妻始出問。張低語之。喜極，納入，作呵叱聲，曰：「都中少用度，即當早歸，何得遣汝半夜來？」入室，各道情事，始知二役逃亡未返。言次，簾外一少婦頻來，［但評］此番入門，方氏非舜華，兒亦非竹夫人矣；乃方又忽作呵叱聲，而曰，遣汝來。汝之爲汝，並無所指，又不啻舜華之幻弄也。且竹夫人未曾攙入，簾外又有少婦來，皆作者極力經營映襯上文處，慎勿輕易看過，孤負一片苦心。張問伊誰，曰：「兒婦耳。」問：［校］青本無問字。「兒安在？」曰：「赴郡［校］青本作都。大比未歸。」［馮評］無一漏筆。伏下。張涕下曰：「流離數年，兒已成立，不謂能繼書香，卿心血殆盡矣！」話未已，子婦已温酒炊飯，羅列滿几。張喜慰過望。居數日，隱匿房榻，惟恐人知。

一夜，方卧，忽聞人語騰沸，［何註］騰沸，人聲高騰，如湯之沸於鼎也。捶門甚厲。大懼，並起。［但評］前此無數波折，到此疑是山窮水盡矣；乃又突起一波，更覺出人意表。聞人言曰：「有後門否？」益懼，急以門扇［校］青本作扉。代梯，送張夜［校］青本無夜字。度垣而出，然後詣門問故，乃報新貴者也。［馮評］前此伏筆之妙。方大喜，深悔張遁，不可追挽。張是夜越莽穿榛，急不擇途；及明，困殆已極。初念本欲向西，問之途人，則去京都通衢不遠矣。遂入鄉村，意將質衣而食。見一高門，有報條黏壁上，［校］青本作閒。近視，知爲許姓，新孝廉也。頃之，一翁自内出，張迎揖而告以情。翁見儀貌都雅，知非賺食［何註］賺食，猶言誆食。者，延入相款。因詰所往。張託言：「設帳都門，歸途遇寇。」翁留誨其少子。張略問官閥，乃京堂林下者；孝廉，其猶子也。月餘，孝廉偕一同榜歸，云是永平張姓，十八九少年也。張以鄉、譜俱同，暗中疑是其子；然邑中此姓良多，姑默之。至晚解裝，出「齒録」，急借披讀，真子也。不覺淚下。共驚問之。乃指名曰：「張鴻漸，即我是也。」備言其由。張孝廉抱父大哭。許叔姪慰勸，始收悲以喜。許即以金帛函字，致告［校］青本作各。憲臺，父子乃同歸。［馮評］趙知縣想已罷官去，否則此筆未了清。方自聞報，日以張在亡爲悲；忽白［校］上二字，青本作聞。孝廉歸，感傷益痛。少時，父子並入，駭如天降，詢知其故，始共悲喜。甲父見其子貴，禍心不敢復萌。張益厚遇之，又歷述當年情狀，甲父感愧，遂相交好。

［何評］張之逃亡脱難，前後皆賴舜華；乃舜華乍合乍離，如神龍見首不見尾，令人不可測。〇身爲名士，流離坎壈數十年，皆由於捉刀書詞，不可不戒。

［但評］勢力世界，曲直無憑。貪賂者安居，鳴寃者反坐。茫茫世宙，教人從何處呼天耶！然而士子應守學規，王章最嚴結黨。以事不干己，而强爲出頭；始則妄貪天功，忽焉竟成瓦解。楚囚相對，趙璧難歸，獄中之燐火相依，塞外之鴻書莫寄，仰而父母誰事，俯而妻子何歸？悔已噬臍，覆宜借鑒。若張者幸而免脱，終是狐疑。晝伏夜來，其形似鼠；風聲鶴唳，是處皆兵。偶合旋離，一生九死。雖則賢妻用盡心血，令子能繼書香；而十數載流離，百千番磨折，至是而始服牀頭人之遠見，亦已晚矣。捉刀之自貽伊戚也，可勝道哉！

太醫

萬曆間，孫評事少孤，母十九歲守［校］青本下有柏舟之三字。節。［呂註］詩，鄘風。［何註］柏舟，鄘風，共姜守節自誓之詩。孫舉進士，而母已死。嘗語人曰：「我必博誥命以光泉壤，始不負萱堂［呂註］詩，衛風：焉得萱草，言樹之背。注：背，北堂也。封治北堂，故曰萱堂。葉夢得遺模歸視石林詩：白髮萱堂上，孩兒更共誰。苦節。」忽得暴病，綦篤。素與太醫善，使人招［校］青本下有致字。之；使者出門，而疾益［校］青本作以。劇。張目曰：「生不能揚名顯親，何以見老母地下乎！」遂卒，目不瞑。無何，太醫至，聞哭聲，即入臨弔。見其狀，異之。家人告以故。太醫曰：「欲得誥贈，即亦不［校］青本作匪。難。今皇后旦［校］青本作早。晚臨盆矣，但活十餘日，誥命可得。」立命取艾，灸尸一十八處。炷將盡，牀上已呻；急灌以藥，居然復生。囑曰：「切記勿食熊虎肉。」共志之；然以此物不常有，頗不關意。既而三日平復，仍從朝賀。過六七日，果生太子，召賜羣臣宴。中使出異品，徧賜文武，白片朱絲，[吕註]淮南子：熊掌心有脂如玉，甚美，俗呼熊白。蘇軾詩：磨劍切熊白。甘美無比。孫啖之，不知何物。次日，訪諸同僚，曰：「熊膰也。」大驚，失色，即刻而病，至家遂[校]青本作而。卒。[但評]此事不可解。孫雖數盡，亦既灸而活之矣，僅十餘日而卒，不能博誥命以光泉壤，痛哉！

[何評]良醫也。至評事食熊膰而死，則命也。無亦命不可强，符延須臾之死，使博誥命，以遂人子之志歟？

牛飛

邑人某，購一牛，頗健。夜夢牛生兩翼飛去，以爲不祥，疑有喪失。牽入市〔校〕上二字，青本作市口。損價售之。以巾裹金，纏臂上。歸至半途，見有鷹食殘兔，近之甚馴。遂以巾頭縶股，〔何註〕縶股，縶縶其股，以臂任之也。臂之。鷹屢擺撲，把捉稍懈，帶巾〔校〕青本作金。騰去。此雖定數，然〔校〕上五字，青本作某每謂定數不可逃，而不知。不疑夢，不貪拾遺，則〔校〕青本無則字。走者何遽能飛哉？

王子安

王子安，東昌名士，困於場屋。入闈後，[校]此據青本，抄本無上三字。期望甚切。近放榜時，痛飲大醉，歸臥内室。忽有人白：「報馬來。」王踉蹌起曰：「賞錢[校]青本作報，下同。十千！」家人因其醉，誑而安之曰：「但請[校]青本下有自字。睡，已賞[校]青本下有之字。矣。」王乃眠。俄又有入者曰：「汝中進士矣！」王自言：「尚未赴都，何得及第？」其人曰：「汝忘之耶？三場畢矣。」王大喜，起而呼曰：「賞錢十千！」家人又誑之如前。[校]上二字，青本作曰，請自睡，已賞之矣。又移時，一人急入曰：「汝殿試翰林，長班在此。」果見二人拜牀下，衣冠修潔。王呼賜酒食，家人又紿之，暗笑其醉而已。久之，王自念不可不出耀鄉里。大呼長班，[馮評]狐戲之妙，在添出家人誑之。凡數十呼，無應者。家人笑曰：「暫臥候，尋他去。」[校]青本下有矣字。又久之，長班果復來。王搥牀頓足，大罵：「鈍奴焉往！」長班怒曰：「措大無賴！向與爾戲耳，而真罵耶？」王怒，驟起撲之，落其帽。王亦傾跌。妻入，扶之曰：「何醉至此！」王曰：「長班可惡，我故懲之，何醉也？」妻笑曰：「家中止有一媼，晝爲汝炊，夜爲汝温足耳。[但評]晝爲炊，夜温足，白頭相守，窮骨子亦樂得用此長班。何處長班，伺汝窮骨？」子女[校]青本下有粲然二字。皆笑。王醉亦稍解，忽如夢醒，始知前此之妄。然猶記長班帽落；[校]青本作落帽。尋至門後，得一纓帽如盞大，共疑[校]青本作異。之。自笑曰：「昔人爲鬼揶揄，吾今爲狐奚落[何註]奚落，猶揶揄也。矣。」

異史氏曰：「秀才入闈，有七似焉：初入時，白足提籃，似丐。唱名時，官呵隸罵，似囚。其歸號舍也，孔孔伸頭，房房露脚，似秋末之冷蜂。其出[校]青本下有闈字。場也，神情惝怳，[何註]惝同惝，怳同恍，失意不悦貌。天地異色，似出籠之病鳥。迨望報也，草木皆驚，夢想亦幻。時作一得志想，則頃刻而樓閣俱成；作一失志[校]青本作意。想，則瞬息而骸骨已朽。此際行坐難安，則似被縶之猱。[何註]猱音柔。格物總論：猱，猴也，獮也。楚人謂之沐猴，狀類人。忽然而飛騎傳人，報條無我，此時神色[校]青本作情。猝變，嗒然若死，則似餌[校]青本作餌。○[何註]餌音甘，餌也。毒之蠅，弄之亦不覺也。[但評]形容盡致，先生皆閱歷備嘗之言。初失志，心灰意敗，大罵司衡無目，筆墨無靈，勢必舉案頭物而盡炬之；

炬之不已，而碎踏之；踏之不已，而投之濁流。[何註] 濁流，濁水也。朱全忠朝士三十餘人，盡殺之於白馬驛，投尸于河，曰：此輩常自謂清流，宜投之濁流。從此披髮入山，面向石壁，再有以且夫、嘗謂之文進我者，定當操戈逐之。無何，日漸遠，氣漸平，技又[校] 青本作漸。漸癢；遂似破卵之[校] 青本無之字。鳩，只得啣木營巢，從新另抱矣。[馮評] 文字之妙，至人人首肯，個個心服，便是天地間至文，以其寫狀極肖。如此情況，當局者痛哭欲死；而自旁觀者視之，其可笑孰[校] 青本無孰字。甚焉。王子安方寸之中，頃刻萬緒，想鬼狐竊笑已久，故乘其醉而玩弄之。牀頭人醒，寧不啞然失[校] 青本作自。笑哉？顧得志之況味，不過須臾；詞林諸公，不過經兩三須臾耳，[何評] 至□。子安一朝而盡嘗之，則狐之恩與薦師等。」

[何評] 子安弋獲心切，故狐戲之。然當其心滿意足時，何知爲戲？齊量等觀，則詞林諸公，安非出於造物之戲也？世事種種色色，不必認真。

[但評] 幻想所結，得意齊來，報馬長班，無妨以不甚愛惜之虛名，暫令措大醉中一快心耳。乃欲出耀鄉里，認假作真，狐亦怒而去之矣。纓帽如盞，留與窮骨子自笑耳。

刁姓

有刁姓者，家無生産，每出賣許負之術，——實無術也。數月一歸，則金帛盈橐。共異之。會里人有客于外者，遥見高門内一人，冠華陽巾，言語啁嗻，衆婦叢繞之。近視，則刁也。因微窺所爲。見有問者曰：「吾等衆人中，有一夫人在，能辨之乎？」——蓋有一貴婦微服其中，將以驗其術也。里人代爲刁窘。刁從容望空横指曰：「此何難辨。試觀貴人頂上，自有雲氣環遶。」衆目不覺集視一人，覘其雲氣。刁乃指其人曰：「此真貴人！」衆驚以爲神。里人歸述其詐慧。乃知雖小道，亦必有過人之才；不然，烏能欺耳目、賺金錢，無本而殖哉！〔校〕青本無此篇。

某甲號稱預知，善決人吉凶。高坐一廟廊。時大雨如澍。有客執雨具，提筥；筥盛梨二、藥裹一，奔入問吉凶。甲起課曰：「問病。」客然之。又曰：「病熱渴。」客又然之，而尚未之神也。忽曰：「子姓王。」客始大驚。又謂：「病者當爲爾妻。」其人惶恐側拜，泣問愈否。大呼曰：「歸，體愈矣。」客款謝而去。其子異而問之。曰：「筥有藥裹，知其問病；置二梨，知病熱渴；雨具柄雕『王記』，則爲王姓無疑。」其子曰：「何以知其爲妻？」甲笑曰：「冒雨覓藥，奔入求卜，恐即父母瀕危，亦未必如是急急也。」語雖近刻，而世之重妻孥而輕父母者，夫豈少哉！仙舫附記

［者島評］是技也，施之素不相識之人則可；若不去其鄉，而公然冠華陽巾，立於家門内，指天畫地，啁噍向人，人即可欺，而回顧妻子，未有不以面向壁者。顧世人訪求藝術，猶往往輕鄉里而重遠人，亦獨何歟？

農婦

邑西磁窑塢有農人婦，勇健如男子，輒爲鄉中排難解紛。與夫異縣而居。夫家高苑，距淄百餘里；偶一來，信宿便去。婦自赴顔山，販陶器〔何註〕陶器，謂窑中燒出之器也。範金合土，謂陶器也。爲業。有贏餘，則施丐者。一夕與鄰婦語，忽起曰：「腹少〔校〕青本作小腹。微痛，想孽障欲離身也。」遂去。天明往探之，則見其肩荷釀酒巨甕二，方將入門。隨至其室，則有嬰兒綳卧。駭問之，蓋娩〔吕註〕正韻：娩音問，女字，一曰生也。〔何註〕娩音免，古只用免，生産也。今人謂之分娩。後已負重百里矣。故與北菴尼善，訂爲姊妹。後聞尼有穢行，忿然操杖，將往〔校〕青本作復。撻楚，衆苦勸乃〔校〕青本作而。止。一日，遇尼於途，遽批之。問：「何罪？」亦不答，〔但評〕難可排，紛可解，處鄉人如是而已。姊妹而有穢行，拳石交施，猶未解此忿也；至問以何罪，豈忽答乎。拳石交施，至不能號，乃釋而去。

異史氏曰：「世言女中〔校〕青本無中字。丈夫，猶自知非丈夫也，婦並忘其爲巾幗矣。其豪爽自快，與古劍仙無殊，［校］青本作於古劍仙何以少殊。毋亦其夫亦［校］青本下有即字。磨鏡者流耶？」［呂註］劍俠傳：聶隱娘者，唐貞元中魏博大將聶鋒之女也。方十歲，有尼乞食於鋒舍，見隱娘，悦之，問鋒乞取。鋒怒。尼曰：任押衙鐵櫃中盛，亦須偷去矣。及夜，失隱娘所在。後五年，尼送歸。問其所學，曰：初與我藥一粒，令執寶劍，刺猿狖虎豹，皆決其首；三年刺鷹隼，無不中；四年白日刺人於都市，人莫能見；五年爲開腦後藏匕首，用即抽之。因謂曰：汝術已成，可歸家。遂送還。忽值磨鏡少年，嫁之。元和間，魏帥與陳許節度使劉昌裔不協，使隱娘賊其首。劉已知其來，迎之。隱娘曰：僕射左右無人，願舍彼而就此。蓋知魏帥之不及劉也。劉自許入覲，隱娘不願從焉，後不知所之。

［何評］寫健婦性情如繪。

金陵乙

金陵賣酒人某乙，每釀成，投水而置毒焉；即善飲者，不過數盞，便醉如泥。以此得「中山」［呂註］搜神記：狄希，中山人也，能造千日酒，飲之亦千日醉。○博物志：劉元石於中山酒家酤酒，酒家與千日酒，忘言其節度。歸至家尚醉，而家人不知，以爲死也，葬之。酒家計千日滿，乃往視之，云元石亡來三年，已葬。於是開棺，醉始醒。俗云：元石飲酒，一醉千日。之名，富致巨金。早起，見一狐醉卧槽邊，縛其四肢。方將覓刃，狐已醒，哀曰：「勿見害，請如所求。」遂釋之，輾轉已化爲人。時巷中孫氏，其長婦患狐爲祟，因［校］青本下有以字。問之，答云：「是即我也。」乙窺婦娣尤美，求狐攜往。狐難之。乙固求之。狐邀乙去，入一洞中，取褐衣授之，曰：「此先兄所遺，着之當可去。」既服而歸，家人皆不之見；襲常衣［校］此據青本，抄本作衣裳。而出，始見之。大喜，與狐同詣孫氏家。見牆上貼巨符，畫蜿蜒［何註］蜿蜒音剜延，龍動貌。如龍。狐懼曰：「和尚大惡，我不往矣！」遂［校］青本下有退而二字。去。乙逡巡近之，則真龍盤壁上，昂首欲飛。大懼亦出。蓋孫覓一異域僧，爲之厭勝，授符先歸，僧猶［校］青本無猶字。未至也。次日，僧來，設壇作法。鄰人共觀之，乙亦雜處其中。忽變色急奔，狀如被捉；至門外，踣地化爲狐，四體猶着人衣。［但評］人也而忽爲狐行，狐也而空着人衣矣。將殺之。妻子叩請。僧命牽去，日給飲食，數月［校］青本作日。尋斃。

［何評］釀酒置毒，已爲致富不仁，更欲垂涎鄰婦，貪財好色，不死何待？

郭安

孫五粒，有僮僕獨宿一室，恍惚被人攝去。至一宮殿，見閻羅在上，視之曰：「悞矣，此非是。」因遣送還。既歸，大懼，移宿他所；遂有僚僕郭安者，見〔校〕青本下有其字。榻〔校〕青本下有上字。空閒，因就寢焉。又一僕李禄，與僮有夙怨，久將甘心，是夜操刀入，捫之，以爲僮也，竟殺之。郭父鳴於官。時陳其善〔吕註〕遼東人，貢士，順治四年宰淄川，九年拾遺。爲邑宰，殊不苦之。郭哀號，言：「半生止此子，今將何以聊生！」陳即以李禄爲之子。〔校〕青本作陳即判李禄爲己之子。郭含冤而退。此不奇於僮之見鬼，而奇於陳之折獄也。

濟之西邑有殺人者，其婦訟之。令〔校〕青本令上有邑字。怒，立拘凶犯至，拍案罵曰：「人家好好夫婦，直令寡耶！即以汝配之，亦令汝妻寡守。」〔校〕青本作守寡。遂判合之。此等明決，皆是甲榜所爲，他途不能也。而陳亦爾爾，何途無才！

王阮亭曰：「新城令陳端菴凝，〔呂註〕浙江德清人，順治己丑進士，官新城知縣，謫大庾典史。性仁柔無斷。王生與哲典居宅於人，久不給直，〔何註〕直，房屋之價值也。訟之官。陳不能決，但曰：『詩云：〔校〕上二字，青本作毛詩有云。「維鵲有巢，維鳩居之。」生爲鵲可也。』」

〔何評〕奇斷。

〔但評〕或援經據典，或取懷而予，或如分相償，未嘗不自信曰：「此真顛撲不破矣。」不是科甲，如何有此見解？

折獄 [校]青本下有二則二字。

邑之西[校]青本下有有字。崖莊，有賈某[校]青本作者。被人殺於途；隔夜，其妻亦自經死。賈弟鳴於官。時浙江費公禕祉[呂註]字支嶠，鄞縣人，進士，順治十五年宰淄川，以詿誤去。令淄，親詣驗之。見布袱裹銀五錢餘，尚在腰中，知非爲財也者。[校]青本作者也。○[但評]頭緒已清。拘兩村鄰保審質一過，殊少端緒，並未搒掠，釋散歸農；[校]青本無農字。但命地約[校]此據同本，青本、抄本作約地。細察，十日一關白而已。[馮評]今則恐其踰限而酷刑矣。踰半年，事漸懈。賈弟怨公仁柔，上堂屢聒。[校]青本作噪。公怒曰：「汝既不能指名，欲我以桎梏加良民耶！」[馮評]仁人之言。[但評]仁人之言。呵逐而出。賈弟無所伸訴，憤葬兄嫂。一日，以逋賦故，逮數人至。內一人周成，懼責，上言錢糧措辦已足，即於腰中出銀袱，[馮評]倘並不出銀袱奈何！稟公驗視。公驗已，便問：「汝家何里？」答云：「某村。」又問：「去西崖幾里？」答：「五六里。」［校］青本下有公云二字。「去年被殺賈某，係汝何人？」答云：「不識其人。」公勃然曰：「汝殺之，尚云不識耶！」［馮評］半天一個霹靂，嗚呼神矣。［但評］語只如此，其間有詞氣可審，神色可辨，以詭變而得其情，是可意會而不可言傳者。周力辨，不聽；嚴梏之，果伏其罪。先是，賈妻王氏，將詣姻家，慚無釵飾，聒夫使假於鄰。夫不肯；妻自假之，頗甚珍重。歸途，卸而裹諸襆，內袖中；既至家，探之已亡。不敢告夫，又無力償鄰，懊［校］青本無懊字。惱欲死。是日，周適拾之，知爲賈妻所遺，窺賈他出，半夜踰牆，［校］青本作垣。將執以求合。時溽暑，王氏卧庭中，周潛就淫之。王氏覺，大號。周急止之，留襆納釵。事已，婦囑曰：「後勿來，吾家男子惡，犯恐俱死！」周怒曰：「我挾勾欄數宿之貲，［校］青本作資。寧一度可償耶！」婦慰之曰：「我非不願相交，渠常善病，不如從容以待其死。」周乃去，於是殺賈，夜詣婦曰：「今某已被人殺，請如所約。」婦聞大哭，周懼而逃，天明則婦死矣。公廉得情，以周抵罪。共服其神，而不知所以能察之故。公曰：「事無難辨，要在隨處留心耳。［馮評］司牧要言。初驗尸時，見銀襆刺萬字文，周襆亦然，是出一手也。及詰之，又云無舊，詞貌詭變，［馮評］詞貌詭變四字宜看。是以確知其真兇［校］上二字，青本作情。也。」

異史氏曰：「世之折獄者，非悠悠置之，則縲繫數十人而狼籍之［何註］狼籍之，言磨折之至於憊也。耳。［但評］兩層道盡折獄者通病。堂上肉鼓吹，［呂註］十國春秋：後蜀李匡遠，性卞急，一日不斷刑，則慘然不樂。嘗聞捶楚之聲，曰：此一部肉鼓吹也。喧闐旁午，［呂註］前漢書，霍光傳：使者旁午。注：旁午，分布也，按謂一縱一横也。遂嚬蹙曰：『我勞心民事也。』雲板［呂註］未詳。○宋史，輿服志：登封輦制簡素，止施雲板而已。［何註］讀事始：南齊置鐵磬，即今雲板也。三敲，則聲色並進，難決之詞，不復置念；［校］上二字，青本作置諸念慮。耑［校］青本作專。待升堂時，禍桑樹以烹老龜［呂註］劉敬叔異苑：吳孫權時，永康有人入山，遇一大龜，即束之以歸。龜便言曰：遊不量時，爲君所得。人甚怪之。擔出欲上吳。正夜泊越里，纜舟於大桑樹。宵中，樹忽呼龜曰：勞乎元緒，奚事爾耶？龜曰：我被拘繫，方見烹臛，雖然，盡南山之樵，不能潰我。樹曰：諸葛元遜博識，必致相苦，令求如我之徒，計從安得？龜曰：子明無多辭，禍將及爾。樹寂而止。既至建業，權命煑之，焚柴萬車，龜猶如故。諸葛恪曰：燃以老桑樹乃熟。獻者乃説龜樹共言。權使人伐桑樹煑之，龜乃立爛。今烹龜猶多用桑薪，野人故呼龜爲元緒。耳。［但評］禍桑樹以烹老龜，欲得民情者三復此言。嗚呼！民情何由得哉！余每曰：［校］青本作謂。『智者不必仁，而仁者則必智；蓋用心苦則機關出也。』［馮評］二語可當經傳。［但評］此語親切有味，然不外能好人，能惡人兩能字。『隨在留心』之言，可以教天下之宰民社者矣。」

［但評］夫殺於途，妻隔宿自經，是明知其夫之被殺也；且明知其夫之由己而死，不可以自白，不可以對天，不可以鳴官，萬不可偷生，而乃忍泣吞聲而死也。銀袱在腰，非爲財益可信。不加良民以桎梏，至仁也，亦至明、至健矣。以銀袱而得正兇，悉陳底裏，人仰聖明。其言曰：

「事無難辨，要在隨處留心。」夫惟隨處留心之官不多見，此天下所以有未了之案，而難遇神明之宰也。

邑人胡成，與馮安同里，世有郤。胡父子强，馮屈意交歡，胡終猜之。一日，共飲薄醉，頗傾肝膽。胡大言：「勿憂貧，百金之産不〔校〕青本作無。難致也。」馮以其家不豐，故嗤之。胡正色曰：「實相告：昨途遇大商，載厚裝來，我顛越於南山眢井中矣。」〔馮評〕雖云戲語，未有以殺人爲戲者，豈非自尋死道，無怪是人應得横災。而井中寃鬼借胡成以代爲之伸理歟？不遇費公則寃終莫伸，而胡真死矣。馮又笑之。時胡有妹夫鄭倫，託爲説合田産，寄數百金於胡家，遂盡出以炫馮。馮信之。既散，陰以狀報邑。公拘胡對勘，胡言其實，問鄭及産主皆〔校〕青本無皆字。不訛。乃共驗諸眢井。一役縋下，則果有無首之尸在焉。〔但評〕臨民者將奈之何。胡大駭，莫可置辨，但稱寃苦。公怒，擊喙數十，〔但評〕擊數十，妙。曰：「確有證據，尚叫屈耶！」〔但評〕不以爲屈，妙。以死囚具禁制之。〔但評〕稱寃而復寃擊之，且以死囚具禁制之，深謀嘿斷，心有智珠，胸有成竹。尸戒勿出，惟曉示諸村，使尸主投狀。〔但評〕此更令人莫測。逾日，有婦人抱狀，自言爲亡者妻，言：「夫何甲，揭數百金出作貿易，被胡殺死。」公曰：「井有死人，恐未必即是汝夫。」

婦執言甚堅。公乃命出尸於井，視之，果不妄。婦不敢近，卻立而號。[但評]此等處最宜留神。公曰：「真犯已得，但骸軀未全。[馮評]二句要着。汝暫歸，待得死者首，即招報令其抵償。」[但評]忽對真犯說真話。遂自獄中喚胡出，呵曰：「明日不將頭至，當械折股！」[馮評]無首則難定案，先問婦而後問胡，處處細甚。[但評]忽喚假犯說假話。押去[校]青本作役押。終日而返，詰之，但有號泣。乃以梏具置前作刑勢，[但評]穩真犯之心，使其不疑。卻[校]青本作即。又不刑，曰：「想汝當夜扛尸忙迫，不知墜[校]青本作墮。落何處，[馮評]此等處節次一毫錯亂不得。奈何不細尋之？」[但評]開覓頭之路，使其不懼。胡哀[校]青本下有寃字。祈容急覓。公乃問婦：「子女幾何？」答曰：[校]青本作言。「無。」問：[校]青本無問字。「甲有何戚屬？」「但[校]青本但上有云字。有堂叔一人。」慨[校]青本慨上有公字。然曰：「少年喪夫，伶仃如此，其何以爲生矣！」[馮評]故挑之。[但評]穩之更穩。婦乃哭，叩[校]青本作即。求憐憫。公曰：「殺人之罪已定，但得全尸，此案即結；[但評]開之又開。結[校]兩結字青本均作消。案後，速醮可也。[但評]此語出力萬分，頭已爲速醮二字覓出。汝少婦，勿復出入公門。」[馮評]費公主意在不出尸而令尸主投狀兩句中，以後逐節細心看去，在奸婦上堂時形狀必多露迹處，在他人恐難如此從容耳。婦感泣，叩頭而下。公即票示里人，代覓其首。[但評]示人代覓，使有恃而不恐。經宿，即有同村王五，報稱已獲。問驗既明，賞以千錢。喚甲叔至，曰：「大案已成；

然人命重大，非積歲不能成[校]青本作得。結。姪既無出，少婦亦難存活，早令適人。此後亦無他務，[但評]前日認尸，真犯已得，此日報頭，大案已成。乃猶不肯遽信，而必使真犯自投而乃決，其用心良苦矣。但有上臺檢駁，止須汝應身[校]此據青本，抄本作聲。耳。」甲叔不肯，飛兩籤下；再辯，又一籤下。甲叔懼，應之而出。婦聞，詣謝公恩。公極意慰諭之。又諭：「有買婦者，當堂關白。」既下，即有投婚狀者，蓋即報人頭之王五也。[但評]今而後婦心安矣，王五婚狀之投，被此三籤逼出。公喚婦上，曰：「殺人之真犯，汝知之乎？」答曰：[校]青本作以。「胡成。」公曰：「非也。汝與王五乃真犯耳。」[馮評]千穩萬穩，無可疑矣。二人大駭，力辨冤枉。[校]青本作誣。公曰：「我久知其情，所以遲遲而發者，恐有萬一之屈耳。尸未出井，何以確信爲汝夫？蓋先知其死矣。且甲[校]青本作賈。死猶衣敗絮，數百金何所自來？」[馮評]此層前未敘出。又謂王五曰：「頭之所在，汝何知之熟也！所以如此其急者，意在速合耳。」[馮評]初訊時問銀所自，鄭與産主言皆合，此起疑根子。兩人驚顏如土，不能强置一詞。並械之，果吐其實。蓋王五與婦私已久，謀殺其夫，而適值胡成之戲也。乃釋胡。馮以誣告，重笞，徒三年。事[校]青本下有既字。結，並未妄刑一人。[但評]井有死人，恐未必汝夫，使婦執言而後出之，乃知前此戒勿出之妙。婦不敢近，卻立而號，尸主顧如是耶？真犯已得，當令真犯將頭至耳，貌詰胡而暗紿婦，使無公門之懼，而又有桑中之喜，宜其執首而獻也。然大案雖已成，而人命實重大，借令投婚狀之人非即報人頭之人，敢謂殺人之真犯果在是乎？久知其情，而遲遲發之，至和盤托出，令彼不能强置一詞，未妄刑一人，而大案已成信讞，此之謂仁人。

異史氏曰：「我夫子有仁愛名，即此一事，亦以見仁人之用心苦矣。方宰淄時，松裁弱冠，過蒙器許，而駑鈍〔呂註〕諸葛亮出師表：庶竭駑鈍，攘除姦凶。不才，竟以不舞之鶴爲羊公辱。〔呂註〕世説：劉遵祖少爲殷中軍所知，稱之於庾公。庾公甚忻然，便取爲佐。既見，坐之獨榻上與語，劉爾日殊不稱；庾大失望，因名之爲羊公鶴。昔羊叔子有鶴善舞，嘗向客稱之；客試使驅來，氃氋而不能舞，故稱比之。是我夫子生平有不哲之一事，則松實貽之也。悲夫！」〔校〕此據青本，抄本無此段。○〔馮評〕知己之感，滿紙嗚咽，其立言婉妙，悽人心脾。

〔馮評〕聊齋不如人，只甲乙兩科耳。爲問當時兩科中人至今有一存者否？而聊齋名在千古。費公知人之名，轉借聊齋以傳，嗚呼幸哉！

〔但評〕果仁愛，則無時無處而不用心。心之所在，如鏡高懸，物來自照；而又衡其輕重，發以周詳，使之自投，無可復遁，至犯人斯得，傳爲美談。不知遲遲而發之時，費無限心思，費無限籌畫。伊古以來，豈有全不用心之神明哉！

義犬

周村有賈某，貿易蕪湖，獲重貲。賃舟將歸，見堤上有屠人縛犬，倍價贖之，養豢［校］青本作豢養。舟上。舟人固積寇也，窺客裝，［校］青本下有豐字。蕩舟入莽，操刀欲殺。賈哀賜以全尸，盗乃以氈裹置江中。犬見之，哀嗥［校］青本作鳴。投水，口啣裹具，與共浮沉。［校］青本作沉浮。流蕩不知幾里，［校］青本作遠。達［校］青本無達字。淺擱乃止。犬泅出，至有人處，狺狺哀吠。或以爲異，從之而往，見氈束水中，引出斷其繩。客固未死，始言其情。復哀舟人，載還蕪湖，將以伺盗船之歸。登舟失犬，心甚悼焉。抵關三四日，估楫［何註］估音古。估楫，載貨之舟楫也。如林，而盗船不見。適有同鄉估客［校］上二字，青本作賈。將攜俱歸，忽犬自來，望客大［校］青本作鳴。嗥，喚之卻走。客下舟趁之。犬奔上一舟，嚙人脛股，撻之不解。客近呵之，則所嚙即前盗也。衣服與舟皆易，故不得而認之矣。縛而搜之，則裹［校］青本作囊。金猶在。嗚呼！一犬也，而報恩如是。世無心肝者，其亦愧此犬也夫！

［但評］一念之仁，遂全生命，人亦何憚而不爲仁？犬不特有心肝，且有智慮。然則犬之性固猶人之性，人之性或有不如犬之性者矣。

楊大洪

大洪楊先生漣，［吕註］字文孺，一字大洪，湖北應山人。明萬曆丁未進士，除常熟知縣，應廉吏第一，擢户科給事中。天啓時，官御史，參逆璫魏忠賢二十四罪。後以北鎮撫許顯純勘問汪文言，獄詞連先生，及趙南星、左光斗、魏大中、繆昌期、袁化中、惠世揚、鄭維璉、王之寀等，逆璫俱矯旨下獄追贓，已而俱斃於獄。微時爲楚名儒，自命不凡。科試後，聞報優等者，時方食，含哺出問：「有楊某否？」答云：［校］青本作以。「無。」不覺嗒然自喪，［何評］賢者亦奮於功名者□。嚥食入鬲，遂成病塊，噎阻甚苦。衆勸［校］青本下有駕字。令録遺才；［校］上三字，青本作赴遺才録。公患無貲，衆醵十金送之行，乃强就道。夜夢人［校］青本人上有一字。告之云：［校］青本作曰。「前途有人能愈君疾，［校］青本作病。宜苦求之。」臨去，贈以詩，有「江邊柳下三弄笛，抛向江心［校］青本作中。莫歎息」之句。明日途次，果見道士坐柳下，因便叩請。道士笑曰：「子悮［校］青本下有甚字。矣，我何能療病？［校］青本下有乎字。請爲三弄可也。」［校］青本作耳。因出笛吹之。公觸所夢，拜求益切，且傾囊獻之。道士接金，擲諸江流。公以所來不易，啞然驚惜。道士曰：「君未能恝然耶？金在江邊，請自取之。」公詣視果然。又益奇之，呼爲仙。道士漫指曰：「我非仙，彼處仙人來矣。」賺公回顧，力拍其項曰：「俗哉！」公受拍，張吻作聲，喉中嘔出一物，墮地堛然，俯而破之，赤絲中裹飯猶存，病若失。回視道士已杳。

異史氏曰：「公生爲河嶽，没爲日星，〔呂註〕文天祥正氣歌：天地有正氣，雜然賦流形；下則爲河嶽，上則爲日星。何必長生乃爲不死哉！或以未能免俗，不作天仙，因而爲公悼惜；余謂天上多一仙人，不如世上多一聖賢，解者必不議予說之傎〔校〕青本作偏。也。」〔但評〕以先生之事觀之，天上可以少此神仙，世上斷不可少此忠良。

〔何評〕楊公忠義，足維持名教綱常；縱復成仙，究亦何益人世？世上多一神仙，不如多一聖賢，我亦云然。

查牙山洞

章丘查牙山，有石窟如井，深數尺許。北壁有洞門，伏而引領望見之。會近村數輩，九日登臨，飲其處，共謀入探之。三人受燈，縋［何注］縋，馳僞切，以繩懸繫而下之也。而下。洞高敞與夏屋等；入數武，稍狹，即忽見底。底際一竇，［何注］竇，石窟也。蛇行［校］青本下有始字。可入。燭之，漆漆然暗深不測。兩人餒而卻退；一人奪［校］青本下有之字。火而嗤之，鋭身塞而進。幸隘處僅厚於堵，即又頓高頓［校］青本無頓字。闊，乃立，乃行。頂上石參差危聳，將墜不墜。［校］青本兩墜字均作墮。兩壁嶙嶙峋峋［何注］嶙峋音鄰荀，山崖重深貌。然，類寺廟中塑，都成鳥獸人鬼形：鳥若飛，獸若走，人若坐若立，鬼罔兩示現忿怒；奇奇怪怪，類多醜少妍。心凜［校］青本下多一凜字。然作怖畏。喜徑夷，［何注］徑夷，路平也。無少陂。逡巡幾百步，西壁開石室，門左一怪石鬼，面人而立，目努，口箕張，齒舌獰惡；左手作拳，觸腰際；右手叉五指，欲撲人。心大恐，毛森森〔何註〕森森，豎立也。以立。遥望門中有爇灰，知有人曾至〔校〕青本下有焉字。者，膽乃稍壯，强入之。見地上列椀琖，〔何註〕椀同盌，小盂也。晉王導舉琉璃椀曰：此椀腹空，何謂寶器？北史，盧叔彪傳：魏收常來詣之，訪以洛京舊事，叔彪留之，食至但有粟飧葵菜，木椀盛之。琖，盞同，酒器也。泥垢其中；然皆近今物，非古窑也。旁置錫壺四，心利之，解帶縛項繫腰間。即又旁矚，一尸卧西隅，兩肱及股四布以横。駭極。漸審之，足躡鋭履，〔校〕青本作屣。梅花刻底猶存，知是少婦。人不知何里，斃不知何年。衣色黯〔校〕青本作暗。敗，莫辨青紅；髮蓬蓬，似筐許亂絲，黏着髑髏上；目、鼻孔各二；瓠犀兩行，白巉巉，意是口也。存想首顛當有金珠飾，以火近腦，似有口氣噓〔何註〕噓，吹也。燈，燈摇摇無定，燄纁〔何註〕纁，許云切，淺絳色也。黄，衣動掀掀。復〔校〕青本無復字。大懼，手摇顫，燈〔校〕青本下有即字。頓滅。憶路急奔，不敢手索壁，恐觸鬼者物也。頭觸石，仆，即復起；冷溼浸頷頰，知是血，不覺痛，抑不敢呻；坌息奔至竇，方將伏，似有人捉髮住，暈然遂絶。〔但評〕燈滅後，洞之景物不能寫，無從寫矣，乃於無可寫之中，從對面寫到十二分境地，真是字字出力也。衆坐井上俟久，疑之，又縋二人下。探身入竇，見髮罥石上，血淫淫已殭。二人失色，不敢入，坐愁歎。俄井上又使二人下；中有勇者，始健進，曳之以出。置山上，半日方醒，〔校〕青本作甦。言之縷縷。所恨未窮其底；極窮之，必更有佳境。[校] 青本下有也字。後章令聞之，以丸泥[呂註] 東觀漢記：隗囂將王元說囂背漢曰：元請一丸泥爲大王東封函谷關。[何註] 丸泥，言團泥也。封竇，不可復入矣。

康熙二十六、七年間，養母峪之南石崖崩，現洞口；望之，鍾乳[呂註] 桂海虞衡志：桂林宜融山洞穴中，凡石脈涌處爲乳牀，融結下垂，其端輕薄中空，水乳且滴且凝，紋如蟬翼，謂之石鍾乳。林林如密筍。然深險，無人敢入。[校] 青本作無敢入者。忽有道士至，自稱鍾離[呂註] 潛確類書：鍾離諱權，字雲房。嘗以裨將從周孝侯處，敗於齊萬年，逃終南山，遇東華王真人得道；至唐始一出度純陽。自稱天下都散漢。弟子，言：「師遣先至，糞除洞府。」居[校] 青本作郡。人供以膏火，道士攜之而下，墜[校] 青本作墮。石筍上，貫腹而死。[何評] 此道士疑冒險以詐財者。報令，令封其洞。其中必有奇境，惜道士[校] 青本下有之字。尸解，無回音耳。[校] 青本作矣。

[何評] 凶險怕人。

[但評] 洞之幽深奇險，即身入其中，亦不過逐處稱怪，張目吐舌而已。妙手寫來，遂覺高低上下，前後左右，紛紛還還，怪怪奇奇。不敢望，不能不望；不敢入，不能不入。而心爲之惴惴，毛爲之森森，手爲之顫顫，汗爲之淫淫；定睛移時，復言爲之縷縷。轉恨其未窮此佳境也。

安期島

長山劉中堂鴻訓，〔呂註〕劉字默承，號青岳。萬曆壬子舉人，癸丑進士，官大學士，崇禎間歿於戍所。參議道孔中之父也。同武弁某使朝鮮。〔呂註〕尚書，大傳：武王既克殷，箕子去之朝鮮，武王因以封之。○風俗通：武王封箕子於朝鮮，其子孫因氏焉。聞安期島神仙所居，欲命舟往遊。國中臣僚僉謂不可，令待小張。——蓋安期不與世通，惟有弟子小張，歲輒一兩至。欲至島者，須先自白。如以爲可，則一帆〔校〕青本作航。可至；否則颶風覆舟。踰一二日，國王召見。入朝，見一人，佩劍，冠棕笠，坐殿上；年三十許，儀容修潔。問之，即小張也。劉因自述向往之意，小張許之。但言：「副使不可行。」又出，偏視從人，惟二人可以從遊。遂命舟導劉俱往。水程不知遠近，但覺〔校〕青本下有微風二字。習習如駕雲霧，移時已抵其境。時方嚴寒，既至，則氣候〔校〕青本無候字。温煦，〔何註〕温煦，温和也。煦，香句切。禮，樂記：天地訢合，陰陽相得，煦嫗覆育萬物。注：氣曰煦，體曰嫗。天以氣煦之，地以形嫗之，天煦覆而地嫗育。訢同欣。山花偏巖谷。導入洞府，見三叟趺坐。東西者見〔校〕青本作睹。客入，漠若罔知；惟中坐者起迎[校]青本作逆。客，相爲禮。既坐，呼茶。有僮將盤去。洞外石壁上有鐵錐，鋭没石中；僮拔錐，水即溢射，以琖承之；滿，復塞之。既而托至，其色淡碧。試之，其涼震齒。劉畏寒不飲。叟顧僮頤示之。僮取琖去，呷其殘者；仍於故處拔錐，溢取而返，則芳烈蒸騰，如初出於鼎。竊異之。問以休咎，笑曰：「世外人歲月不知，何解人事？」問以卻老術，曰：「此非富貴人所能爲者。」[但評]已至其地，見其人，而休咎事不得知，却老術不能爲，可知秦皇、漢武，徒爲後人笑耳。劉興辭，小張仍送之歸。既至朝鮮，備述其異。國王歎曰：「惜未飲其冷者。是先天之玉液，一琖可延百齡。」劉將歸，王贈一物，紙帛重裹，囑近海勿開視。既離海，急取拆視，去盡數百重，始見一鏡；審之，則蛟宮龍族，歷歷在目。方凝注間，忽見潮頭高於樓閣，洶洶已近。大駭，極馳；潮從之，疾若風雨。大懼，以鏡投之，潮乃頓落。

[何評]寫島中景致，飄飄欲仙。

沅俗

李季霖攝篆沅江，初莅任，見貓犬盈堂，訝之。僚屬曰：「此鄉中百姓瞻仰風采也。」少間，人畜已半；移時，都復爲人，紛紛並去。一日，出謁客，肩輿在途。忽一輿夫急呼曰：「小人喫害矣！」即倩役代荷，伏地乞假。怒訶之，役不聽，疾奔而去。遣人尾之。役奔入市，覓得一叟，便求按視。叟相之曰：「是汝喫害矣。」乃以手揣其膚肉，自上而下力推之；推至少股，見皮内［校］遺本作肉。墳起，以利刃［校］遺本下有力字。破之，取出石子一枚，曰：「愈矣。」乃奔而返。後聞其俗有身卧室中，手即飛出，入人房闥，竊取財物。設被主覺，縶不令去，則此人一臂不用矣。［校］青本無此篇。

*雲蘿公主

安大業，盧龍人。生而能言，母飲以犬血，始止。既長，韶秀，顧影無儔；慧而[校]青本作又慧。能讀。世家爭婚之。母夢曰：「兒當尚主。」[呂註]前漢書，王吉傳注：娶天子女則曰尚公主。言帝王之女，尊而尚之，不敢言娶。[何註]尚主，謂尚承公主之下嫁也。○[馮評]突下一語。信之。至十五六，迄無驗，亦漸自悔。[但評]尚主而托之於夢，既信之而又漸悔之，則此後下嫁諸事，作真境觀可也，作幻境觀亦可也。一日，安獨坐，忽聞異香。俄一美婢奔入，[馮評]突來。聊齋總不用平筆。曰：「公主至。」即以長氈貼地，自門外直至榻前。方駭疑問，一女郎扶婢肩入；服色容光，映照四堵。婢即以繡墊設榻上，扶女郎坐。安倉皇不知所爲，鞠躬便問：「何處神仙，勞降玉趾？」女郎微笑，以袍袖掩口。婢曰：「此聖后府中雲蘿公主[何註]周制：天子嫁女於諸侯，必使諸侯同姓者主之，故謂之公主。見公羊傳。也。聖后屬意郎君，欲以公主下嫁，故使自來相宅。」[呂註]書，召誥：惟太保先周公相宅。[何註]相宅，相所居宅也。詩，大雅：爲韓姞相攸。攸，所也。又洛誥：孺子來相宅。○[但評]從婢子口中點出，輕便之至。不則自來相宅句，作何安頓？安驚喜，不知置詞；女亦俯首：相對寂然。

安故好棋，楸枰〔呂註〕趙抃詩：吟餘仍兀坐，誰與戰楸枰。〔何註〕楸，棋盤也。枰，線道也。嘗置坐側。一婢以紅巾拂塵，移諸案上，曰：「主日耽此，不知與粉侯〔呂註〕宋史，刑法志：俗謂駙馬都尉爲粉侯。〔何註〕粉侯，謂駙馬也。補注：傅粉何郎爲魏文帝駙馬。孰勝？」〔馮評〕入門即鬥棋，若一見便成婚，未免少曲折。安移坐近案，主笑從之。甫三十餘着，婢竟亂之，曰：「駙馬負矣！」斂子入盒，〔校〕青本作匳。曰：「駙馬當是俗間高手，主僅能讓六子。」〔馮評〕卻不用生開口。乃以六黑子實局中，主亦從之。主坐次，輒使婢伏坐下，以背受足；左足踏地，則更一婢右伏。又兩小鬟夾侍之；〔馮評〕明皇與楊妃雙陸，高力士伏，以臂承妃足。久之，力士曰：陛下與娘娘擲六擲四，且叫奴婢起來直直腰。每值安凝思時，輒曲一肘伏肩上。〔馮評〕作態，顯出公主身分。局闌未結，小鬟笑云：「駙馬負一子。」進〔校〕青本進上有婢字。曰：「主惰，宜且退。」女乃傾身與婢耳語。婢出，少頃而還，以千金置榻上，告生曰：「適主言居宅湫隘，〔校〕青本作鄙。煩以此少致修飾，落成相會也。」一婢曰：「此月犯天刑，〔但評〕伏筆無痕。不宜建造；月後吉。」女起；生遮止，閉門。婢出一物，狀類皮排，〔呂註〕按：排當作橐，古字通用，韋囊也。治鑄者爲排以吹炭，令激水以鼓之。見後漢書杜詩傳注。〔何註〕皮排，鞲韋囊以吹火，即古橐籥。鞲，猶套也，套着韋囊之外也。就地鼓之；雲氣突出，俄頃四合，冥不見物，索之已杳。母知之，〔校〕青本無之字。疑以爲妖。而生神馳夢想，不能復捨。急於落成，無暇禁忌；〔但評〕禁忌之説，原不可過拘，然相宅筮日，聖人重之，史氏書之，惡可不慎。刻日敦迫，廊舍一新。先是，有灤州生袁大用，僑寓鄰坊，投刺於門；〔馮評〕作波。生素寡交，託他出，又窺其〔校〕青本無其字。亡而報之。後月餘，門外適相值，二十許少年也。宮絹單衣，絲帶烏履，〔校〕抄本作烏帶絲履。意甚都雅。略與傾談，頗甚温謹。悦之，〔校〕上二字，抄本作喜。揖而入。請與對弈，〔馮評〕又帶弈。互有嬴虧。已而設酒留〔校〕抄本作席流。連，談笑大懽。明日，邀生至其寓所，珍肴雜進，相待殷渥。有小童十二三許，拍板清歌，又跳擲作劇。生大醉，不能行，便令負之。生以其纖弱，恐不〔校〕青本下有能字。勝。袁强之。僮綽有餘力，荷送而歸。生奇之。次〔校〕抄本作明。日，犒以金，再辭乃受。由此交情款密，三數日輒一過從。袁爲人簡默，而慷慨好施。〔馮評〕借事伏，綰合前後。市有負債鬻女者，解囊代贖，無吝色。〔但評〕從對面寫俠士，已見一斑。此處先實後虛。生以此益重之。過數日，詣生作別，贈象箸、楠珠〔何註〕楠珠，楠應作南。博物要覽：奇南，即伽南也。最上者名鸚哥緑，古人作珠佩之。等十餘事，白金五百，用助興作。生反金受物，報以束帛。後月餘，樂亭有仕宦而歸者，橐貲充牣。盜夜入，執主人，燒鐵鉗灼，劫掠一空。家人識袁，行牒追捕。鄰院屠氏，與生家積不相能，因其土木大興，陰懷疑忌。適有小僕竊象箸，賣諸其家，知袁所贈，因報大尹。尹以兵繞舍，值生主僕他出，執母而去。母衰邁受驚，僅存氣息，二三日不復飲食。尹釋之。生聞母耗，急奔而歸，則母病已篤，越宿遂卒。［但評］雖有定數，然以婚姻之故，急於落成，致犯天刑，詒憂母氏，至於生不能侍疾，死不能成禮，哀哉！收殮甫畢，爲捕役執去。尹見其年少［校］抄本作少年。温文，竊疑誣枉，故恐喝之。生實述其交往之由。尹問：［校］抄本下有其字。「何以暴富？」生曰：「母有藏鏹，因欲親迎，故治昏室耳。」尹信之，具牒解郡。鄰人知其無事，以重金賂監者，使殺諸途。路經深山，被曳近削壁，將推墮之。［校］抄本無之字。計逼情危，時方急難，忽一虎自叢莽中出，齧二役皆死，啣生去。至一處，重樓疊閣，虎入，置之。見雲蘿扶婢出，凄然慰弔：［校］青本下有曰字。「妾欲留君，但母喪未卜窀穸。［但評］雲蘿有禮。可懷牒去，［校］青本無去字。到郡自投，保無恙也。」因取生胸前帶，連結十餘扣，囑云：「見官時，拈此結而解之，可以弭禍。」［何註］弭音敉，止也。左傳，襄二十五年：自今以往，兵其少弭矣。生如其教，詣郡自投。太守喜其誠信，又稽牒知其冤，銷名令歸。至中途，遇袁，下騎執手，備言情況。袁憤然作色，默不一［校］抄本作然無。語。生曰：「以君風采，何自污也？」袁曰：「某所殺皆不義之人，所取皆非義之財。［但評］正面寫俠士，此處先虛後實。不然，即遺於路者，不拾也。［馮評］友人曰：不拾遺金，非義之財則取之，然取不義者之財，已亦不義也。盜泉之水，一掬一污。予曰：遊俠、刺客傳不必與篤行傳並讀。君教我固自佳，然如君家鄰，豈可留在人間耶！」［但評］人間自是清净光明世界，那能容此齷齪骯髒物。言已，超乘而去。生歸，殯母已，柴［校］抄本作杜。門謝客。［呂註］後漢書，楊震傳：於是柴門絕賓客。［何註］柴門，柴，塞也。莊子，天地篇：趣舍聲色，以柴其內。淮南子，道應篇：柴箕子之門。忽一夜，［校］抄本作日。盜入鄰家，父子十餘口，盡行殺戮，［但評］爽快乾淨。止留一婢。席捲貲物，與僮分攜之。臨去，執燈謂婢：「汝認之：［校］抄本作明。殺人者我也，與人無涉。」並不啓關，飛簷越壁而去。明日，告官。疑生知情，又捉生去。邑宰詞色甚厲。生上堂握［校］抄本作挹。帶，且辨且解，宰不能詰，又釋之。

既歸，益自韜晦，讀書不出，一跛嫗執炊而已。服既闋，日掃階庭，以待好音。一日，異香滿院。登閣視之，內外陳設煥然矣。悄揭畫簾，則公主凝妝坐。急拜之。女挽手曰：「君不信數，遂使土木爲災；又以苦塊之戚，遲我三年琴瑟：是急之而反以得緩，［馮評］名言。天下事大抵然也。」［但評］說理甚足，不止言數。○急之而反以得緩，此閱歷有得之言。凡合之而反以得離，樂之而反以得哀，愛之而反以得怨，榮之而反以得辱，皆可類推。生將出貲［校］抄本作資。治具。女曰：「勿復須。」婢探櫝，［何註］櫝音獨，匱也。肴［校］抄本肴上有有字。羹熱如新出於鼎，酒亦芳洌。［校］抄本作烈。○［何註］芳洌，洌音烈，清洌也。酌移時，日已投暮，足下［校］抄本下有所字。踏婢，漸都亡去。女四肢嬌惰，足股屈［校］青本作曲。伸，似無所着。［馮評］仇十洲畫春睡美人圖，無此態度。生狎抱之。女曰：「君暫釋手。今有兩道，請君擇之。」生攬項問故。曰：「若爲棋酒之交，可得三十年聚首；若作牀笫之歡，可六年諧合耳。君焉取？」生曰：「六年後再商之。」女乃默然，遂相燕好。女曰：「妾固知君不免俗道，［馮評］其理甚確。此亦數也。」［但評］未能免俗，聊復爾爾。可知仙人下嫁，亦只逃不脱一數字。因使生蓄婢媪，别居南院，炊爨紡織，以作生計。北院中並無煙火，惟棋枰、酒具而已。［馮評］清福。仙福。户常闔，生推之則自開，他人不得入也。然南院人作事勤惰，女輒知之，每使生往譴責，無不具服。女無繁言，無響笑，［但評］無繁言，無響笑，厚重静默，確是公主身分。侍兒輕佻，只合幽之而已。與有所談，但俯首微哂。每駢［校］青本作井。肩坐，喜斜倚人。生舉而加諸膝，輕如抱嬰。生曰：「卿輕若此，可作掌上舞。」［吕註］趙飛燕外傳：飛燕體輕，能爲掌上舞。曰：「此何難！但婢子之爲，所不屑耳。飛燕原九姊侍兒，屢以輕佻獲罪，怒謫塵間，又不守女子之貞；今已幽之。」［校］青本作所爲。［馮評］隨手謅出，儼似掌故。［但評］飛燕死後蒙羞。閣上以錦薦［何註］薦或是韉字之譌，馬韉具也。布滿，冬未嘗寒，夏未嘗熱。女嚴冬皆着輕縠；生爲製鮮衣，强使着之。踰時解去，曰：「塵濁之物，幾於壓骨成勞！」［校］青本作癆。一日，抱諸膝上，忽覺沉倍曩昔，異之。笑指腹曰：「此中有俗種矣。」［但評］雖是俗種，卻是仙胎，不仙不俗之間，方是福相，方是大器。過數日，顰黛［何註］黛，指眉言；顰，蹙也。不食，曰：「近病惡阻，頗思煙火之味。」生乃爲具甘旨。從此飲食遂不異於常人。一日曰：「妾質單弱，不任生産。婢子樊英頗健，可使代之。」［馮評］老子破腋下而生，鳩摩羅什兩臂内嬰兒啼，遂納梵嫂生子，未聞生子可以人代者。［但評］生産使代，與胎化何殊。乃脱衷服[何註]衰服，近身服也。衣英，閉諸室。少頃，聞兒啼。[校]抄本下有聲字。啓扉視之，男也。喜曰：「此兒福相，大器也！」因名大器。綳納生懷，俾付乳媪，養諸南院。女自免身，[吕註]説文：挽，生子免身也。腰細如初，不食煙火矣。忽辭生，欲暫歸寧。問返期，答以「三日」。鼓皮排如前狀，遂不見。至期不來；積年餘，音信全渺，亦已絶望。生鍵户下幃，遂領鄉薦。終不肯娶；每獨宿北院，沐其餘芳。一夜，輾轉在榻，忽見燈火射窗，門亦自闢，羣婢擁公主入。生喜，起問爽約之罪。女曰：「妾未愆期，天上二日半耳。」生得意自詡，告以秋捷，意主必喜。女愀然曰：「烏用是儻來[吕註]莊子，繕性篇：今之所謂得志者，軒冕之謂也。軒冕在身，物之儻來寄也。[何註]儻來，出莊子。儻字有適字意，言無足重輕也。者爲！無足榮辱，止折人壽數耳。[馮評]小捷便至折算，此創論，然亦有理。[但評]名與利皆儻來者，得亦折人壽數，況乃强求而不得耶。三日不見，入俗幛又深一層矣。」[但評]三日不見，俗障又深入一層，無惑乎室中無仙人者，終身以無足榮辱之物自折壽數，而不能解脱也。生由是不復進取。過數月，又欲歸寧。生殊悽戀。女曰：「此去定早還，無煩穿望。且人生合離，[校]青本作離合。皆有定數，撙節之則長，恣縱之則短也。」[馮評]至理名言。[但評]如深夜聞鐘，令人猛省。○凡事皆有定數，撙節則長，恣縱則短，定而不定，存乎其人。既去，月餘即返。從此一年半歲[校]抄本作載。輒一行，往往數月始還，生習爲常，亦不之怪。又生一子。女舉之曰：「豺狼也！」[但評]仙胎亦有豺狼，況乃俗種。立命棄之。生不忍而止，名曰可棄。［馮評］仙人亦生敗子，可怪之甚。左傳，襄二十六年：宋芮司徒生女子，名之曰棄。亦有本。甫周歲，急爲卜婚。諸媒接踵，問其甲子，皆謂不合。曰：「吾欲爲狼子治一深圈，［馮評］項羽、漢高皆跳不出此圈，惟梁武能免。然圈亦各不同，有情，有淫，有悍。公主所治，悍圈也。［但評］爲狼子治一深圈，此其可棄而不必棄也，不必棄而不啻棄也。然此圈也，治自仙人則可，以治狼子則可；否則誤落此圈，雖有仁厚之麟，軼塵之馬，亦將終身陷阱而不能出矣，又何論豚犬。竟不可得，當令傾敗六七年，亦數也。」囑生曰：「記取四年後，侯氏生女，左脅有小贅疣，乃此兒婦。當婚之，勿較其門地也。」即令書而志之。後又歸寧，竟［校］青本無竟字。不復返。生每以所囑告親友。果有侯氏女，生有疣贅，［校］抄本作贅疣。侯賤而行惡，衆咸不齒，生竟媒定焉。大器十七歲及第，娶雲氏，夫妻皆孝友。父鍾愛之。可棄漸長，不喜讀，輒偷與無賴博賭，恒盜物償戲債。父怒，撻之，卒［校］青本卒上有而字。不改。相戒隄防，不使有所得。［校］上五字，青本作無所得。遂夜出，小爲穿窬。爲主所覺，縛送邑宰。宰審其姓氏，以名刺送之歸。父兄共縶之，楚掠慘棘，幾於絶氣。兄代哀免，始釋之。父忿恚得疾，食銳減。乃爲二子立析産書，樓閣沃田，悉歸大器。可棄怨怒，夜持刀入室，將殺兄，悞中嫂。先是，主有遺袴，絶輕耎，［馮評］回帶有情。雲拾作寢衣。可棄斫［校］青本作砍，下同。之，火星四射，大懼，奔去。［校］抄本作出。〇［但評］爲狼子治圈，爲佳婦遺袴，袴禦狼噬，柔能克剛。父知，病益劇，數月尋卒。可棄聞父死，始歸。兄善視之，而可棄益肆。

年餘，所分田産略盡，赴郡訟兄。官審知其人，斥逐之。兄弟之好遂絶。又踰年，可棄二十有三，侯女十五矣。〔但評〕遲六七年，圈始造成。兄憶母言，欲急爲完婚。召至家，除佳宅與居；迎婦入門，以父遺良田，悉登籍交之，曰：「數頃薄産，〔校〕抄本作田。爲若蒙死守之，今悉相付。吾弟無行，寸草與之，皆棄也。此後成敗，在於新婦：能〔校〕青本作若。令改行，無憂凍餓；〔校〕抄本作餒。不然，兄亦不能塡無底壑〔呂註〕列子：渤海之東，不知幾億萬里，有大壑焉，實惟無底之谷；其下無底，名曰歸墟。吴萊詩：東赴無底壑。〔何註〕壑，欲壑也。國語：叔魚生，其母曰：虎目豕喙，鳶肩牛腹，溪壑可盈，是不可厭。謂欲壑無底也。也。」侯雖小家女，然固慧麗，可棄雅畏愛之，〔但評〕絶好深圈，豺狼帖耳而入矣。所言無敢違。每出，限以晷刻，過期，則詬厲不與飲食，可棄以此少斂。年餘，生一子。婦曰：「我以後無求於人矣。膏腴數頃，母子何患不温飽，無夫焉，亦可也。」〔但評〕入深圈矣，又以不棄棄之，所謂置之死地而後生也。會可棄盜粟出賭，婦知之，彎弓於門以拒之。大懼，避去。窺婦入，逡巡亦入。婦操刀起。可棄返奔，婦逐斫之，斷幅傷臀，血沾襪履。〔馮評〕前半天仙化人，後半羅刹度世，亦雅亦俗，俗不傷雅。忿極，往訴兄，兄不禮焉，寃慚而去。過宿復至，跪嫂哀泣，求先容於婦，婦決絶不納。可棄怒，將往殺婦，兄不語。可棄忿起，操戈直出。嫂愕然，欲止之。兄目禁〔呂註〕新唐書，關播傳：拜同中書門下平章事，嘗論事帝前，欲有所言，盧杞目禁輒止。之。俟其去，乃曰：「彼固〔校〕青本作故。作此態，實不敢歸也。」〔但評〕看破醜態，一被其欺，則狼子不可制矣。使人覘之，已入家門。兄始色動，〔但評〕描寫入微。將奔赴之，而可棄已坌息入。〔校〕青本作屏息出。○〔但評〕操戈而入，屏息而出，不似豺狼，直是鼠子，且是黔驢，是蛙鳴，是螳臂；然亦虧此婦人說得出，做得出。蓋可棄入家，婦方弄兒，望見之，擲兒牀上，覓得廚刀；可棄懼，曳戈反走，婦逐出門外始返。兄已得其情，故詰之。可棄不言，惟向隅泣，目盡腫。兄憐之，親率之去，婦乃納之。俟兄出，罰使長跪，要以重誓，而後以瓦盆賜之食。自此改行爲善。〔馮評〕閫教之善，其效通於父師，乃服治圈者之妙用。婦持籌〔何註〕持籌，算也。算有四：籌算，珠算，尺算，筆算也。晉王戎有持牙籌、鑽李核事。握算，日致豐盈，可棄仰成〔呂註〕真氏雜記：臣盡智力以事上，而君無與焉，仰成而已。〔何註〕仰成，言但仰守其成功而已。書，畢命：予小子垂拱仰成。而已。後年七旬，子孫滿前，婦猶時捋白鬚，使膝行焉。〔但評〕老狼終身伏在圈中。○母不以爲子，妻不以爲夫，名曰可棄，寸草與之皆棄也。有子有田，則誠可棄，而狼子無所憑藉矣。至於彎弓操刀，傷臀濺血，要之以誓，食之以盆，化其野心，卒爲善士，其棄之其不終棄之也。故不曰夜叉，不曰鳩盤荼，不曰胭脂虎，而曰狼子深圈。

異史氏曰：「悍妻妒婦，遭之者如疽附於骨，死而後已，豈不毒哉！然砒、附，天下之至毒也，苟得其用，瞑眩大瘳，〔何註〕瘳音抽，病愈也。書，說命：若藥弗瞑眩，厥疾弗瘳。非參、苓所能及矣。而非仙人洞見臟腑，又烏敢以毒藥貽子孫哉！」〔校〕此篇稿本有殘缺，據抄本補。

章丘李孝廉善遷，少倜〔校〕此據青本、抄本，稿本作通。儻不泥，〔校〕青本作羈。絲竹詞曲之屬皆精之。兩兄皆登甲榜，而孝廉益佻脱。娶夫人謝，稍稍禁制之。遂亡去，三年不返，偏覓不得。後得之臨清句闌中。家人入，見其南向坐，少姬十數左右侍，蓋皆學音藝而拜門牆者也。臨行，積衣累笥，悉諸妓所貽。既歸，夫人閉置一室，投書滿案。以長繩縶〔校〕抄本作繫。榻足，引其端自櫺内出，貫以巨鈴，繫諸廚下。凡有所〔校〕青本無所字。需，則躡繩；繩動鈴響，則應之。夫人躬設典肆，垂簾納物而估其直；左持籌，右握管；老僕供奔走而已：由此居積致富。每恥不及諸姒貴。錮閉三年，而孝廉捷。喜曰：「三卵兩成，吾以汝爲毈矣，〔吕註〕淮南子：卵不成鳥曰毈。○毈音段。今亦爾耶？」〔何評〕此稍可。〔但評〕三年保護之功，幸而不爲毈卵。

又〔校〕青本、抄本無又字。耿進士崧生，亦章丘人。夫人每以績火佐讀：績者不輟，讀者不敢息也。或朋舊相詣，輒竊聽之：論文則瀹茗作黍；若恣諧謔，則惡聲逐客矣。每試得平等，不敢入室門；超等，始笑逆〔校〕抄本作迎。之。設帳得金，悉内獻，絲毫不敢隱〔校〕抄本無隱字。匿。故東主餽遺，恒面較錙銖。人或非笑之，而不知其〔校〕青本無其字。銷算良難也。後爲婦翁延教内弟。是年遊泮，翁謝儀十金。耿受榼〔校〕抄本作盒。返金。夫人知之曰：「彼雖周〔校〕此據青本，稿本、抄本作固。親，然舌耕〔吕註〕拾遺記：賈逵門徒來學，不遠萬里，贈獻者積粟盈倉。或云：逵非力耕所得，世所謂舌耕也。謂〔校〕抄本作爲。何也？」

追之返而受之。耿不敢争，而心終〔校〕青本作終心。歉焉，思暗償之。於是每歲館金，皆短其數以報夫人。積二年餘，〔校〕青本無餘字。得如〔校〕抄本作若。干數。忽夢一人告之曰：「明日登高，金數即滿。」次日，試一臨眺，果拾遺金，恰符缺數，遂償岳。後成進士，夫人猶訶譴之。耿曰：「今一行作吏，〔吕註〕嵇叔夜與山巨源絶交書：游山澤，觀魚鳥，心甚樂之。一行作吏，此事便廢。何得復爾？」夫人曰：「諺云：『水長則船亦高。』即爲宰相，寧便大耶？」〔校〕上兩則，青本附馬介甫篇後。○〔何評〕此則過。〔但評〕水長船高，極妙比喻。宰相固大，豈知夫人更大。

〔何評〕子可使婢代生，又能逆知未生之婦可制其子，甚異。使非有此圈，則仙人亦窮於術矣。父名大業，子名大器，豈右軍大令之比乎？

鳥語*

中州境有道士，募食鄉村。食已，聞鸝〔何註〕鸝音離，黄鸝也，一名倉庚，一名黄鶯。鳴，因告主人使慎火。問故，答曰：「鳥云：『大火難救，可怕！』」衆笑之，竟不備。明日，果火，延燒數家，始驚其神。好事者追及之，稱爲仙。道士曰：「我不過知鳥語耳，何仙也！」〔校〕抄本作乎。適有皂花雀鳴樹上，衆問何語。曰：「雀言：『初六養之，初六養之；十四、十六殤之。』想此〔校〕抄本作其。家雙〔校〕青本作孿。生矣。今日爲初十，不出五六日，當俱死也。」詢之，果生〔校〕青本無生字。二子；無何，並死，其日悉符。邑令聞其奇，招之，延爲客。時羣鴨過，因問之。對曰：「明公内室，必相争也。鴨云：〔校〕抄本作曰。『罷罷！偏向他！偏向他！』」〔校〕抄本無上三字。令大服，蓋妻妾反脣，令適被喧聒而出也。因留居署中，優禮之。時辨鳥言，〔校〕青本作語。多奇中。而道士樸野，肆〔校〕抄本肆上有多字。言輒無所〔校〕抄本作顧。忌。令最貪，一切供用諸物，皆折爲錢以入之。一日，方坐，羣鴨復來，令又詰之。答曰：「今日所言，不與前同，乃爲明公會計耳。」問：「何計？」曰：「彼云：『蠟燭一百八，銀朱〔校〕抄本作珠。一千八。』」令慚，疑其相譏。道士求去，令〔校〕抄本無令字。不許。踰數日，宴客，忽聞杜宇。客問之。答〔校〕青本無答字。曰：〔校〕抄本作云。「鳥云：〔校〕抄本作曰。『丟官而〔校〕青本無而字。去。』」衆愕然失色。令大怒，立逐而出。〔校〕青本作之去。未幾，令果以墨敗。〔呂註〕謚法：貪以敗官，讒言敗善曰墨。墨音昧。又左傳，昭十四年：貪以敗官爲墨。注：墨，不潔之稱，貪欲而敗其官守，謂之汙墨。〔何註〕墨，貪冒也。左傳，昭三十一年：貪冒之民，將致力焉。謂貪蔽也。冒與墨字不相通，而義同也。嗚呼！此仙人儆戒之，而〔校〕抄本無而字。惜乎危厲熏心〔呂註〕易，艮。者，不之悟也。〔但評〕於無足重輕之事，使其言皆信而有徵，庶幾直言規戒，可以信而悟，悟而改也。仙人其借鳥語以施其婆心者耶？疑之，逐之，怒之，利令智昏，有如是矣。

齊俗呼蟬曰「稍遷」，其綠色者曰「都了」。邑有父子，俱青、社生，將赴歲試，忽有蟬集〔校〕抄本作落。襟上。父喜曰：「稍遷，吉兆也。」一僮視之，曰：「何物稍遷，都了而已。」父子不悅。已而果皆〔校〕青本作俱。被黜。

天宮*

郭生，京都人。年二十餘，儀容修美。[但評]不儀容修美，何能得到天宮？蓋權奸之創造天宮，原以待儀容修美者耳。一日，薄暮，有老媼貽尊酒。怪其無因。媼笑曰：「無須問，但飲之，自有佳境。」遂逕去。揭尊微嗅，冽香四射，遂飲之。忽大醉，冥然罔覺。及醒，則與一人並枕卧。撫之，膚膩如脂，麝蘭噴溢，蓋女子也。問之，不答。遂與交。交已，以手捫壁，壁皆石，陰陰有土氣，酷類墳冢。[但評]真類墳塚。大驚，疑爲鬼迷。[但評]真同鬼迷。因問女子：「卿何神也？」女曰：「我非神，乃仙耳。此是洞府。與有夙緣，勿相訝，但耐居之。再入一重門，有漏光處，可以溲便。」既而女起，閉户而去。久之，腹餒，遂有女僮來，餉以麵餅、鴨臛，[呂註]廣志：晨鳧肥而耐寒，宜爲臛。[何註]臛音熇，楚辭，注：有菜曰羹，無菜曰臛。使捫[校]青本、抄本下有索而二字。啖之。黑漆不知昏曉。無何，女子來寢，始知夜矣。郭曰：「晝無天日，夜無燈火，食炙[何註]食炙，文士傳：顧榮字彦先，在洛嘗應人請，覺行炙人有欲炙之色，因輟已施焉。同坐嗤之。榮曰：豈有終日執之而不知其味者乎？後遭亂渡江，每經危急，常有一人左右己，問之，乃受炙人也。不知口處；常常如此，則姮娥何殊於羅刹，天堂何別於地獄哉！」[但評] 知確耗則恐無地，不慎密則致族滅，比之羅刹地獄，其有過之無弗及也。女笑曰：「爲爾俗中人，多言喜泄，故不欲以[校] 青本無以字。形色相見。且暗[校] 抄本下有中字。摸索，妍媸亦當有別，何必燈燭！」[但評] 何嘗不欲爲其人遮羞。居數日，幽悶異常，屢請暫歸。女曰：「來夕[校] 抄本下有當字。與君一遊天宮，便即爲別。」次日，忽有小鬟籠燈入，曰：「娘子伺郎久矣。」從之出。星斗光中，但見樓閣無數。經幾曲畫廊，始至一處，堂上垂珠簾，燒巨燭如晝。入，則美人華妝南向坐，年約二十許；錦袍眩目；頭上明珠，翹顫[何註] 翹顫，顫，搖也，所謂步搖也。四垂；地下皆設短燭，裙底皆照：誠天人也。[但評] 爲其人出醜盡矣。郭迷亂失次，不覺屈[校] 青本作曲。膝。女令婢扶曳入坐。俄頃，八珍羅列。女行酒曰：「飲此以送君行。」郭鞠躬曰：「向覿面不識仙人，實所惶悔；[校] 青本作愧。如容自贖，願收爲沒齒不二之臣。」女顧婢微笑，便命移席卧室。室中流蘇繡帳，衾褥香軟。使郭就榻坐。飲次，女屢言：「君離家久，暫歸亦無所[校] 抄本無所字。妨。」更盡一籌，郭不言別。女喚婢籠燭送之。郭[校] 抄本下有仍字。不言，僞醉眠榻上，抏[校] 青本作推。之不動。女使諸[校] 青本無諸字。婢扶裸之。一婢排私處曰：「箇男子容貌温雅，此物何不文也！」舉置牀上，大笑而去。女亦寢，郭乃轉側。女問：「醉乎？」曰：「小生何醉！甫見仙人，神志顛倒耳。」女曰：「此是天宮。未明，宜早去。如嫌洞中〔校〕青本作府。怏悶，不如早別。」郭曰：「今有人夜得名〔校〕青本無名字。花，聞香捫幹，而苦無燈燭，〔校〕抄本作火。此情何以能堪？」女笑，允給燈火。漏下四點，呼婢籠燭〔校〕青本作燈。抱衣而送之。入洞，見丹堊精工，寢處褥革棕氈尺許厚。郭解屨〔校〕抄本作履。擁衾，婢徘徊不去。郭凝視之，風致娟好。戲曰：「謂我不文者，卿耶？」婢笑，以足蹴枕曰：「子宜僵矣！勿復多言。」視履端嵌珠〔何註〕嵌珠，以珠鑲嵌於中也。如巨菽。〔但評〕權豪奢侈，一語寫足。捉而曳之，婢仆於懷，遂相狎，而呻楚不勝。郭問：「年幾何矣？」笑〔校〕青本無笑字。答云：「十七。」問：「處子亦知情乎？」〔校〕抄本作否。曰：「妾非處子，然荒疎已三年矣。」郭研詰仙人姓氏，及其清貫、〔呂註〕梁書，鍾嶸傳：臣愚謂軍官是素族，士人自有清貫。貫，鄉籍也。尊行。婢曰：「勿問！即非天上，亦異人間。若必知其確耗，恐覓〔校〕青本無覓字。死無地矣。」〔但評〕含糊極妙。郭遂不敢復問。次夕，女果以燭來，相就寢食，以此爲常。一夜，女入曰：「期以永好；不意人情乖沮，〔校〕抄本作阻，通沮。今將糞除天宮，不能復相容矣。請以卮酒爲別。」郭泣下，請得脂澤爲愛。女不許，贈以〔校〕青本無以字。黃金一斤、珠百顆。三琖既盡，忽已

［校］青本作亦。昏醉。既醒，覺四體如縛，糾纏甚密，股不得伸，首［校］青本下有亦字。不得出。極力轉側，暈墮牀下。出手摸之，則錦被囊裹，細繩束焉。起坐凝思，略見牀櫺，始知爲己齋中。時離家已三月，家人謂其已死。郭初不敢明言，懼被仙譴，然心疑怪之。竊間一［校］青本、抄本作以。告知交，［校］抄本作友。莫有測［校］青本作知。其故者。被置牀頭，香盈一室；拆視，則湖綿雜香屑爲之，因珍藏焉。後某達官聞而詰之，笑曰：「此賈后［呂註］晉書，后妃傳：惠賈皇后，諱南風，荒淫放恣。洛南有盜尉部小吏，端麗美容止，既給厮役，忽有非常衣服，衆咸疑其竊盜。尉嫌而辯之。賈后疎親欲求盜物，往聽對辭。小吏云：先行逢一老嫗，説家有疾病；師卜云，宜得城南少年厭之。欲暫相煩，必有重報。於是隨去。上車下帷，内簏箱中。行可十餘里，過六七門限，開簏箱，忽見樓闕好屋。問：此是何處？云：是天上。即以香湯見浴，好衣美食。將入，見一婦人，年可三十五六，短形，青黑色，眉後有疵。見留數夕，共寢歡宴。臨出，贈此衆物。聽者聞其形狀，知是賈后，慙笑而去。時它人入者多死，惟此小吏以后愛之，得全而出。［何註］晉賈后，賈充女，有淫行，借喻也。之故智也。仙人烏得如此？雖然，此事［校］抄本無事字。亦宜慎祕，［校］青本作慎密，抄本作甚祕。洩之，族矣！」有巫嘗出入貴家，言其樓閣形狀，絶似嚴東樓［呂註］名世蕃，嵩之次子。家。［但評］以理測之，定是此家。郭聞之，大懼，攜家亡去；未幾，嚴伏誅，始歸。

異史氏曰：「高閣迷離，香盈繡帳；雛奴蹀躞，履綴明珠：非權奸之淫縱，豪勢之驕奢，烏有此哉！顧淫籌［呂註］嚴世蕃吐唾，皆美婢以口承之；方發聲，婦口已巧就，謂之香唾壺。及籍沒時，郡司奉檄往，見榻下堆棄新白綾汗巾無數，袖其一出以咨衆。有識者曰：此穢巾也。每與婦人合，輒棄其一，終歲數之，爲淫籌焉。見情史。一擲，金屋變而長門；［呂註］漢武故事：帝爲膠東王，年數歲。長公主抱問曰：兒欲得婦否？曰：欲得。指女阿嬌問：好否？曰：若得阿嬌，當以金屋貯之。後立爲后。因妒廢居長門宮；以黄金百斤奉司馬相如，作長門賦以悟上，復得親幸。唾壺未乾，情田鞠爲茂草。[吕注] 晉書，王國寶傳論：混暗識於心鏡，閈險路於情田。〇詩，小雅：鞠爲茂草。[何註] 情田鞠爲茂草，鞠，窮也。詩禮文，俱借用會意。空牀[何註] 古詩：蕩子行不歸，空牀難獨守。傷意，暗燭[何註] 謝承後漢書：巴祇與客暗飲，不然官燭。銷魂。含顰玉臺之前，凝眸寶幄之内。遂使糟丘臺上，路入天宫；温柔鄉中，人疑仙子。傖楚之帷薄固不足羞，而廣田自荒者，亦足戒已！」

[何評] 讚語五色迷目，亦可謂趙子龍一身是膽矣。恰可與后土作對。

[但評] 登徒子非能好色者，一快淫私，遂顧而之他，棄如敝屣。此固明珠十斛求之者，焉得不別抱琵琶哉！以地獄之餓鬼，冒洞府之仙人，摸索暗中，誰能忍此？特不解丹堊精工，誰實爲之？褥革温厚，誰實置之？傖楚縱不知羞，豈甘自闢桃源，讓漁郎泛棹乎？聞京師宣武門外繩匠胡同某第，爲嚴東樓故宅，有地道深邃不可究極，今已掩之。權奸所爲，固不可測；而適以此貽帷薄之羞，亦奇矣。乃不惟潛通洞府，亦且徑入天宫；巨燭高燒，八珍羅列，致仙人覿面，箇不文男子，請爲没齒不二之臣，流蘇帳中，共期永好。情田自彼闢之，自彼荒之；倩人代耕，於女何足深責乎？此三月中，奸雄方且奪人婦女，逞其淫欲，擅作威福，顧盼自雄；初不料其身未及死，早已他人入室，明珠香被，專爲人作嫁衣裳也。悲夫！

喬女*

平原喬生，有女黑醜：壑一鼻，［何註］壑鼻，謂鼻如溝壑之缺然也。跛一足。年二十五六，無問名者。［稿本無名氏乙評］提明黑醜，問名無人，足見知己之難。邑有穆生，年［校］抄本無年字。四十餘，妻死，貧不能續，因聘焉。三年，生一子。未幾，穆生卒，家益索，大困，則乞憐其母。母頗不耐之。女亦憤不復返，惟以紡織自給。［稿本無名氏乙評］已見骨力，非仰人鼻息者比。有孟生喪偶，遺一子烏頭，裁周歲，以乳哺乏人，急於求配，然媒數言，輒不當意。忽見女，大悦之，［稿本無名氏乙評］數言不當意，則非貧不能續者，比一見大悦，自是知己忘形。陰使人風示女。［馮評］張文昌詩：恨不相逢未嫁時。○或謂孟生菖觸、羊棗之嗜，予曰此武侯之遺軌也。女辭焉，曰：「飢凍若此，從官人得溫飽，夫寧不願？［稿本無名氏乙評］今之再醮者，鮮不以飢餒借口矣。然殘醜不如人，所可自信者，德耳；［稿本無名氏乙評］德字是骨。又事二夫，官人何取焉！」［稿本無名氏乙評］提名不二，語婉而氣烈。［但評］以德自信，則大美在我，雖殘醜，庸何傷？孟益賢之，向慕尤殷，［校］抄本無上四字。使謀者函金加幣，而説其母。母悦，自詣女所，固要之；女志終〔校〕青本作矢志。不奪。〔稿本無名氏乙評〕女固不回於力。母慚，願以少女字孟；家人皆喜，而孟殊不願。〔稿本無名氏乙評〕孟亦不動於色，的屬知己。居無何，孟暴疾卒，女往臨哭盡哀。〔何評〕不必。孟故無戚黨，死後，村中無賴，悉憑陵之，家具攜取一空，方謀瓜分其田産。家人亦〔校〕抄本作又。各草竊〔呂註〕書，微子：殷罔不小大，好草竊姦宄。以去，惟一嫗抱兒哭帷中。女問得故，大不平。聞林生與孟善，乃踵門而告曰：「夫婦、朋友，人之大倫也。妾以奇醜，爲世不齒，獨孟生能知我；〔稿本無名氏乙評〕提明知。前雖固拒之，然固已心許之〔呂註〕史記，吴太伯世家：季札之初使，北過徐君。徐君好季札劍，口弗敢言；季札心知之，爲使上國未獻。還至徐，徐君已死，於是乃解其寶劍，繫之冢樹而去。從者曰：徐君已死，尚誰予乎？季子曰：不然，始吾心已許之，豈以死倍吾心哉。矣。〔馮評〕婦可以心許人，請精義者辯之。〔何評〕是何心？〔但評〕堂堂正正，斬釘截鐵之言，鬚眉男子聞之能不生愧。今身死子幼，自當有以報知己。然存孤易，禦侮難，〔稿本無名氏乙評〕二語後半提綱。若無兄弟父母，遂坐視其子死家滅而不一救，則五倫中〔校〕抄本無中字。可以無朋友矣。妾無所多須於君，但以片紙告邑宰；〔校〕抄本無宰字。撫孤，則妾不敢辭。」〔但評〕所求朋友者不過如此，本非强以難能者。○告林一篇議論，激昂慷慨，正大光明，所謂堂堂之鼓，正正之旗，不惟當作程嬰、杵臼傳讀，直可作諸葛武侯前後出師表讀。林曰：「諾！」女別而歸。林將如其所教；無賴輩怒，咸欲以白刃相仇。〔馮評〕喬女獨不畏白刃耶？林大懼，閉户不敢復行。〔但評〕究竟朋友不可恃。女聽之〔校〕上二字，抄本作見。數日寂無音；及〔校〕抄本無及字。問之，則孟氏田産已盡矣。女忿甚，鋭〔校〕抄本作挺。身自詣官。〔稿本無名氏乙評〕寫禦侮，見女不屈於勢。官詰女屬孟何人。女曰：「公宰一邑，所憑者理耳。如其言妄，即至戚無所逃罪；如非妄，〔校〕上二字，抄本作真。即〔校〕抄本作則。道路之人可聽也。」〔但評〕誰非赤子，至乃不推其理，推其人乎？○對官語，其理甚明，其言實戇。不作秦庭之哭，我必復之之一語，申包胥且將奈何？官怒其言戇，訶逐而出。女寃憤無以自〔校〕抄本無上二字。伸，哭訴於搢紳之門。某先生聞而義之，代剖於宰。宰按之，果真，窮治諸無賴，盡〔校〕抄本作悉。返所取。或議留女居孟第，撫其孤；〔稿本無名氏乙評〕下寫撫孤，見其不疚於利。女不肯。扃其户，使嫗〔校〕抄本作媪。抱烏頭，從與俱歸，另舍之。凡烏頭日用所需，輒同嫗啓户出粟，爲之營辦；己錙銖無所沾染，抱子食貧，一如曩日。〔校〕抄本作昔。○〔稿本無名氏乙評〕應前紡績自給，更覺難能。〔但評〕撫其孤而不居其第，不染其財，界限分明，諸無賴亦應折服。積數年，烏頭漸長，爲延師教讀；己子則使學操作。嫗勸使並讀。女曰：「烏頭之費，其所自有；我耗人之財以教己子，此心何以自明？」〔稿本無名氏乙評〕今世之撫孤者其□□。〔但評〕光明磊落，共見其心。○人之財，己之力也；於此而猶不肯耗之，此心真可以對天地，質鬼神。又數年，爲烏頭積粟數百石，乃聘於名族，治其第宅，析令歸。烏頭泣要同居，女乃從之；〔何評〕不必。然紡績如故。烏頭夫婦奪其具。女曰：

「我母子坐食，心何安矣？」〔校〕抄本作心甚不安。遂早暮爲之紀理，使其子巡行阡陌，若爲傭然。烏頭夫妻〔校〕青本作婦，下同。有小過，輒斥譴不少貸；稍不悛，〔何註〕不悛，悛音銓，改也，止也。則怫然〔何註〕怫然，怫音佛，拂鬱不悅也。欲去。夫妻跪道悔詞，始止。〔但評〕於其財，則人己之界必分；於其過，則人己之見全泯。一若傭媪，一若嚴母，女中君子，女中丈夫。○撫孤難，復產尤難，教之而成其德則尤難中之難。漢霍光猶愧此，況下者乎。未幾，烏頭入泮，又辭欲歸。烏頭不可，捐聘幣，爲穆子完婚。女乃析子令歸。烏頭留之不得，陰使人於近村爲市恒產百畝而後遣之。後女疾求歸。烏頭不聽。病〔校〕青本無病字。益篤，囑曰：「必以我歸葬！」〔但評〕囑曰：必以我歸葬。在我原有可必者，啗金而以爲不必，則過矣。烏頭諾。既卒，陰以金啗穆子，俾合葬於孟。〔何評〕是誰啓之？及期，棺重，三十人不能舉。穆子忽仆，七竅〔校〕抄本作孔。血出，自言曰：「不肖兒，何得遂賣汝母！」〔稿本無名氏乙評〕回應不事二夫。烏頭懼，拜祝之，始愈。乃復停數日，修治穆墓已，始合厝之。〔但評〕烏頭報德，固出至誠；然不合葬，則將使死而事二夫也。使子自言，其神乎！

異史氏曰：「知己之感，許之以身，此烈男子之所爲也。彼女子〔校〕青本無子字。何知，而奇偉如是？若遇九方皋，直牡視〔校〕青本無視字。之矣。」〔呂註〕列子：秦穆公謂伯樂曰：子之年長矣，子姓有可使求馬者乎？對曰：有九方皋。穆公使求馬，三月而反報曰：已得之矣。在沙丘，牝而黃。使人往取之，牡而驪。公不悅，召伯樂曰：子之所使求馬者，毛物牝牡弗能知，又何馬之能知也？伯樂曰：皋之所觀天機也，得其精而忘其粗，在其內而忘其外。馬至，果天下之馬也。〔何註〕直牡之，謂其神駿非常，牝而可以爲牡矣。此亦丈夫女意。

［稿本無名氏乙評］偉哉喬女，豈僅可以巾幗丈夫與林生顛倒語哉！按平原爲趙公子食邑，當急秦邯鄲時，盡散家財，得士三千人，又數貽書魏公子無忌，共敗秦虎狼兵，爾日之慷慨，視此何如女乎？殆鍾靈於地者深與？彼孟生者，少艾不願，獨於兹壑一鼻跛一足者，一見不忍置想，後日之急難撫孤，早屬其胸臆間事矣。世之再續鸞膠者，或溺選姝麗，嗚呼，蘆花之變，不待言已，而穢流牆茨者，又誰貽之戚耶！己卯孟春。［校］稿本此條下有王信英三字，與評語筆跡不符，似非作者名，故不從。○以德字作骨，以不二字作關鍵，以知己作綱領，存孤禦侮作眼目。寫得俠烈心事如青天白日，俠烈志節如疾霆嚴霜，真是□□筆力。

［何評］女爲穆守，孟生欲娶之，矢志不移，是也。厥後之所爲，雖曰憤於義，似非婦之所宜矣。故但謂之喬女而不謂之穆婦。

［但評］美哉喬女！其德之全矣乎：不事二夫，節也；圖報知己，義也；鋭身詣官，勇也；哭訴縉紳，智也；食貧不染，廉也；幼而撫之，長而教之，仁也，禮也。迨身既死，而猶能止其棺，斥其子，卒以遂其歸葬之志，得爲完人於地下。嗚呼！抑何神乎！

蛤*

［校］抄本題下有此名寄亖四字。

東海有蛤，飢時浮岸邊，兩殼開張；中有小蟹出，赤綫繫之，離殼數尺，獵食既飽，乃歸，殼始合。或潛斷其綫，兩物皆死。亦物理之奇也。［校］抄本無上六字，青本無此篇。

劉夫人*

廉生者，彰德人。少篤學；然[校]抄本無然字。早孤，家綦[校]抄本無綦字。貧。[馮評]句句弔動全篇。一日他出，暮歸失途。入一村，有媪來謂曰：「廉公子何之？夜得毋深乎？」生方皇懼，更不暇問其誰何，便求假榻。媪引去，入一大第。有雙鬟籠燈，導一婦人出，年四十餘，舉止大家。媪迎曰：[校]青本作白。「廉公子至。」生趨拜。婦喜曰：「公子秀發，何但作富家翁[呂註]史記，留侯世家：沛公入秦宮，意欲留居之。注：一本作樊噲諫曰：沛公欲有天下耶？將欲爲富家翁耶？願沛公急還霸上，無留宮中。乎！」即設筵，婦側坐，[校]青本作即設席於側坐。勸釂甚殷，而自己舉杯未嘗飲，舉箸亦未嘗食。生惶惑，屢審閥閱。笑曰：「再盡三爵告君知。」生如命已。[校]抄本作飲。婦曰：「亡夫劉氏，客江右，遭變遽殞。未亡人獨居荒僻，日就零落。雖有兩孫，非鴟鴞，[何註]鴟鴞，惡鳥。詩，豳風：鴟鴞鴟鴞，既取我子，無毀我室。猶言敗祖業之人也。即駑駘耳。公子雖異姓，亦三[校]青本作前。生骨肉也；且至性純篤，故遂覥然相見。[但評]鴟鴞固不可近，駑駘又不可託，不得已而求之異姓骨肉，能不靦然。無他煩，薄藏數［校］青本作窖。○［何註］窖金，穿地爲窖以藏金也。禮，月令：穿竇窖。注：入也。隋曰竇，方曰窖。隋、墮、橢并同，形狹而長也。金，欲倩公子持泛江湖，分其贏餘，亦勝案頭螢枯死也。」［校］青本無頭字也字。○［呂註］杜甫題鄭虔詩：窮巷悄然車馬絶，案頭枯死讀書螢。○枯一作乾。○［馮評］遣詞韻致。［但評］四字千古同哭。生［校］青本生上有廉字。辭以［校］抄本作曰。少年書癡，恐負重託。婦曰：「讀書之計，先於謀生。［但評］言雖變格，卻有至理。公子聰明，何之不可？」［馮評］儒者以治生爲第一事，許魯齋語。以多金爲慮，這便是做得買賣之人。遣婢運貲出，交兑八百餘兩。生惶恐固辭。婦曰：「妾亦知公子未慣懋遷，但試爲之，當無不利。」生慮重金非一人可任，謀合商侶。婦云：［校］抄本作曰。「勿須，但覓一樸愨諳練［何註］愨，乞約切。樸愨，誠謹也。諳練，熟悉也。之僕，爲公子服役足矣。」［馮評］夥侶多，則利分，而主見不一，亦見牽絆，不如一人主張之爲妙也。此篇可作陶朱公致富奇書觀之。［但評］以此求僕，諸役皆宜；然而談何容易。遂輪纖指一［校］青本、抄本作以。卜之曰：「伍姓者吉。」命僕馬囊金送生出，曰：「臘盡滌殘，候洗寶裝［何註］洗寶裝，今言洗塵也。矣。」又顧僕曰：「此馬調良，可以乘御，即贈公子，勿須將回。」生歸，夜纔四鼓，僕繫馬自去。明日，多方覓役，果得伍姓，因厚價招之。伍老於行旅，又爲人戇拙［何註］戇拙，猶言鯁直。戇，陟降切。史記汲鄭列傳：甚矣汲黯之戇也。又韓愈文：狂妄戇愚。不苟，貲財悉倚付之。［但評］婦以貲付純篤之生，生以貲付戇拙之僕；二人同心，其利斷金。往涉荊襄，歲杪始得歸，計利三倍。生以得伍力多，於常格外，另有餽［校］青本作酬。賞，謀同飛灑，［呂註］杜荀鶴詩：雨絲飛灑日輪中。［何註］飛灑，謂分布別項内也。不令主知。甫抵家，婦已遣人將迎，遂與俱去。見堂上華筵已設；婦出，備極慰勞。生納貲訖，即呈簿籍；〔校〕抄本無籍字。婦置不顧。少頃即席，歌舞鞺鞳，伍亦賜筵外舍，盡醉方歸。因生無家室，留守新歲。〔馮評〕伏下。次日，又求稽盤。〔何註〕稽盤，算盤也。婦笑〔校〕抄本無笑字。曰：「後無須爾，妾會計久矣。」乃出册示生，登志甚悉，並給僕者，亦載其上。生愕然〔校〕抄本無上二字。曰：「夫人真神人也！」過數日，館穀豐盛，待若子姪。一日，堂上設席，一東面，一南面；堂下〔校〕抄本下有設字。一筵向西。〔校〕青本、抄本作西向。謂生曰：「明日財星臨照，宜可遠行。今爲主價粗設祖帳，以壯行色。」少間，伍亦呼至，賜坐堂下。一時鼓鉦鳴聒。女優進呈曲目，生命唱「陶朱富」。〔校〕此據青本，稿本、抄本無富字。○〔呂註〕史記，貨殖列傳：范蠡既雪會稽之恥，乃喟然而歎曰：計然之策七，越用其五而得意；既已施於國，吾欲用之家。乃乘扁舟，浮於江湖，變名易姓，適齊爲鴟夷子皮，之陶爲陶朱公。朱公以爲陶天下之中，諸侯四通，貨物所交易也，乃治產積居，與時逐而不責於人。十九年之中，三致千金，再分散與貧交疏昆弟，此所謂富好行其德者也。子孫修業而息之，遂致巨萬。故言富者皆稱陶朱公。婦笑曰：「此先兆也，當得西施作內助〔呂註〕吳越春秋：越王以吳王淫而好色，乃使大夫種相於國中，得苧蘿山鬻薪之女曰西施、鄭旦，使相國范蠡進之。吳爲築姑蘇臺。後吳亡，復歸范蠡，因泛五湖而去。○按：吳青壇讀書質疑云：世傳吳破越，越進西施，請退軍，許之。後越伐吳，滅之，西施從范蠡乘輕舟泛五湖以去。此因杜牧西子下姑蘇，一舸逐鴟夷之句而附會也。後見吳越春秋逸篇云：吳亡後，越浮西施於江，令隨鴟夷以終。蓋子胥之譖死，西施有力焉。子胥死，盛於鴟夷，今沈西施所以報子胥之忠，故云隨鴟夷以終。范蠡于越，亦號鴟夷子，杜牧遂以子胥之鴟夷爲范蠡之鴟夷，影撰此事，以墮後人於疑網也。楊升庵云：墨子云：西施之沈，其美也。蓋句踐平吳後，沈之于江，所謂鴟夷者，安知不謂子胥乎？矣。」〔馮評〕又串起下文，預帶一筆。〔但評〕借此作提筆，文勢便不散漫。宴罷，仍以全金付生，曰：「此行〔校〕青本無行字。不可以歲月計，非獲巨萬勿歸也。妾與公子，所憑者在福命，所信者在腹心，〔校〕青本作心腹。○〔但評〕福命難知，心腸可見；心腸既相信，則福命亦自可憑。勿勞計算，遠方之盈絀，〔何註〕盈絀：絀，竹律切，或作贏絀。荀子，非相篇：緩急贏絀。猶盈虛也。妾自知之。」生唯唯而退。往客淮上，進身爲鹺賈，踰年，利又數倍。然生嗜讀，操籌不忘書卷；〔馮評〕又生下登賢書。所與游，皆文士，所獲既盈，隱思止足，〔但評〕知足不辱，知止不殆。○操籌不忘書卷，又能知足，天既富之，更當予以賢內助矣。漸謝任於伍。桃源薛生與最善；適過訪之，薛一門俱適別業，昏暮無所復之。閽人延生入，掃榻作炊。細詰主人起居，蓋是時方訛傳朝廷欲選良家女，〔馮評〕又開異境。犒邊庭，〔何註〕犒邊庭，犒，考去聲，賞以勞之也。周禮，地官，牛人：軍事共其犒牛。民間騷動。聞有少年無婦者，不通媒妁，竟以女送諸其家，至有一夕而得兩婦者。〔馮評〕夜夜明月樓頭望，知得嫦娥要嫁人。薛亦新婚於大姓，猶恐輿馬喧動，爲大令所聞，故暫還於鄉。〔校〕抄本下有生既留三字。初更向盡，方將掃榻就寢，忽聞數人排闔〔校〕青本作閤，抄本作闥。入。閽人不知何語，但聞一人云：「官人既不在家，秉燭者何人？」閽人答：「是廉公子，遠客也。」俄而問者已入，袍帽光潔，略一舉手，即詰邦族。生告之。喜曰：「吾同鄉也。岳家誰氏？」答云：「無之。」益喜，趨出，急招一少年同入，敬與爲禮。卒然曰：「實告公子：某慕姓。今夕此來，將送舍妹於薛官人，至此方知無益。[校]上三字，青本作無策。進退維谷之際，適逢公子，寧非數乎！」生以未悉其人，故躊[校]此據青本，稿本、抄本作籌。躇不敢應。慕竟不聽其致詞，急呼送女者。少間，二媪扶女郎入，坐生榻上。睨之，年十五六，佳妙無雙。[馮評]此意外婚媾，疑是夢中姻緣。生喜，始整巾向慕展[校]青本無展字。謝；又囑閽人行沽，略盡款洽。慕言：「先世彰德人；母族亦世家，今陵夷矣。聞外祖遺有兩孫，不知家況何似。」[馮評]伏下生情，令人不測。生問：「伊誰？」曰：「外祖劉，[馮評]劉字着眼。字暉若，聞在郡北三十里。」生曰：「僕郡城東南人，去北里頗遠；年又最少，無多交知。郡中此姓最繁，止知郡北有劉荆卿，亦文學士，未審是否，然貧矣。」慕曰：「某祖墓尚在彰郡，每欲扶兩櫬歸葬故里，以資斧未辦，姑猶遲遲。今妹子[校]青本無子字。從去，歸計益決矣。」生聞之，銳然自任。二慕俱喜。酒數行，辭去。生卻僕移燈，琴瑟之愛，不可[校]青本無可字。勝言。次日，薛已知之，趨入城，除別院館生。生詣淮，交盤已，留伍居肆，裝貲[校]抄本作資。返桃源，同二慕啓岳父母骸骨，兩家細小，載與俱歸。入門安置已，囊金詣主。前僕已候於途。從去，婦逆見，色喜曰：「陶朱公載得西子來矣！［馮評］似尺牘寓語。前日爲客，今日［校］青本下有爲字。吾甥壻也。」［但評］映帶上文，借作束筆，文氣十分緊聚。置酒迎塵，倍益親愛。生服其先知，因問：「夫人與岳母遠近？」婦云：「勿問，久自知之。」［馮評］又不說，妙。乃堆金案上，瓜分爲五；自取其二曰：「吾無用處，聊貽長孫。」［但評］駑駘雖無用，尚可守門户。生以過多，辭不受。悽然曰：「吾家零落，宅中喬木，被人伐作薪；［馮評］如讀唐人周朴詩句。孫子去此頗遠，門户蕭條，煩公子一營辦之。」生諾，而金止受［校］抄本作收。其半。婦强納之。送生出，揮涕而返。生疑怪間，回視第宅，則爲墟墓。始悟婦即妻之外祖母也。既歸，贖墓田一頃，封植偉麗。［何註］封植偉麗，謂封土植木，以壯麗其觀瞻也。劉有二孫，長即荆卿；次玉卿，［馮評］荆卿現又帶出玉卿，作波致此，獺尾法也。飲博無賴，皆貧。兄弟詣生申謝，生悉厚贈之。由此往來［校］青本作來往。最稔。生頗道其經商之由，玉卿竊意冢中多金，夜合博徒數輩，發墓搜之，剖棺露胔，［但評］鴟鴞鴟鴞，無毁我室。竟無少獲，失望而散。［馮評］喪心至此。生知墓被發，以告荆卿。荆卿［校］抄本無上二字。詣生［校］抄本無生字。同驗之，入壙，見案上纍纍，前所分金具在。荆卿欲與生共取之。生曰：「夫人原留此以待兄也。」荆卿乃囊運而歸，告諸邑宰，訪緝甚嚴。後一人賣墳中玉簪，獲之，窮訊其黨，始知玉卿爲首。宰將治以極刑；荆卿代哀，僅得賒死。墓［校］抄本作慕。內外兩家並力營繕，較前益堅美。由此廉、劉皆富，惟玉卿如故。生及荆卿常河潤〔吕註〕莊子：河潤九里，澤及三族。〔何註〕河潤，喻分潤之也。後漢書，郭伋傳：徵拜潁川太守，召見辭謁，帝勞之曰：賢能太守，去帝城不遠，河潤九里，冀京師并蒙福也。之，而終不足供其博賭。一夜，盗入生家，執索金貲。生所藏金，皆以千五百爲箇，發示之。盗取其二，止有鬼馬在廄，用以運之而去。〔馮評〕秋水渡旁渡，夕陽山外山。〇使生送諸野，乃釋之。村衆望盗火未遠，譟逐之；賊驚遁。共至其處，則金委路側，馬已倒爲灰燼。〔校〕上四字，抄本作成燼。始知馬亦鬼也。是夜止〔校〕青本作只。失金釧一枚而已。先是，盗執生妻，悦其美，將就淫之。〔校〕上三字，抄本作欲淫。一盗帶面具，〔吕註〕宋史：狄青每臨敵，必帶面具。〔何註〕面具，假面也。建康實録：孫興公嘗着假面戲爲儺。力呵止之，聲似玉卿。盗釋生妻，但脱腕釧而去。生以是疑玉卿，然心竊德之。〔馮評〕尚有人心，宜其得早死也。後盗以釧質賭，爲捕役所獲，詰其黨，果有玉卿。宰怒，備極五毒。兄與生謀，欲以重賄脱之，〔校〕上五字，抄本作爲賄脱。謀未成而玉卿已死。〔馮評〕書其死使筆墨乾浄，若敍其悔，則又多數行文字。生猶時邺其妻子。生後登賢書，〔何註〕登賢書，薦于鄉也。數世皆素封焉。嗚呼！「貪」字之點畫形象，甚近乎「貧」。〔但評〕多行不義必自斃，豈惟貧而已也。如玉卿者，可以鑒矣！

〔何評〕死無需金，何庸商販？無亦以墓田零落，貽厥長孫，因並爲三生骨肉締此良姻耳。乃知世情惓惓，鬼亦猶人。

［但評］案螢枯死，復有誰憐？至於無計謀生，借餘光於爝火，茫茫世宙，不少寒酸，何術向墓田中分窖金，而使窮措大發跡也？書癡何解懋遷，乃受此重金，謀諸戇僕，致陶朱之富，且載西子而來。鬼借人謀，人資鬼力，雖云福命，亦由至性純篤所致耳。夫人既能會計，又復神明；徒有兩孫，悽然零落。駑駘本難任重，鴟鴞且更相殘。猥以藏金，託諸異姓，方得墓田重贖，門户生新。此漢寢唐陵，古人所以望之興歎也。至於搜墓者無獲，而壙案乃有分金；劫財者已行，而鬼馬胡然委路：此皆其人之自取，夫人之力，而非盡關夫人之力也。

陵縣狐*

陵縣李太史家，每見瓶鼎古玩之物，移列案邊，勢危將墮。疑廝僕所爲，輒怒譴之。僕輩稱寃，［校］抄本作怨。而亦不知其由，乃嚴扃齋扉，天明復然。心知其異，暗覘之。一夜，光明滿室，訝爲盜。兩僕近窺，則一狐卧櫝上，光自兩眸出，晶瑩四射。恐其遁，急入捉之。狐囓腕肉欲脱，僕持益堅，因共縛之。舉視，則四足皆無骨，隨手摇摇若帶垂焉。太史念其通靈，不忍殺；覆以柳器，狐不能出，戴器而走。乃數其罪而放之，怪遂絶。［校］青本無此篇。

余友某在陵署，有遇狐事。自言獨宿東廳，是夜月明如洗，一麗人自窗入，含笑登榻，外向坐。某心知其狐，恐爲祟，意頗堅定。狐自理裙帶，初未回顧。有頃，覺一縷膩香，由鼻觀直入泥丸，心摇摇殆不可禁。欠身窺之，絶世無其匹也。狐曰：「眉目位置無異人，狂覷何爲？」

遂以指按其頰曰：「個人心蕩矣。不慮爲祟耶？適有一聯，能屬對，即恣君所欲：『破故紙窗櫺有隙。』」甲應聲曰：「旋覆花背面多情。」狐笑曰：「不愧其名。」解衣共卧，膚膩如脂。枕上詢姓氏，自言：「胡姓，小字珊珊。」詢其居，曰：「北亭。」究其所在，又復不言。昧旦即去。後每夜必至，漸洽矣。審其舉動，無異常人。時着藕色衣，不裙；蓮鈎瘦不盈握；指釧耳環，煥映一室。行坐有聲，飲食有跡。一日，甲戲問曰：「爾非仙鬼，何以去來無跡？」珊珊曰：「此甚不易。脱解皮囊，鍊氣歸神，而後至是。世謂狐能採補，動輒殺人，是不盡然。入旁門者，迷人之死；修正果者，保人之生。但取生人精氣，以鍊内丹；丹成形骸俱化，即莅仙班矣。」問：「能白晝現形否？」珊珊曰：「是不難。但與君情緣淺薄，不欲以蒲柳之姿，累君繫念耳。」珊珊善謔，能先知，每坐，好作慵妝態，步力夭矯，幾倩人扶。無言時，輒作太息聲。雖高談闊論，而咫尺之外，人無聞者。即某語亦無人聞。曳之身輕如葉。良宵促膝，耳鬢厮磨，亦若隔一紗幃。每與交時，情若不能自主，交甫畢，即以臂互覆，冥然而寐。醒則日上南窗，麗人已渺，粉膩脂痕，依稀枕畔而已。一夕，待之久不至。朦朧之際，捼之有人。曰：「何珊珊其來遲耶？」珊珊曰：「偶經墟墓，幾被鬼迷。徘徊半晌，返易複舄，勞君望遠矣。若云一刻千金，我當輸君十萬。」相與歡笑，睡魔頓遣。然每當十分歡洽時，輒沈思而嘆。詰之，秘弗洩。後以故將他適，屢索信物，吝弗與，一帕一履，臨行必檢點焉。某哀之曰：「判別有期，何吝戔戔，弗以爲後晤緣也？」珊珊雙眥熒熒曰：「緣盡此矣。君能留情田餘地，與兒作竟宵談乎？」甲即起，娓娓達旦，始備述家世，則母死姊嫁，餘二三弱妹共處。審其情，亦甚零丁。言至酸楚，輒復哽咽。雞聲三唱，始起立握手曰：「子幸無自菲薄。此事勿輕語人，然亦不必終秘也。倘情絲不絶，未必無會期。」言已，灑涕分手。某欲更訂後約，而轉瞬已杳。惟西風吹敗葉，掃南窗而過，淅淅如雨。惝恍木立，惘然若失。至夜偵之，不復至；三日即去陵矣。雪亭附記

聞陵縣城北高台廟，即稱北亭，神座西偏，有一巨洞，深不可測。土人言：乾隆某年，巨室邀賓，輒往假食器。前一日祝之，及時往取，無不備；後有假而不返者，祝之遂無應。吁！久假不歸，至令鬼狐齒冷，豈不汗顏！虞堂附記